◆本书受国家社科基金资助，为一般项目"华莱士·史蒂文斯抽象诗学研究"结题成果，项目批准号14BWW054，结项证书号20201424，结项鉴定等级：优秀

华莱士·史蒂文斯抽象诗学

Wallace Stevens' Poetics of Abstraction

程 文 著

Cheng Wen

ZHEJIANG UNIVERSITY PRESS
浙江大学出版社

图书在版编目(CIP)数据

华莱士·史蒂文斯抽象诗学 / 程文著. —杭州：
浙江大学出版社,2020.8

ISBN 978-7-308-20530-6

Ⅰ.①华… Ⅱ.①程… Ⅲ.①史蒂文斯(Wallace,
Stevens 1879—1955)—诗歌研究　Ⅳ.①I712.072

中国版本图书馆 CIP 数据核字(2020)第 163506 号

华莱士·史蒂文斯抽象诗学

程　文　著

策划编辑	包灵灵
责任编辑	黄静芬
责任校对	陆雅娟
封面设计	周　灵
出版发行	浙江大学出版社
	（杭州市天目山路 148 号　邮政编码 310007）
	（网址:http://www.zjupress.com）
排　　版	浙江时代出版服务有限公司
印　　刷	广东虎彩云印刷有限公司绍兴分公司
开　　本	710mm×1000mm　1/16
印　　张	24.25
彩　　插	4
字　　数	438 千
版 印 次	2020 年 8 月第 1 版　2020 年 8 月第 1 次印刷
书　　号	ISBN 978-7-308-20530-6
定　　价	78.00 元

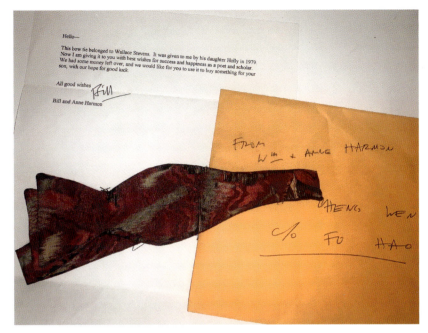

Hello—

This bow tie belonged to Wallace Stevens. It was given to me by his daughter Holly in 1979. Now I am giving it to you with best wishes for success and happiness as a poet and scholar. We had some money left over, and we would like for you to use it to buy something for your son, with our hope for good luck.

All good wishes

Bill and Anne Harmon

FROM Wm + ANNE HARMON

CHENG WEN c/o FU HAO

诗人华莱士·史蒂文斯（Wallace Stevens）的领结。由其女霍利·史蒂文斯（Holly Stevens）赠予威廉·卡洛斯·威廉斯奖获得者、北卡罗来纳大学教堂山分校讲席教授威廉·哈蒙（William Harmon），哈蒙于 2010 年10 月访问中国期间转赠本书作者。摄于 2010 年 10 月 12 日

美国康涅狄格州哈特福德市西露台 118 号，为诗人史蒂文斯旧居。摄于2019 年 2 月 17 日

美国康涅狄格州哈特福德市伊丽莎白公园，为诗人史蒂文斯流连驻足之处。摄于 2019 年 2 月 17 日

美国康涅狄格州哈特福德市伊丽莎白公园内玫瑰园，为诗人史蒂文斯流连驻足之处。摄于 2019 年 2 月 17 日

哈佛大学校园建筑。史蒂文斯曾就读于哈佛大学。摄于 2019 年 2 月 15 日

耶鲁大学校园建筑。史蒂文斯曾受邀在耶鲁大学演讲，并写作长诗《纽黑文的普通一夜》。摄于 2019 年 2 月 18 日

美国康涅狄格州哈特福德市伊丽莎白公园内池塘，为诗人史蒂文斯流连驻足之处。摄于 2019 年 2 月 17 日

位于美国康涅狄格州哈特福德市雪松岭墓地的史蒂文斯之墓。摄于 2019 年 2 月 17 日

献给恩师傅浩先生

雪松岭

2019 年 2 月 17 日访华莱士·史蒂文斯墓

我到的时候已近黄昏

枯黄的草上白雪半已消融

草色变得朦胧，树叶落尽

林木的剪影像是许多烟柱

我手里拿着手机截屏

显示他坟墓的位置

但是墓地甚为辽阔

天色变得更加昏黄

一位女士步履缥缈

行走在林地间的小径上

我说你好请问

她大笑着回头眼神明亮

你吓到我了

我说明来意

她说尽管在这附近

已经住了二十年

她对墓地的布局

依然毫无头绪

对不起了

我继续搜寻

终于看到那座

外形稍显特别的

墓碑

我屏息走近

华莱士和埃尔西安息之地

因为这流畅的诗歌之泉

生命不息则诗歌不止

生命既已停止

诗歌的流水就此凝结

在诗的地图上

就像康州的众河之河

Cedar Hill

Visiting Wallace Stevens Tomb on February 17, 2019

When I arrived it was dusk

Half melt snow upon yellow meadow

Turn grey and the silhouettes

Of leafless trees were like smoky pillars

I held a screenshot on my phone

Showing the location of his tomb

But the cemetery is vast

It became duskier

I saw a woman in grey walking ethereally

On the path between the woodland

I said hello excuse me

She turned laughingly bright eyed

I am startled

I explained

And she said although she lives

Twenty years nearby

She has no idea of the demarcation

Of the tombs

I am sorry

I kept searching

By spotting the tombstone behind

Whose shape is more or less distinctive

I was led by the place

Where Wallace and Elsie rest

For this fluent fountain of poems

If life goes on the poems will flow

As life stopped

The stream of poems crystallized

On the map of poetry

Like the river of rivers in Connecticut

缩 略 语 表

CP   *The Collected Poems of Wallace Stevens.* New York: Alfred A. Knopf, 1954.

CPP   *Wallace Stevens: Collected Poetry & Prose.* Kermode, F. & Richardson, J. (eds.). New York: Library of America, 1997.

L   *Letters of Wallace Stevens.* Stevens, H. (ed.). New York: Alfred A. Knopf, 1966.

NA   *The Necessary Angel: Essays on Reality and Imagination.* New York: Vintage Books, 1951.

OP   *Opus Posthumous: Poems, Plays, Prose.* Bates, M. J. (ed.). New York: Vintage Books, 1990.

SM   *Secretaries of the Moon: The Letters of Wallace Stevens & José Rodríguez Feo.* Coyle, B. & Filreis, A. (eds.). Durham: Duke University Press, 1986.

SP   *Souvenirs and Prophecies: The Young Wallace Stevens.* Stevens, H. (ed.). New York: Alfred A. Knopf, 1977.

SPBS   *Sur Plusieurs Beaux Sujects: Wallace Stevens' Commonplace Book.* Bates, M. J. (ed.). Stanford: Stanford University Press, 1989.

前　言

诗歌是永无止境的探索，伴随人的始终。诗歌的探索不是追猎、占有、争夺，而是邂逅、默示、契合，需要真诚、善意、耐心、勇气、幸运，更需要领悟。言语若风波，举动则失实，瞻之在前，忽焉在后，所追寻者竟在何处？听之以耳而不得，听之以心亦难得，听之以气则玄虚。求之而不得，何不听之任之，暂忘片刻？在遗忘、缺席、抽离的时刻，或许蕴含着更多的可能。柏拉图（Plato）《会饮篇》（*Symposium*）中的一个细节，就是一个这样的奇妙时刻。苏格拉底（Socrates）应诗人阿伽同（Agathon）之邀参加会饮，途中忽然驻足不前，抛下同行的阿里斯托德穆斯（Aristodemus），独自在路边呆立，后又在邻居家的门廊下驻足良久，宴会开始后，他才姗姗来迟。① 从《会饮篇》里阿里斯托德穆斯的转述中我们得知，毫无征兆地忽然从日常生活中脱身，并长时间出神，是苏格拉底的习惯，并非因为他偶然想起了什么事情。② 本杰明·乔伊特（Benjamin Jowett）用源自拉丁文的"抽离"（abstraction）译之，传神地捕捉住了这一时刻。③ 出神、抽离、置身事外的苏格拉底，无言、缺席，无所表示，故无从捉摸，仿佛消失在历史的时空之中，遁入一个

---

① Plato. *Symposium*，174d. 见 Plato. *Symposium*. Dover，K.（ed.）. Cambridge，England：Cambridge University Press，1980：19. 其中描述苏格拉底出神状况的希腊语原文是：τὸν οὖν Σωκράτη ἑαυτῷ πως προσέχοντα τὸν νοῦν. 希腊语动词"προσέχω"基本意为"掌握，提供"，有"将船驶入海港"等众多词义，此处则用以描述苏格拉底出神的状态。（本书中引用的外文诗歌作品和著作引文的中文译文，除注明译者，均由笔者自译。）

　　《会饮篇》中无法转述和记录的内容，除了苏格拉底的出神，还有会饮临近终场时苏格拉底、阿里斯托芬、阿伽同三人关于喜剧与悲剧的谈话，此时阿里斯托德穆斯不胜酒力，已经无法理解和记忆他们三人的谈话了。此外，阿里斯托德穆斯还有可能略去或遗忘了部分谈话。

② Plato. *Symposium*. Dover，K.（ed.）. Cambridge，England：Cambridge University Press，1980：19.

③ Plato. *The Dialogues of Plato*. Jowett，B.（trans.）. Oxford：Oxford University Press，1891：544. 乔伊特的译文：Socrates dropped behind in a fit of abstraction.

引人无限遐想的神秘时刻:也许有一个和我们所知完全不一样的苏格拉底? 人们赞叹他在高朋满座中的金声玉振,却不知这番高论,只是昆山片玉,不在场的苏格拉底,更加引人好奇:他在心灵中见到了什么? 这一意味无穷的时刻,或许可以成为我们探讨诗歌中抽象现象的引子。

作者在作品中对读者隐藏某些内容的做法,古已有之。例如,古希腊史学家希罗多德(Herodotus)在《历史:希腊波斯战争史》中经常根据自己的判断隐去某些事实而只讲结果或结论。① 文学中的"在场"与"缺席"构成意味无穷的关系,如刘勰《文心雕龙》的对举概念"隐秀"。诗人在想象世界中有时会刻意与读者拉开距离,其中显著之例证,如珀西·比希·雪莱(Percy Bysshe Shelley)的长诗《朱利安与马达罗》(Julian and Maddalo)临近尾声处:马达罗远游他乡,疯人已然离世,只剩下马达罗已经长大的女儿接待其父亲的昔日好友,对疯人悲惨的身世,她不愿多言,但"我还是催促追问,她告诉了我一切/如何发生——但是冷酷的世界不应该知道"②。诗篇就此戛然而止。有了这样的阅读经验,读者或许也会相应地调整心理预期,在诗歌中将会不期然遇到抽离、隐藏、缺席的时刻,换言之,进入"抽象"领域,或许也是自由的领域。我们是否只有在这"抽象"领域中才能见到作者的真面目?

进入"抽象"领域之前,我们先要回答令人困惑的古老问题:为何是我? 我何以知道? 我所要说的,是传闻,是代言,是阐释,还是源自内心? 如果说是源自内心,其来源又是何处? 这就是文论家哈罗德·布鲁姆(Harold Bloom)穷其一生想要回答的问题:迟来者(belatedness)如何克服劣势,达到早发者(earliness)的境界甚至超越之,成为在诗歌史中独树一帜的诗人。毕竟"眼前有景道不得,崔颢题诗在上头"。人在历史中永远是迟来者,诗人永远是后辈诗人。布鲁姆"影响的焦虑"模式也不能一劳永逸地解决这一矛盾,一代代诗人都要在这一处境中历练一

---

① 例如,希罗多德谈到埃及雅典娜神殿的圣域之中有一个人的墓地,他认为不便说出墓主人的名字。在圣域旁边的湖上,埃及人表演雅典娜受难的故事,并称之为秘仪,希罗多德称自己知道秘仪的内容,但不愿详谈。参见:希罗多德. 历史:希腊波斯战争史. 王以铸,译. 北京:商务印书馆,1997:186.

② Shelley, P. B. *Shelley's Poetry and Prose*. Reiman, D. H. & Fraistat, N. (eds.). New York: W. W. Norton & Company, 2002:135. 原文:I urged and questioned still, she told me how/All happened——but the cold world shall not know.

番,才能有所成就,卓然自立,成为所谓的"强者诗人"(strong poet)。布鲁姆文论的核心深藏在他所秉持的犹太传统和卡巴拉信仰之中。或许在那奥秘的教义中,已经有可以排解甚至拯救自我的不利境况的良方。布鲁姆关于"强者读者"(strong readers)的预言,非常鼓舞人心:这样的读者如此强大,以至于他们能反客为主,把每个文本变成迟来者,把他们自己变成黎明的孩子(children of the dawn),比所有文本都更早发、更新鲜。① 如果说布鲁姆关于"强者诗人"摆脱、克服、超越前辈诗人影响的学说尚能激励、启发后来诗人,则这一学说较易为人所接受,也在情理之中。但是他过于强势地把批评家的地位提高到与诗人并驾齐驱甚至凌驾其上,声称"真正的诗歌是批评家的心灵",则让人不免心生疑虑了:有多少文学批评著作超越了文学作品而自成经典、独立存在呢?如果说布鲁姆的文学理论植根于他对卡巴拉教义的信仰,那么他确实有理由称自己为"强者批评家"(strong critic),因为他对自己的理论(信仰)有坚定的信心。或许正因如此,布鲁姆文论总是更注重文学史。而诗人则不然,尤其是现代诗人,他们通常不能被归于"宗教诗人""哲理诗人""科学诗人"。文学史不是诗人关心的首要问题。他们首先要在这个极度复杂的当代世界里找到自我,然后才能展开对诗歌的探索。美国现代派诗人华莱士·史蒂文斯(Wallace Stevens,1879—1955)的宣言可以代表诗人们的态度:"我在诗歌中的意图就是写出诗歌:抵达或表达人人都可以辨认出来的诗歌,不需要任何特别的定义,而我这么做是因为我感觉有必要这么做。"②史蒂文斯对来自其他诗人的影响的断然拒绝,似乎是直接对以布鲁姆为代表的批评家们的警告:

> 有一种批评家花费时间剖析诗人所读的东西,寻找回声、模仿、影响,好像从没有人仅仅是他自己,而总是许多其他人的复合。
>
> ············
>
> 诗人为什么特别厌恶给他们摊派其他诗人的影响?对这个问题约定俗成的答案是:这会让他们显得是第二流的。这也许对我而言是真正的答案的一个方面。在我看来真正的答案是,对真诗人来说诗歌就是他的生命攸关的

---

① Bloom, H. *Kabbalah and Criticism*. New York: Continuum, 2005:67.
② *CPP*:801.

自我(vital self)。别的任何人都不可能接触到它。①

诗人首先要面对自我。美国抽象派画家马克·罗斯科(Mark Rothko)关于艺术家"自我"的见解深刻而独到,对诗人应有启发。他认为,现代艺术从儿童画和原始艺术中得到最多启示,他在儿童画中看到了其与原始艺术的相通之处,即专注于模拟自我而不知有他。在艺术的初期阶段,或者人的初期阶段,天真未凿,不为自我所困扰,也不关心先天后天,只是一任自然、大化流行、无所不可。但是随着时间流逝,后天淤染、层层累积,先天被遮蔽、侵蚀,自我逐渐成了问题,人们不再自信,开始怀疑、疏离、质疑、轻视甚至厌弃自我。罗斯科断言:"一旦开始学习素描,就落入了学院派。"②返回自我、追溯本原,成为艺术家们共同的追求。哲学家说:"人……原本植根于隐蔽的无穷尽性中而与之合一,这合一的整体就是人生的家园。"③如若诗人们能会聚一堂,聆听哲人王阳明讲论"无心外之物,无心外之理"④,"盖天地万物,与人原是一体。其发窍之最精处,是人心一点灵明"⑤,应相视而笑,莫逆于心。孟子曾说:"万物皆备于我。"⑥这也是诗人追求的境界。心与万物为一,这是诗歌探索与表达之所以可能的前提。正因如此,菲利普·锡德尼(Philip Sidney)在才思枯竭之际,听到了缪斯的启示:"在你心里看一看,然后再写。"

诗与其他艺术形式一样,是没有终点的探险、历险、冒险。诗人尽其所能去感受、领悟、表达,而无法保证其所见、所知、所作为真理、真实或真相;读者按其意愿去理解、品味、阐释,亦无法保证符合诗人本意。晋代诗人陆机《文赋》所言最为警策:"每自属文,尤见其情。恒患意不称物,文不逮意。"宇文所安对陆机的解释可引为他山之石:"创作变成了一种意志活动,一种在激活之前蓄在心里的,因而等

①　L:813-815.

②　Rothko, M. *The Artist's Reality: Philosophies of Art*. New Haven: Yale University Press, 2004:114.

③　张世英. 美在自由——中欧美学思想比较研究. 北京:人民出版社,2012:42.

④　《传习录》第6条. 参见:陈荣捷. 王阳明传习录详注集评. 台北:台湾学生书局,1983:37.

⑤　《传习录》第274条. 参见:陈荣捷. 王阳明传习录详注集评. 台北:台湾学生书局,1983:331.

⑥　杨伯峻. 孟子译注. 北京:中华书局,2012:279.

待着反映的东西。"①诗歌的探险，或如沃尔特·惠特曼（Walt Whitman）所言，是一条危险的、充满怀疑甚至是毁灭的道路②；或如穆旦（查良铮）《诗八首》中所描述：

> 相同和相同溶为怠倦，
>
> 在差别间又凝固着陌生；
>
> 是一条多么危险的窄路里，
>
> 我制造自己在那上面旅行。
>
> 他存在，听从我底指使，
>
> 他保护，而把我留在孤独里，
>
> 他底痛苦是不断的寻求
>
> 你底秩序，求得了又必须背离。③

诗歌的探险，是为回归英国浪漫主义诗人威廉·华兹华斯（William Wordsworth）所说的宇宙运行（goings-on of the Universe）④，亦即寻求人的起源，亦即寻求终极意义，亦即史蒂文斯所说"最高虚构"（Supreme Fiction）。其理想境界，也许庄子表达得最好："备于天地之美，称神明之容。"⑤

诗歌探险的方向，有无限向外探索（外求），有无限向内追寻（内省）。向外探索，驰骋天地之间，不断寻找替代（substitution）、变化（change）、变形（metamorphosis）、偏离（deviation），亦即雅克·德里达（Jacques Derrida）所说的延异（différance），从修辞角度，则为反讽（irony）、转喻（metonymy）、隐喻（metaphor）。在现代主义诗歌中，这一外求路径的代表或许是埃兹拉·庞德（Ezra Pound），其标举的口号是借自中国古代经典的"日日新"（Make it New）。⑥ 向内追寻，跃入无底深渊，不断打

① 宇文所安. 中国文论：英译与评论. 王柏华，陶庆梅，译. 上海：上海社会科学院出版社，2003：86.

② Whitman, W. *Leaves of Grass，1860：The 150th Anniversary Facsimile Edition*. Stacy, J. (ed.). Iowa City：University of Iowa Press, 2009：345.

③ 穆旦. 穆旦诗全集. 北京：中国文学出版社，1996：148.

④ Wordsworth, W. Observations Prefixed to Lyrical Ballads. In Harmon, W. (ed.). *Classic Writings on Poetry*. New York：Columbia University Press, 2003：286.

⑤ 王叔岷. 庄子校诠. 北京：中华书局，2007：1296.

⑥ Pound, E. *The Cantos of Ezra Pound*. New York：New Directions Publishing, 1996：265.

破界限，返回起源，复归本原，重新连接人与自身、世界、宇宙的起源，实现复原（restitution）、救赎（redemption）、赎罪（atonement），从修辞角度，则为提喻（synecdoche）、夸张（hyperbole）、越界（metalepsis），最终的目标，如华莱士·史蒂文斯所说，是找到"通往神明的道路"①。这一内省的路径在史蒂文斯的诗歌里有许多不同的体现，概而论之，则为诗的抽象。

外求与内省，隐喻与越界，具象与抽象，犹如诗歌之两翼。隐喻之路的最佳时刻或许可以威廉·莎士比亚（William Shakespeare）十四行诗第五首为代表：

> Then were not summer's distillation left
>
> A liquid prisoner pent in walls of glass②

> 若非幸得夏日之提纯留住
>
> 液态的囚徒困于玻璃墙内

"液态的囚徒"是诗人借自外界的物象，随时代不同，读者对其的理解也不同，例如，梁宗岱将其译作"香露"③，屠岸则将其直译为"液体囚人"④。此物象是对隐喻本身的绝佳隐喻，可谓"隐喻之隐喻"，不可方物，难以捉摸，随时处在消失（挥发）的边缘，正因如此，又时刻焕发着新鲜的魅力。与此相对应，世界诗歌史中最为坚决的越界者是年轻的雪莱。23 岁的雪莱在《阿拉斯特；或孤寂的精神》（*Alastor; or, The Spirit of Solitude*）中展开了一场精神的越界历险。诗人浪游大地，直抵遥远的克什米尔山谷，在其中经历了一场奇异的梦幻，与一位精灵般的女性的幻象相遇；他从昏迷中醒来，梦境已逝，天地空明，但见"海中之月与天上之月对视"；他决心不为梦幻所迷：

> The spirit of sweet human love has sent
>
> A vision to the sleep of him who spurned
>
> Her choicest gifts. He eagerly pursues
>
> Beyond the realms of dream that fleeting shade;

---

① *CPP*：894. 原文：Man has many ways to attain the divine.

② Shakespeare, W. *William Shakespeare*：*The Complete Works*. Orgel, S. & Braunmuller, A. R. (eds.). New York：Penguin Books, 2003：68.

③ 莎士比亚. 莎士比亚十四行诗. 梁宗岱，译. 上海：华东师范大学出版社，2016：19.

④ 莎士比亚. 莎士比亚十四行诗集. 屠岸，译. 上海：上海译文出版社，1988：10.

He overleaps the bounds...①

甜美的人类爱情之精灵送给

他的睡梦一个幻象,他却抛弃了

最用心的礼物。他迫切地追寻

远在梦的领域那飞驰的阴影之外;

他越过重重界限……

在《朱利安与马达罗》中,雪莱更是借疯人之口呐喊:"我必须从/囚禁的心灵拿开面纱。它被撕扯到一边!"②这囹圄中的心灵(pent mind),可与莎士比亚"囚禁在玻璃墙内的液态囚徒"(A liquid prisoner pent in walls of glass)两相对照、互相发明:一个是越界之终极揭示,另一个是隐喻意象之极致提炼。对雪莱来说,越界仿佛是诗人的宿命,至死方休,而其余响,在诗歌史中回荡不绝。惠特曼秉承其精神,发出最大胆的越界者宣言:"你不得已要放弃其他的一切——我一人/预期将成为你的上帝,唯一而且排他。"③在人与自然日渐疏离的现代世界里,越界之路的高远难攀,可以从史蒂文斯《最终的诗是抽象的》("The Ultimate Poem Is Abstract")中得以领略:

This day writhes with what? The lecturer

On This Beautiful World of ours composes himself

And hems the planet rose and haws it ripe④

这时日因何而痛苦扭曲? 这讲师

在我们的美丽世界之上让他自己镇定

优柔寡断地哼唱出行星玫瑰,呵护它成熟

① Shelley, P. B. *Shelley's Poetry and Prose*. Reiman, D. H. & Fraistat, N. (eds.). New York: W. W. Norton & Company, 2002:77-79.

② Shelley, P. B. *Shelley's Poetry and Prose*. Reiman, D. H. & Fraistat, N. (eds.). New York: W. W. Norton & Company, 2002:129. 原文:I must remove/A veil from my pent mind. 'Tis torn aside!

③ Whitman, W. *Leaves of Grass, 1860: The 150th Anniversary Facsimile Edition*. Stacy, J. (ed.). Iowa City: University of Iowa Press, 2009:345.

④ *CPP*:369.

"讲师"是史蒂文斯诗歌中常见诗人形象"学者""哲学家"或"拉比"的另一版本,有自我调侃的意味。其实,这位创造自身的讲师,不啻造物者或上帝,用气息赋予星球生机,让它如同玫瑰绽放。在隐喻之路和越界之路的尽头,也许是同一个归宿,无以名之,或曰永恒,或曰无限,或曰深渊,或曰虚无。

史蒂文斯并不排斥向外探索的隐喻之路,不过他像雪莱一样,是个坚韧的越界者。他在诗歌中探讨"隐喻的动机"("The Motive for Metaphor")①,但也看到"隐喻之堕落"("Metaphor as Degeneration")②,更愿意做"内省的航行者"(introspective voyager)③,从而倾向于越界之路。在中后期作品中,史蒂文斯逐渐离开隐喻,转向越界,通过抽离、剥除、消减、内省等抽象行为,回溯至"最初理念"(the first idea),并以越界方式,借由理想化的第一人称言说者、想象人物、寓言人物或神话人物加以断言、宣示、默示,从而在诗歌中实现现实与想象的融合、人向本原的回归、对世界的重新认识,人复归天真,达到"人与世界为一"的境界,或者如雪莱所说,"大地重新变得年轻"④。诗歌对史蒂文斯来说,自成一个"流畅的世界"(fluent mundo)。以此观之,他的诗歌理论可概括为抽象诗学。⑤

"抽象"现象出现于诗歌起源的时代,在诗歌史中一直是活跃的因素。诗歌的抽象与自然万象一样,是因缘缘起,是对无穷元素的偶然表达,其特殊之处在于,它诞生于人的心灵;因此,诗歌抽象是"不可规定的抽象",发源于人对宇宙整体的领悟,与自然的生命力一同发生、生长、律动、衰亡,如春天森林中的一叶展开,如秋日的北极光变幻不定。《庄子·大宗师》里的子桑,或许是中国诗歌史上第一个"抽象诗人"(实则为庄子创造的寓言人物,真正的诗人是庄子自己)。子桑生活困苦,疾病缠身,又逢霖雨十日。朋友子舆担心他出事,急匆匆带上饭食赶去看他,只见子桑鼓琴而歌,喉咙暗哑,几乎发不出声音,急切地唱诵诗篇:"父邪!母邪!天乎!人乎!"⑥八个字,道尽了人生、命运、世道、宇宙,在绝望与悲怆之后,是心

---

① *CPP*:257.

② *CPP*:381.

③ *CPP*:23.

④ Shelley, P. B. *Shelley's Poetry and Prose*. Reiman, D. H. & Fraistat, N. (eds.). New York: W. W. Norton & Company, 2002:119. 原文:And the earth grow young again.

⑤ *CPP*:351.

⑥ 王叔岷. 庄子校诠. 北京:中华书局,2007:269-270.

灵敞开、大彻大悟。子桑与子舆论诗之对话,实为理解庄子诗学的枢纽,也是中国古典诗学的渊薮。雪莱在《解放的普罗米修斯》(*Prometheus Unbound*)序言中提出了"诗的抽象"(poetic abstraction)概念,对此,他解释说:

> 至于模仿,诗歌是模拟艺术(mimetic art)。它创造,不过它通过组合与呈现来创造。诗的抽象(poetic abstraction)是美丽、新颖的,并不是因为形成它们的各种成分之前不存在于人的心灵或自然之中,而是因为,这些成分组合所产生的整体与那些情绪和思想的来源之间,以及与其当代条件之间,具有某些容易理解的美妙类比(analogy):伟大的诗人是自然的杰作,对此,另一位诗人不仅应该而且必须研究。……诗人,是内在力量与外界影响的联合产物,前者例如改变他人性格的力量,后者例如激发或者延续这些力量的影响;诗人不是其中之一,而是两者兼备。①

史蒂文斯也从"类比"这一角度讨论过诗歌原理,他在诗论文章《类比的效果》("Effects of Analogy")中总结了诗歌意象的三条原理:每一意象是此意象之主题的殊相之阐述,每一意象是此意象之主题依特定态度而做的重述,每一意象就意象制造者而言是一次干预。② 因此,史蒂文斯认为:"诗歌成为并且是由现实中的殊相形成的超验类比(transcendent analogue),由诗人对世界的感觉创造出来,也就是说,当诗人干预或者干涉感觉的表象时,诗人的态度。"③

"越界"作为修辞术语,起源于古希腊斯多葛学派和智者学派哲人,经朗吉努斯(Longinus)、热拉尔·热奈特(Gérard Genette)、布鲁姆等历代文论家,在西方修辞传统中延续不绝。④ 在中国文论传统中,庄子"寓言、重言、卮言"中的"卮言"与"越界"有相通之处,可以互为印证、互相发明。庄子在《天下》中说:"以天下为沉浊,不可以庄语,以卮言为曼衍,以重言为真,以寓言为广。"⑤又在《寓言》中说:

---

① Shelley, P. B. *Shelley's Poetry and Prose*. Reiman, D. H. & Fraistat, N. (eds.). New York: W. W. Norton & Company, 2002:208.

② *CPP*:721.

③ *CPP*:723.

④ "越界"在古希腊思想中的起源可以追溯到古希腊爱利亚学派的巴门尼德,其与苏格拉底关于"一与多"及"分有"(metalepsis)问题的对话,记录于柏拉图《巴门尼德篇》。相关讨论见本书导论第四节"抽象与越界"。

⑤ 王叔岷. 庄子校诠. 北京:中华书局,2007:1342.

"厄言日出,和以天倪,因以曼衍,所以穷年。"①厄言作为庄子思想的特殊表达方式,是直接与循环不息的天道(天倪、天均)相呼应的,这与"越界"修辞在古希腊哲学中的起源异曲同工。"厄言"在中国文论中的发展脉络及其与西方文论中"越界"修辞的互通可能性,是比较诗学研究中极具潜力的课题。在史蒂文斯诗学中,越界成为诗歌表现的重要元素,使得诗人克服自我怀疑,打破人与物、心与世界的隔阂,回答"为何是我"的问题,最终获得作为诗人的自我认同,进入诗歌的自由境界,成为自我的主人,以庄子的眼光看,则为"大宗师"。布鲁姆习惯以标志性的修辞将诗人分类,例如惠特曼为提喻(synecdoche)大师,而罗伯特·弗罗斯特(Robert Frost)则好用反讽(irony)。② 以此类推,可称史蒂文斯为"越界诗人"(the poet of metalepsis)。史蒂文斯诗歌中的越界现象,如庄子所说"厄言日出",往往难以判断,会遇到定义的困难,此时,我们可以借鉴布鲁姆的危机模式,更须勇于在解读文本的基础上展开理论探索与建构。与此同时,我们还应听取史蒂文斯本人的箴言,诗人在《带蓝吉他的男子》(*The Man with the Blue Guitar*)第三十二章有警句:

> Throw away the lights, the definitions,
> And say of what you see in the dark
>
> That it is this or that it is that,
> But do not use the rotted names. ③

> 抛开灯和定义,
> 说出你在黑暗中所见
>
> 说它是这个或它是那个
> 但是别用腐烂的名字。

《诗经·国风·邶风·柏舟》云:"日居月诸,胡迭而微?"诗人与诗,在这恒常与衰变的消息盈虚中,经历着自己的命运。

---

① 王叔岷. 庄子校诠. 北京:中华书局,2007:1087.

② Bloom, H. The Art of Reading Poetry. In Bloom, H. (ed.). *The Best Poems of the English Language: From Chaucer Through Robert Frost*. New York: HarperCollins Publishers, 2004:1-2.

③ *CPP*:150.

目　录

导 论

How Does a Poet Drive on the Lincoln Highway

September 2018, at Dekalb, Illinois, the U. S.

How does a poet drive on the Lincoln Highway?
She must concentrate on the real road system,
Upon which the machine never goes astray,
Of which the mechanism has been a custom.
It is the machine that takes her to an aim,
And she has to be kept on the same line
To a home, to a work, to a lover, to a game,
Without thinking, without seeing the pitch pines.
The red light stops her, and she slides out of inertia,
Raising her eyes, awed by a theatre of cloud
Dreamingly hung upon a stem of aster,
A wonder above a silent storm of applause.
She keeps sliding along the line of reality
Under the theatre with its vanishing eternity.

诗人如何驱车行驶在林肯高速？

2018 年 9 月于美国伊利诺伊州迪卡布

诗人如何驱车行驶在林肯高速？
她必须全神贯注于道路系统，
机器在其上运行从不会迷路，
机械运行已经变成因循之风。
是机器带她抵达一个个目标，
她必须保持在同一条线路
回家、上班、约会、玩闹，
不假思索，不见路旁的脂松树。
红灯让她停下，她出于惯性滑行，
抬头看去，被云的剧场震撼
那云梦幻般悬于翠菊的细茎，
欢呼声的静默风暴之上的奇观。
她继续沿着现实的路线滑行，
在剧场之下，连同它消逝的永恒。

华莱士·史蒂文斯与庞德、托马斯·斯特恩·艾略特（Thomas Stearns Eliot）、威廉·卡洛斯·威廉斯（William Carlos Williams）、弗罗斯特、玛丽安·穆尔（Marianne Moore）、约翰·克洛·兰瑟姆（John Crowe Ransom）并称美国诗歌的现代七大师。① 不过史蒂文斯的风格与几位现代主义诗人迥异，更像是浪漫主义、象征主义传统的继承者，他们的共同之处，似乎只有诗歌的难度。自 1923 年《簧风琴》问世以来，史蒂文斯的诗歌就面临争议。1977 年，美国批评家哈罗德·布鲁姆的著作《华莱士·史蒂文斯：我们气候的诗歌》（*Wallace Stevens：The Poems of Our Climate*）出版，这在史蒂文斯诗歌批评史上是一个里程碑。1994 年，"华莱士·史蒂文斯诗歌奖"（Wallace Stevens Award）由美国诗人学会（Academy of American Poets）设立。2004 年，布鲁姆在其流传甚广的诗歌选本《最佳英语诗歌：自乔叟经罗伯特·弗罗斯特》（*The Best Poems of the English Language：From Chaucer Through Robert Frost*）中断言："据本编者毕生的判断，华莱士·史蒂文斯是继沃尔特·惠特曼和艾米莉·狄金森（Emily Dickinson）之后最重要的美国诗人（the principal American Poet）。"② 布鲁姆的判断，作为对众多史蒂文斯学者研究成果的概括，确立了史蒂文斯在美国文学传统中的地位。席卷 20 世纪的现代主义浪潮过后，史蒂文斯诗歌与诗学，成为值得重视的文学遗产。

① Lowell, R. John Ransom's Conversation. *The Sewanee Review*，1948，56(3)：374.

② Bloom, H. (ed.). *The Best Poems of the English Language：From Chaucer Through Robert Frost*. New York：HarperCollins Publishers，2004：825.

史蒂文斯在体现其诗学思想的重要作品《最高虚构笔记》(*Notes toward a Supreme Fiction*)(1942)第一章的标题中提出,"它(最高虚构)必须是抽象的"("It Must Be Abstract"),并在自己的诗歌、诗论和书信中对此反复加以讨论,这使得"抽象"成为讨论史蒂文斯时不可回避的问题。① 一般而言,诗贵具体,诗重细节,而史蒂文斯则标举"抽象",在诗学讨论及诗歌创作中持续不断地对"抽象"深入挖掘,似乎有意反其道而行之。随着对史蒂文斯诗学和诗歌创作解读的不断深入,对现代诗歌发展脉络的判断逐渐清晰,"抽象"成为史蒂文斯研究中的重要问题。诗为什么必须抽象? 对这一问题的回答,成为解读史蒂文斯的一把钥匙。

第一节　现代主义诗歌背景

史蒂文斯的诗歌和诗学思想是现代诗歌史的重要组成部分,为许多后辈诗人取法,也为学术界重视。见于文献记载的史蒂文斯批评始于 1916 年②,相关学术研究则兴起于 20 世纪 60 年代。1976 年,华莱士·史蒂文斯学会(Wallace Stevens Society)于加利福尼亚州立大学北岭分校正式成立,1977 年春季《华莱士·史蒂文斯学刊》(*Wallace Stevens Journal*)发行第一期。③ 经过近一个世纪的发展,史蒂文斯研究具备了颇为可观的规模,史蒂文斯学者编订了他的诗歌、书

---

① 史蒂文斯在写给《最高虚构笔记》单行本出版商卡明顿出版社的信中称:"当然,我所说的最高虚构指的是诗歌。"(*L*:407)在写给亨利·丘奇(Henry Church)的信中说:"当然,长期看来,诗歌将会是最高虚构。"(*L*:430)后来他在写给海·西蒙斯(Hi Simons)的信中又说:"最高虚构(supreme fiction)不是指诗歌(poetry),我也不知道那将会是什么。"(*L*:435,438)但是他于 1947 年写的短诗《最终的诗是抽象的》("The Ultimate Poem Is Abstract")可以作为理解这一问题的线索,即,"最终的诗"与"最高虚构"(无论它指什么)同样是抽象的。

② Doyle, C. (ed.). *Wallace Stevens*: *The Critical Heritage*. London: Routledge & Kegan Paul, 1985:25-26.

③ Serio, J. N. *History*: *The Wallace Stevens Joural* (2011-08-29)[2020-06-12]. http://wallacestevens.com/history.

信、散文作品权威版本①，出版了数种翔实可靠的传记，许多大批评家和重要批评学派发表了研究成果。史蒂文斯批评与20世纪初以来的美国现代文学批评几乎同步演变、发展，先后经历了新批评、解构主义以及后现代批评阶段。或许大诗人的标志之一就是其作品的争议性。20世纪60年代，约瑟夫·N.里德尔(Joseph N. Riddel)就曾指出："在众多史蒂文斯研究者中唯一的共识就是他的诗值得研究，而且经得起研究。"②J. 希利斯·米勒(J. Hillis Miller)则认为，史蒂文斯的诗

① 史蒂文斯于1923年出版第一部诗集《簧风琴》(*Harmonium*)，其后出版了五部诗集——《秩序观念》(*Ideas of Order*，1936)、《带蓝吉他的男子及其他诗篇》(*The Man with the Blue Guitar and Other Poems*，1937)、《世界的组成》(*Parts of a World*，1942)、《驶向夏天》(*Transport to Summer*，1947)、《秋天的极光》(*The Auroras of Autumn*，1950)，以及三首长诗的单行本——《猫头鹰的三叶草》(*Owl's Clover*，1936)、《最高虚构笔记》(*Notes toward a Supreme Fiction*，1942)、《恶之审美》(*Esthétique du Mal*，1945)。散文集《必要的天使：现实与想象论文集》(*The Necessary Angel：Essays on Reality and Imagination*)于1951年出版，《诗选》(*Selected Poems*)于1953年在英国出版，《史蒂文斯诗集》(*The Collected Poems of Wallace Stevens*)于1954年出版。由史蒂文斯的女儿霍利·史蒂文斯(Holly Stevens)编辑的《史蒂文斯书信集》(*Letters of Wallace Stevens*)于1966年出版，霍利按编年顺序编辑的《心灵尽头的棕榈：诗选集以及一部戏剧》(*The Palm at the End of the Mind：Selected Poems and a Play*)于1971年出版，由贝弗利·柯伊尔(Beverly Coyle)和艾伦·菲尔雷斯(Alan Filreis)编辑的《月亮的秘书：华莱士·史蒂文斯与何塞·罗德里格斯·费奥通信集》(*Secretaries of the Moon：The Letters of Wallace Stevens & José Rodríguez Feo*)于1986年出版，由米尔顿·J.贝茨(Milton J. Bates)编辑的《关于几个美好的主题：华莱士·史蒂文斯的札记》(*Sur Plusieurs Beaux Sujects：Wallace Stevens' Commonplace Book*)于1989年出版，由贝茨编辑的《遗作集：诗歌、戏剧、散文》(*Opus Posthumous：Poems，Plays，Prose*)于1990年出版，由弗兰克·克莫德(Frank Kermode)和琼·理查德森(Joan Richardson)编辑的《华莱士·史蒂文斯诗与散文集》(*Collected Poetry and Prose*)于1997年出版，由J.唐纳德·布朗特(J. Donald Blount)编辑的史蒂文斯与其夫人艾尔西通信集《沉思的伴侣：华莱士·史蒂文斯给艾尔西的信》(*The Contemplated Spouse：The Letters of Wallace Stevens to Elsie*)于2006年出版。霍利·史蒂文斯编写的《纪念品和预言：青年华莱士·史蒂文斯》(*Souvenirs and Prophecies：The Young Wallace Stevens*，1977)收集了一部分诗人的日记和书信。位于加利福尼亚州圣马力诺市的亨廷顿图书馆(The Huntington Library)于1975年收购了霍利收藏的史蒂文斯手稿、通信、照片等共计6815件，这些藏品是史蒂文斯研究的重要资料来源之一，详情参见：Ingosby, W. The Wallace Stevens Manuscript Collection at the Huntington Library. *Wallace Stevens Journal*，1977，1(1)：41-48.

② Riddel, J. N. The Contours of Stevens Criticism. In Pearce, R. H. & Miller, J. H. (eds.). *The Act of the Mind：Essays on the Poetry of Wallace Stevens*. Baltimore：The Johns Hopkins University Press, 1965：276.

不仅仅是论诗之诗(poetry about poetry),更是互相冲突的诗歌理论之战场。[①] 虽然史蒂文斯诗歌的经典地位从 20 世纪 60 年代开始逐渐确立,但是围绕史蒂文斯的争议从未平息,而且越来越多角度、多元化。

1923 年,史蒂文斯的第一部诗集《簧风琴》问世,批评之声居多,除史蒂文斯的忠实拥护者《诗刊》编辑哈丽雅特·门罗(Harriet Monroe)之外,赞扬者寥寥。R. P. 布莱克默(R. P. Blackmur)是新批评派重要批评家,他对史蒂文斯作品的评论的时间跨度达 20 余年,可视为 20 世纪三四十年代批评界对史蒂文斯作品态度逐渐转为肯定的代表人物。有论者认为,布莱克默于 1932 年发表的评论文章《华莱士·史蒂文斯举隅》("Examples of Wallace Stevens")是新批评发展过程中的一座里程碑。[②] 布莱克默认为,史蒂文斯具有将情感转化为思想的形而上学力量,但在其后期作品中这种力量衰退了。[③] 伊沃·温特斯(Yvor Winters)、兰塞姆等新批评派主要批评家对史蒂文斯也得出了类似的先扬后抑的结论。此外,史蒂文斯和诗人、文论家艾伦·泰特(Allen Tate)有交往,对 T. S. 艾略特(T. S. Eliot)则敬而远之。总的来说,新批评派对史蒂文斯并不特别重视,而且褒贬不一,原因也许在于他们的诗学观念相左。他们的分歧可以从史蒂文斯于 1944 年写给亨利·丘奇(Henry Church)的信中窥见一斑:

> ……有一天他(艾伦·泰特)写信给我,让我留意他发表在《肯庸评论》(The Kenyon Review)上的几首诗。读过之后,我很好奇泰特是不是有足够的农民味儿:Il faut être paysan d'être poet(要做诗人,先做农民)。《肯庸》派的人精确、复杂,而泰特有充分的理由为此骄傲,但是他的骄傲和皮埃尔·S. 杜邦(Pierre S. du Pont)在花木棚架间的骄傲有几分相似。不是说我偏好野外的老灌木,但是我喜欢树木的汁液,多多益善,无论如何,《肯庸》派对我

① Miller, J. H. *The Linguistic Moment: From Wordsworth to Stevens*. Princeton: Princeton University Press, 1985:5.

② Riddel, J. N. The Contours of Stevens Criticism. In Pearce, R. H. & Miller, J. H. (eds.). *The Act of the Mind: Essays on the Poetry of Wallace Stevens*. Baltimore: The Johns Hopkins University Press, 1965:252.

③ Blackmur, R. P. *Language as Gesture: Essays in Poetry*. London: George Allen and Unwin, 1954:253.

来说就像写在玻璃下面的诗;不过这丝毫无损人们对泰特力量的感觉。①

　　海伦·亨尼西·文德勒(Helen Hennessy Vendler)同样反对"写在玻璃下面的诗",她在诸多批评家中也许更有可能被史蒂文斯引为同调。她称史蒂文斯为"欲望与绝望之诗人"(a poet of desire and despair)或"悲苦之诗人"(a poet of misery),而否认他是一位"哲学家诗人"(the poet as philosopher)。② 她认为,大多数史蒂文斯批评把他的作品看作"观念之诗",这些批评可以按"主题"分为三类,即认识论、道德或人文主义;文德勒本人的研究则更重形式,她着眼于风格,分析史蒂文斯诗歌的用词、修辞、句法、文体、意象、语气和格律,尤其注意句法的分析。③ 她的批评思想和实践影响了许多评论家和读者。

　　20世纪70年代后,解构主义在美国批评界兴起,代表人物里德尔、米勒和布鲁姆都运用解构主义理论对史蒂文斯进行了重新解读。米勒于1976年对《岩石》(The Rock)的解读把解构主义批评正式引入了美国学术界。④ 布鲁姆堪称史蒂文斯批评家中影响最大也是最重要的一位,他的著述促成史蒂文斯文学史地位的确立;而史蒂文斯批评对布鲁姆也意义重大,可以说他是通过对史蒂文斯的分析评论,建立起了自己文学理论体系的核心部分。2004年,布鲁姆74岁,他在自己编纂的《最佳英语诗歌:自乔叟经罗伯特·弗罗斯特》中以其偄偄权威断言,史蒂文斯是继惠特曼和狄金森之后最重要的美国诗人。⑤ 布鲁姆批评思想主要有三个源头:西格蒙德·弗洛伊德(Sigmund Freud)、德里达以及卡巴拉和诺斯替教义。他的史蒂文斯批评大致可以归纳为两个要点:一是在"影响的焦虑"模式下,将史蒂文斯纳入浪漫主义传统,使其成为华兹华斯、雪莱、约翰·济慈(John Keats)、拉尔夫·沃尔多·爱默生(Ralph Waldo Emerson),尤其是惠特曼的"追随者"(ephebe)。爱默生把英国浪漫主义诗人思辨体系的三个要点性格(ethos)、

---

① L:460-461.

② Vendler, H. H. *On Extended Wings: Wallace Stevens' Longer Poems*. Cambridge, Massachusetts: Harvard University Press, 1969:9.

③ Vendler, H. H. *On Extended Wings: Wallace Stevens' Longer Poems*. Cambridge, Massachusetts: Harvard University Press, 1969:10.

④ Leggett, B. J. *Late Stevens: The Final Fiction*. Baton Rouge: Louisiana State University Press, 2005:x.

⑤ Bloom, H. (ed.). *The Best Poems of the English Language: From Chaucer Through Robert Frost*. New York: HarperCollins Publishers, 2004:825.

理性(logos)和激情(pathos)分别转化为命运(fate)、自由(freedom)和力量(power),并由此把英国浪漫主义引入并改造为美国浪漫主义。惠特曼继承爱默生的观点,进一步发展了美国浪漫主义传统。摆脱或克服主要来自惠特曼的影响之后,史蒂文斯成为强者诗人(a strong poet)。二是运用解构主义理论阐释史蒂文斯作品。布鲁姆认为,保罗·德曼(Paul de Man)和德里达的解构主义是目前用得上的最能说清楚问题的批评模式,但是解构主义没有一套清晰的诗歌批评术语,而他所要做的,就是把解构主义从哲学引入诗歌。[①] 布鲁姆从两方面入手:一是复活古典修辞学,重新启用修辞学的一套术语;二是借用并发展解构主义的术语。布鲁姆沿解构主义的理论思路,注意在文本中寻找"析取命题"(aporia,即文本中自相矛盾或不合逻辑之处),这个术语由德曼借自弗里德里希·威廉·尼采(Friedrich Wilhelm Nietzsche),而与德里达的"延异"(différance)亦有渊源,布鲁姆又把它追溯到诺斯替教义;布鲁姆结合自己的"误释"(misprision)理论,将"析取命题"扩展为三种"交叉点"(crossings),又称"危机点"(crisis-points):第一个交叉点称为"资格的交叉点"(the Crossing of Election),对应创造力之死,即诗人对自己是否有足够的创造力和天赋、是不是真正的诗人产生怀疑,陷入危机,同时又是反讽(irony)和提喻(synecdoche)之间的交叉点;第二个交叉点称为"唯我论的交叉点"(the Crossing of Solipsism),对应爱之死,即诗人对自己是否有能力去爱他人产生怀疑,陷入危机,同时这又是转喻(metonymy)和夸张(hyperbole)之间的交叉点;第三个交叉点称为"认同交叉点"(the Crossing of Identification),对应死亡,即诗人直接面对死亡,而受抑制的本能又趋向死亡与自我毁灭,诗人身处两难之中产生的危机感,同时也是隐喻(metaphor)和越界(metalepsis)之间的交叉点。[②] 就此,"越界"概念从古典修辞中复活,首次进入史蒂文斯批评视野。布鲁姆将活跃于公元前 150 年左右的修辞学家赫摩戈拉斯(Hermogoras)引为同道,认为他所传授的争讼四法(four stances as stasis)就是误释,其中的第四法

---

① Bloom, H. *Wallace Stevens: The Poems of Our Climate*. Ithaca: Cornell University Press, 1977:385.

② Bloom, H. *Wallace Stevens: The Poems of Our Climate*. Ithaca: Cornell University Press, 1977:392-403.

"metalepsis"的要领是坚持辩称:"这一切都是受害者的错。"①不过,对布鲁姆来说,"越界"是其"影响的焦虑"模式的一部分,他关心的是自己的理论体系,他把史蒂文斯作为阐释对象,并未进一步揭示"越界"在史蒂文斯诗学思想中的内涵与作用。在《形式的破坏》("The Breaking of Form")一文中,布鲁姆确认了从隐喻到越界的转变(第三交叉点)等同于"影响的焦虑"模式中第六修正比"死者回归"(ratio of *apophrades*),用以作为例证的诗篇是约翰·阿什伯利(John Ashbery)的《凸镜中的自画像》(*Self-Portrait in a Convex Mirror*)。②"交叉点"理论用于解读华兹华斯、爱默生、惠特曼、威廉·勃特勒·叶芝(William Butler Yeats)等诗人似乎得心应手,因为他们都经历过精神危机并在作品中有所反映,但是,这一理论用于史蒂文斯则显得说服力稍有不足。布鲁姆也承认,没有证据表明史蒂文斯经历过类似的精神危机,史蒂文斯特有的斯多葛气质和极力压抑的内心生活使他能够独自承受而不向任何人吐露,无论是通过书信还是诗歌。③尽管如此,布鲁姆还是通过一些蛛丝马迹,确认了史蒂文斯创作生涯中经历的危机以及"交叉点"在作品中的反映。有些学者对布鲁姆的晦涩难解颇有微词,例如约翰·N.塞里奥(John N. Serio)认为,布鲁姆的评论混淆而不是澄清了史蒂文斯。④也许弗兰克·克莫德(Frank Kermode)的看法更为公允:尽管布鲁姆的批评十分晦涩,一旦弄清楚了他在说什么,就会发现他总是对的。

　　解构主义之后的史蒂文斯批评更趋多元化。弗兰克·伦特里基亚(Frank Lentricchia)指责后结构主义批评对文学话语的重新垄断、他们的"新形式主义"手法和"享乐主义"美学、把"深渊"(或"虚无")概念作为逆反的本体论基础或批评话语新的中心反复使用以及他们对文学和语言的反历史倾向。⑤从语言的角度

---

①　Bloom, H. *Wallace Stevens: The Poems of Our Climate*. Ithaca: Cornell University Press, 1977:396.

②　Bloom, H. The Breaking of Form. In Bloom, H., et al. (eds.). *Deconstruction and Criticism*. London: Continuum, 2004:28.

③　Bloom, H. *Wallace Stevens: The Poems of Our Climate*. Ithaca: Cornell University Press, 1977:2.

④　Serio, J. N. (ed.). *Wallace Stevens: An Annotated Secondary Bibliography*. Pittsburgh: University of Pittsburgh Press, 1994:214.

⑤　Schaum, M. *Wallace Stevens and the Critical Schools*. Tuscaloosa: The University of Alabama Press, 1988:152.

对史蒂文斯进行的研究颇受重视。例如,埃莉诺·库克(Eleanor Cook)发现,史蒂文斯作品中有许多结构完整的谜语,读者与这些谜语或魔法咒语的关系可以分为三类:回答谜语,享受解谜的乐趣;无法解谜,从而感受到一种罪恶的魔力;置身文字的魔力外,找出游戏规律从而"占有"文本。[①] 贝弗利·梅德(Beverly Maeder)认为,史蒂文斯清醒地认识到语言被忽视的侧面,例如语音模式、句法结构,并在诗中游戏文字,创造出丰厚的物质表层,经常使语言自身与其表达的现实脱离。斯特凡·霍兰德(Stefan Holander)试图进一步找出语言形式中蕴含的意识形态。女性主义批评则以梅利塔·绍姆(Melita Schaum)编辑的《华莱士·史蒂文斯与女性主义》(Wallace Stevens and the Feminine)论文集为代表。其中杰奎琳·沃特·布罗根(Jacqueline Vaught Brogan)根据卡尔·古斯塔夫·荣格(Carl Gustav Jung)的原型理论考察了史蒂文斯创作生涯中与变形的自我分裂做斗争、试图清除女性自我的过程,认为他最终能够接纳女性自我,成为"必要的天使",实现了"完整意义上的人性",而这也是史蒂文斯触动许多女性读者的原因。[②] 20 世纪 80 年代之后,比较研究成为史蒂文斯批评中的突出现象,重要的现代作家都被拿来与史蒂文斯进行过比较,有些比较对象之间缺乏相关性,这引起了对比较研究有效性的质疑,正如埃尔姆·伯克伦德(Elme Borklund)所问:"一个新的研究角度能告诉我们哪些以前没能察觉的东西呢?"21 世纪以来,史蒂文斯与美国之外文化的互相影响引起了越来越多研究者的关注。巴特·埃克豪特(Bart Eeckhout)和爱德华·拉格(Edward Ragg)编纂的论文集《跨越大西洋的华莱士·史蒂文斯》(Wallace Stevens across the Atlantic)总结了这方面的成果,认为史蒂文斯诗学具有"跨大西洋"性质,既不全是美国的也不全是欧洲的,而是一个涉及更大文学、艺术、文化特质的复合体。[③]

　　史蒂文斯和中国结缘很早。他在哈佛求学期间就接触到一些东方思想,读过理雅各(James Legge)译的中国典籍。1909 年 3 月 18 日,他在写给艾尔西的信中

---

① Cook, E. Riddle, Charms, and Fictions. In Bloom, H. (ed.). *Wallace Stevens*(*Bloom's Poets*). New York: Chelsea House, 1985:162.

② Brogan, J. V. Sister of the Minotaur. In Schaum, M. (ed.). *Wallace Stevens and the Feminine*. Tuscaloosa: The University of Alabama Press, 1993:22.

③ Eeckhout, B. & Ragg, E. (eds.). *Wallace Stevens across the Atlantic*. Houndmills: Palgrave Macmillan, 2008:1.

记述了一次参观中国艺术品展的经历：“我不知道有什么比这更美。”①1924 年 7 月,史蒂文斯在写给门罗的信中提到,门罗的姊妹露西·门罗·卡尔霍恩(Lucy Monroe Calhoun)写信告诉他可以在中国见到《簧风琴》。② 1976 年,香港今日世界出版社出版了《史蒂文斯的诗》,注释解读了《键盘乐器边的皮特·昆斯》《星期天早晨》《坛子轶事》《冰激凌皇帝》《雪人》等五首诗歌,称史蒂文斯运用艺术创造诗歌要胜于他运用哲学③。张子清对史蒂文斯的生平和创作进行了介绍,认为“诗人着意的不是外部世界的再现而是内心体验的表现”④。刘岩则援引戈勒姆·B. 芒森(Gorham B. Munson)的观点,认为史蒂文斯是一位“中国式的诗人”⑤。黄晓燕从“秩序观念”入手,介绍了史蒂文斯诗学,强调“在一个信仰缺失的时代,史蒂文斯不遗余力地为人们寻找最终的秩序”⑥。

　　译入中文的史蒂文斯作品逐渐增多,尤其是 2015 年以来,出现了翻译史蒂文斯作品的热潮,2018 年出现 4 种译本,反映出中国读者、诗人及学术界对史蒂文斯越来越重视。目前出版的史蒂文斯中文译本有:1989 年出版的西蒙、水琴译《史蒂文斯诗集》,2008 年出版的张枣、陈东飚译《最高虚构笔记:史蒂文斯诗文集》,2015 年出版的陈东飚译《坛子轶事》,2018 年出版的王佐良译《注视一只黑鸟的十三种方式——史蒂文斯诗选》⑦,2018 年出版的陈东飚译《史蒂文斯诗全集》,2018 年出版的马永波译《我可以触摸的事物:史蒂文斯诗文录》,2018 年出版的罗池译《观察一只黑鹂的十三种方式》,等等。

　　文德勒等批评家注意到史蒂文斯批评中普遍存在的二元区分现象。文德勒指出:我们对史蒂文斯的二律背反的认识也许已经把他的诗缩减成了几组二元对立,如想象与现实、思想与真理、诗与真,然后这些反题又不可阻挡地引入合题,这

---

① *L*:137-138.

② *L*:243.

③ 李达三.谈德义.史蒂文斯的诗.香港:今日世界出版社,1977:4.

④ 张子清.沃莱士·史蒂文斯//吴富恒,王誉公.美国作家论.济南:山东教育出版社,1999:954.

⑤ 刘岩.中国文化对美国文学的影响.石家庄:河北人民出版社,1999:191.

⑥ Huang, X. Y. *Supreme Fiction：The Poetics of Wallace Stevens*. Changsha: Hunan People's Publishing House, 2007:215.

⑦ 原题是 *Thirteen Ways of Looking at a Blackbird*,现有多个中文译本,标题译法略有区别。

成为批评家频繁使用的模式。① 文德勒试图用"浩瀚"（magnitude）等同样取自史蒂文斯的词语来代替二元区分，似乎未能得到其他批评家的响应。

第二节　抽象的表象

史蒂文斯在现代诗人中享有"哲学诗人"之名，在这一点上甚至超越了他的哈佛校友，受过系统哲学训练的艾略特。② 布鲁姆认为，史蒂文斯终其一生都在为哲学与诗对权威的争夺而焦虑。③ 肯尼斯·伯克（Kenneth Burke）较早注意到史蒂文斯对哲学问题的爱好。他在 1944 年写给泰特的信中说："一个据称相对来说相当新的诗人，像史蒂文斯，试图通过在 150 年后发现康德学派，来解释他的相对来说相当新的美学，这难道不是相当讽刺吗？"④ 虽然伯克的话出于讥嘲，但史蒂文斯的哲学思想与伊曼努尔·康德（Immanuel Kant）渊源甚深，这一点成了论者共识。诺斯罗普·弗莱（Northrop Frye）曾说，对史蒂文斯而言，诗学理论与诗歌实践不可分割，他的诗意境界取决于形而上学，他的形而上学取决于认识论，而他的认识论又取决于他的诗意境界。⑤ 但史蒂文斯对待哲学的态度是微妙的：一方面，他在哈佛求学期间结识哲学家乔治·桑塔亚那（George Santayana）并与其成为忘年之交；他一生好读哲学著作，在作品中广泛征引从柏拉图到亨利·柏格森（Henri Bergson）的众多哲学家；他的诗歌好做玄思，时常专注于"存在"问题，并撰写以"想象／现实"为核心命题的一系列诗论，在现代诗人中显得独树一帜。另

① Vendler，H. H. *Wallace Stevens：Words Chosen out of Desire*. Knoxville：The University of Tennessee Press，1984：61.

② Eeckhout，B. *Wallace Stevens and the Limits of Reading and Writing*. Columbia：University of Missouri Press，2002：6.

③ Bloom，H. *Wallace Stevens：The Poems of Our Climate*. Ithaca：Cornell University Press，1977：327.

④ Filreis，A. *Wallace Stevens and the Actual World*. Princeton：Princeton University Press，1991：97.

⑤ Frye，N. *Spititus Mundi：Essays on Literature，Myth，and Society*. Bloomington：Indiana University Press，1976：353.

一方面,他又宣称自己拒绝"系统的哲学"①,除了向桑塔亚那致敬的《致罗马城的年迈哲学家》,他诗歌中的哲学家形象多半滑稽可笑,例如《就像黑人墓地的装饰》第九章:"在一个普遍贫困的世界／只有哲学家们会发胖／在将成永恒的秋天里／迎着秋风。"②史蒂文斯诗歌中的哲学思考及其与现实的关系吸引了许多研究者,对"现实/想象""主观/客观""自我/世界"的侧重成为各家评论的分水岭。

　　罗伊·哈维·皮尔斯(Roy Harvey Pearce)于1951年发表的论文《华莱士·史蒂文斯:想象的生命》称史蒂文斯为"哲学诗人"(a philosophical poet),认为他赋予认识论、本体论和伦理命题以美学形式。皮尔斯将史蒂文斯的诗歌定义为在想象的自我与疏离的现实之间创造可行的信仰的持续不断的努力,指出史蒂文斯早期诗歌中描写较多,而对于诗人来说,描写与感知和概念是等同的,诗人从自身的现实中区分出与他人不同的片段,并逐渐认识到这些片段成为自身的一部分。③ 他认为,从《簧风琴》到《驶向夏天》,史蒂文斯的诗风由铺陈戏剧场面和描摹刻画转向议论与逻辑论证,这是因为诗人长期专注于固定的主题,而后期诗人对这些主题的观点越发成熟。④ 罗伯特·帕克(Robert Pack)于1958年出版的《华莱士·史蒂文斯:诗与思想研究》也称史蒂文斯为"哲学诗人",并认为他的主题是理念(ideas)、概念(concepts)和抽象(abstractions),而不仅仅是客体(objects)和感官(sensations)。⑤

　　米勒在其接受解构主义之前的著作《现实之诗人:六个二十世纪作家》中认为,史蒂文斯和其他现代诗人一样有回归现实的特质;不过,米勒采用了形而上学论证,而不是历史实证的方法。他首先把史蒂文斯置于现代思想史中,强调史蒂文斯及其他现代诗人与浪漫主义传统的决裂,认为浪漫主义主张"双重二元对立",即"存在"分为天堂和人间、超自然和自然、"真实"世界和衍生世界;同时"存在"又分为主观和客观。人之主观自我对立于其他一切,而上帝或超自然力量存在于自然之中。直到尼采高呼"上帝死了!",才宣告了浪漫主义的终结。上帝之

---

① *L*:864.

② *CPP*:122.

③ Pearce, R. H. Wallace Stevens: The Life of the Imagination. *PMLA*, 1951, 66(5):563.

④ Pearce, R. H. Wallace Stevens: The Life of the Imagination. *PMLA*, 1951, 66(5):562.

⑤ Pack, R. *Wallace Stevens: An Approach to His Poetry and Thought*. New Brunswick: Rutgers University Press, 1958:167.

死首先导致虚无主义,而 20 世纪作家的首要任务就是从虚无主义重返现实。[①] 史蒂文斯也曾写到,"一个神的死亡就是众神的死亡"[②]。在面对这样一个没有上帝的世界时,史蒂文斯认为诗应有取代上帝的作用。在阐释史蒂文斯诗中反复出现的"idea"一词时,米勒认为,史蒂文斯使用这个词的本意更接近埃德蒙德·胡塞尔(Edmund Husserl)认识论意义上的"ideen"(观念),而不是柏拉图本体论意义上的"理念";胡塞尔认为,应将世界置入括号以揭示其作为直接经验的本源属性,这和史蒂文斯所说的"反创造"(decreation)很接近。[③]

弗兰克·多格特(Frank Doggett)称史蒂文斯的诗歌为"思想之诗"(the poetry of thought)。他比较全面地探讨了史蒂文斯对哲学观念的运用,辨析了史蒂文斯与众多哲学家观点相近之处,例如,亚瑟·叔本华(Arthur Schopenhouer)、威廉·詹姆斯(Willian James)、桑塔亚那、柏格森、荣格、恩斯特·卡西尔(Ernst Cassirer)、阿尔弗雷德·诺斯·怀特海(Alfred North Whitehead)、大卫·休谟(David Hume)、康德、尼采、本尼迪托·克罗齐(Benedetto Croce)和弗朗西斯·赫伯特·布拉德利(Francis Herbert Bradley)。多格特认为,史蒂文斯的诗歌更多地得力于这些哲学观念的美学价值,而不是依靠连贯的逻辑论证。多格特认为,史蒂文斯诗歌中潜藏的哲学观念通常是主观与客观之间关系的一些变化形式,即史蒂文斯所说的"想象"与"现实"之间的关系。[④] 从哲学观念角度,很容易引向对史蒂文斯诗歌中抽象的讨论,下文还将继续谈到这一现象。

里德尔在《先知之眼:华莱士·史蒂文斯的诗与诗学》(*The Clairvoyant Eye: The Poetry and Poetics of Wallace Stevens*)中称史蒂文斯为"诗人–先知"。里德尔认为,史蒂文斯把诗看作"思想的行为"(act of the mind),这使得现象学的解读方法适用于史蒂文斯。[⑤] 从这个角度看,史蒂文斯的全部创作最终都归于"行

① Miller, J. H. *Poets of Reality: Six Twentieth-Century Writers*. Cambridge, Massachusetts: The Belknap Press of Harvard University Press, 1965:1-12.

② *CP*:381.

③ Miller, J. H. *Poets of Reality: Six Twentieth-Century Writers*. Cambridge, Massachusetts: The Belknap Press of Harvard University Press, 1965:249.

④ Doggett, F. *Stevens' Poetry of Thought*. Baltimore: The Johns Hopkins University Press, 1966: ix.

⑤ Riddel, J. N. *The Clairvoyant Eye: The Poetry and Poetics of Wallace Stevens*. Baton Rouge: Louisiana State University Press, 1965:271.

为"，归于调整思想以适应其时空基质（time-space matrix）这一持续不断的过程，时空基质即思想能对其加以定性，甚至从心理上创造出现实，但思想不能超越这一现实。① 通过创作，即"思想的行为"，史蒂文斯宣称在这无人做主的世界上人是其自身的主人，他拒绝认为人可以臻于完美，他认为这不过是虚假的安慰，但完美可以在想象中构想；诗歌与生活，对史蒂文斯来说同时既是"存在"又是"变成"，是我们所知的一切，在一刻不停奔流而去的世界上为我们的存在提供栖身之处。②

托马斯·J. 海因斯（Thomas J. Hines）认为，史蒂文斯所说的"最高虚构"即"存在之诗"（the poetry of Being）。③ 他系统运用胡塞尔和马丁·海德格尔（Martin Heidegger）的现象学理论来解读史蒂文斯的诗歌和诗学，同时坚持哲学与诗的区分，强调作品的美学意义而非哲学上的确定含义。海因斯认为，前期和中期史蒂文斯诗歌（《秩序观念》和《带蓝吉他的男子》）关注的是认识论问题，即如何理解思想（亦即"想象"）和世界（亦即"现实"）之间的关系，史蒂文斯的思路和胡塞尔的现象学方法有很多类似之处，胡塞尔认为"必要的是不带认知偏见地去看事物自身的方法"，他首先将复杂的现实缩减为对事物自身的原初直觉，然后排除所有先入之见，以唤起概念性的本质。史蒂文斯与胡塞尔的相通之处在于都强调"思想的行为"，而不是将其作为客观对象的事物本身。④ 后期史蒂文斯（在《最高虚构笔记》中）的兴趣从感知转向揭示，海德格尔的本体论探索正好对应史蒂文斯诗歌中反复探求的"存在之直观"（intuitive sense of Being），在其中自我和世界合而为一；运用海德格尔对存在、语言的本体论功能以及本体论与诗歌的关系等问题的分析，可以解释史蒂文斯后期诗歌中对时间和存在问题的阐述。⑤

---

① Riddel, J. N. *The Clairvoyant Eye：The Poetry and Poetics of Wallace Stevens*. Baton Rouge：Louisiana State University Press, 1965：273.

② Riddel, J. N. *The Clairvoyant Eye：The Poetry and Poetics of Wallace Stevens*. Baton Rouge：Louisiana State University Press, 1965：278.

③ Hines, T. J. *The Later Poetry of Wallace Stevens：Phenomenological Parallels with Husserl and Heidegger*. Lewisburg：Bucknell University Press, 1976：141.

④ Hines, T. J. *The Later Poetry of Wallace Stevens：Phenomenological Parallels with Husserl and Heidegger*. Lewisburg：Bucknell University Press, 1976：25-26.

⑤ Hines, T. J. *The Later Poetry of Wallace Stevens：Phenomenological Parallels with Husserl and Heidegger*. Lewisburg：Bucknell University Press, 1976：27.

博比·乔·莱格特(Bobby Joe Leggett)声称采取一种"实用文本间性阅读法"(practical intertextual reading),目的不在于找出史蒂文斯诗歌的来源,而是发现新的阅读角度,以解读某些本来无从入手的文本。[1] 他对史蒂文斯前期诗歌(1915—1935)的解读着眼于尼采的影响,认为尼采的视界理论(perspectivism)可以作为理解史蒂文斯作品的钥匙。视界理论有两条假设:一是"我们不能从自我的角落看到四周",我们不能摆脱自己视角的限制,因此永远不能逃脱阐释;二是拒绝"真理"的价值,或肯定非真理、假象、虚构的价值。[2] 而对史蒂文斯后期诗歌的文本间性解读,莱格特选择了亚瑟·叔本华(Arthur Schopenhauer)和桑塔亚那,而史蒂文斯自己的"最高虚构"则应该被看作解读其全部作品的背景。[3] 莱格特的"实用文本间性阅读法"注重在不同文本之间寻找可资互相印证之处,然后推而广之,认为这些文本乃至其作者的思想可以互相发明,虽然不必尽皆相同。

玛丽·博罗夫(Marie Borroff)强调史蒂文斯的怀疑精神及其对个人独特生命体验的重视,认同他对哲学某种程度上的排斥:

> 史蒂文斯兼有两种雄健有力而互相抵牾的禀赋:一方面自许高洁、深具怀疑精神,久为不安所困,傲视审美上的庸俗低劣和智力上的虚伪矫饰;另一方面这同一个心灵又对信念和服膺之境孜孜以求,渴望一片"沉静之地"(douce campagna),向往在其中平静地安居。他的怀疑精神尤其表现在早年对启示宗教的拒绝,以及对系统哲学的排斥,因为哲学宣称通过理性和逻辑抵达真理,这也是"唯一真理"。对史蒂文斯来说,真理与个人的经验同一,而经验与个人在特定时刻的意识同一。经验源自外在且独立于自我的世界,但是世界并不能与个人当下对它的认识割裂;世界必然是感知与表象的总和。[4]

---

[1] Leggett, B. J. *Early Stevens: The Nietzschean Intertext*. Durham: Duke University Press, 1992: viii.

[2] Leggett, B. J. *Early Stevens: The Nietzschean Intertext*. Durham: Duke University Press, 1992: 213-214.

[3] Legget, B. J. *Late Stevens: The Final Fiction*. Baton Rouge: Louisiana State University Press, 2005: xi.

[4] Borroff, M. (ed.). *Wallace Stevens: A Collection of Critical Essays*. Eaglewood Cliffs: Prentice-Hall, 1963: 2-3.

　　玛乔丽·佩洛芙(Marjorie Perloff)观察到,在史蒂文斯批评中甚少提及作品的政治和社会语境;在她看来,史蒂文斯属于"直接的抒情诗"(straight lyric)传统(还包括狄金森、克莱恩、弗罗斯特),他在内心深处对日常生活的不纯粹怀有疑虑,其诗论和诗歌创作脱离现实。她问道:"为什么一首诗要提出在其中写下'最高虚构'的'比喻空间'(figural space)概念,而制造一个这样的将要被摧毁的虚构意味着什么? 杜尚或贝克特有没有制造这样的最高虚构? 蒲柏的诗有没有创造这样的'比喻空间'——或斯威夫特?"①这似乎在暗示史蒂文斯的诗歌超然于现实,导致批评家也有意回避现实问题,而只关注风格层面,亦即,只问怎样(how),而不问为什么(why)。

　　史蒂文斯曾说:"现实的压力是一个时代艺术特征的决定因素,同样也是个人艺术特征的决定因素。"②在他的诗论中现实和想象同样重要,有时几乎是同义词。20世纪90年代,艾伦·菲尔雷斯(Alan Filreis)和詹姆斯·朗根巴赫(James Longenbach)等人对佩洛芙做出了回应,他们的研究反映了新历史主义倾向,长于考证,善于运用史料,从中发掘出新的认识、方法、态度,为史蒂文斯研究提供了新的视角。

　　菲尔雷斯认为,史蒂文斯研究过于侧重"想象",力图在《华莱士·史蒂文斯与真实世界》一书中恢复他"现实之诗人"(a poet of reality)的真实面貌。③菲尔雷斯运用历史考证方法,大量采用第一手历史档案,从三个方面考察史蒂文斯与现实的关系:一是史蒂文斯与友人的通信,使他能够了解美国以外的世界,例如二战期间史蒂文斯与友人的大量通信使他对欧洲战事和时局有真切的了解;二是史蒂文斯对时事新闻的关注,尤其是他有读报的爱好,并经常在通信中谈到他关注的新闻事件;三是史蒂文斯对公共事务的参与。一般认为,史蒂文斯对政治不感兴趣,不爱在公众场合露面,而一些史料却表明史蒂文斯有积极入世的一面。史蒂文斯晚年成为公众人物,除了在哈佛大学、普林斯顿大学等处做关于诗歌的演讲、

---

① Perloff, M. Revolving in Crystal: The Supreme Fiction and the Impasse of Modernist Lyric. In Gelpi, A. (ed.). *Wallace Stevens: The Poetics of Modernism*. Cambridge, England: Cambridge University Press, 1985:59.

② *CPP*:656.

③ Filreis, A. *Wallace Stevens and the Actual World*. Princeton: Princeton University Press, 1991:244.

朗读诗歌作品,还参加了一些更有政治意义的活动。例如,1952年史蒂文斯应邀在马萨诸塞大学朗读并录制他的诗作,而这次系列录音的主题是"美国的自由人观";1954年他应邀为哥伦比亚大学二百周年校庆写了一首即事诗《尤利西斯的航行》,这是一篇应命之作,主题是规定的"美国权利、知识和自由",史蒂文斯还在庆典活动的高潮部分朗诵了这首诗,当时美国总统与会。① 1955年,亨利·阿尔弗雷德·基辛格(Henry Alfred Kissinger)邀请史蒂文斯参加在哈佛举行的一次"国际研讨会",研讨会的目的在于向一群精心选择的来自其他国家的未来领袖尽可能广泛和有代表性地介绍美国生活,虽然史蒂文斯因为数周前接受过手术而未能成行,但基辛格的邀请本身就说明史蒂文斯已被看作美国的文化大使,是文化外交战略的一部分。② 有论者认为,费尔雷斯的成功之处也是他的局限所在,他对史料的分析论述太过冗长,以至于淹没了相关的诗歌文本。③ 菲尔雷斯1994年的著作《现代主义从右到左:华莱士·史蒂文斯,三十年代及文学激进主义》更加侧重于意识形态的分析。朗根巴赫着眼于史蒂文斯和历史的关系,把他的诗歌创作生涯与他身处时代的重大事件,尤其是大萧条和两次世界大战联系起来。朗根巴赫的历史研究深入细致,某些方面能见人所未见,道人所不能道,例如他考证史蒂文斯在纽约任《纽约论坛报》记者时,曾报道了麦金利和布莱恩之间的总统竞选,并且投票支持持平民主义立场的布莱恩,此后对美国平民主义的积极进取和因循守旧两方面的思想进行了长期的反思。④ 朗根巴赫认为,史蒂文斯的创作是和政治局势一同变化发展的,他称从1914年起史蒂文斯成为战争诗人,认为《星期天早晨》和《作为字母C的喜剧家》也是战时意识的产物,因为其中伴有对死亡和世界末日的幻想,并反映出传统性别观念的断裂;1940年后的重要作品,如《最高虚构笔记》和《恶之审美》,则是与第二次世界大战时的现实紧密联系的;晚年史

---

① Filreis, A. *Wallace Stevens and the Actual World*. Princeton: Princeton University Press, 1991:244.

② Filreis, A. *Wallace Stevens and the Actual World*. Princeton: Princeton University Press, 1991:243-244.

③ Bush, R. Review of *Wallace Stevens and the Actual World*. *Wallace Stevens Journal*, 1991, 15(2):234.

④ Longenbach, J. *Wallace Stevens: The Plain Sense of Things*. Oxford: Oxford University Press, 1991: vi.

蒂文斯与政治/现实疏离，而这种疏离本身则是与冷战时期的政治局势密不可分的。① 在朗根巴赫看来，史蒂文斯在二战期间写作的诗篇（如《最高虚构笔记》）在他的整个创作生涯中是内涵最丰富的，是诗艺成熟、经济稳定和历史危机共同作用的产物；如果任何一个影响诗歌整体的因素被忽视，诗歌就要受到损失，这里朗根巴赫想要强调的是影响诗歌的现实因素。② 总的看来，新历史主义的研究为我们精确再现了史蒂文斯所处的时空环境，提供了他作为诗人、艺术品收藏家、保险公司副总裁、保证担保律师的详尽的生活细节，但是在史蒂文斯所处时代及其诗歌的相互影响上仍不能做出令人信服的解释。乔治·伦辛（George Lensing）出版于 2018 年的新作《制作诗歌：史蒂文斯路径》力图发现诗人将个人经验转化为诗歌的语境与背景。③

　　正如史蒂文斯所说，"想象与现实的关系是一个关于精确平衡的问题，而不是关于两个极不协调的极端之间差异的问题"④。"不仅想象依附于现实，而且现实也依附于想象，这种互相依存至关重要。"⑤这提示我们，过于强调形而上或形而下的层面，都难以把握史蒂文斯诗歌的精神实质，想要理解史蒂文斯的"现实-想象复合体"（the reality-imagination complexity），仅仅着眼于"想象"和"现实"本身则难以窥见全豹，必须另辟蹊径，找到二者之间的结合点。

第三节　文学批评视野中的抽象

　　如果说史蒂文斯要比叶芝、艾略特、奥登、玛丽安·穆尔、庞德和威廉斯更多

---

① Longenbach, J. *Wallace Stevens*：*The Plain Sense of Things*. Oxford：Oxford University Press，1991：vi-vii.

② Longenbach, J. *Wallace Stevens*：*The Plain Sense of Things*. Oxford：Oxford University Press，1991：281.

③ Lensing, G. S. *Making the Poem*：*Stevens' Approaches*. Baton Rouge：Louisiana State University Press，2018：3.

④ *CPP*：647.

⑤ *CPP*：663.

地激起批评家之间各执一端的争议，"抽象"就是争议的焦点之一。① 无论是欣赏还是厌弃史蒂文斯的读者，都不免要提及他的抽象，正如克莫德所说："有一种抽象的诗歌；如果你不喜欢它，即便它牢牢植根于世界的纷纭万象之中，你也不会喜欢史蒂文斯。"②对史蒂文斯诗歌中"抽象"问题的讨论，主要从风格、哲学观念、现代美术的影响三个方面进行。随着研究的深入，"抽象"在史蒂文斯诗学中的重要意义逐渐显露，但是关于这一概念的形成、定义、在史蒂文斯诗学思想中的地位、在其诗歌创作中的作用、对现代诗歌的影响等种种问题，尚存争议。

早期评论者论及史蒂文斯诗歌中的"抽象"问题时，多认为这是一种负面的风格特征。除哈佛求学期间发表在学生刊物上的习作之外，史蒂文斯从 1914 年开始在《诗刊》等"小杂志"上发表诗作。他最初的作品引起的读者反应是截然对立的两个极端。1914 年 11 月，《诗刊》推出战争专刊，史蒂文斯的投稿——组诗《诸相》(Phases)寄到编辑部时，这期杂志已经完成组稿编辑，但哈丽雅特·门罗看到史蒂文斯的作品，立即为他腾出位置，收入投稿组诗 7 首中的 4 首。一位当时小有名气的诗人夏默斯·欧希尔(Shaemas O'Sheel)对《诗刊》大加挞伐，他引用史蒂文斯的诗句"巴黎有个小广场/等待着直到我们经过——/他们懒洋洋坐在那儿。/他们啜饮玻璃杯"，来证明这期战争诗歌的失败。他斥责道："我们在报纸上读的战争已经够多的了，为什么还要让这些夸夸其谈的诗戳到我们脸上，它们不真实，读起来让人恶心。"③不真实、超然的抽象、远离生活、"唯美主义者"(aesthete)、"享乐主义者"(hedonist)、"花花公子"(dandy)，这些成为早期史蒂文斯评论中常见的标签。

1919 年，两位批评家——路易斯·安特梅耶(Louis Untermeyer)和康拉德·艾肯(Conrad Aiken)围绕美国现代诗歌进行了一次论战，这也是史蒂文斯第一次成为文学论战的目标。安特梅耶的著作《美国诗歌的新时代》试图为美国文学价值建立起高下等级，他赞赏"现实主义"的"美国"诗歌，反对受法国象征派影响的"国际主义"的"纯"诗，认为前者以埃德加·李·马斯特斯(Edgar Lee Masters)和

---

① Ragg, E. *Wallace Stevens and the Aesthetics of Abstraction*. Cambridge, England: Cambridge University Press, 2010:7.

② Kermode, F. *Wallace Stevens*. Edinburgh: Oliver and Boyd, 1960:46.

③ Doyle, C. (ed.). *Wallace Stevens: The Critical Heritage*. London: Routledge & Kegan Paul, 1985:26.

卡尔·桑德堡(Carl Sandberg)等"芝加哥诗人"为代表,而将史蒂文斯归入后者。艾肯认为,安特梅耶的观点过于狭隘,只是一种社会与民族的偏见,忽视了诗歌的美学价值。他把史蒂文斯与希尔达·杜立特尔(Hildac Doolittle,笔名 H. D.)、庞德、约翰·古尔德·弗莱彻(John Gould Fletcher)、马克斯维尔·博登海姆(Maxwell Bodenheim)、艾略特、阿尔弗雷德·克里姆伯格(Alfred Kreymborg)、后期的埃德加·李·马斯特斯等人相提并论,认为他们的共同点在于:他们都追求一种"绝对的诗"(absolute poetry),即"一种不提供任何信息、不沾染任何信条的诗歌,一种只为魔力而存在的诗歌,一方面是美的魔力,另一方面是现实的魔力,但是都通过暗示的运用而非就事论事的陈述来实现"[①]。艾肯认为,史蒂文斯和艾略特一样,不仅有思想上的精妙原创性,而且有形式和观念上的清晰平衡感。[②] 史蒂文斯并不是这场论战的唯一目标,所以关于他的论述并不深入,但也可以看出双方对史蒂文斯的风格观感相似,不同的只是对这种"纯诗"或"绝对的诗"各有好恶。有趣的是,受安特梅耶赞赏的桑德堡,写信给安特梅耶表达了不同的看法:"……史蒂文斯,吸引我反复阅读。他诗行中的音乐和措辞中暗示的幽暗,持久存在,而且这种效果对我来说一直体现在如下诗篇,《看乌鸫的十三种方式》,还有那一首,写的是大象耳朵皱缩,树叶像老鼠一样奔跑,简直就是城市角落里令人难以忘怀的秋天……"[③]也许对诗人来说,技艺高下才是评判同行的标准。但显然这并不能改变安特梅耶的成见。4 年后,他称史蒂文斯"不属于印象主义(Impressionist),而属于点彩画派(Pointillist)"[④]。1924 年,安特梅耶继续指责史蒂文斯诗中"顽固的晦涩",称史蒂文斯为专注于"声音的价值"的词语画家(word-painter),断言:"大体而言,这位'与现实作战'的自觉唯美主义者所获甚微,除了

---

① Doyle, C. (ed.). *Wallace Stevens: The Critical Heritage*. London: Routledge & Kegan Paul, 1985:34-35.

② Doyle, C. (ed.). *Wallace Stevens: The Critical Heritage*. London: Routledge & Kegan Paul, 1985:29.

③ Doyle, C. (ed.). *Wallace Stevens: The Critical Heritage*. London: Routledge & Kegan Paul, 1985:30.

④ 点彩画法是一种用各种单色小点作画的新印象主义绘画技巧,在观看者眼中这些色点会融会在一起。这种技巧由修拉(Seurat)发明,旨在增强颜色的亮度和光彩。

一种可笑的附庸风雅。"①

此后的早期史蒂文斯批评基本沿袭了这次论战的基调:揄扬者称赞史蒂文斯的风格,而贬斥者则指责他在思想内容或情感上的苍白。埃德蒙·威尔逊(Edmund Wilson)对史蒂文斯的总体评价不高,认为他是一位掌握某种风格的大师(the master of a style),组织语言的天赋虽然奇特但不容置疑,不过诗中表达的情感既不丰富也不强烈,与 E. E. 卡明斯(E. E. Cummings)相比,显得冷淡、与生活有隔膜。威尔逊有一句话或可代表许多初读史蒂文斯的读者的观感:"即使你不知道他在说什么,你也知道他说得很妙。"②卢林·博维斯(Llewelyn Powys)则认为,史蒂文斯的诗超越善恶,超越希望和痛苦,超越任何种类的思想。③芒森称史蒂文斯为花花公子式诗人(dandyist),盛赞他诗艺的精确和优雅,认为他有一种有序的想象力,恬淡宁静之处堪比中国诗,是形式上无懈可击的典范。④德尔默·施瓦茨(Delmore Schwartz)认为,史蒂文斯的诗在优雅的表层之下暗含着极端严肃的心灵,其风格的明显缺陷在于缺乏对事实的直接观察,总有一种挥之不去的抽象性(There is always an abstractness present),导致了如下缺点:难免轻浮的语言游戏,重复叠加的短语,总体来说,使诗人显得过于"诗意"了。⑤施瓦茨认为,史蒂文斯的诗造成了一种非常熟悉的陌生感(a very familiar strangeness),这是批评家加诸史蒂文斯的众多矛盾修辞中的一个。⑥

1945 年,海·西蒙斯细致地分析了史蒂文斯的风格,试图为其诗歌的抽象做出合理解释。西蒙斯的评论回应贺拉斯·格里高利(Horace Gregory)和玛丽·

---

① Riddel, J. N. The Contours of Stevens Criticism. In Pearce, R. H. & Miller, J. H. (eds.). *The Act of the Mind: Essays on the Poetry of Wallace Stevens*. Baltimore: The Johns Hopkins University Press, 1965:247.

② Doyle, C. (ed.). *Wallace Stevens: The Critical Heritage*. London: Routledge & Kegan Paul, 1985:62.

③ Doyle, C. (ed.). *Wallace Stevens: The Critical Heritage*. London: Routledge & Kegan Paul, 1985:65.

④ Doyle, C. (ed.). *Wallace Stevens: The Critical Heritage*. London: Routledge & Kegan Paul, 1985:78-82.

⑤ Doyle, C. (ed.). *Wallace Stevens: The Critical Heritage*. London: Routledge & Kegan Paul, 1985:186.

⑥ Doyle, C. (ed.). *Wallace Stevens: The Critical Heritage*. London: Routledge & Kegan Paul, 1985:186.

科勒姆(Mary Colum)对史蒂文斯的批评,前者认为"史蒂文斯不是一位富于才智的诗人(intellectual poet),其诗歌的价值不能从理智角度衡量",后者怀疑史蒂文斯的诗是否有足够的感官愉悦以成为诗歌,认为它读起来有点像一篇托马斯·阿奎那(Thomas Aquinas)的作品。① 西蒙斯认为,史蒂文斯的作品表达对四个哲学论题(philosophical subjects)的态度:艺术家与其所处环境的社会-伦理关系;想象与现实关系的伦理-认识论问题;形而上学和神学意义上的信仰问题;由"英雄"与"主要的人"(the major man)体现的人本主义。在艾略特对玄学诗人(metaphysical poet)定义的基础上,西蒙斯宣称史蒂文斯是一位"才智诗人"(intellectual poet),不属于19世纪传统,而是和庞德、艾略特一样,是"理念的抒情诗"(lyric of ideas)或"才智的抒情诗"(intellectual lyric)的继承者,是当时诗歌中玄学趋势的创始人之一。通过分析《双簧管上的旁白》("Asides on the Oboe"),西蒙斯展示了史蒂文斯如何把意象与理念结合起来,表达了对"信仰"危机的思考与感受。西蒙斯认为:"如果理念从这首诗里抽离(abstracted)出来,它就不能得到真正的理解;理念不能仅仅作为理念被理解,而且要通过意象、通过它们在其中被呈示的诗,被感受到。"②西蒙斯将史蒂文斯的风格定义为潜藏在独具个性的理念之诗的优雅之下的"合理性"(reasonableness),而史蒂文斯艺术的基本特质是"融理念于意象"(making ideas into images)。③ 西蒙斯试图使史蒂文斯的抽象风格合理化,实际上却淡化了对这种风格的理解,而且他套用艾略特的玄学诗概念,把史蒂文斯、艾略特、庞德的风格混为一谈,并不符合这三位大诗人的创作实践和诗学思想。

20世纪50年代,兰多尔·贾雷尔(Randall Jarrell)的态度转变是史蒂文斯批评中的标志性事件,也显示了批评界对史蒂文斯诗歌"抽象"风格的认识逐渐深入的过程。1951年,贾雷尔发表《史蒂文斯反思》,表现出对"抽象"风格的不满,认为诗人的两个主要倾向是收集出人意料的东西(the unexpected)和进行哲学思考(philosophizing),目的是为美国提供其所缺之物,即异国情调和思古幽情。为此,史蒂文斯有时诉诸想象(imagination)、抽象(abstraction)或再创造(re-

---

① Simons, H. The Genre of Wallace Stevens. *The Sewanee Review*, 1945, 53(4):566.
② Simons, H. The Genre of Wallace Stevens. *The Sewanee Review*, 1945, 53(4):574.
③ Simons, H. The Genre of Wallace Stevens. *The Sewanee Review*, 1945, 53(4):577, 579.

creation)，有时则仅仅是收集，换言之，史蒂文斯对他处理的题材有一种超然的态度，类似于美学家或考古学家而非画家对待一幅画的态度。贾雷尔激赏史蒂文斯的风格，认为《簧风琴》中某些诗篇，例如《星期天早晨》（"Sunday Morning"），其庄重风格之纯粹、精练，以及冷静的澄澈透明，都像最佳的华兹华斯一样完美。但是，贾雷尔也认为，在史蒂文斯后期作品中，如《秋天的极光》，情况则完全不同，虽然其技巧同样卓越，却仍不足以赋予如此抽象、单调、风格化的作品以生命。贾雷尔从创作的角度，觉得哲学思维的习惯对史蒂文斯的创作不利。他感叹道："诗歌对哲学而言是坏媒介。"他同时还指出史蒂文斯缺乏戏剧天赋，并暗示史蒂文斯的早期作品（当指《簧风琴》）是其最佳篇章，后期可能难以超越了。尽管如此，贾雷尔仍然心悦诚服地承认，史蒂文斯是我们时代的真诗人（true poet）之一。① 1955年，史蒂文斯的《诗集》（*The Collected Poems*）出版，贾雷尔再次发表评论，宣称发现了"全新的伟大诗篇"（"a great poem of a new kind"），并将史蒂文斯《诗集》与哈代、弗罗斯特、艾略特和穆尔的同类诗集相提并论。首先触动他的是一组新诗——《岩石》，尤其是《致罗马城的年迈哲学家》。他认为，这些诗篇的某些特质是随着年龄增长而自然形成的，自成面目，而且与史蒂文斯年轻时的作品也不同，它们宽宏而富于悲悯之心，冷静而精确，宏伟而平易，让人联想起贝多芬后期的四重奏和奏鸣曲。由此可见，晚年的史蒂文斯颇有"庾信文章老更成"的意味了。虽然贾雷尔依旧认为《岩石》组诗是概括性的（general）、表现性的（representative），他却从《致罗马城的年迈哲学家》读出"我们的存在就在那位大师和可怜人之内"，这首诗让我们感受到成为一个人意味着什么，我们从中认识到了我们的本质，最终，我们感到桑塔亚那就是史蒂文斯，而史蒂文斯就是我们自己，我们分享了对人来说可能达到的高贵。桑塔亚那是史蒂文斯诗歌的重要主题之一"主要的人"或"大写的人"（major man）之象征。无疑是抽象的力量赋予了诗歌更大的感召力和认识价值。有趣的是，贾雷尔回过头去反复重读《秋天的极光》，仍然读不出它的妙处，不喜欢它的抽象。这可能仅仅是贾雷尔个人的偏好，也可能是《岩石》等后期作品中注入了更多的情感因素，打动了读者。史蒂文斯依然以俯视的姿态面对他的描写对象，但是老年人的超脱取代了年轻时故意为之的冷漠，使得他的后期作品有一种冷静、严肃的确定性以及正确的轻松自如，可谓从心所欲而不逾矩了。

---

① Jarrell，R. *Poetry and the Age*. Landon：Faber & Faber，1955：133-148.

贾雷尔认为,史蒂文斯掌握了一种万花筒般的修辞术,只要附上一点内容与情感,就能显得清晰、明亮、繁复、超越凡俗。他赠予老诗人另一个矛盾修辞——专业的玩耍(professional playfulness),并慷慨地称其为"富足之诗人"(a poet of well-being)。贾雷尔还列了一个史蒂文斯"最佳诗篇"和"较好诗篇"的清单,尽管是一家之言,对初读史蒂文斯的读者却颇有帮助。①

20世纪60年代,一些批评家开始尝试结合哲学观念来对史蒂文斯诗歌中的抽象做出系统的解释,这种倾向以多格特和丹尼斯·多诺休(Denis Donoghue)为代表。多格特认为,意象主义和新批评使理念和推理论证在诗歌中失去了地位,而史蒂文斯超越了同时代人的争论,在他的作品中抽象成为主要元素。多格特更倾向于以哲学的眼光来解读诗歌。他着眼于区分理念在诗歌与哲学中的不同作用,或哲学理念(philosophical idea)与诗的理念(poetic idea),以此来阐明史蒂文斯抽象的特点。他认为,史蒂文斯的某些理念类似于柏格森的"现象的持久新奇"、詹姆斯的"浮现的现实"或桑塔亚那的"本质"等哲学理念。通过对比哲学著作和诗歌中表达相似理念的段落,多格特认为前者的论述重在阐明理念本身,而史蒂文斯在诗歌当中对理念不做论证,因为理念不能得到逻辑证明,如果把理念抽离出诗歌的情感、经验,会发现它本身没有意义,不具有哲学理念的真理价值。多格特用一个隐喻对此做了说明:"诗的理念是虚构语境中萌生的树,而哲学理念是一座纪念碑。"②理念在史蒂文斯诗歌中的作用相当于一个戏剧的角色,带领读者进入个体感受世界的独特经验。正因为"具象"(the specific)在语境中与真实经验相分离,它其实总是抽象的,所以,在语言当中没有真正的"具象",只有程度不同种类各异的抽象,如史蒂文斯所说:"它必须抽象。"③多诺休则认为,对史蒂文斯而言诗人和哲学家有共同的追求,即人类欲望的总和与绝对的瞬间。他把史蒂文斯的抽象分为三个阶段,分别对应康德的三个概念:第一个阶段对应"感性的直觉"(intuition of sensibility),主要体现在《簧风琴》中对大千世界纷纭万象的领悟,这种领悟是快乐、单纯、丰富的,这时的诗人可谓欣于所遇,快然自足;第二个阶段对应"理解的概念"(concepts of the understanding),史蒂文斯开始把直觉和

---

① Jarrell, R. *The Third Book of Criticism*. Gainesville: University Press of Florida, 1969: 55-73.

② Doggett, F. Abstraction and Wallace Stevens. *Criticism*, 1960, 2 (Winter): 28.

③ Doggett, F. Abstraction and Wallace Stevens. *Criticism*, 1960, 2 (Winter): 37.

领悟引入更高层次的概括和抽象,为他的想象寻求一以贯之的结构;第三个阶段对应"理性的理念"(ideas of reason),此时,史蒂文斯成为系统的类比推理者(analogist),运用富于创造性的想象力,以及类比、隐喻、相似、变形等手段,把直觉和概念引向超验的本体领域(noumenal realm)。和贾雷尔的观点相似,多诺休认为本体领域对诗人来说是危险的,但是史蒂文斯依靠经验事实(empirical facts)来避免纯粹的抽象。他列举了史蒂文斯运用抽象的 5 种方式,都是在抽象与感性经验的关系上变化的。多诺休认为,史蒂文斯的方式是现代诗的最佳方式,它修复了抽象的秩序,允许诗人在自我的限制之内依然可以期望囊括所有,《岩石》丰厚而亲切的风格与叶芝《库勒庄园的野天鹅》的风格完全如出一辙。[①]

路易斯·L. 马茨(Louis L. Martz)最早注意到"抽象"的词源,认为史蒂文斯的"抽象"是指把某种具体的东西从外部世界中抽取出来,然后通过完整、准确的实现过程置入思维。[②] 文德勒倾向于把史蒂文斯诗歌的"抽象"归因于诗人特殊的个性或禀赋:

> 史蒂文斯的困境,尽管它有时被谈起,史蒂文斯自己也说过,作为现代不可知论者的困境,似乎更多的是寒冬般的天性使然,正如史蒂文斯所见,当他写道:"生活是关于人而不是关于地点的事件。但是对我来说生活是关于地点的事件,而这就是麻烦所在。"这个世界上的鲜活的事物,人,动物,植物——不像触动济慈或华兹华斯那样触动他。他无法变成麻雀或白鼬;他不会为女孩、绞刑架、灯塔而感到痛彻心扉;感官的细枝末节在不知不觉中被忽略;他双眼的自然投射是朝向上方的,他热情洋溢地依恋的唯一自然现象是天气。自然形式,即便得之于特别的宾夕法尼亚或康涅狄格的风景,在他的诗歌里也几乎变得籍籍无名。[③]

文德勒以《当地物品》("Local Objects")为例,试图阐明史蒂文斯在实验一种

---

① Donoghue, D. Stevens and the Abstract. *Studies: An Irish Quarterly Review*, 1960, 49 (Winter):406.

② Martz, L. L. Wallace Stevens: The World as Meditation. In Brown, A. & Haller, R. S. (eds.). *The Achievement of Wallace Stevens*. Philadelphia: J. B. Lippincott Company, 1962:226.

③ Vendler, H. H. *On Extended Wings: Wallace Stevens' Longer Poems*. Cambridge, Massachusetts: Harvard University Press, 1969:47.

代数式陈述(an algebraic statement)的写作方式,每个读者都可以在其中代入自己的函数值。这类诗上承狄金森,下启约翰·阿什伯利(John Ashbery)。阅读这些诗人的诗,读者须根据自身情况加以校正、认可及替换,否则就会一无所获。[①]布鲁姆认为,史蒂文斯在《簧风琴》时期就是一个简化主义者(reductionist),尽管此时他还没有提出简化的最终目标,亦即,"最初理念"(the First Idea)。布鲁姆推测,史蒂文斯的"最初理念"可能与美国实用主义哲学家查尔斯·桑德斯·皮尔士(Charles Sanders Peirce)提出的"具原初性之理念"(Idea of Firstness)有关。[②]他用三首诗《咽部不适的男人》("The Man Whose Pharynx Was Bad")、《雪人》("The Snow Man")和《胡恩宫殿的茶会》("Tea at the Palaz of Hoon")来说明诗人用两种方式应对诗境的危机(the crisis of poetic vision):简化还原到最初理念;或者重新想象最初理念,恢复其由危机导致的意义缩减。[③]布鲁姆援引保尔·瓦雷里(Paul Valéry)对"抽象"一词的用法,指出"抽象"(abstract)的本义是从某事物移开或抽离,因此"它必须抽象"意为"它必须对立"("It Must Be Antithetical"),按照尼采的用法,"对立"本质上意为"反自然"(*contra Naturam*)。[④]有趣的是,布鲁姆在其论史蒂文斯的名著《华莱士·史蒂文斯:我们气候的诗歌》中虽然坚持运用自己的"交叉点"理论,但由于阐释上的困难,他自己的术语"三个交叉点"——"资格的交叉点"(the Crossing of Election)、"唯我论的交叉点"(the Crossing of Solipsism)、"认同交叉点"(the Crossing of Identification)只是为解释提供一个框架,而源于史蒂文斯的诗学术语,如"最初理念"(the First Idea)、"简化"(reduction)、"重新想象"(reimagining)、"抽象"(abstract)却频繁出现,可以说史蒂文斯的诗学理论,尤其是其"抽象论",实际上"统治"了布鲁姆的阐释。布鲁姆是唯一建立了自己的完整批评理论体系的史蒂文斯批评家,如前所述,他的理论有其渊源,虽然这一理论的复杂和晦涩常为人诟

---

① Vendler, H. H. *Wallace Stevens: Words Chose out of Desire*. Knoxville: The University of Tennessee Press, 1984:8.

② Bloom, H. *Wallace Stevens: The Poems of Our Climate*. Ithaca: Cornell University Press, 1977:48-49.

③ Bloom, H. *Wallace Stevens: The Poems of Our Climate*. Ithaca: Cornell University Press, 1977:50.

④ Bloom, H. *Wallace Stevens: The Poems of Our Climate*. Ithaca: Cornell University Press, 1977:176.

病,但它确实扩展和深化了对史蒂文斯的理解。另外,布鲁姆对诗歌的敏锐感觉是读者较为可靠的向导,尽管他不乏偏激、武断之处。

丹尼尔·P. 汤普金斯(Daniel P. Tompkins)将史蒂文斯的抽象定义为:在一组异质的对象中找出相似之处并用"抽象"的名词加以概括的行为,并从三个方面进行分析:抽象的用语、概括或警句式的陈述,以及动词"是"("to be")。① 虽然这个定义将抽象与类比、隐喻混同,但在具体分析上还是有可取之处的,例如对史蒂文斯用词习惯的分析。基内雷斯·梅耶(Kinereth Meyer)认为,史蒂文斯的诗是不同因素互相抗争的战场,他把抽象区分为两种不同的心理行为:"抽象 1"(Abstraction 1)指感知行为,由心灵中具有感知能力的部分剥去观察对象之上的语言及联想的添加物;"抽象 2"(Abstraction 2)指想象创造,即观察对象的变形,通过富于创造力的想象将观察对象抽象到想象当中并用新奇的虚构和含义加以润饰。② 梅耶过于强调抽象陈述和意象的对立,将二者割裂,因而得出这样的结论:史蒂文斯的诗在枯燥、无含义的陈述和寓意丰富的意象之间不断游移。③

莱格特是另一位致力于探讨史蒂文斯诗学理论的批评家。他对史蒂文斯诗歌中抽象的研究主要集中于《最高虚构笔记》,认为在 1935 年之前,史蒂文斯对抽象持否定态度④,而他对以《岩石》为代表的史蒂文斯后期诗歌的态度类似于贾雷尔,认为其中更多的是个人化的、情感的因素。莱格特认为,尽管人们没有理由不赞同文德勒的观点,即史蒂文斯是"欲望与失望之诗人"而非韵文中的理论家、冰冷的抽象主义者,但是,不论其真正主题是什么,《最高虚构笔记》仍然是一首关于诗歌写作的诗,而且,我们也并非总是能够确定理论家和有感情的人之间的界

① Tompkins, D. P. "To Abstract Reality": Abstract Language and the Intrusion of Consciousness in Wallace Stevens. *American Literature*, 1973, 45(1):85.

② Meyer, K. The "Lion in the Lute" and the "Lion Locked in Stone": Statement and Image in the Poetry of Wallace Stevens. *Modern Language Studies*, 1984, 14(4):57.

③ Meyer, K. The "Lion in the Lute" and the "Lion Locked in Stone": Statement and Image in the Poetry of Wallace Stevens. *Modern Language Studies*, 1984, 14(4):63.

④ Leggett, B. J. *Wallace Stevens and Poetic Theory: Conceiving the Supreme Fiction*. Chapel Hill: University of North Carolina Press, 1987:35. 莱格特引用了史蒂文斯书信中的自辩:我的问题不是说教,而是抽象。(L:302)

线。①　他认为，史蒂文斯诗学评论总体上没有给出其诗学理念的来源和背景，只是对诗歌的解读，这些解读缺乏可靠的基础，莫衷一是，在每个重要问题上都有争论②，所以他坚持运用"实用文本间性阅读法"来分析抽象问题，尽管他认识到建立在诗歌作品以外的"确定性"史蒂文斯诗学理论研究并非良策。③　莱格特首先分析了关于抽象问题的两种意见：一是传统的定义，认为抽象区别于具体、个别、感性，抽象即人工、理念、概念、概括；二是非传统的定义，又称为"现实主义学派"（realist school）④，着眼于抽象与现实的关系，其基本观念是抽象在某种意义上等同于现实。前者的代表是贾雷尔、多格特和多诺休，他们的观点上文已经提到，其共同之处是强调理念在史蒂文斯诗歌中的作用，无论正面还是负面。"现实主义流派"则包括马茨、布鲁姆、米勒、克莫德、皮尔斯、里德尔、艾伦·佩里斯（Alan Perlis）。莱格特倾向于第一种解读，尽管认为它也存在许多矛盾；他对"现实主义学派"则无法认同，逐一进行了驳斥，例如，针对米勒所持抽象即"反创造"之说，他明确提出，"史蒂文斯本人没有任何论述表明他有意将'反创造'等同于抽象"⑤。有鉴于此，莱格特提出：问题的关键是史蒂文斯写作《笔记》时他本人所持的抽象概念。莱格特发现，史蒂文斯在准备《高贵的骑手和词语的声音》演讲稿期间精读了艾弗·阿姆斯特朗·理查兹（Ivor Armstrong Richards）所著的《柯勒律治论想象》，他认为这本书是史蒂文斯抽象概念的来源，他依据史蒂文斯对其藏书所做的标注、笔记和索引，试图从中推求"抽象"的本义。理查兹对塞缪尔·泰勒·柯勒律治（Samuel Taylor Coleridge）的解读是一种创造性重构，意在将柯勒律治提出的若干理论划分改造成为"科学的"语言文学研究的基础。理查兹从浪漫主义理论核心的认识论问题入手，即"投射的世界观"（projective outlook）与"现实主义

---

①　Leggett，B. J. *Wallace Stevens and Poetic Theory：Conceiving the Supreme Fiction*. Chapel Hill：University of North Carolina Press，1987：2.

②　Leggett，B. J. *Wallace Stevens and Poetic Theory：Conceiving the Supreme Fiction*. Chapel Hill：University of North Carolina Press，1987：3.

③　Leggett，B. J. *Wallace Stevens and Poetic Theory：Conceiving the Supreme Fiction*. Chapel Hill：University of North Carolina Press，1987：10.

④　Leggett，B. J. *Wallace Stevens and Poetic Theory：Conceiving the Supreme Fiction*. Chapel Hill：University of North Carolina Press，1987：39.

⑤　Leggett，B. J. *Wallace Stevens and Poetic Theory：Conceiving the Supreme Fiction*. Chapel Hill：University of North Carolina Press，1987：25.

世界观"(realist outlook)之间的对立,前者认为想象的产物是虚构,我们赋予自然价值,而后者认为想象是理解现实的途径,我们从自然当中发现价值。不难看出,这两种世界观和抽象的两种解释流派是对应的。理查兹根据他从心理学、语义学角度对柯勒律治的解读,认为二者都为真,并不互相矛盾,宣称由此解决了哲学的核心问题。在此基础上,理查兹建立起了"无所不包的神话"(all-inclusive myth),史蒂文斯的"虚构"与此相去不远。莱格特认为,一旦这些互相冲突的信条通过抽象概念得以协调,"现实"这一人造观念就不再是想象的障碍。他这样总结理查兹对史蒂文斯的影响:"一旦他接受了'它必须是抽象的'这个前提,他就能够把注意力焦点从现实与想象的关系(亦即《带蓝吉他的男子》)转移到起初起支撑作用的虚构,它包括了想象与现实,二者平分秋色。"①史蒂文斯的这一转变集中体现在《最高虚构笔记》第三章第六节:

> He had to choose. But it was not a choice
> Between excluding things. It was not a choice
>
> Between, but of. He chose to include the things
> That in each other are included, the whole,
> The complicate, the amassing harmony. ②

> 他不得不选择。但那不是在
> 互相排斥之物间选择。那不是
>
> 从中选择,而是囊括。他选择包容
> 那互相包容的事物,完整,
> 复杂,聚集的和谐。

想象与现实的和解直接来自诗人对其抽象力量的领悟。③ 莱格特发现,史蒂文斯除了从理查兹那里汲取抽象、虚构、理念等重要概念,其作品的一些典故、用词也

---

① Leggett, B. J. *Wallace Stevens and Poetic Theory*: *Conceiving the Supreme Fiction*. Chapel Hill: University of North Carolina Press, 1987: 35.

② *CPP*: 348.

③ Leggett, B. J. *Wallace Stevens and Poetic Theory*: *Conceiving the Supreme Fiction*. Chapel Hill: University of North Carolina Press, 1987: 37.

出于后者,如理查兹用了很长篇幅讨论作为太阳的陈腐意象的太阳神福玻斯(Phoebus),而在《最高虚构笔记》中福玻斯也是重要意象。莱格特认为,史蒂文斯对"抽象"的定义小于现实主义学派对"抽象"的定义,因为他不是以古怪的方式使用这个名称,去暗示诗人捕捉活生生的没有歪曲的"原本事物"的能力,而是在传统的意义上使用这个词,暗示诗人的虚构无力逃避语言的人造因而抽象的本质;同时,史蒂文斯所说的抽象,其内涵要大于多格特、多诺休等人的观点,因为他并不是在区分语言的等级(抽象对比具体)或思想的等级(概念或理念对比个别细节),而是陈述一个认识论前提,据此即便最感性的细节也必然是抽象的产物;史蒂文斯最终超越了这两种解释流派,以抽象概念为基础消解了想象与现实的冲突。[①] 从莱格特对其他批评家或批评流派的批判中,我们很难看出他自己的观点究竟是什么。其实他对抽象的核心观念依然是:抽象对史蒂文斯而言是现实的对立面。[②] 从这个核心观点出发难以解释抽象为什么能够消解想象与现实的冲突。史蒂文斯的"抽象"具有现实内容,在大多数情况下,具有可见的形象。正如史蒂文斯在《纽黑文的普通一夜》中所写:"一种明晰回归了。它站立着,被复原。/它不是空虚的明晰,无底的视域。/它是思想之可见,/其中成百只眼睛,在一个心里,同时看着。"[③]莱格特似乎是一位知其不可而为之的批评家,他为自己设下种种限制,如不要过于倚重史蒂文斯本人对其诗歌中理念的探讨,史蒂文斯的散文作品对解释其诗学理论只能起到边缘作用,诗歌不能从其理论或来源来解释,《最高虚构笔记》的品质不能追溯到理查兹、柯勒律治或任何其他来源,但是他的批评实际上——突破了这些限制。他的观点中值得商榷之处很多,但是他的"实用文本间性阅读"(实际上类似于"互文性")研究方法以及他就柯勒律治、理查兹对史蒂文斯影响所做的细致辨析,依然富于启示。

史蒂文斯醉心于欣赏绘画艺术,与先锋艺术家交游,在诗歌、诗论中称引画家的作品和画论,对诗画关系多有论述,还收藏了许多现代美术作品。现代美术中的抽象因素对史蒂文斯的影响自然会引起批评家的注意。劳埃德·弗兰肯伯格

---

① Leggett, B. J. *Wallace Stevens and Poetic Theory*: *Conceiving the Supreme Fiction*. Chapel Hill: University of North Carolina Press, 1987:39-40.

② Leggett, B. J. Stevens' Late Poetry. In Serio, J. N. (ed.). *The Cambridge Companion to Wallace Stevens*. Cambridge, England: Cambridge University Press, 2007:65.

③ *CPP*:488.

(Lloyd Frankenberg)较早论及史蒂文斯与现代美术的关系。他在 1949 年出版的《欢乐穹庐:现代诗歌解读》第七章中讨论了史蒂文斯与保罗·塞尚(Paul Cézanne)、乔治·德·希里科(Giorgio de Chirico)、胡安·米罗(Joan Miró)、保罗·克利(Paul Klee)等现代画家的相似之处,列举了《咽部不适的男子》("The Man Whose Pharynx Was Bad")、《隐士居所》("The Place of the Solitaires")、《玄学家房屋里的窗帘》("The Curtains in the House of the Metaphysicians")等包含现代绘画元素的诗题,认为史蒂文斯诗歌中的抽象让人有似曾相识的亲切感,并指出克利所说的"一条散步的直线"以及他对线条与平面的讨论、对结构与维度的研究、对方向的解剖、对平衡的分配,尤其是对氛围能量与普遍能量的区分,都与史蒂文斯在诗歌中的做法异曲同工。[1]

米歇尔·贝纳穆(Michel Benamou)认为,史蒂文斯与瓦雷里一样,是拥有画家的眼光和优雅的心灵博物馆的诗人,其诗歌观念的源头是视觉、感官,而非抽象;印象主义和立体主义画派从感性(sensibility)、题材(subject matter)、技法(technique)和审美观(aesthetics)等方面对史蒂文斯产生影响;史蒂文斯是拥有很强的视觉想象力的诗人,他以形式(form)和形状(shape)的冲突展示理念的冲突。贝纳穆还举例说明史蒂文斯如何借鉴现代美术技法,例如印象主义画派表现色彩的技法,即,眼睛把两种色彩转化为单一的色调,史蒂文斯反复使用这一技法,如《老费城的拱廊》("Arcades of Philadelphia the Past")中观看者眼中的丁香:

> ...in the agate eye, red blue
> Red purple, never quite red itself. [2]

> ……在玛瑙之眼里,红蓝
> 紫红,从来不太是红本身。

纯粹、本质的红是不可见的,因为它是抽象的。[3] 换言之,抽象的色彩要在感

① Frankenberg, L. *Pleasure Dome: On Reading Modern Poetry*. Boston: Houghton Mifflin, 1949:221-222.

② *CPP*:207.

③ Benamou, M. Wallace Stevens: Some Relations Between Poetry and Painting. *Comparative Literature*, 1959, 11(1):57.

官中实现,而此时它必然不再纯粹。

邦尼·科斯特洛(Bonnie Costello)则认为,很难说史蒂文斯的诗类似于绘画,史蒂文斯只是借用现代美术的思想、理论,而非具体的流派或技法,将史蒂文斯比附于绘画中的流派或画家是错误的。① 科斯特洛指出,对威廉斯而言,诗和画可以等量齐观,在语言中可以实现与绘画对等的效果;而对史蒂文斯而言,诗画关系则只是比喻,要概念化得多。史蒂文斯对美术理论比对绘画实践更感兴趣,对视觉艺术的条件及其特殊的美感经验比对具体技法更感兴趣,简言之,他感兴趣的是绘画中的理念。史蒂文斯的诗学理念和现代美术理念的相同之处突出体现在它们都极力想要定义自己的媒介(即语言之于诗,色彩、线条之于画)之本质及其与现实的特殊关系。正如现代派绘画的核心问题是如何用色彩和线条表现现实,诗歌的核心问题是如何用语言表现现实。为寻找诗的本质,实现"最高虚构",诗必须克服语言的限制,摆脱推理论证和修辞等障碍。史蒂文斯从绘画中寻找可资利用的新的力量,发现形象性是一切思想的根源,经过再想象的最初理念,必须是一个形象(a figure),而不是理论或思想。由此,史蒂文斯区分隐喻(metaphor)和形象(figure),前者使人远离直接经验,后者则承诺某种阴影较少、更加坚实因此更为直接的东西。在史蒂文斯诗歌中,文本的抽象由于等同于视觉的抽象而具有某种物质性,推理论证和修辞让位于形象的直观。出于同样的理由,史蒂文斯对抽象艺术家极为推崇,尤其是克利、蒙德里安和康斯坦丁·布朗库西(Constantin Brancusi)。对史蒂文斯来说,抽象自身不是一个可以与意象分离的思想,而抽象绘画中的形象似乎摆脱了修辞所依赖的替代结构,二者殊途同归。

菲尔雷斯对史蒂文斯与现代美术关系的研究则着眼于历史。他把史蒂文斯对抽象绘画的兴趣还原到他所处的历史语境当中:一方面是政治气候,1948 年,杜鲁门当政,推行杜鲁门主义,提高税收,导致史蒂文斯向他在巴黎的经纪人抱怨他对艺术品的购买力下降,同时法国爆发罢工,影响了艺术品交易市场;另一方面是艺术气候,以阿西尔·高尔基(Arshile Gorky)、威廉·德·库宁(Wellem de Kooning)、保罗·杰克孙·波洛克(Paul Jackson Pollock)为代表的美国抽象表现

① Costello, B. Effect of an Analogy: Wallace Stevens and Painting. In Gelpi, A. (ed.). *Wallace Stevens: The Poetics of Modernism*. Cambridge, England: Cambridge University Press,1985:65.

主义画派兴起,成为一时风尚,纽约大有取代巴黎成为世界艺术中心之势。菲尔雷斯问道,在此情势下,为什么史蒂文斯依然坚持购买法国抽象画,而不是转向纽约呢?① 战后,向欧洲介绍美国艺术成为文化冷战政策的一部分,史蒂文斯的朋友、先后担任位于哈特福德市的沃兹沃思艺术学院艺术博物馆(Wadsworth Atheneum Museum of Art)和纽约现代艺术博物馆(Museum of Modern Art, MOMA)馆长的詹姆斯·斯罗尔·索比(James Thrall Soby)与《党人评论》(Partisan Review)编辑詹姆斯·约翰逊·斯威尼(James Johnson Sweeney)都是这一政策的支持者。史蒂文斯对美国艺术的这类文化诉求持贬斥态度,但最终却强化了它们,这两种倾向都体现在他的后期诗作之中,即返回现实的趋势,某种程度上契合他所谓的"趋向抽象的动力"②。

格伦·麦克劳德(Glen MacLeod)把史蒂文斯诗学思想和风格变化与当代绘画流派的嬗变对应起来,归纳出如下对应关系:《簧风琴》与达达主义及沃尔特·康拉德·阿伦斯伯格(Walter Conrad Arensberg)艺术家圈子(包括马塞尔·杜尚等人)、《带蓝吉他的男子》(The Man with the Blue Guitar)与超现实主义、《最高虚构笔记》与荷兰现代主义画派(尤其是蒙德里安)、《秋天的极光》(Auroras of Autumn)与抽象表现主义(尤其是波洛克)。其中抽象表现主义正好呼应了史蒂文斯长期对想象与现实问题的思索,双方在理论上有许多相似之处,例如,抽象表现主义崇尚高贵或崇高概念,认为艺术家是投身于现实的遭遇战争的武士,艺术活动是迂回、间接的路径,通往一个居于中心但不确定的主题。③

查尔斯·阿尔蒂里(Charles Altieri)在现代美术、诗歌与哲学中寻求共通之处,为理解史蒂文斯的抽象提供了新的思路。阿尔蒂里认为,对"诗必须抽象"的要求是史蒂文斯为了对抗现实的压力而采取的反制策略,他试图借助心灵的构建力量而变得足够抽象,以至于能够从被历史消灭的特定内容中分离出人们可以信仰的力量;他从现代视觉艺术中借鉴了若干基本原则用于自己的目的,同时也与

---

① Filreis, A. "Beyond the Rhetorician's Touch": Stevens' Painterly Abstractions. *American Literary History*, 1992, 4(2):231.

② Filreis, A. "Beyond the Rhetorician's Touch": Stevens' Painterly Abstractions. *American Literary History*, 1992, 4(2):236.

③ MacLeod, G. *Wallace Stevens and Modern Art: From the Armory Show to Abstract Expressionism*. New Haven: Yale University Press, 1993: xxviii.

现代哲学中由维特根斯坦代表的极简主义(minimalist)主张遥相呼应。阿尔蒂里提出对诗歌中抽象的力量与范围的定义有四个关键原则：首先，抽象是诗歌揭示世界的手段，但其本身是与对命题的寻求相悖的，这些命题能够根据它们作为描述是否为真得到判断；其次，抽象与"真"(truth)相悖，因为它具有作为过程(process)而非陈述(statement)的力量；再次，此过程宣称可以成为或解释现实，因为程序自身可以被视为占据了一个特殊的所在，亦即诗的所在，通过程序我们实际上遇见了我们自己力量的展示；最后，这种在抽象中的锤炼能让我们向自己展示人类的力量和人与环境的关系，其力度保证我们宣称自己高贵而不必借助于异化的修辞。① 阿尔蒂里认为，史蒂文斯与现代主义画家的共同之处在于他们都有艺术家对表现之限制的敏感，他们希望在能够证明他们主张的艺术活动环境中引入"高贵"(nobility)，从而回避特定社会团体意识形态的局限。他援引彼埃·蒙德里安(Piet Mondrian)②的论述："艺术已经表明普遍表现只能由普遍与个别的真正对等来实现。……我们正处在文化的转折点：特殊形式(particular form)的文化已经接近其终点。先定的关系(determined relation)的文化开始了。……非具象艺术(non-figurative art)要求摧毁特殊形式(particular form)并建立互相关系的节奏，建立交互作用的形式或自由的线条……"③以此来说明史蒂文斯与现代主义画家的相通之处。不过，阿尔蒂里正确地认识到，我们不能武断地认为史蒂文斯的创作原则源于现代美术，因为尽管史蒂文斯熟悉现代美术，但熟悉并不意味着影响，而专注于影响则会让我们迷失。④ 结合对现代美术的分析，阿尔蒂里认为，抽象之所以提供了精神真实(spiritual truth)，是因为它综合了两个属

① Altieri, C. Why Stevens Must Be Abstract, or What a Poet Can Learn from Painting. In Gelpi, A. (ed.). *Wallace Stevens: The Poetics of Modernism*. Cambridge, England: Cambridge University Press, 1985:89.

② 蒙德里安(1872—1944)，荷兰画家，风格派的代表人物，作品的特点是基于直线、直角与三原色和三非原色之间最简单的协调组合，以纯粹客观的眼光来看待现实，代表作为《黄色和蓝色的构图》(1929)、《百老汇低音连奏爵士乐》(1942—1943)等。

③ Altieri, C. Why Stevens Must Be Abstract, or What a Poet Can Learn from Painting. In Gelpi, A. (ed.). *Wallace Stevens: The Poetics of Modernism*. Cambridge, England: Cambridge University Press, 1985:90-91.

④ Altieri, C. Why Stevens Must Be Abstract, or What a Poet Can Learn from Painting. In Gelpi, A. (ed.). *Wallace Stevens: The Poetics of Modernism*. Cambridge, England: Cambridge University Press, 1985:90.

于绘画表层的基本侧面:一是"定位的维度"(situating dimension),由此抽象为思想提供某种类似于纯粹概念化的现实且不易缩减为历史实证的东西;二是"呈现的维度"(presentational dimension),即生活在艺术作品设定的场景中所创造的东西,而非艺术作品再现或描述之物。简言之,前者强调思辨的力量,后者强调创造的力量。阿尔蒂里认为两个主题让史蒂文斯和维特根斯坦可以互相发明、互为印证:他们同样关心价值的条件与事实的"真实"世界的分野,同样用"如"(as)句式来表达人类的能动力。① 阿尔蒂里基本沿袭了以哲学印证诗学的思路,某些观点和前人相似,例如,他认为史蒂文斯诗歌中理念的价值不在于其是否为真,而在于它们在特定的场景中创造出的生命。② 这让人联想起多格特,但是阿尔蒂里对抽象作用机制的细致划分,对诗与画、诗与哲学的呼应与区分的分析,把诗歌中的抽象研究推向深入,尤其是他对维特根斯坦与史蒂文斯互相印证之处的分析,相较于多诺休以康德的术语来划分史蒂文斯抽象的三个阶段,显得更符合实际,而且很好地回应了伯克对史蒂文斯"在 150 年后发现康德"的嘲弄。

拉格于 2010 年出版的《华莱士·史蒂文斯和抽象美学》是研究史蒂文斯抽象观的第一部专著,标志着"抽象"成为继风格、想象与现实关系之后史蒂文斯研究的新方向。总体上看,拉格是在哲学和艺术的框架内分析史蒂文斯的抽象的,尤其侧重于哲学的视角,他提出:

> 对史蒂文斯而言,抽象代表着艺术和哲学所占比重的问题;尽管他的天性倾向和弗兰克·奥哈拉(Frank O'Hara)一样,抵触同化于"过多的哲学框架"。然而,史蒂文斯创作中的哲学倾向及其对抽象的信奉都确凿无疑。史蒂文斯对哲学的运用在他的抽象词汇中最为显著,尽管诗人对抽象融会贯通之后就抛弃了作为修辞的抽象词汇。③

---

① Altieri, C. Why Stevens Must Be Abstract, or What a Poet Can Learn from Painting. In Gelpi, A. (ed.). *Wallace Stevens*: *The Poetics of Modernism*. Cambridge, England: Cambridge University Press, 1985:108.

② Altieri, C. Why Stevens Must Be Abstract, or What a Poet Can Learn from Painting. In Gelpi, A. (ed.). *Wallace Stevens*: *The Poetics of Modernism*. Cambridge, England: Cambridge University Press, 1985:90.

③ Ragg, E. *Wallace Stevens and the Aesthetics of Abstraction*. Cambridge, England: Cambridge University Press, 2010:3.

拉格对抽象的定义接近于马茨,认为抽象基于理想(或理念)却是现实的一部分。① 尽管不同意莱格特对抽象的定义,拉格却和莱格特一样认为史蒂文斯于 20 世纪 30 年代中期开始转向抽象,因此,他的研究兴趣主要集中于 1935 年之后的史蒂文斯作品。拉格勾勒了史蒂文斯对抽象的态度的演变过程,认为大约于 1937 年(《带蓝吉他的男子》于是年出版),诗人开始认识到抽象是创作中的一股积极力量,此时他面临的主要美学挑战是如何利用好抽象赋予诗人的资源。在其后期作品中,他逐渐抛弃了《最高虚构笔记》(1942 年)中那种明显的抽象修辞和专门化的象征,更加大胆地运用抽象诗行思考"最为大胆的"概念:"隐喻""相似""描写""类比""最终的诗"等等。因此,拉格主要讨论 30 年代中期以及 1942 年之后的作品(所谓"后《笔记》"时期),而略过《最高虚构笔记》,只是把它作为参考背景。拉格认为,史蒂文斯的抽象与唯心主义和现象学有哲理上的联系,他对抽象的接受与英国浪漫主义者(尤其是柯勒律治)及法国现象学家莫里斯·布朗绍(Maurice Blanchot)、莫里斯·梅洛-庞蒂(Maurice Merleau-Ponty)和亨利·福西永(Henry Focillon)密切相关。拉格发现"抽象形象"(abstract figure),尤其是被忽视的说话者(speaker),即"理想化的我"(idealist I),是中期史蒂文斯诗歌的重要特点,而塞尚的抽象观念对此颇有影响。按照拉格的定义,"理想化的我"是创造性主体(creative subject),是活动的"我",它必须是"不可定位的",必须是变动不居的,简言之,"理想化的我"是抽象的。实际上,文德勒也提出过类似的概念,她发现"抒情的我"(lyric I)是史蒂文斯常用的掩饰策略,并向初学者推荐理解史蒂文斯的四种方法,其中第一条是:史蒂文斯想要使用"他"或"她"时,都用"我"来代替。② 正如承认塞尚对史蒂文斯"理想化的我"的影响,拉格也承认毕加索对《带蓝吉他的男子》的影响,并借用法国艺术批评中的术语区分史蒂文斯诗歌的"冷抽象"(cool abstraction)和"暖抽象"(warm abstraction)。③ 但是,他认为史蒂文斯更看重使抽象的形象表现(abstract figuration)得以形成的心灵过程(mental

---

①　Ragg, E. *Wallace Stevens and the Aesthetics of Abstraction*. Cambridge, England: Cambridge University Press, 2010:29.

②　Vendler, H. H. *Wallace Stevens: Words Chosen out of Desire*. Knoxville: The University of Tennessee Press, 1984:4.

③　Ragg, E. *Wallace Stevens and the Aesthetics of Abstraction*. Cambridge, England: Cambridge University Press, 2010:2.

process），而不是以语言形式模仿抽象绘画。拉格用了较大篇幅讨论晚年史蒂文斯对家庭生活的专注，尤其是对美食和艺术品收藏的兴趣给其诗学沉思带来的影响。他对《蒙特拉谢酒庄》（"Montrachet-le-Jardin"）的分析堪称华彩乐段，他充分发挥自己的葡萄酒品鉴专业特长，把这首诗置入法国葡萄酒酿造区的地理、历史沿革以及第二次世界大战中成为德国占领区的现实背景之中，通过细致敏感的文本细读，发掘该作与史蒂文斯其他作品以及莎士比亚《辛白林》之间的互文性关系，指出这首诗延续了史蒂文斯关于存在与信仰以及实现信仰的"真实"与"修辞"精神的辩论，把无法感知的"夜晚未经探查的低语"转化成为某种具体而又令人信服的抽象之物。借用《辛白林》中的词句"别再害怕太阳的热量"（"Fear no more the heat o'th' sun"），《蒙特拉谢》建起了自己的防御城墙：

> Bastard chateaux and smoky demoiselles,
> No more. I can build towers of my own,
> ... ①

> 冒牌城堡和缥缈如烟的少女
> 不再。我能建造自己的高塔，
> ……

　　至此，拉格认为史蒂文斯的抽象开始转向，由追求"绝对""无限""中心"转向内心、普通、平凡。史蒂文斯发现了一种强健的抽象诗歌，对自己的抽象美学已有充分自信，不再需要专门术语来讨论抽象，不再醉心于对诗歌或想象的把握，把握生活成了他经久不变的主题，他开始更多地描写他的"平凡生活"。据此，拉格将史蒂文斯最后10年的创作概括为"中产阶级抽象"（bourgeois abstraction）。② 拉格总结自己的观点如下：

> 理念（ideas）或"理想"（"ideals"）是触碰以及被"物自体"（"the thing itself"）触碰的可感知力量（the palpable agents），以在心与世界互动的空间内操控现实。这种抽象——基于仍然是现实之一部分的理想——居于史蒂

---

① CPP：236.
② Ragg, E. *Wallace Stevens and the Aesthetics of Abstraction*. Cambridge, England：Cambridge University Press，2010：207.

文斯作品和实践的中心。如我们所见，它包含一种被误解的美学，这种美学实际上定义了整个诗人与生活的接触。①

由此可见，在拉格的心目中，抽象与理念是可以互换的概念（这里"理念"的定义与"想象"也难以区分），而其主要成分是一种得自诗人全部生活经验的审美观念。

从以上回顾我们可以看到，对"抽象"的研究是想象与现实之外探索史蒂文斯诗歌领域的可靠路径，沿此条路径不断深入，在文学批评视野中，史蒂文斯诗歌的特质更加清晰地显现，他的诗学思想也得到更为完整的解读。同时我们应该注意，史蒂文斯的诗不是抽象诗，从抽象的角度解读史蒂文斯诗歌并不意味着将抽象绝对化。批评家观点的分歧从某种意义上源自史蒂文斯自身的多元和矛盾，因而分歧是合理的存在，多角度、多元化的批评才是对史蒂文斯合理阐释的基础。史蒂文斯曾告诉罗伯特·帕克（Robert Pack），他最不愿意做的事情就是建立系统。② 虽然他爱好讨论诗学理论，津津乐道于"理论的纯粹好处"（"The Pure Good of Theory"），在创作中也不避抽象，写了很多以诗论诗的作品，但是他的诗学理论既不系统，也不够"抽象"，而且常常自相矛盾。例如，对史蒂文斯来说"诗是流星""诗是雏鸡"，但是"最终的诗必须抽象"；他一方面认为浪漫主义是想象的失败，要求从想象中清除掉浪漫主义的污迹③，另一方面又声称所有诗人都在某种程度上是浪漫主义诗人④；他惯用的矛盾修辞法也成为批评家乐于模仿的对象。史蒂文斯对自身矛盾的克服和融合，使他得以建立"聚集的和谐"（amassing harmony）或最终的和谐（final harmony），达成对现实的把握，成为大诗人，在这个过程中，对抽象的认识起到了关键的作用。在这个意义上，对抽象的研究成为史蒂文斯研究的重要课题之一。

在各家争鸣之下，某些共识逐渐浮现，例如，抽象概念是在与现实的关系中得到定义的，无论这种关系是对立（如贾雷尔、多格特、多诺休、莱格特所见），还是一

41

---

① Ragg, E. *Wallace Stevens and the Aesthetics of Abstraction*. Cambridge, England: Cambridge University Press, 2010:29.

② *CPP*:954.

③ *CPP*:728-729.

④ *CPP*:770.

致（如马茨、布鲁姆、米勒、克莫德、皮尔斯、里德尔、佩里斯、拉格所见）；史蒂文斯的抽象观念源于康德以来的哲学、现代美术的影响，这种观点由拉格集其大成，主张生活加诸诗人的全部影响形成一种抽象的审美观或抽象美学；抽象如果从风格角度看是一种缺陷，如果从思想角度看则是一种优点。显然，这些共识是存在于作为整体风格的"抽象"层面上的，具体问题依然有许多分歧。

第四节　抽象与越界

史蒂文斯所说的"心灵行动之诗"①是贯穿其全部诗歌创作的积极元素，而"越界"即"心灵行动"的主要表现之一。布鲁姆是第一位发现并讨论史蒂文斯诗歌中"越界"现象的批评家，不过，如前所述，布鲁姆主要将"越界"作为自己文学理论体系中的概念加以运用，并未对史蒂文斯诗学本身做充分阐发。换言之，对布鲁姆而言，"越界"即"影响与焦虑"模式中的第六修正比"死者回归"（ratio of *apophrades*），解决的是文学史问题，即诗人如何彻底克服前代诗人的影响，在文学史中确定自己的地位。而还原"越界"的诗学功能，梳理其在史蒂文斯诗学中的含义与作用，仍然任重而道远。

英语中"越界"（metalepsis）一词首次出现于 1586 年（*OED*）。该词的形式为拉丁语 metalēpsis，源自古希腊语"μετáληψις"，在古希腊语中是一个常用词，其基本词义是"替代、改变词义"，由前缀"μετα"（meta-）加词根"λαμβáνειν"构成，词根意义为"拿，取"（to take）；"metalepsis"在英语中通行的用法为一种追溯至昆体良的修辞格，意为：将本身是转喻修辞格的词语用作对另一词语的转喻性替代，而这一术语经常被误用（*OED*）②。"metalepsis"的中文译名未定，较多译为"转喻"，易与另一修辞术语转喻（metonymy）混淆，且不甚符合其词源意义。吴康茹提出区分修辞语境和叙事学语境，分别将其译为"转喻"与"转叙"。③　赵毅衡则从符号学

①　*CPP*：219. 原文：The poem of the act of the mind.
②　例如：《牛津英语词典》（*Oxford English Dictionary*，在本书中简称 *OED*）中"metalepsis"词条指出：在许多英语例证中，该术语的用法都是模糊的（vague）或不正确的（incorrect）。
③　吴康茹. 热奈特诗学研究中转喻术语内涵的变异与扩展. 首都师范大学学报（社会科学版），2012（4）：80-87.

角度将"metalepsis"纳入"跨层"现象进行讨论。① 于方方提出将其译为"越界叙述"②。无论是"转叙""跨层",还是"越界叙述",都较局限于叙事学含义。我们采用"越界"这一译法,以求贴合其词源意义,并适应其作为诗学概念的内涵。

"越界"作为来源甚古的修辞学概念,在文论中逐渐受到重视。对"越界"概念的解释与运用,大致而言分为两个方向:其一是叙事学,其二是诗学。值得指出的是,这两条路径并行发展,互相之间影响甚微。③

叙事学路径的"越界"研究代表人物是法国文论家热奈特。他从两位法国修辞学家瑟赛尔·舍斯诺·杜马赛(César Chesneau Du Marsais)和皮埃尔·冯塔尼(Pierre Fontanier)的著作中,发现了"越界"(吴康茹译为"转喻")这一古老修辞术语的潜力,将其引入叙事研究,用以描述叙事作品中打破不同叙事层次的现象。④ 热奈特提出将叙事越界(narrative metalepsis)扩展到所有跨越界限的现象(transgression)⑤。从此,越界成为叙事学研究中的重要问题。在由热内特开创的叙事学路径中,对越界的定义尽管莫衷一是,其要旨都是打破或跨越不同的叙事层面或叙事世界的界限。汉纳贝克指出,热奈特所选用的"越界"例证不约而同地展示出"越界"的"不可能性"(impossibility)。⑥ 变不可能为可能,这正是"越界"的真谛。

诗学路径的"越界"研究的代表人物是美国批评家布鲁姆。布鲁姆将越界修

---

① 赵毅衡. 分层,跨层,回旋跨层:一个广义叙述学问题. 社会科学家,2012(12):143.

② 于方方. 悖论和元指:越界叙述的美学论析. 郑州大学学报(哲学社会科学版),2018(6):97.

③ 叙事学研究者朱利安·汉纳贝克(Julian Hanebeck)在梳理"越界"演变历史时,注意到 20 世纪一批学者试图为古典修辞术语"越界"注入新的含义,包括布鲁姆、米勒、保罗·德曼(Paul de Man)、约翰·霍兰德(John Hollander)、朱迪斯·巴特勒(Judith Butler)等人。他引用布莱恩·康明斯(Brian Cummings)的判断,认为现代"越界"理论已经偏离了古典和文艺复兴时期越界的经典定义,分别向两个方向发展:一是成为表示文学影响或遗产的辞格,以布鲁姆和霍兰德为代表;二是叙事中作者身份的呈现,以热奈特为代表。参见:Hanebeck,J. *Understanding Metalepsis:The Hermeneutics of Narrative Transgression*. Berlin:De Gruyter,2017:14.

④ 热奈特. 转喻:从修辞格到虚构. 吴康茹,译. 桂林:漓江出版社,2013:2-4.

⑤ Genette,G. *Narrative Discourse:An Essay in Method*. Lewin,J. E.(trans.). Ithaca:Cornell University Press,1980:235.

⑥ Hanebeck,J. *Understanding Metalepsis:The Hermeneutics of Narrative Transgression*. Berlin:De Gruyter,2017:18.

辞的起源追溯到古希腊智者学派哲学家赫摩戈拉斯，认为"越界"在赫摩戈拉斯创立的法庭辩护方法中的意思是"一切都是受害人的错"①。值得一提的是，热奈特同样把"metalepsis"追溯到古希腊修辞学，不过他没有说明来源。在布鲁姆的文论中，"越界"是作为文学史概念而被提出的，这与他通过《影响的焦虑》而建立起来的文论体系一脉相承，与卡巴拉信仰、误读理论、影响的焦虑等都有关联，成为贯穿其中的活跃因素与重要线索。由于布鲁姆文论的理论渊源与主流学术界不同，加之其著述风格艰深晦涩，他复兴古典修辞学术语"越界"并将其运用于诗歌研究的创举应者寥寥，因此，诗歌研究中对"越界"问题关注者甚少，相比叙述学中"越界"研究的兴盛，显得较为冷清。

　　将"越界"还原到古希腊修辞学的语境中考察，能够帮助我们更好地把握这一概念。研究"越界"概念起源的困难之一，在于留存下来的文献较为稀少。根据现存文献，"越界"作为修辞学术语，最早见于活跃于公元前4世纪到公元前3世纪之间的古希腊斯多葛派哲学家的著作。据《希腊说服艺术》(*The Art of Persuasion in Greece*)记载，斯多葛派哲学家的语法著作区分"转义"(trope)和"辞格"(figure)，转义指单个词语的新颖用法，而辞格则至少涉及两个词语；他们列举八种基本转义：onomatopoiia, katachrêsis, metaphora, metalêpsis, synekdoche, metonymia, antonomasia, antiphrasis。其中第四种转义"metalêpsis"是指用某个词语的近义词将其取代，例如用"唱"(chant)代替"说"(say)。② 据《修辞百科全书：从古代到信息时代的传播》(*Encyclopedia of Rhetoric*：*Communication from Ancient Times to the Information Age*)记载，活跃于公元前2世纪的古希腊修辞学家赫摩戈拉斯创立了一套四重辩论法，用于传授修辞学与法律诉讼实务，其中第四重申辩(stasis，表明立场)即为"metalêpsis"，指的是对程序性质的反对。它对应这样的问题："我们的争论是否以恰当的方式进行？或者，是否发生在合适的地点？"③不难看出，作为法律诉讼方法的"越界"具有"反客为主"的意味，甚至接

① Bloom, H. *Wallace Stevens*：*The Poems of Our Climate*. Ithaca：Cornell University Press，1977：396.

② Kennedy, G. A. *The Art of Persuasion in Greece*. Princeton：Princeton University Press，1963：297-298.

③ Enos, T. *Encyclopedia of Rhetoric*：*Communication from Ancient Times to the Information Age*. New York：Garland Publishing，1996：693-694.

近于"反诉"。正是在此意义上,布鲁姆发展出"越界"修辞的现代意义;当然,如前所述,主要是文学史意义。由此可见,布鲁姆将此修辞术语追溯至赫摩戈拉斯不为无据。

"越界"作为诗学概念的潜力有待进一步挖掘。其古希腊语词源"μετάληψις"词义众多,其中表示"分有,分享"(partake)一义,在古希腊哲学著作中应用很多,例如柏拉图《巴门尼德篇》中芝诺与年轻的苏格拉底之间的对话:

"Οὐκοῦν ἤ τοιὅλου τοῦεἴδουςἤ μ ἑρουςἕκαστον τό μεταλαμβάνον μεταλαμβάνει; ἤἄλλη τιςἄν μετάληψις χωρὲς τούτων γένοιτο;"

"Καί πῶς ἄν;" εἴπεν.

"So does each thing that partakes of a Form partake of the whole 〔Form〕 or 〔only〕 of part of it? Or could there be some other means of partaking aside from these?"

"How could there be?" he ask. ①

芝诺:分有某个形(Form)的每一件事物,是分有整个的形,还是仅仅分有其一部分? 或者,有没有可能除这两种情形之外还有另外的分有(希腊语原文为"μετάληψις",英文转写即"metalepsis")方式?

苏格拉底:这怎么可能?

"越界"包含的"分有"这一含义,是其能够打破现实界限、壁垒,抵达意义之源的依据。人本与世界同源,诗亦与世界同源。唯有通过越界,诗歌才能实现"不是关于事物的观念,而是事物本身"这一不可能的目标。雪莱在诗学经典文献《为诗辩护》(A Defence of Poetry)中为后世读者留下了一个谜题:"根据将结果视为原因之同义词的修辞格,语言、色彩、形式以及宗教、民俗等行为,这些诗歌的材料,

---

① 希腊语原文和英语译文见:Plato. *Plato's Parmenides*:*Text*, *Translation* & *Introductory Essay*. Hermann, A. & Chrysakopoulou, S. (trans.). Las Vegas:Parmenides Publishing, 2010:84,85.

都可称为诗歌。"[①]"将原因视为结果之同义词的修辞格"究竟是什么？这个谜题的答案可以在雪莱诗学思想的语境中找到：这个未命名的修辞格，就是越界。[②]雪莱为什么设置这个谜题，原因无从猜测。不过，这个为人忽视而又引人入胜的谜题，无比生动地显示了"越界"在诗歌理论中的巨大潜能。

以"越界"现象在史蒂文斯创作中的显现为线索，我们可以看到诗人抽象诗学的轮廓逐渐清晰，直到《最高虚构笔记》，形成了独树一帜的诗学体系。在史蒂文斯诗学语境之内，我们试将"越界"定义为一种通过想象力进行的创造行为，诗人由此打破主观与客观、人与世界、想象与现实、真实与虚构、时间与空间的重重界限，进入与物为一的状态，可以自由无阻地进行表达，其常见形式为抽离、提取、消减、冥想、启示、领悟、宣示，其理想模式即为"最高虚构"。在史蒂文斯的诗歌创作和诗学讨论中，越界修辞常以断言的形式出现，有时带有寓言色彩，如《最高虚构笔记》中的拉比，有时借助神话人物，如《尤利西斯的航行》中借年迈的尤利西斯之口断言：

> If knowledge and the thing known are one
>
> So that to know a man is to be
>
> That man, to know a place is to be
>
> That place, and it seems to come to that;
>
> And if to know one man is to know all
>
> And if one's sense of a single spot

---

① Shelley, P. B. *Shelley's Poetry and Prose*. Reiman, D. H. & Fraistat, N. (eds.). New York: W. W. Norton & Company, 2002：513. 原文：Language, colour, form, and religious and civil habits of action are all the instruments and materials of poetry; they may be called poetry by the figure of speech which considers the effect as a synonime of the cause.

② "越界"(metalepsis)被定义为将原因视为结果同义词的修辞格，由文艺复兴时期修辞学家菲利普·梅兰克松(Philipp Melanchthon)在其 1531 年出版的著作《修辞学原本》(*Elementa Rhetorices*)中提出。参见：Hanebeck, J. *Understanding Metalepsis: The Hermeneutics of Narrative Transgression*. Berlin: De Gruyter, 2017：12. 另外，柯·库伊肯(Kir Kuiken)从"越界"作为修辞格的经典定义(及本身是转喻的词语用作另一词语的转喻性替代)出发，指出"将原因视同结果"的修辞格即为越界。参见：Kuiken, K. The Metaleptic Imagination in Shelley's *Defence of Poetry*. *Keats-Shelley Journal*, 2011, 60：104.

Is what one knows of the universe,

Then knowledge is the only life,

The only sun of the only day,

The only access to true ease,

The deep comfort of the world and fate. ①

如果知识和已知物是同一

那么了解某人就是成为

那人,了解某地就是成为

那地方,这似乎顺理成章;

如果了解一人就了解所有人

对单独一点的感知

就是对宇宙之所知,

于是知识就是唯一的生命,

唯一白昼的唯一太阳,

通向真实的唯一路径,

世界与命运的深度舒适。

　　据此,本书尝试以诗学概念"越界"为主要线索,重新梳理和解读史蒂文斯诗歌和诗论,探求建立"抽象诗学"理论的可能性。本书的材料来源是史蒂文斯的诗歌作品、散文诗论、书信、日记、传记等第一手资料,兼及其他评论家的批评著作等第二手资料,并更为重视前者,注意在具体的文本和语境中界定诗人所用的术语。史蒂文斯晚年为法国象征主义诗人瓦雷里所作的《序言两篇》集中阐述了史蒂文斯诗学中的一些重要观点,对了解其诗学原貌颇为重要,故将其译出收入附录;另外,为便于读者较为全面地了解史蒂文斯诗歌创作风格,将本书未及详述的三首长诗《纽黑文的普通一夜》《岩石》《尤利西斯的航行》译为中文,收入附录。本书的研究集中于目前尚未解决的问题:史蒂文斯所谓抽象能否定义,如果可以,抽象的定义是什么? 它在史蒂文斯整个诗学思想中处于什么位置? 与想象、现实等概念关系如何,是彼此隔绝还是互相联系? 抽象的发展演变是延续的整体还是割裂的

---

① *CPP*:462.

片段？以及一些没有得到批评界足够重视的问题，例如：史蒂文斯的抽象诗学与整个现代诗歌中的抽象趋势关系如何？

本书试图围绕以上问题，阐明史蒂文斯抽象诗学的历史背景、发展形成、理论实质和在创作中的表现。坚持在史蒂文斯诗学理论和诗歌创作的整体中观察抽象。史蒂文斯不像埃德加·爱伦·坡（Edgar Allen Poe）那样声称按照特定的诗歌理论来创作。他的理论和实践是互相渗透、互为表里、彼此印证的。他曾说："我在诗中的意图就是去写诗：去实现和表达那不需任何特别定义每个人都能辨认的诗，我这么做是因为我感觉到了这么做的需要。"①他在纪念保罗·罗森菲尔德（Paul Rosenfeld）②的文章中写道：

> 保罗·罗森菲尔德是塑造者，他的一生都在塑造形式，也就是说，他是创造者（Schöpfer），他活着就是为了创造（Schöpfung）。也许对他而言存在着理想的创造，一个由音乐构成的世界，但并非仅仅在音乐中回旋；或者由绘画构成的世界，但并非仅仅在色彩和形式中扩张；或者由诗歌构成的世界，但不将其自身限制于诗人的如同奥菲士的诠释。但是，无论是否存在万物在其中并生、万物向其汇聚的理想创造，关于他的真相都仿佛是：他被塑造形式的活动无休无止地羁留或卷入或吸引。
>
> ⋯⋯⋯⋯⋯
>
> 这持续不断的形状塑造，有别于形状的恒定不变，是诗人的特征。罗森菲尔德显得对他周围的形象过于急切地敏感，以至于不能孤立自己，或者允许自己被孤立，在任何他自己的单一形状中与世隔绝。他是个有着热切才智的年轻人（长期如此），领悟到他这一代人的创造力并乐在其中。从某种意义上讲，他在对同代人始终如一的赞美之中生活与言说。也许是这样，他的同代人作为一个整体就是罗森菲尔德与之相连的理想创造。他领悟到他的同代人是个整体，他可能会不自觉地赞美它，只要有机会，他就会这样赞美，因为，尽管他逐条逐项评论作品，这些条目的总体却是他的同代人。简言之，他作为诗人角色看这个世界。质言之，他在青年雕刻家、青年画家等的活动中

---

① CPP：801.

② 罗森菲尔德（1890—1946）是著名记者、音乐批评家，出生于纽约的德裔犹太人家庭（也许史蒂文斯为此在文中使用德语），其文学和音乐评论颇受推崇，影响深远。

陶醉并赞美诗歌。

‥‥‥‥‥‥

　　他不是因为诗是适合笨蛋的蠢话这类看法而愤怒的批评家。他自己就是个诗人，他很快就想到哲学是聪明的喜剧演员的废话。作为一个群体的一员，作为一个为人熟知的形象，不带怪癖，诉说和书写理解之事物，他交流着信心和纪律，以及对这二者之必要性的认识；这么做的时候，他也是在塑造形状，帮助赋予形状，给那对其而言形状就意味着圆满的人。①

这些评论也可被视为史蒂文斯的自我写照，或史蒂文斯心目中理想诗人形象的描摹。正如贾雷尔所见，史蒂文斯是"富足之诗人"，他的诗有着光明而丰厚的特质，他总是在追求无限、圆满、完成。在这没有终点的追求过程中，"越界"是积极而活跃的因素，是一种创造活动，诗人借此超越个人的限制，寻求对整个生活与现实的把握，试图圆满地表达自我与世界，并为同代人代言，沟通天地人神，写出属于所有时代的诗篇，在诗篇中接近永恒之境。

49

---

① 　*CPP*：818.

第一章　诗学中"抽象"概念之流变

Under the Theatre of Cloud
with Vanishing Eternity

September 2018，at Dekalb，Illinois，the U. S.

Under the theatre of cloud with vanishing eternity

I was hesitant to go with the fluent world,

Of which the words are harvest of our sensibility

Falling into my mind as leaves in the woods.

By measuring and describing we made ocean a dish,

Landscape a map, rivers and mountains crystallization.

We dwelled in the ideas passed to us without wish,

Daring not go out of the concrete cement cognition.

Where is the world? Where are you?

How do I know you but for your body so supple?

Was I not born from the world warm and true?

Is it not a great metaphor to eat an apple?

It happened to be you who handed me the round fruit,

After tasting it I lost all the knowledge of my pursuit.

在云的剧场之下，连同它消逝的永恒

2018 年 9 月于美国伊利诺伊州迪卡布

在云的剧场之下，连同它消逝的永恒，
我犹豫是否追随这流畅的世界，
词语是我们对这世界的感性收获
像林中树叶不断落入我们的心灵。
我们测量描绘，把海洋变成一枚浅碟，
风景变成地图，河流和群山变成细线。
我们居住在强加给我们的理念之中，
不敢走出这具象的水泥认知。
世界在哪里？你在哪里？
除了你丰腴的身体我如何认识你？
难道我不是诞生于这温暖真实的世界？
难道吃苹果不是绝妙的隐喻？
碰巧是你递给我这圆形的果实，
品尝过后我忘了所有我追求的知识。

　　史蒂文斯曾说,诗是学者的艺术,诗人是"没有最终思想的思想者/在永远新颖的宇宙"①。他的诗是多元的、丰富的,主题虽偏向对理念的沉思冥想,但视野却囊括宇宙万象,其风格很难简单地加以界定,如果用隐喻来形容,也许史蒂文斯常说的"天气"(weather)最为贴切,这种风格清朗自然,但也不乏华丽绚烂或轻松诙谐甚至怪诞狂放的篇章。语言虽总体上明晰纯净,但也不避生僻词、古旧词、外来词、专业术语和自造词,虽不拘诗体形式,但多数时候颇具形式感;在这多元的表象之下,却又有一股倾向于统一、整合的强大力量贯穿他的创作生涯,促使他写出"更庞大的诗篇为更庞大的听众/仿佛粗糙的小块聚合为一体"②,这种力量就是对秩序的追求,对终极的探寻,对圆满的向往,正如诗人在《纽黑文的普通一夜》中所说:"居于中心的力量是严肃的。"③史蒂文斯将这种内在而一贯的力量称为"抽象",他曾说"心智的动力全是趋向抽象"④,而这趋于抽象的动力是诗人的个人禀赋、文学传统与时代环境共同作用的结果,既是诗人的自觉选择,也是时代的必然趋势。从文学传统看,史蒂文斯承袭源于柏拉图的浪漫主义、象征主义传统,在"表现"(expression)与"模仿"(mimesis)的分野中属于前者,他倾向于认为诗应该表达普遍(the universal)、理念(idea)、虚构(fiction),而不是具体(the

---

①　*CPP*:476. 原文:Thinkers without final thoughts,/In an always incipient cosmos.

② 　*CPP*:397. 原文:A larger poem for a larger audience/As if the crude collops came together as one.

③　*CPP*:407. 原文:The strength at the center is serious.

④　*CPP*:921. 原文:The momentum of the mind is all toward abstraction.

concrete)、个别(the particular)、事实(fact);从时代环境看,他对"抽象"的理解和实践受到现代哲学、科学的影响,他的诗是与现实和时代同一的。史蒂文斯生活并创作于整个世界动荡不安并深刻变化的 19 世纪末和 20 世纪上半叶,对诗人在历史和现实中的位置有清醒的认识。他曾说"诗人是其时代的轴心"①,诗是一种救赎,诗的力量是一种美学力量,诗可以帮助人们生活,通过激发人们的想象力,让人们坚定"信仰之意志"(the will to believe),在信仰缺失的时代重拾信心。

第一节　诗歌中的表现说与模仿说

关于史蒂文斯在诗歌史的位置,学术界主要有两种观点。在文学史家看来,史蒂文斯属于 19 世纪末兴起、20 世纪 20 年代达到全盛的现代主义诗派。例如,戴维·珀金斯(David Perkins)就将史蒂文斯与庞德、艾略特、威廉斯并列为现代主义诗人中的领军人物,将其第一部诗集《簧风琴》归为现代主义全盛时期的作品,比肩同年代问世的几部现代主义诗歌重要作品:艾略特的《荒原》(*The Wasteland*,1922)、庞德的《十六诗章草稿》(*A Draft of XVI Cantos*,1925)、劳伦斯的《飞鸟、野兽和花》(*Birds,Beasts,and Flowers*,1923),以及威廉斯的《春天及一切》("Spring and All",1923)。② A. 沃尔顿·利兹(A. Walton Litz)也认为,史蒂文斯是威廉斯领衔的美国新诗歌运动的一部分。③ 有些学者则将史蒂文斯归于浪漫主义诗歌传统。布鲁姆在持此看法的学者中最具代表性,他认为史蒂文斯是美国浪漫主义传统的重要组成部分,而这一传统通过爱默生得到了承续,史蒂文斯的诗歌主要受惠特曼的影响,在英国浪漫主义诗人中对他影响最大的是雪莱。持相同看法的还有文德勒,不过她认为史蒂文斯的浪漫主义先驱是济慈。如果从对待"抽象"的态度角度来看,则第二种观点更为可取,即,史蒂文斯与浪漫主义诗人更接近,而与现代主义诗人庞德、艾略特甚至威廉斯大异其趣。我们需要

① *CPP*:409. 原文为:A man who was the axis of his time.
② Perkins, D. *A History of Modern Poetry*:*Modernism and after*. Cambridge, Massachusetts:The Belknap Press of Harvard University Press, 1987:v.
③ Litz, A. W. *Introspective Voyager*:*The Poetic Development of Wallace Stevens*. Oxford:Oxford University Press, 1972:4.

从更广阔的文学史视角来观察诗学中"抽象"观念的演变历程,并结合史蒂文斯的作品和理论论述,从中发现"抽象"观念的理论渊源。

采用"表现"(expression)与"模仿"(mimesis)的区分,比浪漫主义与古典主义或浪漫主义与现代主义的流派划分能更好地说明"抽象"这一概念的演变情况。M. H. 艾布拉姆斯(M. H. Abrams)用取自叶芝《牛津现代诗选绪论》中的所谓的"镜"与"灯"来隐喻两类对立的诗歌理论对心灵的定义,前者将心灵比喻为外部客体的反映者,后者把心灵比喻为发光体,对其感知的客体有所助益,前者是从柏拉图到18世纪批评思想的特点,后者的代表是对诗歌思维的浪漫主义观念。[①] 他根据对宇宙(universe)、读者(audience)、作品(work)、作者(artist)四个基本要素的侧重,将各诗学理论和批评流派分为四类:一是模仿理论(Mimetic Theories),它首先出现于柏拉图的著作中,亚里士多德《诗学》对其进行了阐发,此后一直到18世纪模仿理论成为主流。二是实用理论(Pragmatic Theories),艾布拉姆斯认为这一派理论起于英国诗人菲利普·锡德尼(Philip Sidney),理由是他在《为诗一辩》中写过:"诗是模仿的艺术,因为亚里士多德用'模仿'一词如此为它命名,也就是说,再现,仿造,或者形象的表现——用比喻来说,就是一幅说着话的图画:其目的在于教育和愉悦。"实用理论古已有之,贺拉斯在《诗艺》中说过诗应该寓教于乐,柏拉图更是主张诗的唯一作用就是为城邦教育合格的公民,否则诗人就应被逐出城邦。这一理论对诗歌并无太大解释力,锡德尼对这一观点只是点到为止,未多做发挥。三是表现理论(Expressive Theories)。这一理论由华兹华斯首倡,他在1800年版《抒情歌谣集》序言中宣称:"一切好诗都是强烈感情的自然流露。"自此,表现理论取代了模仿理论和实用理论在英国文论中的位置。四是客观理论(Objective Theories),它于18世纪末到19世纪初出现,发源于康德以"无目的的合目的性"(purposiveness without purpose)为核心的美学理论。这一派理论的基本特点是认为艺术作品孤立于外部观点或参照,将其作为一个由各部分按它们的内在联系构成的自足体来分析,只根据作品自身存在方式的内在标准来判断它。这一学说的集大成者是美国新批评派。[②] 在艾布拉姆斯的四分法中,表现理

---

① Abrams, M. H. *The Mirror and the Lamp*:*Romantic Theory and Critical Tradition*. Oxford:Oxford University Press, 1980:ii.

② Abrams, M. H. *The Mirror and the Lamp*:*Romantic Theory and Critical Tradition*. Oxford:Oxford University Press, 1980:6-28.

论和模仿理论是两个基本范畴,实用理论是模仿理论的附庸,这一点可以从贺拉斯、锡德尼等人的阐述中清楚地看到,客观理论则是对表现理论某种程度的修正,将重心从作者移到作品,其典型做法就是新批评派提出的"意图谬说"。"镜与灯"隐喻本身就暗示了心灵与客体的二元区分,布鲁姆就直接将艾布拉姆斯的"镜与灯"隐喻等同于"模仿与表现理论"(mimetic and expressive theories)。① 此外,佩洛芙颇具争议的论文《庞德/史蒂文斯:谁的时代》将庞德归入源于亚里士多德的"模仿说"传统②,认为庞德重视具体、真实和形式,而史蒂文斯重视理念、虚构和内容,如果将这一对比的视野继续放大,也将进入"模仿说"与"表现说"的分野。值得一提的是,关于谁是 20 世纪主导诗人的争论一直延续到了 21 世纪,例如,史蒂文·古尔德·阿克谢尔洛德(Steven Gould Axelrod)发表于 2017 年的论文标题模仿了佩洛芙的论文标题——《弗罗斯特/史蒂文斯:究竟是谁的时代?》,但是他主张弗罗斯特比庞德更有资格参与竞争。③ 这样的争论虽然未必有什么结果,不过也反映出文学传统在不同时代的演变、竞争、互动。

"模仿说"和"表现说"都能在古希腊,准确地说,在柏拉图的学说里,找到它们的源头,而并非如艾布拉姆斯所说,后者要等到 18 世纪末才被华兹华斯召唤出来。

柏拉图的诗学理论需要放在他的哲学体系之中理解。伯特兰·罗素(Bertrand Russell)认为,柏拉图哲学中最重要的内容是五个方面:第一,乌托邦,他是以乌托邦的形式表达政治理想的传统的开创者;第二,理念说,这是解决至今仍悬而未决的共相问题的最初尝试;第三,灵魂不朽论;第四,宇宙起源论;第五,知识观,即知识是回忆而不是知觉。④ 罗素认为,柏拉图的哲学奠基于实在与现象的区别之上,而"理念说"或者说"形式说"是柏拉图的学说中有着重大意义的独创部分。按照罗素的看法,理念说一部分是逻辑的,和一般字的意义有关,以名词"猫"为例,"猫"字的意义不同于个体的猫,一个个体的动物是一只猫,是因为它分

① Bloom,H. *Wallace Stevens*:*The Poems of Our Climate*. Ithaca:Cornell University Press,1977:404.

② Perloff,M. Pound/Stevens:Whose Era? *New Literary History*,1982,13(3):506.

③ Axelrod,S. G. Frost/Stevens:Whose Era Was It Anyway? *Wallace Stevens Journal*,2017,41(1):5.

④ 罗素. 西方哲学史(上卷). 何兆武,李约瑟,译. 北京:商务印书馆,2015:143.

享了一切个体的猫所共有的一般性质;另一部分是形而上学的,仍以"猫"为例,猫的一般性质,亦即"猫"的理念,在空间和时间中没有定位,不随个体的猫出生而出生,不随个体的猫死去而死去,它是永恒的。[1] 值得注意的是,柏拉图学说中的理念既是抽象的又是真实的,或者说理念是唯一的真实或绝对的"有"。[2] 沃尔特·佩特(Walter Pater)对理念的这一性质做了阐释:

> 这些再现性的术语和概念,种、属、分类词,以及抽象概念或理想,会是什么;它们和它们所包含的个体、单元及个别事物是什么关系;这些,正如我们所知,是争论不休的逻辑问题。现实主义,假设抽象,例如动物,或者正义,不仅仅是名称(nomen),如唯名论者所说,也不仅仅是主观想法,如概念论者所说,而是"物"(res),一件存在于自身之内的物,独立于那些从它那里来而复去的个别事例,也独立于享用它的个别心灵——这就是对这个问题固定而正式的回答之一;而柏拉图是所有的现实主义者之父(the father of all realists)。[3]

佩特对柏拉图的这一解释,可以帮助我们更好地理解史蒂文斯笔下的"现实主义者",例如《作为字母 C 的喜剧家》(简称《喜剧家》)中的诗句:

> He first, as realist, admitted that
> Whoever hunts a matinal continent
> May, after all, stop short before a plum
> And be content and still be realist. [4]

> 他首先,作为现实主义者,承认
> 无论谁狩猎一片晨曦般的大陆
> 毕竟都会在一株李树前停步
> 心满意足并依然是现实主义者。

① 罗素. 西方哲学史(上卷). 何兆武,李约瑟,译. 北京:商务印书馆,2015:161-163.
② 汪子嵩,王太庆. 陈康:论希腊哲学. 北京:商务印书馆,1990:3.
③ Pater, W. *Plato and Platonism*:*A Series of Lectures*. London:Cambridge Scholars Press,2002:98.
④ *CPP*:40.

"毕竟""依然"等词中流露出的无奈和不甘心透露出了这位现实主义者的雄心,他狩猎的是"晨曦般的大陆",有着"活得比它的诗篇长久的李树".[①]柏拉图诗学理论的核心部分,即模仿说,是建立在理念说基础之上的。《理想国》第十卷记载(或许虚构)了苏格拉底(苏)和格劳孔(格)的对话:

苏:一种万能的匠人:他能制作一切东西——各行各业的匠人所造的各种东西。

格:你这是在说一种灵巧得实在惊人的人。

苏:请略等一等。事实上马上你也会像我这么讲的。须知,这同一个匠人不仅能制作一切用具,他还能制作一切植物、动物,以及他自身。此外他还能制造地、天、诸神、天体和冥间的一切呢。

格:真是一个神奇极了的智者啊!

············

苏:这不难,方法很多,也很快。如果你愿意拿一面镜子到处照的话,你就能最快地做到这一点。你就能很快地制作出太阳和天空中的一切,很快地制作出大地和你自己,以及别的动物、用具、植物和所有我们刚才谈到的那些东西。

格:是的。但这是影子,不是真实存在的东西呀!

············

苏:因此,悲剧诗人既然是模仿者,他就像所有其他的模仿者一样,自然地和王者或真实隔着两层。[②]

诗人被归入模仿者之列,他们只能掌握模仿的粗浅认识,这种认识只涉及事物的表象,而诗只是自然事物的影子,和自然隔着两层,不真实。柏拉图在这里的推理论证十分简明、严密、不可辩驳。柏拉图对诗人和诗的批评不止于此,主要还有三条:诗是非理性的,对诗的机制的分析和理解是超越人的智能极限的;诗人是完全被动的,他们的创作依靠神赐灵感,因此诗人完全没有阐释自己作品的能力(在这一点上,柏拉图和一些现代批评家所见略同);诗扰乱人的心境,使理性屈服

---

① *CPP*:41. 原文:The plum survives its poems.

② 柏拉图. 理想国. 郭斌和,张竹明,译. 北京:商务印书馆,1986:389-392.

于冲动和激情。诗不真实,诗不道德,这是柏拉图把诗人驱逐出理想国时宣布的两条大罪。柏拉图还以掌握真理的多寡为标准,把人分为九等,第一等是哲学家(或缪斯的真正追随者),第六等才是诗人。① 也许小威廉·K. 维姆萨特(William K. Wimsatt, Jr.)及克林思·布鲁克斯(Cleanth Brooks)的看法是对的,所谓诗与哲学之争,其更深的根源在于诗人与道德家之争。② 伯纳德·鲍桑葵(Bernard Bosanquet)则指出,柏拉图从道德上的考虑出发,对几乎全部古典美的世界采取了公开的敌视态度。③ 所以柏拉图又声明:"实际上我们是只许可歌颂神明和赞美好人的颂诗进入我们的城邦的……如果为娱乐而写作的诗歌和戏剧能有理由证明,在一个管理良好的城邦里是需要它们的,我们会很高兴地接纳它。"④此外,柏拉图又是一位真正意义上的诗人,据第欧根尼·拉尔修(Dioyenes Laertius)记载,柏拉图写过酒神颂、抒情诗和悲剧。⑤ 柏拉图放弃诗歌创作是出于对哲学的热爱,他对诗的言论也并非全是指责,他甚至说过:哲学和最好的诗是一致的。⑥ 这种论调和海德格尔、路德维希·维特根斯坦(Ludwig Wittgenstein)等现代哲学家何其相似。

在柏拉图学说中,模仿说是质疑诗歌、放逐诗人的武器。据色诺芬(Xenophon)《苏格拉底言行录》记载,苏格拉底曾提出过这样的问题:"看不见的东西能够模仿吗?"他所说的看不见的东西是心理情绪。⑦ 如果我们回到模仿说的基础,即理念说,就会产生两点疑惑:第一,为什么没有"诗之理念"?无论是根据理念说的逻辑部分还是本体论部分,诗并不是由人凭空造出来的,它既然是一个"物",那就应该有"诗之理念",这难道是创造理念的神的疏忽?第二,诗能否模仿理念本身?柏拉图的《对话录》中的某些段落,如洞穴比喻、日光比喻,是伟大的诗篇,因为柏拉图试图用隐喻的方式来揭示理念,竭力使"不可见的"(invisible)成为"可见的"(visible),这些宏大的文字正是对"理念"的"模仿"。所以,诗可以成

---

① 亚里士多德. 诗学. 陈中梅,译注. 北京:商务印书馆,2011:258-263.
② Wimsatt, W. K. Jr. & Brooks, C. *Literary Criticism: A Short History*. New York: Alfred A. Knopf, 1957:10.
③ 鲍桑葵. 美学史. 张今,译. 北京:北京:商务印书馆,1985:32.
④ 柏拉图. 理想国. 郭斌和,张竹明,译. 北京:商务印书馆,1986:407.
⑤ 陈中梅. 柏拉图诗学和艺术思想研究. 北京:商务印书馆,1999:6.
⑥ 亚里士多德. 诗学. 陈中梅,译注. 北京:商务印书馆,2011:269.
⑦ 鲍桑葵. 美学史. 张今,译. 北京:商务印书馆,1985:60.

为表现理念的载体,亦即,从模仿说与理念说可以推导出表现理论。鲍桑葵认为,柏拉图提出的自然和智慧(或者说感觉和精神)的二元论,把整个可以感知的宇宙变成了各种理念的象征,与美的艺术联系紧密的欧洲后世神学的终极根源,就在于《理想国》中那个伟大的比喻:把太阳和它的光比作绝对的善及其表现的象征。① 后代的诗人们也正是从这一角度对柏拉图的诗才大加赞誉。例如,锡德尼:"事实上,就是柏拉图本人,任何好好研究他的人都会发现,虽然他作品的内容和力量是哲学的,它们的外表和美丽却是最为依靠诗的。"② 雪莱:"柏拉图本质上是个诗人,他的意象的真实和壮丽,他的语言的旋律,是可能想得出的最强烈的。"③ 爱默生:"柏拉图具有诗人的能力,也站在诗人的最高峰,但(虽然我怀疑他缺乏抒情表现的根本天赋)他主要并不是诗人,因为他只是选择运用这种诗歌天赋达到一种隐秘不宣的目的。"④ 总之,柏拉图用模仿说来贬低诗人,而他自己的作品中却明白无误地体现了表现或象征,即用感官形式表现理念,理念虽然是不可见的(或者说抽象的),却是一种实在。

亚里士多德(Aristotle)承袭柏拉图模仿说,将其发展为古典时代的标准诗学理论。如果说亚里士多德的形而上学大致可以描述为被常识感所冲淡了柏拉图⑤,他的诗学倒可以说是被科学精神强化了的柏拉图,他的理论是对当时文学创作的严密总结和分析,完全没有根据模仿说来贬低诗人的含义。《诗学》开宗明义:"史诗的编制,悲剧、喜剧、狄苏朗勃斯(Dithurambos)的编写以及绝大部分供阿洛斯和竖琴演奏的音乐,这一切总的来说都是模仿。它们的差别有三点,即模仿中采用不同的媒介,取用不同对象,使用不同的、而不是相同的方式。"⑥ 从对模仿的三个要素的规定,可以推断出模仿的定义即用特定的媒介和特定的方式,再现特定的对象。这也规定了模仿只能针对具体和特殊的对象来进行。

史蒂文斯爱好沉思默想,他的天性使他倾向于柏拉图的理想主义。爱默生在

---

① 鲍桑葵. 美学史. 张今,译. 北京:商务印书馆,1985:64.

② 锡德尼. 为诗一辩//伍蠡甫,蒋孔阳. 西方文论选(上卷). 上海:上海译文出版社,1979:228.

③ Shelley, P. B. A Defence of Poetry. In Harmon, W. (ed.). *Classic Writings on Poetry*. New York: Columbia University Press, 2003:355.

④ 爱默生. 爱默生演讲录. 孙宜学,译. 北京:中国人民大学出版社,2004:88.

⑤ 罗素. 西方哲学史(上卷). 何兆武,李约瑟,译. 北京:商务印书馆,2015:212.

⑥ 亚里士多德. 诗学. 陈中梅,译注. 北京:商务印书馆,2011:27.

《蒙田;或怀疑论者》中认为,人按天性不同分为两类:前一类人善于观察区别,熟悉事实与表面、城市与人物,长于经世致用,他们是有才干、长于行动的;后一类人善于观察相同点,他们是有信仰或懂哲学的人,有天才的人。后者即以柏拉图为例。① 威斯坦·休·奥登(Wystan Hugh Auden)则按人的天性把人区分为柏拉图主义者和亚里士多德主义者。② 据其女霍利回忆,史蒂文斯在哈佛大学期间,学生们对柏拉图的英译者乔伊特兴趣浓厚,建立了"乔伊特俱乐部",史蒂文斯显然受此影响(尽管未加入俱乐部),他终生收藏一部乔伊特英译《对话录》。③ 另外,史蒂文斯在纽约《论坛报》任记者期间于 1900 年 7 月 4 日的日记中写道:"一旦攒够钱,我就要买一套乔伊特的《柏拉图》,用它做我的航标。"④这可能就是霍利所说的那一部。史蒂文斯对柏拉图的看法和前辈诗人们很相似,即,认为柏拉图本质上是个诗人。他对柏拉图的观感反映出他自己的诗学观点,例如,他在 1948 年记下了这则日记:"有两种诗人的原型(arch-types),其中或许可以把荷马当作叙事型(narrative type)的代表,而柏拉图,忽略他不用诗体写作的考虑,可当作反思型(reflective type)诗人的代表。"⑤史蒂文斯显然属于后者。

在史蒂文斯的创作中柏拉图的影响清晰可见。他于 1941 年 5 月在普林斯顿大学的演讲"高贵的骑手和词语的声音"("The Noble Rider and the Sound of Words")开篇就引用柏拉图《斐德若篇》(Phaedrus)里著名的"马车"比喻,并称之为柏拉图的纯诗(pure poetry)。⑥ 1951 年 11 月,史蒂文斯在芝加哥大学和纽约城市学院的演讲"哲学收藏"("A Collect of Philosophy")中提到:"柏拉图以诗的方式写作,显然,他如此持之以恒地高产写作的那些信条经常本身就是诗的概

① 爱默森. 爱默森文选. 张爱玲,译. 北京:生活·读书·新知三联出版社,1986:159-160.
② 奥登. 希腊人和我们//布鲁姆,等. 读诗的艺术. 王敖,译. 南京:南京大学出版社,2010:311.
③ SP:19.
④ SP:79.
⑤ CPP:922.
⑥ CPP:643.《斐德若篇》是柏拉图的作品,主要内容是苏格拉底与斐德若以致爱神颂辞为例,讨论如何运用修辞。

念。"①"理念"(idea)在史蒂文斯诗集中是常用词,据埃克豪特统计,共出现 78次②,对"理念"的思考和表现贯穿他的整个创作生涯,例如,"关于殖民地的理念"(《喜剧家》)、"村庄的宏大理念"(《咽部不适的男子》)、"除了一个人的理念在生活中还有什么?"(《带蓝吉他的男子》)、"关于神的理念不再/在她卷发的发根期期艾艾"(《回旋的思想》)、"一个人将继续和他的理念争斗"(《杯水》)、"莫斯科的这一边/没有理念。有的是反理念/和逆理念"(《力、意志和天气》)等等。我们甚至会猜测史蒂文斯诗学理论中的重要概念"最初理念"(the First Idea)是不是源于柏拉图。和柏拉图一样,史蒂文斯也相信非现实(the unreal)拥有属于它们自身的现实(reality)。③ 柏拉图本人也会在史蒂文斯的诗句中现身,例如:"这是一道善良的光,于是,为那些/了解最终的柏拉图的人,/用这珠宝/让混乱的折磨平静。"(《侏儒和美丽的星》)④尤其重要的是,柏拉图用来象征最终的善的太阳,在史蒂文斯的诗歌和诗论中是核心概念之一,一般认为用来象征现实,与象征想象的月亮对立。此外,史蒂文斯对亚里士多德的物质主义和常识感则颇有疑虑,他曾在《格言集》("Adagia")中写道:"亚里士多德是一具骷髅。"⑤他在晚年作品《当你离开房间》中自问:"……是否我作为现实中的无信仰者,/度过了骷髅的一生?"⑥史蒂文斯对待柏拉图和亚里士多德的态度,表明了他对表现理论和模仿理论的取舍,也决定了他的诗倾向于反思和抽象。正如史蒂文斯所说:"人没有选择风格的权利。"⑦

---

① *CPP*:854.

② Eeckhout, B. Stevens and Philosophy. In Serio, J. N. (ed.). *The Cambridge Companion to Wallace Stevens*. Cambridge, England: Cambridge University Press, 2007:108.

③ *CPP*:644.

④ *CP*:27.

⑤ *CPP*:908.

⑥ *OP*:117.

⑦ *CPP*:845.

第二节　浪漫主义诗歌中的抽象观念

康德学说是"认识论的哥白尼式革命",对史蒂文斯有较深影响。[①] 为了理解康德对史蒂文斯的影响,有必要概述康德学说的要点。据鲍桑葵总结,康德一生的哲学探究有三个目标:一是论证自然秩序的存在,二是论证道德秩序的存在,三是论证自然秩序和道德秩序可以相互协调。[②] 第一个问题由《纯粹理性批判》回答,其要点是:一方面,理性是局限的,我们的知识不能超越经验,整体只能从它的各部分来认识,作为整体是无法认识的,理性的种种观念,即关于整个宇宙的性质的种种理念,如上帝、自由,是无法得到理论验证的,纯粹理性给我们提供的只是自然界必然性的世界;另一方面,我们的知识中有一部分是先天的(或先验的),不是从经验按归纳方式推断出来的。第二个问题由《实践理性批判》回答,答案体现为一对矛盾:理性观念无法确认或证明,但可以指导人对生活的实践态度。关于理性观念,康德和柏拉图是一致的,即理性诸观念(抽象或不可见)是实在的,尽管无法说明为何如此。[③] 第三个问题由《判断力批判》回答,引入了判断力作为沟通理解力和理性的桥梁,判断力自身是反思性的,而不是决定的,判断的作用是把事物各部分的关系综合起来(在理解力方面),使其具有统一性或整体性(在理性方面),这种统一性或整体性符合人的认识,从而产生快感,即所谓美,在这个意义上,判断即审美判断。因此,康德美学可概括为"无目的的合目的性"这一矛盾修辞。审美判断是主观的,是无功利的,审美快感没有具体内容。我们可以从下列引文中得到对康德所谓"美"的直观了解:

> ……一朵花,例如一朵郁金香,将被视为美,因为在知觉它的中间具有一定的合目的性,而当我们判定这合目的性时,却不能指出任何目的。
>
> 如果一个对象的形式(不是对它的知觉的物质要素,即感觉刺激物)被判

① Eeckhout, B. *Wallace Stevens and the Limits of Reading and Writing*. Columbia: University of Missouri Press, 2002:205.

② 鲍桑葵. 美学史. 张今,译. 北京:商务印书馆,1985:334.

③ 鲍桑葵. 美学史. 张今,译. 北京:商务印书馆,1985:338.

断是这样一个对象的形象给人的快感的基础的话，这个对象就是美的。①

康德在两个重要方面影响了史蒂文斯的诗歌创作和理论思考。第一，理性的局限性。理性无法认识和把握整体、宇宙、上帝、自由等理念，而这些理念史蒂文斯表达为现实、世界、无限等等。如何理解、把握和再现现实，始终是史蒂文斯诗学思考的核心问题。史蒂文斯承认理性的局限，哀叹"日复一日，整个冬天，/我们让自己僵化，靠最蓝的理性生活/在风霜的世界。"②但是他又看到"在人身上有理性之外的东西"③强调诗歌的非理性因素。琼·理查德森认为，史蒂文斯承认理性的局限，但依然相信语言是唯一可能达到真理的途径，这一信念最终使史蒂文斯产生了让诗歌兼具宗教意味和哲学意味的愿望。④ 而埃克豪特则认为，康德不仅指出了我们感知现实的限制，而且指出，我们只有通过这一限制，才能实现我们对现实的感知。⑤ 这比较符合我们对史蒂文斯的认识，他的诗就是不断打破限制，无限接近"最高虚构"的过程。第二，关于诗歌是最高艺术的论述。康德在比较各种艺术的审美价值时断言：

> 在所有的审美艺术中，诗艺（它的起源几乎完全归功于天才，并且最少要由规范或者榜样来引导）坚守着至上的地位。它扩展着心灵，因为它把想象力置于自由之中，并在一个被给予的概念的限制之内，在无限多样性的可能与此协调一致的那些形式中间，呈现出一个把这概念的展示与一种没有任何语言表述与之完全符合的思想丰富性联结起来的形式，因而在审美上把自己提升到理念。……诗艺用它任意造成的幻象做游戏，但并不以此骗人，因为它把自己的活动本身就解释为纯然的游戏，这游戏尽管如此还可以被知性运用，合目的地运用到它的事物上。⑥

---

① 鲍桑葵. 美学史. 张今，译. 北京：商务印书馆，1985：343-344.

② *CP*：124.

③ *CP*：352.

④ Richardson, J. *Wallace Stevens：The Early Years，1879—1923*. New York：Beech Tree Books，1986：63.

⑤ Eeckhout, B. *Wallace Stevens and the Limits of Reading and Writing*. Columbia：University of Missouri Press，2002：4.

⑥ 康德. 判断力批判//康德. 康德著作全集（第5卷）. 李秋零，译. 北京：中国人民大学出版社，2006：340-341.

康德赋予诗光荣的地位,而史蒂文斯在日趋功利的现代社会力图恢复诗的光荣,在他看来,诗依然承载着哲学家赋予它的责任:"诗人丰富地感受着关于万物的诗。生活在世界之中,但在关于它的现存概念之外。诗必须要成为超越心灵的概念。它必须是自然的揭示。"①

浪漫主义是表现理论第一个全盛时期的体现,而浪漫主义文论深受康德影响。史蒂文斯深深浸染在浪漫主义传统之中,这一传统对他的诗学思想的影响,主要体现在想象理论和抽象观念两个方面。对华兹华斯来说,想象是严肃的、卓越的形象创造方式(mode of imaging),他用三个比喻来说明想象:想象是智力的棱镜,通过这个媒介诗人看到了他观察的客体,形式和色彩都得到修正;想象是戏剧场景的服装师,为剧中人物穿上新戏服;想象是化学机能,通过它性质差别最大、来源最遥远的元素混合在一起,成为和谐同质的整体。② 值得注意的是,华兹华斯提出想象是一种能够"赋予"(conferring)、"抽象"(abstracting)和"修正"(modifying)的力量。③ 柯勒律治则把想象区分为第一性和第二性的:

> 第一性的想象,我认为是一切人类知觉所具有的活力和首要功能,它是无限的"我在"所具有的永恒创造活动在有限的心灵中的重现。第二性的想象,我认为是第一性想象的回声,与自觉的意志并存;但它在功能上与第一性的想象完全合一,只在程度上,在活动形式上,有所不同。它溶化(dissolves)、分散(diffuses)、消耗(dissipates),为的是要重新创造(recreate);如果这个历程走不通,它至少也要努力把对象理想化和统一化。它的本质是活泼泼的,与一切物体(作为物体来说)是固定的、死的,有所不同。④

正如维姆萨特所见,柯勒律治的想象论和华兹华斯的想象理论并无本质的差

---

① *CPP*:904.
② Wimsatt, W. K. Jr. & Brooks, C. *Literary Criticism*:*A Short History*. New York:Alfred A. Knopf, 1957:387.
③ Wimsatt, W. K. Jr. & Brooks, C. *Literary Criticism*:*A Short History*. New York:Alfred A. Knopf, 1957:387.
④ 柯勒律治. 文学传记. 林同济,译//伍蠡甫,蒋孔阳,秘燕生. 西方文论选(下卷). 上海:上海译文出版社,1979:33.

异，但是柯勒律治无疑更加理论化，从中不难看出康德"纯粹理性"的影响。① 浪漫主义的抽象观念源于柏拉图的理念说和新柏拉图主义，其主要思想由柯勒律治阐述。新古典主义者主张仔细观察个别的自然客体，然后从中抽象出一般，而浪漫主义者则相信诗人能够通过想象获得普遍精神（universal spirit），如威廉·布莱克（William Blake）所说，"一切善都栖身于细微的个别，但自然客体总是削弱、抑制、消除我的想象力"，或者柯勒律治所说："我从有生命的自然（例如，在岩石和山丘的拥抱中），从人与牛，还有普通的鸟群、树林和田地上升得越高，我内心对生活的感觉就越强烈。于是生活对我来说仿佛就像普遍精神，没有也不可能相反。"②除了结合想象理论，柯勒律治还重视抽象与诗歌语言的关系：

> 在心灵的训练中，首要法则之一就是不放过任何追溯词语直到词源的机会；这样做的好处之一就是他将能够使用视觉的语言而不必受制于它的影响。他将至少保证自己离开虚妄的观念，亦即，不可想象的同理就不可设想。把心灵从眼睛的暴政下解放出来总体上是走向它从感官、感觉和激情的影响和侵害中解放的第一步。如此抽象的力量能够被最有效地召唤出来，强化并变得熟悉了，而正是这种抽象的力量首先把人类的理解力和较高等动物的区别开来——而人对人的优越性也存在于这种力量发展的不同程度。③

史蒂文斯同样非常重视追溯词源，这也和他的律师职业习惯有关，例如，他在写信给西蒙斯解释《喜剧家》中所谓"字母 C"的意义时，建议："你必须诵读这首诗，听清楚这一切呼啸、模仿、重读以及较微妙的合奏，它们行进在背景中，或者，用律师的话来说，'在词语之内、之上或周围'。"④

在美国浪漫主义传统中，爱默生对史蒂文斯的影响主要是哲学意义上的，我们从史蒂文斯的诗论中不难辨认出爱默生的箴言："作诗的不是韵律，而是会制造韵律的主题，亦即一种充满激情，活跃无比的思想；它就像一种植物或一种动物的

① Wimsatt, W. K. Jr. & Brooks, C. *Literary Criticism: A Short History*. New York: Alfred A. Knopf, 1957:388-390.

② Wimsatt, W. K. Jr. & Brooks, C. *Literary Criticism: A Short History*. New York: Alfred A. Knopf, 1957:607.

③ Donoghue, D. Stevens and the Abstract. *Studies: An Irish Quarterly Review*, 1960, 49 (Winter):400.

④ L:352.

精灵一样,有它自己的结构,并用一种新东西来装饰自然。在时间的顺序上,思想和形式是平等的,但从起源顺序上看,思想则先于形式。诗人有一种新思想,他有一种全新的经历要说出来,他将告诉我们这种经历与他的关系,而我们每个人都会因他的这种财富而变得更丰富。因为每一个新时代的经历都需要新的坦白,世界似乎一直在等着自己的诗人。"①即使不从布鲁姆预设的"影响的焦虑"角度看,惠特曼在史蒂文斯诗歌中的影响也显然可见,尽管惠特曼粗犷豪放的激情在史蒂文斯这里被形而上学思辨提纯精炼了,例如,在《像黑人墓地的装饰》第一部分中惠特曼以先知的形象出现:

> In the far South the sun of autumn is passing
>
> Like Walt Whitman walking along a ruddy shore.
>
> He is singing and chanting the things that are part of him,
>
> The worlds that were and will be, death and day.
>
> Nothing is final, he chants. No man shall see the end.
>
> His beard is of fire and his staff is a leaping flame. ②

> 秋天的太阳正经过远处的南方,
>
> 像惠特曼沿着泛着红光的海岸漫步。
>
> 他吟唱本是他的一部分的事物,
>
> 曾经或将存在的世界,死与昼。
>
> 无物是终结,他高唱。无人能见终点。
>
> 他的胡须是火而他的杖是跳跃的火焰。

史蒂文斯说:"想象是浪漫之事物。"③他的想象理论和抽象观都与浪漫主义诗人一脉相承,尽管他不愿意承认这一点。史蒂文斯对浪漫主义的态度是矛盾的。他感到自己距离浪漫主义的时代并不遥远,认同"浪漫"是诗歌的"本质"。1943年10月他在写给西蒙斯的信中说:"很长一段时间歌德对我而言就像曾经或现在的圣勃夫,对你而言也一样。比如有一天,我偶尔说起和我的某位祖父辈

---

① 爱默生. 爱默生演讲录. 孙宜学,译. 北京:中国人民大学出版社,2004:20-21.

② *CPP*:121.

③ *CPP*:903.

长者有关的某事,我想起他生于 1809 年。我下意识地想到,那时歌德还活着。"①
他在赞扬威廉斯和穆尔时,都称他们是"浪漫主义诗人"。他在《札记》中写道:

> 关于诗歌我应该说它本质上是浪漫主义的,仿佛一个人第一次发现这关
> 于诗歌的真相。尽管人们提到浪漫主义时经常带着贬义,这种贬义不依附
> 于,或不应该依附于,一般的浪漫主义,而是浪漫主义的某个已经变得陈腐的
> 阶段。正如总是有一种强有力的浪漫主义,也总是有一种虚弱无力的浪漫
> 主义。②

同时,他又认为浪漫主义已经陈旧过时,是想象的遗迹。例如,1909 年 1 月,
当时史蒂文斯还没有开始在小杂志上发表作品,他在写给未婚妻艾尔西·卡切尔
(Elsie Kachel)的信中说:"昨晚写了点东西给你之后,我读柯勒律治直到半
夜。——是件苦差事,读那样的东西,在其中让人觉得属于当代、活生生的东西如
此之少。"③1953 年 7 月,他在写给伯纳德·赫灵曼(Bernard Heringman)的信里
更直截了当地说:"当然,我来自过去,我自己的过去,而不是标明了柯勒律治、华
兹华斯等的某种东西。我不知道有谁对我特别重要。我的现实-想象复合体完全
是我自己的,尽管我在别人那儿看到它。"④史蒂文斯和浪漫主义最大的分歧也许
就在于他从未承认"一首好诗是强烈感情的自然流露",相反,他态度鲜明地说,
"诗是非个人的"(Poetry is not personal)⑤,在这一点上他和艾略特等现代主义者
接近,尽管他们之间也有明显分歧。对现实和时代的强调是史蒂文斯反对(陈旧
的)浪漫主义的主要原因,这符合"诗必须变化"的思想。任何想象创造出来之
后,就已经陈旧,史蒂文斯自己的创造也不能幸免,例如他赠予太阳的新隐
喻——"金色的繁荣者"(gold flourisher),一旦产生,就会像旧的名称"福玻斯"
一样,很快就没入"往昔之海"(the sea of ex)。布鲁姆对史蒂文斯和华兹华斯、
济慈、雪莱等浪漫主义诗人完全等量齐观,仿佛他们是同时代的人,这多少令人
感到疑惑,虽然从更宏观的历史视角看,可以说他们都属于同一个传统。

---

① L:457.
② CPP:915.
③ L:121.
④ L:792.
⑤ CPP:902.

第三节 象征主义诗歌中的抽象观念

象征主义是表现理论的第二个全盛时期。象征主义是主要在法国兴起的一场文学运动,其标志是让·莫雷亚斯(Jean Moréas)于 1886 年 9 月 18 日在《费加罗报》增刊发表的《象征主义宣言》。一般认为,象征主义既是浪漫主义的延续又是对后者的反拨。如埃德蒙·威尔逊援引怀特海对浪漫主义的评论,认为一方面象征主义和浪漫主义都是对近代兴起的自然科学的反抗,另一方面象征主义又纠正浪漫主义浮夸、松散、滥情的弊端,达到一种"超级浪漫主义的效果"[①]。阿瑟·西蒙斯(Arthur Symons)表达了对象征主义运动寄予的希望:

> 于是,在这场反对外化、反对修辞、反对物质主义传统的起义中,在这释放任何存在并可以被意识实现之物的最终本质或灵魂的事业中,在这对每个象征——事物的灵魂通过它能变为可见——尽职的等待中,文学,因如此重负而俯身,终将获得自由以及她本真的话语。获得自由时,它接受更沉重的负担;因为如此亲密、如此庄重地对我们言说,如同迄今只有宗教做过的那样,它自己也变成了一种宗教,有着神圣仪式的一切职责和责任。[②]

象征主义不是一个严格意义的文学流派,一般而言包括爱伦·坡、夏尔·皮埃尔·波德莱尔(Charles Pierre Baudelaire)、让·尼古拉·阿尔蒂尔·兰波(Jean Nicolas Arthur Rimbaud)、保罗·魏尔伦(Paul Verlaine)、斯特芳·马拉美(Stéphane Mallarmé)、瓦雷里、叶芝等诗人。他们有着相近的文学主张,略说如下。

第一,对理论的关注。爱伦·坡受到法国人欢迎,他的美学理论是主要原因,因为法国人特别爱好文学理论。波德莱尔在介绍爱伦·坡时就特别推崇其诗学理论:

---

① 威尔逊. 阿克瑟尔的城堡:1870 年至 1930 年的想象文学研究. 黄念欣,译. 南京:江苏教育出版社,2006:4-10.

② Symons, A. *The Symbolist Movement in Literature*. New York: E. P. Dutton & Company, 1919:9.

　　有人对我们说诗学是根据诗形成和定型的。可这里有一位诗人,他声称他的诗是根据他的诗学写出来的。他肯定拥有巨大的天才和比任何人都多的灵感,如果灵感指的是毅力、精神上的热情、一种使能力始终保持警觉、呼之即来的能力的话。但他也比任何人都喜欢锤炼,他是个十足的怪人,可他常常说独创性是练习的结果,这并不是说独创性可以教授。偶然性和不可理解是他的两大敌人。①

　　对理论的爱好造成一个独特的现象,即象征主义诗人常常在作品中探讨诗学理论,这使得他们作品的主题非常集中,这个特点在波德莱尔和马拉美身上尤为明显。例如,波德莱尔就喜欢对早年的构思加以改进,而不愿写一首新的诗,这似乎让他的作品显得贫乏,实际上集中反而造成丰饶,集中让已经获得的突破口得到巩固并向深处延展,集中激发了诗人追求艺术完满的意志,因为只有形式成熟,才能确保内容的超个人性。②

　　第二,对理念说的认同。对象征主义诗人来说,诗歌的目的是追求超越之物(the beyond),他们大多持有某种理念说(idealism)或者否认理想性(ideality)和物质主义(materialism)的二元对立,认为这些对立概念是来自一个更优越、更深刻的现实中的抽象(abstraction),在这种抽象里它们浑然不分。③ 马拉美就象征主义对理念的追求做了最好的总结,他认为世界的最终目的就是写出一本完美的书。④ 叶芝则区分了感情的象征主义和理性的象征主义:

　　　　除了感情的象征,即只唤起感情的那些象征之外——在这种意义上一切引人向往的或令人憎恨的事物都是象征,虽然它们彼此之间的关系,除了韵律和格式之外,都太难捉摸,并不令人十分感兴趣——还有理性的象征,这种象征只唤起观念,或混杂着感情的观念;除了神秘主义的非常固定的传统以

---

①　波特莱尔. 一首诗的缘起. 郭宏安,译//黄晋凯,张秉真,杨恒达. 象征主义·意象派. 北京:中国人民大学出版社,1989:25.

②　弗里德里希. 现代诗歌的结构:19世纪中期至20世纪中期的抒情诗. 李双志,译. 南京:译林出版社,2010:24.

③　Wimsatt, W. K. Jr. & Brooks, C. *Literary Criticism*: *A Short History*. New York: Alfred A. Knopf, 1957:600.

④　马拉美. 谈文学运动. 闻家驷,译//黄晋凯,张秉真,杨恒达. 象征主义·意象派. 北京:中国人民大学出版社,1989:43.

及某些现代诗人的不太固定的评论之外,只有这两种叫作象征。[1]

"理性的象征"的提出,是象征主义诗歌理论真正意义上对浪漫主义的超越,诗人描写的领域从自我、灵魂进入了客观的理念世界,为诗歌表现普遍精神提供了理论依据。

第三,对抽象观念的偏好。胡戈·弗里德里希(Hugo Friedrich)将现代诗歌中的抽象观念追溯到德尼·狄德罗(Denis Diderot)。狄德罗认为,音调之于诗句,就如同颜色之于图画,都具有一种"节奏魔力",主张将语言魔力置于语言内容之上,将图像动力置于图像含义之上,他断言,"物质材料中纯粹和抽象的方面并非没有一定的表达力",并呼吁:"诗人们,走向晦暗!"[2]狄德罗堪称现代诗歌和现代绘画的先知。象征主义诗人在理论和实践上都印证了他的预见,证实了抽象的表现力。波德莱尔提出了诗歌中的"抽象"概念,强调诗歌的"精神性",指向"非自然"的意义。[3]

第四,对形式的追求。在内容高度抽象化、去物质化、精神化甚至神秘化的同时,象征主义诗人要求诗的形式必须高度精确,正如马拉美所说:"我们越是拓展我们的内容,我们就越稀释了它们,我们就越有必要用标识清晰、触手可及、让人难忘的诗句来维系它们。"[4]叶芝的《灵视者》是对象征主义者风格的精确概括:

> 这些诗充满了晦涩的意象,全是对一种崇高而飘忽不定情绪的捕捉。每首诗里都有优美的段落,但这些段落常常夹在他自己的思想中。这些思想显然对他本人的心智有着特殊的意义,可是对别人来说却犹如天书。在另一些情况下,这种思想之美被草率的文笔所遮蔽,好像他突然怀疑写作是否是一种愚蠢的劳作。[5]

① 叶芝. 诗歌的象征主义. 赵澧,译//黄晋凯,张秉真,杨恒达. 象征主义·意象派. 北京:中国人民大学出版社,1989:92.

② 弗里德里希. 现代诗歌的结构:19世纪中期至20世纪中期的抒情诗. 李双志,译. 南京:译林出版社,2010:13.

③ 弗里德里希. 现代诗歌的结构:19世纪中期至20世纪中期的抒情诗. 李双志,译. 南京:译林出版社,2010:44.

④ 弗里德里希. 现代诗歌的结构:19世纪中期至20世纪中期的抒情诗. 李双志,译. 南京:译林出版社,2010:115.

⑤ 叶芝. 灵视者. 白晓东,译//叶芝. 叶芝精选集. 傅浩,编选. 北京:北京燕山出版社,2008:461.

史蒂文斯几乎具有象征主义诗人的所有特点：题材集中（"一个回旋的思想"），喜爱在诗篇中探讨诗学理论（"诗歌是诗的主题"），不懈地追寻理念（"最初理念的思想者"），肯定狄德罗对"抽象的表达力"的判断（"它必须抽象"），对形式精雕细琢（"纯洁无瑕的意象"），等等。史蒂文斯与象征主义诗人的差异，依然在于他对现实的执着追问，在投入虚空的理念之前，他必须拥有关于现实、关于世界、关于生活的全部知识，对他而言，关于诗的理论就是关于世界的理论，诗的结构就是生活的结构。此外，在史蒂文斯开始创作的时候，象征主义的全盛时期已经过去，象征主义的理论和方法在某种意义上已经进入了文学传统，成为诗人手中的常规武器，象征不再神秘和不确定，至少对史蒂文斯来说，象征不再迷离恍惚、不可捉摸、神秘莫测，而是与关于世界、现实、宇宙、人生的知识紧密相连。在象征主义诗人中，瓦雷里已经表现出向现实回归的迹象。他于 1924 年撰写的对话录《欧帕利诺斯，或建筑师》（*Eupalinos, or the Architect*）强调了时代感对人类创造的重要意义。史蒂文斯于逝世前不久为瓦雷里《对话录》及《舞与灵魂》（*Dance and the Soul*）的波灵根译本撰写了序言，从中可以读出瓦雷里的诗学思想，尤其是抽象观念对史蒂文斯的影响。

另一位在史蒂文斯作品中出现的象征主义大师是叶芝。史蒂文斯是"学者诗人"，他的作品中不乏用典和对前人的化用，而直接引用其他诗人的诗句则很罕见。他在《传说之页》（"Page from a Tale"）中引用了叶芝的诗句：

> 在那冬日坚硬的亮光中
>
> 大海冻为一体，海滩上，
>
> 摇曳的火边，汉斯听出了
>
> 水喧与风吟的不同，没有
>
> 准确音节的声音不同于呼喊着
>
> 这么蓝又呼喊着这么轻柔
>
> 这么温和的声音，没有意义的声音
>
> 不同于话语，泥土做的蓟芭条当它上升，
>
> 听听它当它落进内心深处。
>
> 一艘蒸汽船卧在他近旁，陷在冰里。
>
> 这么蓝，这么蓝……汉斯在火边倾听。

新的星座,曾有一尺宽,出现

并闪耀。还要在那儿建座小木屋。

这么轻柔。它们歌唱时风大放光明。这么温和。

这艘大船,鲸鱼号,卧在海里冻住了。

一尺宽的星座是向它住处的荒凉边界

传达它的死讯的信使。

这些不是迟钝之地不温不火的星,

它们面容狂野地回头察看汉斯的神色。

湿淋淋的水草吧嗒吧嗒响,火熄灭了,严寒

像是一场酣眠。大海是他梦见的海。

汉斯仍然醒着。在蜜蜂喧闹的林间

幽居独处。蒸汽船上的灯光动了。

人们黎明时分将动身走上海岸。

他们将害怕太阳:它可能会变成的东西,

害怕那重重天空的区域天使,

寒冰鳍状的盘旋和喘息,

仿佛水里无论什么都挣扎着要说话

在记忆的破碎中打破方言。

太阳也许会升起,也许不会,如果

它升起了,灰白,红色,黄色,每个

不透明体,在橙黄色环中,比它从前

任何时候都更近,不再已知,

不再是大部分人带回的已知,

而是为其用这光彻底摧毁它之物,

或是不在天文学之内的运动,

在感觉的习惯之外,混乱无序的形状

熊熊燃烧——它可能在也可能不在那

哥特式蓝色中,催促它的预兆向终点回归。

它可能会变成一只轮子,装着条纹交错的

红色和白色辐条,汇聚到直线上之火焰的

一点,第二只轮子在下面,

正上升,陪伴,安排好了要穿越,

越过翻腾的照明,驼峰般的

波涛,向下,向火光摇曳的海岸。

它可能会从混沌中背负来微弱威力的

污迹斑斑、烟熏火燎、醉醺醺的亲属,

在大气中鞭打许多意象,

圆环形的,有花斑的,它们把眼睛握在手里,

能生出无能地邪恶的思想:

细微的手势,能撕裂触摸得到的冰,

或把大角星融化成滴滴坠落的铸块,

或把夜晚洒进辉煌的消失,

在光之旋风里的黑暗之漩涡……

水的喑呜叱咤,风的

词语外壳,思绪玻璃般闪烁的

颗粒——他们即将爬下船舷。

他们将排成一列前进,带着电灯,警觉于

下方潮水的起伏。[①]

这是一个富于超现实意味的寓言式场景:一个人(汉斯)在冰封的海边宿营,坐在一堆篝火旁,一艘大船,"鲸鱼号",被封冻在海中,汉斯思绪纷纷,脑海里回旋着来自往昔的歌谣:"我要起身离去,前去因尼斯弗里,/用树枝和着泥土,在那里筑起小屋:/我要种九垄菜豆,养一箱蜜蜂在那里,/在蜂鸣的林间空地独居。"[②]不过寒冷的海风把这歌谣吹散,成了零星断片,在天风海涛轰鸣的间隙闪现。汉斯在想象中看到了太阳的升起,或者是太阳教会了他如何观看,纷纭的意象和思绪混杂在一起,像许多闪烁的颗粒。这时,汉斯想到,船上的人即将爬下船舷,他们

① CP:421-423.斜体部分为原文格式,表明史蒂文斯化用叶芝名作《湖岛因尼斯弗里》。参见:叶芝. 叶芝诗集. 傅浩,译. 上海:上海译文出版社,2018:124-125.

② 叶芝. 叶芝诗集. 傅浩,译. 上海:上海译文出版社,2018:124.

代表着现代或现实的力量,"带着电灯,警觉于下方潮水的起伏"。在这个现代寓言中,叶芝的《湖岛因尼斯弗里》代表出场人物(汉斯,像史蒂文斯许多诗篇中的出场人物一样,可以是任何人,也可以是诗人自己)的思想和情绪,那是一种浪漫的怀旧情绪,被现实的冰冷寒风吹散,不成曲调。《湖岛因尼斯弗里》写于 1890 年,叶芝称自己在这首诗中第一次找到了自己的曲调。我们再回过头去读叶芝的《月相》:

> 我们是在桥上;那影子是那座塔,
>
> 那灯光证明他还在读书。
>
> 他照他那类人的方式,仅仅找到了
>
> 形象;选择了这个地方居住,
>
> 也许,是由于来自弥尔顿的柏拉图主义者
>
> 或雪莱幻象的王子在其中熬夜的
>
> 那遥远的塔楼的烛火:
>
> 塞缪尔·帕尔默刻画的那寂寞的灯光,
>
> 一个靠辛劳赢得的神秘智慧的形象;
>
> 而现在,他在书籍或手稿中寻找
>
> 他将永远也找不到的东西。①

从这个片段里可以看到多少史蒂文斯的意象!高塔上的学者、烛火、灯光、书,柏拉图主义者,尤其是神秘的"月相"和"他将永远也找不到的东西"。史蒂文斯在象征主义前辈诗人指引下,找到了诗歌通往永恒和无限的途径,尽管前人的诗句已经飘散在现实的寒风中,他已经点燃烛火,开始新的旅程,去探寻诗歌与世界的本质。史蒂文斯 1941 年在普林斯顿大学做的演讲"高贵的骑手和词语的声音"谈到克罗齐 1933 年在牛津的讲座,认为克罗齐表达了正常的人类经验,同时指出克罗齐不能想象一个一切正常生活都被悬置或封锁的时代,言下之意,克罗齐的演讲是第二次世界大战之前人类美学经验的总结:

> 如果诗是直觉和表现,是声音和意象的融合,什么是以声音和意象为形

---

① 叶芝. 月相. 傅浩,译//叶芝. 叶芝精选集. 傅浩,编选. 北京:北京燕山出版社,2008:120-121.

式的材料呢？是完整的人：思考和决断，爱和恨的人；既强壮又虚弱，既崇高又可怜，既善良又邪恶的人；既赞美又憎恨生活的人；和人并行，内在于人的，是进化的永恒劳作中的一切天性……诗……是沉思的胜利……诗歌守护神（poetic genius）选择了一条笔直的路，在这条路上激情得到平静，而平静就是激情。①

正如史蒂文斯所说，"诗人是不可见之物的牧师"②，倾向于表现理论的诗人的共同之处，就是努力让不可见变得可见，让他们各自心目中的"永恒""无限""真理"在瞬间向世人显现，给人带来刹那的终极满足。鲍桑葵对美的定义是："凡是对感官知觉或想象力，具有特征的，也就是个性的表现力的东西，同时又经过同样的媒介，服从于一般的，也就是抽象的表现力的东西就是美。"③这是对理念说观点持有者美学理想的冷静、客观的表达。尽管对理念、抽象等概念的理解、阐释和运用各不相同，表现理论发展史的一般倾向是侧重于抽象而不是具体，侧重于普遍而不是特殊，史蒂文斯独特的抽象观念不是无根之木、无源之水，而是从这个一般倾向中发展而来的。

---

① *CPP*：652.

② *CPP*：908. 原文：The poet is the priest of the invisible.

③ 鲍桑葵. 美学史. 张今，译. 北京：商务印书馆，1985：9.

第二章　史蒂文斯抽象诗学的时代背景

After Tasting the Apple We Lost
All the Knowledge of Our Pursuit

October 2018, at Dekalb, Illinois, the U. S.

After tasting the apple I lost all the knowledge of our pursuit,

Losing our self again in the season of ripening.

When the world is teeming with wandering wind of disputes

O'er everything without looking at the beauty of being

Which has been ravished and stripped off all the possibilities

As the apple only devoured as an excuse, sacrificing

Its abundance for keeping desire in the tiny seeds.

In the wind of ripened season our beliefs were falling.

Next spring the trees will again be vibrant and verdant.

Bearing blossoms as a new chapter of manifesto,

But our belief is blind and will never return.

We are but hulls blown into the moving mundo.

We hold the nothingness left, hesitating to ask the question:

How to go back to our being against the wind of suspicion?

品尝过苹果我忘了所有我们追求的知识

2018 年 10 月于美国伊利诺伊州迪卡布

品尝过苹果我忘了所有我们追求的知识，

在成熟的季节再一次失去了自我。

争论的游荡之风在这世上肆虐

莫衷一是，对存在之美视而不见。

美被劫掠，剥夺了一切可能，

正如这苹果，当作借口被吞食，牺牲

它的丰饶，只为把欲望保存在细小的种子。

在成熟的季节我们的信念飘落。

下一个春天树木又会蓬勃苍翠，

花满枝头，就像宣言的崭新章节。

但是我们的信念盲目，永不会返回。

我们只是吹落这瞬息世界的果壳。

握着仅存的虚无，不敢发问：

在怀疑之风中如何返回我们的存在？

　　史蒂文斯的诗歌观念是在与时代互动中形成的。他曾说:"真的,我是个现代人。"①诗人与时代、世界、现实的关系是矛盾的:一方面,"我就是我周围的一切";另一方面,"我是大地上的陌生人",居住在"不属于我的世界",甚至"最初理念"也不属于我。诗人要表现他的时代,更要超越时代的限制,正如波德莱尔所说:"这个世界,单调而狭小,今天,昨天,明天,永远如此……"②19 世纪末 20 世纪初,这单调狭小的世界发生了一场前所未有的裂变:科学显示出空前的力量,而宗教的没落已不可挽回;继康德的认识论转向之后,哲学开始了第二次转向,逻辑实证主义改变了哲学的思维框架,语言成为哲学的中心问题;两次世界大战以其前所未有的残酷性对人类理性的力量提出了质疑。在新的思维和目光的观照下,世界已经不复古典时代的清晰和确定。这是人类掌握了巨大力量的原子时代,也是信仰缺失的时代;是标举进步的时代,也是空前混乱和痛苦的时代。诗人必须对新的现实做出思考和回应,正如艾略特所说:在一个困难的时代,诗应该是困难的,或者如史蒂文斯所见,它必须抽象。

---

①　*OP*:165. 原文:Truly, I am a modern…
② 　波德莱尔. 恶之花. 郭宏安,译. 北京:国际文化出版公司,2005:114.

第一节　诗与现代科学的兴起

　　史蒂文斯曾说,现代诗人的时代(或我们的时代)是达尔文的时代,而不是柏拉图的时代。[①] 20 世纪上半叶在整个人类科学技术发展史上占有重要地位,发生了一系列革命性变化。19 世纪末 20 世纪初发生的物理学革命是个开端,它带动了化学、天文学、生物学、地学等学科的发展,最终形成了以相对论和量子力学为代表的现代科学革命,深刻地改变了人们观察和认识世界的方式。1905 年,阿尔伯特·爱因斯坦(Albert Einstein)提出"狭义相对论",精确地揭示了空间和时间在本质上的统一性,以及空间、时间和物质运动之间的联系;1915 年,他又提出广义相对论,揭示了四维时空与物质的统一关系,指出空间、时间不可能离开物质而独立存在,空间结构和性质取决于物质的分布。马克思·普朗克(Max Planck)于 1900 年首先提出"能量子"的概念,指出:在物体发射辐射和吸收辐射时,能量并不是无限可分的,其最小的、不可分的能量单位即"能量子"或称"量子",这一概念的提出为量子力学奠定了基础。此后,经过许多科学家的共同努力,到 1925 年左右最终建立了量子力学这门研究微观世界粒子运动规律的科学。[②] 至此,人们的时空观和物质观从宏观和微观上都彻底发生了变革。1945 年 7 月 16 日,世界上第一颗原子弹引爆成功[③],标志着人类掌握了原子能技术,这是一把威力空前巨大的达摩克利斯之剑。电磁波理论和无线电技术的发展,电子计算机的诞生,飞机、汽车等新型交通工具的出现,高分子化学、生物学、医学等科学技术的新成就,彻底改变了人类生活的物质内容。史蒂文斯经历了现代科技迅猛发展的过程,见证了他所居住的宾夕法尼亚州雷丁小城的夜晚初次被电灯点亮,以及纽约街头的马车被汽车取代。现代科学的发展使史蒂文斯在思索诗与现实的关系时视野比浪漫主义、象征主义前辈更加广阔。我们无法得知史蒂文斯接受科学技术知识的详情,但还是可以根据一些线索做出推测,例如,琼·理查德森认为,尽管缺少书

---

① CPP:878.

② 吴于廑,齐世荣. 世界史·现代史编(上卷). 北京:高等教育出版社,2007:387-388.

③ 吴于廑,齐世荣. 世界史·现代史编(上卷). 北京:高等教育出版社,2007:390.

证,但我们知道史蒂文斯有各种机会接触爱因斯坦以及尼尔斯·玻尔(Niels Bohr)、普朗克、沃纳·卡尔·海森堡(Werner Karl Heisenberg)等量子物理学家的观点和作品。① 史蒂文斯的朋友芭芭拉·丘奇(Barbara Church)女士在1955年4月28的来信中谈到爱因斯坦的逝世。她说:"他是浪漫主义者,才智卓越之士,巴伐利亚人。"爱因斯坦是丘奇夫妇的朋友,他们在慕尼黑和普林斯顿都有来往。② 玻尔于1923年在阿姆赫斯特学院(Amherst College)做了题为"原子"的系列讲座,罗伯特·弗罗斯特当时在该校英文系任教,参加了两次讲座,并和玻尔做了关于量子现实的长谈;史蒂文斯和弗罗斯特时相过从,他们一起参加定期的假期文学社团,弗罗斯特还经常到哈特福德拜访,他们可能会谈起玻尔,因为玻尔提出的概念"没有地点的描写"(description without place)与史蒂文斯的同名诗歌("Description without Place",发表于《斯威尼评论》1945年秋季号)令人如此推测。③ 1950年1月10日,史蒂文斯在写给他的出版商阿尔弗雷德·A. 科诺普夫(Alfred A. Knopf)的信中提到,他参加了一次由康涅狄格学院(the Connecticut Academy)举办的庆祝活动,他朗诵了《纽黑文的普通一夜》,马克斯·德尔布吕克(Max Delbrück)宣读了一篇科学论文。④ 德尔布吕克在1969年的诺贝尔奖授奖仪式上回忆此事,极为赞赏康涅狄格学院邀请科学家参与艺术家活动的创举,他特别提到为了准备在康涅狄格的演讲,提前阅读了史蒂文斯的诗歌。德尔布吕克反复谈起语言和形式的重要:

> 大科学家的书在渊博的图书馆书架上落满灰尘。这是对的。科学家的听众是数量微乎其微的同行作者。他的信息并非毫无普遍性,但这普遍性无相、无名。然而艺术家的交流却永远和它的原初形式连在一起。⑤

① Richardson, J. *A Natural History of Pragmatism: The Fact of Feeling from Jonathan Edwards to Gertrude Stein*. Cambridge, England: Cambridge University Press, 2007: 204.

② Richardson, J. *Wallace Stevens: The Later Years, 1923—1955*. New York: Beech Tree Books, 1988:423.

③ Richardson, J. *A Natural History of Pragmatism: The Fact of Feeling from Jonathan Edwards to Gertrude Stein*. Cambridge, England: Cambridge University Press, 2007:208.

④ L:662. 德尔布吕克(1906—1981),德裔美国生物学家,1969年诺贝尔生理学或医学奖获得者。

⑤ Richardson, J. *Wallace Stevens: The Later Years, 1923—1955*. New York: Beech Tree Books, 1988:219-210.

在前文提到的"哲学收藏"讲座将近尾声时,史蒂文斯谈起布莱士·帕斯卡尔(Blaise Pascal)和普朗克,认为前者更为伟大,而普朗克是我们自己更真实的象征,因此比遥远得近乎虚构的帕斯卡尔对我们更有意义。[①] 此外,史蒂文斯对科学时代又心存疑虑,担心科学所要求的机械和步调一致将危及想象力,美国将像欧洲一样面临精神上的枯竭。他于 1954 年在写给住在锡兰(今斯里兰卡)的莱奥纳多·C. 范·盖泽尔(Leonard C. van Geyzel)的信中表达了这种担忧:

> 艾森豪威尔总统说事情的一般状况将会再持续四十年,也许他是对的。但事实是,我发现这样一段时间不可理解。很容易想象一两年后事情的变化。但是像四十年后这样一件事就很难想象。这段讲话的意思之一,就是我们不得不在我们的步伐中接受每一件正发生的事。我说不出我有什么办法去让自己适应这样一个想法,那就是我生活在一个原子时代,而且我觉得谁要想去适应这么一件事情就是一大堆废话。欧洲的枯竭对欧洲和我们自己都是一个威胁。它看着我们也看着你。[②]

第二节 诗与宗教的衰落

科学兴起的同时,宗教不复昔日的辉煌。宗教的没落从文艺复兴之后就开始了,宗教改革加速了基督教的世俗化,天主教会的权威逐渐退缩,直到今天退入梵蒂冈城中,成为逝去的宗教时代的象征;从 17 世纪开始哥白尼、伽利略、开普勒、牛顿的科学成就逐渐改变了教会绘制的宇宙图景,上帝为人类制造的由天堂、地狱、炼狱组成的世界逐渐成为仅具象征意义的幻象,人们仿佛从柏拉图的洞穴中走出来,在清朗的日光之下,看到广阔、壮丽而清晰的宇宙图景。到了 20 世纪,人类进入了信仰缺失的时代,19 世纪的怀疑迷惘和彷徨无依已不复存在,人们必须要面对一个冷酷的现实:一个没有上帝照管的世界。史蒂文斯在某种意义上可以说是"宗教诗人",他的众多意象来自宗教,上帝、基督、天使、撒旦在他的剧场中纷

---

① *CPP*:866.

② *L*:838.

纷登场,这些意象虽然不再具有严格的宗教意义,却依然象征着诗人心目中对现实的超越。阿德雷德·柯尔比·莫里斯(Adalaide Kirby Morris)甚至认为史蒂文斯创立了诗歌的三位一体,上帝成为拥有想象力者,基督成为诗人英雄或想象力的化身,圣灵成为想象力在人类生活中活跃而弥散的存在。[1] 此外,他的诗歌理论的核心问题之一是在宗教衰落、上帝退场、信仰缺失的世界里诗歌的作用。史蒂文斯对待宗教的矛盾态度根源在于情感与理智的冲突:宗教情怀难以轻易抛弃,而现实让他不能不面对自己的怀疑,把宗教信仰从理性、真理、真实的疆域中驱逐出去。史蒂文斯生长在一个宗教氛围浓厚的家庭中,受家庭的熏陶,他是纯正的长老会教友。史蒂文斯的父亲加勒特·史蒂文斯(Garrett Stevens)是宾州雷丁城的一位严格自律、性格坚毅的自学成才律师、文学爱好者,母亲玛格丽塔·凯瑟琳·泽拉(Margaretha Catherine Zeller)是雷丁城的中学教师,颇有文学艺术修养,是虔诚的教徒,终生是雷丁第一长老会教堂(the First Presbyterian Church)教民。她定期带孩子上教堂,小华莱士还做过礼拜日礼拜仪式的助手,她每到星期天就坐在钢琴前弹奏并吟唱赞歌,每晚睡前都给孩子们读《圣经》。[2] 在这样的环境中,宗教情怀在史蒂文斯心中深深扎根。他于1909年1月21日在纽约生活期间写信给艾尔西,描述了教堂留给他的童年记忆:"现在回想起来似乎第一长老会教堂特别重要:生蚝晚餐、野餐、节庆。我那时喜欢坐在管风琴后面看着泵杆一上一下地移动。"[3]也许出于对童年记忆的留恋,抽象的上下运动成为史蒂文斯钟情的主题,"一上一下"(up and down)、"起伏波动"(undulation)、"升起降落"(rise and up)是他常用的词,反复在他的诗篇中出现,例如,他在《侏儒与美丽的星》("Homunculus et la Belle Étoile")中写道:"借这束光,海鱼/在海里像树枝般弯成弓形/向四方游去/一上一下。"[4]但是,史蒂文斯相信,"信仰的丧失是成长"[5]。他理性地面对现实,诚实地承认上帝已不复存在,对上帝的信仰只是虚

---

① Morris, A. K. *Wallace Stevens*: *Imagination and Faith*. Princeton: Princeton University Press, 1974:5.

② Richardson, J. *Wallace Stevens*: *The Early Years*, 1879—1923. New York: Beech Tree Books, 1986:40.

③ *L*:125.

④ *CP*:26.

⑤ *OP*:198.

幻,"一个神的死亡就是众神的死亡","我们相信过的没有什么是真的"。[①] 史蒂文斯对待宗教的态度是一个理性的人在现代环境中自然的选择:宗教信仰已经被证伪,而宗教活动依然是日常生活的一部分。他在 1953 年给赫灵曼的信中对宗教信仰问题有一个丝毫不给人遐想空间的说明:"我恐怕你是想得到一个关于我的宗教信仰的纪念碑式回答。但是我驳回(dismiss)你的问题,仅仅声明我是一个干枯了的长老会教友(a dried-up Presbyterian)。"[②]此时史蒂文斯已年逾古稀,对于宗教心中早有定论,不愿再多谈了。他在此处的措辞暗藏机锋,"dismiss"可以指通常用的"遣散、打发、拒绝考虑"或"不认真考虑",也可以是正式的法律术语,表示"驳回(起诉)",或"(未经开庭审理而)终结诉讼",史蒂文斯的职业习惯使他对法律术语十分敏感,在这里他举重若轻地"驳回"对方的问题,亦庄亦谐,表明了自己的态度:这早已不是问题了,我对此已不关心。史蒂文斯发表于 1949 年的《家乡的路德老钟》("The Old Lutheran Bells at Home")里回荡着他的童年记忆和对宗教的反思:

> These are the voices of the pastors calling
> In the names of St. Paul and of the halo-John
> And of other holy and learned men, among them
>
> Great choristers, propounders of hymns, trumpeters,
> Jerome and the scrupulous Francis and Sunday women,
> The nurses of the spirit's innocence.
>
> These are the voices of the pastors calling
> Much rough-end being to smooth Paradise,
> Spreading out fortress walls like fortress wings.
>
> Deep in their sound the stentor Martin sings.
> Dark Juan looks outward through his mystic brow...
> Each sexton has his sect. The bells have none.
>
> These are the voices of the pastors calling

---

① *CPP*:655.

② *L*:792.

And calling like the long echoes in long sleep,
Generations of shepherds to generations of sheep.

Each truth is a sect though no bells ring for it.
And the bells belong to the sextons, after all,
As they jangle and dangle and kick their feet. [①]

这些是本堂牧师的声音，呼唤着，
以如下名义，圣保罗，荣光-约翰
和其他神圣博学之人，其中有

伟大的唱诗班成员，赞美诗的提起者，小号手，
哲罗姆、谨慎的弗朗西斯和礼拜天的女人们，
精神之纯真的护理者。

这些是本堂牧师的声音，呼唤着
众多结局坎坷的生命去向平安的天堂，
伸展开堡垒的城墙就像堡垒的翅膀。

深深沉浸在他们的声音里洪亮的马丁吟唱。
黑暗的胡安透过他神秘的额头向外张望……
每个教堂司事都有教派。钟则没有。

这些是本堂牧师的声音，呼唤着
呼唤着，像长久沉睡中的悠长回声，
一代代牧羊人向一代代绵羊。

每个真理都是教派尽管没有钟声为它敲响。
而钟声属于教堂司事，毕竟，
当他们叮当作响，晃来荡去，手舞足蹈。

　　诗的语调是诙谐的，既有对教会人士的善意嘲讽，又有对自己难以忘怀的早年宗教经验的略带伤感的回忆。1922年，史蒂文斯曾写信给一位朋友，感谢他的

① CPP:461-462.

来信提醒自己回想起儿时在雷丁城上福音教堂的情景,仿佛又听到本堂牧师用德语布道:"Ich bin der Weg, die Wahreit, und das Leben."(我即是道,真理,生命。)此后不久,为答谢友人赠送德语版《约翰福音》,他又写道:"马丁·路德不能真的说是德裔宾夕法尼亚人,但却是德裔宾夕法尼亚人(灵魂)的天然元素。"①诗人对本堂牧师(pastor)和教堂司事(sexton)执掌事务的区分语带嘲讽:尽管表面看起来本堂牧师代表诸位圣人或教会精神呼唤教众,教堂司事只是担任敲钟杂役,可是钟声却是属于他们的。他们敲钟时的滑稽样子,似乎让教堂钟声也有了些许滑稽意味。基督教精神的守护者们,在本堂牧师的呼唤中一一现身,他们是幻象而非实有。哲罗姆是翻译拉丁文本《圣经》的圣徒,在《最高虚构笔记》第三诗章第一节,他"制作了大号和火与风的琴弦,/弹拨暗蓝色空气的金色手指",是声音的"最荒凉的祖先",象征着制造欢乐的诗人。"礼拜天的女人们"可能来自诗人对母亲的回忆,她们培育了儿童幼小心灵中最初的精神之纯真。"堡垒"(fortress)出自路德赞歌,"我们的上帝是强大的堡垒",在《最高虚构笔记中》则是虚构的"主要的人"的居住地。尽管教会的形象已经不那么神圣威严,但它依然是小城精神生活的一部分,庇护"结局坎坷的人们的堡垒"。史蒂文斯于 1955 年 4 月诊断出胃癌,在哈特福德圣弗朗西斯医院住院期间由亚瑟·汉利(Arthur Hanley)牧师施洗,改宗天主教,临终前他接受了两种宗教仪式,即领圣餐(Communion)和受终傅(Extreme Unction,天主教仪式),这段插曲反映出史蒂文斯精神世界的一个侧面,他对信仰的需要始终没有被理性完全克服,甚至可以说信仰得到了理性的支持,宗教的门户之见对他来说已没有意义,"每个教堂司事都有教派。钟则没有"②。理查德森的总结颇有见地:史蒂文斯一生的创作,是为信仰缺失的时代谱写的史诗。③

---

① Cook, E. *A Reader's Guide to Wallace Stevens*. Princeton:Princeton University Press,2007:257.

② Brazeau, P. *Parts of a World:Wallace Stevens Remembered*. New York:Random House, 1983:294-296. 彼得·布拉泽奥(Peter Brazeau)同时指出,史蒂文斯的女儿霍利否认汉利牧师的说法,认为父亲临终没有改宗天主教,并且史蒂文斯并不欢迎这位牧师。关于此事,琼·理查德森认为我们无法判断牧师和霍利的话孰真孰伪,但史蒂文斯确实临终既领圣餐又受终傅,而且没有告诉女儿霍利。参见:Richardson, J. *Wallace Stevens:The Later Years,1923—1955*. New York:Beech Tree Books,1988:427.

③ Richardson, J. *Wallace Stevens:The Early Years,1879—1923*. New York:Beech Tree Books,1986:26.

第三节　诗与哲学

约翰·沃尔夫冈·冯·歌德(Johann Wolfgang von Goethe)曾说,"诗人需要全部哲学,但他绝不能让哲学跑进他的作品"①,在这一点上,史蒂文斯是歌德的信徒。史蒂文斯喜欢把哲学树为诗的假想敌,他的诗论往往是从与哲学的辩论开始的,例如,"诗人一定不能让他的经验迎合哲学家的经验"②,"也许激怒哲学家比追随哲学家更有价值"③。在他的诗歌中,我们听得到哈姆雷特与霍拉旭对话的回声:

Horatio

Oh day and night：but this is wondrous strange.

Hamlet

And therefore as a stranger give it welcome.

There are more things in Heauen and Earth，*Horatio*，

Than are dreamt of in your Philosophy. ④

霍拉旭:

哦,昼与夜:但这又神奇又怪异。

哈姆雷特:

那就作为一个陌生人欢迎它吧。

天堂与大地之间有更多东西,霍拉旭,

超过了在你的哲学心中所梦想到的。

---

① 叶芝. 诗歌的象征主义. 赵澧,译//黄晋凯,张秉真,杨恒达. 象征主义·意象派. 北京:中国人民大学出版社,1989:86.

② *OP*:196.

③ *CPP*:906.

④ Shakespeare, W. *William Shakespeare：The Complete Works*. Orgel, S. & Braunmuller, A. R. (eds.). New York：Penguin Books, 2002:1357.

一方面,史蒂文斯坚称"我不是哲学家","我最不愿意做的事就是建立一个体系"。① 另一方面,他对哲学始终兴趣浓厚,长期的勤勉研究使他拥有广博的哲学知识,并将其融入诗学思考当中,成为他诗学理论的有机组成部分。当然,尽管他尽力防御,哲学还是难免悄悄潜入他的诗歌写作中,一旦哲学侵入诗歌,他也知道什么是他想要的,"我希望我的哲学窒息在美之中而不是相反"②。尽管时常对哲学家揶揄讥嘲,史蒂文斯对待哲学这个"对手"的态度却是严肃的。玛格丽特·彼得森根据史蒂文斯对康德的只言片语就认定他对哲学只是"率意为之的浅薄涉猎"(irresponsible dilettantism)③,这是一种误解,忽略了"诗与哲学之争"这个背景以及戏谑背后的严肃。

史蒂文斯的哲学知识极为广博而且持续更新。他几乎对哲学史上的重要哲学家都有所涉猎,这一点前文已论及。他的哲学学习大致可分为两个阶段:"启蒙时期"和"演说时期"。第一个阶段以 1897 年至 1900 年在哈佛大学的求学经历为中心,这段经历对史蒂文斯极为重要,为他奠定了一生的职业和知识基础,他的哲学知识框架也在这一时期形成。他在 1900 年 6 月离开哈佛来到纽约之后的日记中表达了对哈佛的怀念和面对现实的沮丧:"哈佛让主观性得到滋养,鼓励燃烧一切的火焰,那在我心目中,在如此非个人化的世界上,是一种罪恶。个性必须对世界保密。在恋人或类似的人之间保持个性就已足够;对诗人或老年人或征服者或羊羔来说也如此;但是,对年轻人来说,最好把它放在一边。"④在哈佛求学期间,史蒂文斯选修的课程主要是包括英语、法语、德语在内的语言文学课程和政治经济学课程,兼顾兴趣爱好和职业规划。那时,桑塔亚那和詹姆斯两位大哲学家正在哈佛授课,校园里激动人心的话题莫不与哲学有关。对哲学的热衷像浪潮一样席卷了史蒂文斯。他于 1899 年 3 月 6 日发表在《哈佛之友》⑤的散文《二月的一天》以夸张的笔调记载了当时的情形:

---

① *CPP*:860.

② Eeckhout, B. Stevens and Philosophy. In Serio. J. N. (ed.). *The Cambridge Companion to Wallace Stevens*. Cambridge, England: Cambridge University Press, 2007:115.

③ Peterson, M. *Wallace Stevens and the Idealist Tradition*. Ann Arbor: UMI Research Press, 1983:59.

④ *L*:44.

⑤ *Harvard Advocate*,哈佛大学的学生文学杂志,史蒂文斯大二开始向该杂志投稿,大三成为该杂志的主席。

温暖的午后英勇地敲打他的窗户,他的脸埋在书里,书页一张接一张直到最后。他无意识地享受着背上的阳光,尽管他可能把好心情归因于他正在读的哲学,完全没意识到,毕竟,在这样的一天,任何哲学都是一桩罪恶。当他刚来学院时,高大清爽,但是,当他堆积起一个又一个主题,一个又一个论点,他微弯的双肩变得显眼,他感到空虚,毫无斗志;因为每天把他带到两三条引文的那几步,完全不能和他在家乡的漫步相比,那时他沿路独行,自由而精神高昂。①

年轻的史蒂文斯深受哲学吸引又因哲学而倍感苦恼,但是早年刻苦学习哲学的经历给他留下了不可磨灭的记忆。据诗人理查德·威尔伯(Richard Wilbur)回忆,史蒂文斯于1952年5月回母校演讲,结束后参加了一个小型聚会,他很健谈,谈话内容全都是关于他在哈佛时的哲学教师和哲学课程。② 这一时期,史蒂文斯在哲学上主要受到三方面影响:第一个方面的影响来自希腊古典哲学家柏拉图、亚里士多德以及德国古典家康德和格奥尔格·威廉·弗里德里希·黑格尔(Georg Wilhelm Friedrich Hegel),对此前文已有论述。第二方面的影响来自以爱默生的超验主义和詹姆斯的实用主义为代表的美国哲学流派。1896年,史蒂文斯从姨母玛利亚家写给母亲的信中就提到姨母家里有爱默生的书③;1898年,史蒂文斯的母亲送给他一套十二卷本的《爱默生文集》(*The Works of Ralph Waldo Emerson*,波士顿休敦出版社1896—1898年版),史蒂文斯阅读并批注了其中许多文章。④ 布鲁姆敏锐地发现,史蒂文斯的作品深深浸染着爱默生的观念和语言。不过,史蒂文斯本人则不太愿意承认爱默生的影响。例如,萨缪尔·弗伦奇·莫尔斯(Samuel French Morse)曾在和史蒂文斯的谈话中说起《致某虚构乐章之一》(原文是"To the One of Fictive Movement",应为"To the One of Fictive Music"之误),认为在史蒂文斯作品中这首诗的韵律是最接近爱默生的,

---

① *CPP*:756.

② Brazeau, P. *Parts of a World:Wallace Stevens Remembered*. New York:Random House,1983:169.

③ Richardson, J. *Wallace Stevens:The Early Years*, *1879—1923*. New York:Beech Tree Books,1986:38.

④ Richardson, J. *Wallace Stevens:The Early Years*, *1879—1923*. New York:Beech Tree Books,1986:31. 这套《爱默生文集》现收藏于亨廷顿图书馆。

而诗人则说他本人对此毫无概念。① 詹姆斯学说的主要内容是实用主义、信仰意志和彻底经验论。《信仰意志》(*The Will to Believe*)一书出版于 1896 年,一年后史蒂文斯前往哈佛,"信仰意志"是哈佛学生热烈讨论的问题。"信仰意志"的主要内容是认为宗教信仰是在没有任何适当的理论根据可以下决断的情况下不得不做出的决断,虽然我们的理智可能并未受到强制,我们也有理由采取一种信仰的态度。"信仰意志"于 1907 年发展为实用主义,其核心观点是:一种观念只要帮助我们同自己的经验中其他部分发生满意的关系,便成为真的。也就是说,"一个观点,只要相信它对我们的生活有好处,便是'真的'"。引申到宗教上,该书认为根据宗教经验所提供的证据,宗教对人类生活起到了令人满意的作用,因此有神假说是真的,简言之,宗教的结果是好的,因而宗教信仰是真的。彻底经验论则见于 1904 年的论文《"意识"存在吗?》,意在否认主体客体关系是根本性的关系,否认意识是一种"事物",认为世界是由"纯粹经验"构成的,而"纯粹经验"即"为我们后来的反省供给材料的直接的生命流转"②。这些学说都在史蒂文斯的思想和创作中留下持久的影响,例如《美好理念学院演说节选》("Extracts from Addresses to the Academy of Fine Ideas")第七部分:

> What
>
> One believes is what matters. Ecstatic identities
>
> Between one's self and the weather and the things
>
> Of the weather are the belief in one's element,
>
> The casual reunions, the long-pondered
>
> Surrenders, the repeated sayings that
>
> There is nothing more and that it is enough
>
> To believe in the weather and in the things and men
>
> Of the weather and in one's self, as part of that
>
> And nothing more. ③

---

① Brazeau, P. *Parts of a World*: *Wallace Stevens Remembered*. New York: Random House, 1983:153.

② 罗素. 西方哲学史(下卷). 何兆武,李约瑟,译. 北京:商务印书馆,2015:368-377.

③ *CPP*:232-233.

重要的是

一个人信仰什么。一个人的自我

与天气及关于天气的事物之间狂喜的

认同是对一个人的自然环境的信仰,

不经意的重聚,深思熟虑的投降,

重复的言说,说着再没什么了

而信仰天气的事物和天气的人

及一个人的自我,作为那言说的

一部分,再没什么了。

"天气"在史蒂文斯诗歌语言中象征现实;自我与现实之间的认同,即主体与客体之间鸿沟的消泯,人与环境合而为一;信仰即对环境的皈依,而这信仰是至关重要的。另一位在哈佛任教的大哲学家桑塔亚那的学说在许多方面与詹姆斯相反,他的趣味主要是审美的,相信能从诗歌和宗教中找到真理。钱锺书对桑塔亚那极为推崇,认为他的哲学著作里随处都是诗,有独立主义文人的风范,态度潇洒,口气广阔,襟怀远大。[①] 史蒂文斯通过同学、老师引见,得以结识桑塔亚那,经常到他的住处谈论诗歌和宗教的功用等话题,两人还互以十四行诗赠答。[②] 史蒂文斯发表于 1952 年的《致罗马城的年迈哲学家》描绘了恩师在他心目中的形象:

And you—it is you that speak it, without speech,

The loftiest syllables among loftiest things,

The one invulnerable man among

Crude captains, the naked majesty, if you like,

Of bird-nest arches and of rain-stained-vaults. [③]

而你——是你说出它,不用言语,

在最高远的事物中最高远的音节,

唯一不可侵犯的人在粗鲁的武夫

① 钱锺书. 作者五人//于涛. 钱锺书作品精选. 长春:时代文艺出版社,2000:98-99.

② Richardson, J. *Wallace Stevens: The Early Years, 1879—1923*. New York: Beech Tree Books, 1986:61.

③ *CP*:510.

中间,可以说是飞鸟筑巢的拱门

和雨痕斑斑的穹顶那赤裸的威严。

　　第三个方面的影响则来自由 F. 马克斯·缪勒(F. Max Müller)介绍的东方哲学思想。缪勒是弗里德里希·威廉·约瑟夫·谢林(Friedrich Wilhelm Joseph Schelling)和叔本华的学生,康德的译者,他主持编纂的五十卷"东方圣书"("Sacred Books of the East")系统地翻译介绍了东方经典文献,是东方学的一座丰碑。史蒂文斯在哈佛期间读过"东方圣书",他于 1940 年 12 月 9 日写给盖泽尔的信中说:"我年轻的时候东读一点西读一点,那时马克斯·缪勒(F. Max Müller,原文为 Max Muller)是最令人瞩目的东方学家。"[①]由此我们可以推测,史蒂文斯很可能通过缪勒了解到东方包括中国古代哲学思想。"东方圣书"中有关中国的部分由英国传教士理雅各(James Legge)翻译,总称"中国圣书"("Sacred Books of China"),共 6 卷,内容分别为:第一卷,儒家典籍第一部分,包括《尚书》《诗经》《孝经》;第二卷,儒家典籍第二部分,《易经》;第三卷,儒家典籍第三部分,《礼记》第一部分;第四卷,儒家典籍第四部分,《礼记》第二部分;第五卷,道家典籍第一部分,《道德经》第 1 至 17 章;第六卷,道家典籍第二部分,《道德经》第 18 至 33 章。另外,莫尔斯提到史蒂文斯读过由理雅各译的"中国经典"("The Chinese Classis")并做了笔记。[②]"中国经典"共五卷,包括《论语》《大学》《中庸》的英译本。史蒂文斯在哈佛结识了维特·宾纳(Witter Bynner)和亚瑟·戴维森·菲克(Arthur Davidson Ficke)等热衷于东方思想和艺术的同学。宾纳曾先后到过日本和中国,是《唐诗三百首》(*The Jade Mountain, A Chinese Anthology, Being Three Hundred Poems of the Tang Dynasty*)的英译者。史蒂文斯还通过阅读冈仓觉三(Okakura Kakuzō)等日本作者了解到一些禅宗思想。史蒂文斯在书信中经常提到东方的事物,特别是来自中国和日本的艺术品,曾经委托朋友购买过中国工艺品。他还保存了一份剪报,内容是介绍北宋画家郭熙的画论《林泉高致》(*The Nobel Features of the Forest and the Stream*)。[③] 他通过英译本读到了一

---

①　*L*:381.

②　Morse, S. F. *Wallace Stevens: Life as Poetry*. Pegasus, 1970:69.

③　Richardson, J. *Wallace Stevens: The Early Years, 1879—1923*. New York: Beech Tree Books, 1986:384.

些中国古诗,惊叹于它们的美,认为:它们给人的印象是真实、平静、令人肃然起敬。① 1922年9月23日他写信给门罗,表达了对中国艺术的钦慕,认为对一个诗人来说,即便只是与中国有第二手的接触也将受益匪浅。② 钱兆明探讨了中国美术对史蒂文斯的影响,同意威廉·贝维斯(William Bevis)等人的看法,认为史蒂文斯对禅宗思想有所认识,强调他直接受到了禅宗艺术的影响并在作品有所体现。③ 此外,史蒂文斯又流露出对东方诗歌中的道德寓意不满,认为:"东方诗歌处于极为不利的地位。除了它的僧侣和宗教含义,这一切的本质在于它的最大兴趣与人道主义的诗学方面相联系。显然,孟加拉国的爱和美国的爱是两种不同的东西。"④芒森对史蒂文斯的评论与诗人自己看法相近:"因为这种平静,这种殷实富足的花花公子风格的满足,史蒂文斯先生被认为是中国式的。不可否认,他受到过中国诗的影响,正如他受到过法国诗的影响,但是我们不必强行做此比较。因为中国诗整体来说依赖于伟大的人文主义和宗教传统:它平静的力量与和平常常只是一种深刻理解的副产品;它的伊壁鸠鲁主义较少是目的,较多是种功用,相较于平静——如果我可以这么说——史蒂文斯的确定无疑的美国式平静。"⑤在史蒂文斯作品中可以见到一些来自东方的影响,例如,他发表于1916年的剧本《三个旅行者看日出》(*Three Travelers Watch a Sunrise*)中三个主要角色是中国人,《叔叔的单片眼镜》("Le Monocle de Mon Oncle")和《六幅隽永的风景画》("Six Significant Landscapes")中均出现了中国老人的形象,而在《喜剧家》中,他认为"晦涩、朦胧的主题""像去北京的漫游一样错误"。下文我们还将谈到,史蒂文斯对中国古代哲学思想的理解和吸收最明显的表现可能出现在《最高虚构笔记》第二章第四部分,对"变易"的推演阐发令人联想起《易经》。⑥ 总之,史蒂文斯对东方的兴趣不限于中国,东方思想扩展了史蒂文斯的想象力,为他提供了一个

---

① *L*:742.

② *L*:229.

③ Qian, Z. M. *The Modernist Response to Chinese Art*: *Pound*, *Moore*, *Stevens*. Charlottesville: University of Virginia Press, 2003:82.

④ *L*:381.

⑤ Munson, G. B. The Dandyism of Wallace Stevens. In Brown, A. & Haller, R. S. *The Achievement of Wallace Stevens*. Philadelphia: J. B. Lippincott Company, 1962:44.

⑥ 《最高虚构笔记》与《易经》尤其是理雅各英译本《易经》文本上的相似之处得自吾师傅浩先生提醒。

新的思想维度,但在他的哲学、诗学思想中不占主要地位。史蒂文斯的形而上学思考的主要参照物是西方哲学。

史蒂文斯哲学学习的第二个阶段为 1941 年之后,他相继发表"高贵的骑手与词语的声音"等一系列演讲,讨论诗与哲学的关系,哲学视野逐渐扩大,对诗与哲学之争的思考更加深入。这一时期对史蒂文斯影响最大的哲学家是怀特海。怀特海最初是一位逻辑学家,他与罗素合著的《数学原理》(*Principia Mathematica*)于 1913 年出版,随后怀特海转向形而上学,创立了过程哲学,这是一个空前庞大的形而上学体系,其主要原理是:世界是由无穷多个活生生的事件所组成的,其中每一事件都是暂时的,并且会为生成新的世界而消亡,这些事件出现在诸对象上,事件的若干集合可以视同一种赫拉克利特式的流变,而诸对象则视同巴门尼德式的球体,分开来看,它们都是抽象的东西,而在实际过程中双方又不可分割地连接着;由发自内部的认知产生同实在的真正接触,认知者和他的对象融合为一个单一的实体。① 怀特海的思想和柏格森、詹姆斯有相通之处,柏格森所说"不尽的生成之流"、时间的"纯粹绵延",詹姆斯所说"生命流转",都可以被看作一种"过程论",而且三家学说都主张取消主观和客观的区别,不过怀特海的表述高度形式化、逻辑化、抽象化,他的体系更为复杂和精密。史蒂文斯对怀特海哲学的了解和接受有一个较长的过程。1944 年 11 月 14 日,史蒂文斯写信给诗人西奥多·魏斯(Theodore Weiss),提到布林茅尔学院(Bryn Mawr College)哲学系的保罗·魏斯(Paul Weiss)教授曾写信给他,保罗·魏斯指出史蒂文斯不应把哲学观念建立在詹姆斯和柏格森的基础上,建议他应该挑战一位真正的哲学家(a philosopher full-sized);史蒂文斯写信请教保罗·魏斯心目中谁是真正的哲学家,保罗·魏斯提出了柏拉图、亚里士多德、康德和黑格尔,随后,保罗·魏斯又提出了几位当时健在的哲学家怀特海、弗朗西斯·赫伯特·布拉德利(Francis Herbert Bradley)和皮尔士。史蒂文斯评论说大部分现代哲学家是纯学术性的,怀特海也不例外。② 1950 年 12 月 28 日,史蒂文斯写信给 M. 贝内塔·奎因修女(Sister M. Bernetta Quinn)时谈及自己的哲学观,认为自己求学期间遇到的是以

---

① 罗素. 西方的智慧. 马家驹,贺霖,译. 北京:世界知识出版社,1992:399.
② *L*:476.

詹姆斯为代表的另一代哲学家,他承认自己读了一些怀特海的作品,但不是很认真。① 史蒂文斯 1953 年 7 月 12 日写给他的意大利语译者雷纳托·波吉奥利(Renato Poggioli)女士的信中,将发表于 1937 年的《带蓝吉他的男人》中第二十五部分头两行"他把世界举在鼻端/就这样他猛然一掷"中的"他"解释为"任何观察者:哥白尼、哥伦布、怀特海教授、我自己、你自己",透露出他接触怀特海可能要早于保罗·魏斯的推荐。② 另外,史蒂文斯藏书中有 1954 年版的《阿尔弗雷德·诺斯·怀特海对话录:由卢西恩·普莱斯记录》(*Dialogues of Alfred North Whitehead*:*As Recorded by Lucien Price*)。③ 史蒂文斯对怀特海这位"纯学术性的"哲学家逐渐加深了解并接受了他的哲学观点。史蒂文斯在 1951 年的演讲"哲学收藏"中引用怀特海著作《科学与现代世界》(*Science and the Modern World*)中的一段话来说明哲学对感知的分析会导向诗学观点:

> 我的理论涉及对如下概念的彻底抛弃,亦即,简单地点是事物卷入空间-时间的主要方式。在某种意义上,所有事物在所有时间存在于所有地点,因为每个地点在每个其他地点涉及它自身的一个方面。因此,每个空间-时间的立足点都反映整个世界。④

史蒂文斯对这段话的评论用了诗意化了的怀特海式语言:

> 这些话语非常明显是来自一个所有事物都是诗意的层面的话语,每个地点都在每个其他地点涉及它自身的一个方面,仿佛这样一个陈述在想象中制造出了一片宇宙之虹,一阵在场的战栗,或者说,差异的复合体。⑤

1954 年 10 月 21 日,史蒂文斯在美国艺术联合会(American Federation of Arts)大会做了题为"完整的人:视角,地平线"("The Whole Man:Perspectives, Horizons")的演讲,称怀特海为富于想象力的思想者、完整的人的典范,提出人应当追求真理、追求自由并保持自由;完整的人是为世界提出理论的理论家,他们的

---

① *L*:704.

② *L*:790.

③ Moynihan, R. Checklist:Second Purchase, Wallace Stevens Collection, Huntington Library. *Wallace Stevens Journal*, 1996 (Spring):101.

④ *CPP*:858.

⑤ *CPP*:858.

功用是思考整体,并从他们广阔的透视中心告诉我们有关整体的知识;如果赋予宇宙人格,它将对应于完整的人。完整的人是集哲学家、诗人、艺术家于一身的形象,代表了思想和表达发展到完美阶段的人。在演讲的最后,史蒂文斯表达了他对人类文明的信心:"伟大的现代信仰,理解我们这个时代的关键,就是对真理的信仰,尤其是如下观念的信仰,即真理可以获得,基于真理的自由的文明,一般而言或具体而言,同样可以获得。"①我们仿佛可以看到一个诗人的形象在思想的地平线之上浮现,吟唱着一曲天鹅之歌。

史蒂文斯是一位独立的思想者,他的形而上学思考不拘门户之见,却和现代哲学中的某些重要发展趋势有契合之处。史蒂文斯和现象学的联系比较明显,相关论述比较多。例如,和史蒂文斯有过数面之缘并且互通书信的保罗·魏斯就认为史蒂文斯是个现象学家(a phenomenologist),他对史蒂文斯的判断颇有洞察力:"他认为各种传统意义在我们日常所见的世界上结起硬壳,想象力的全部功能就是刺穿它们,抓住真正如其所是的现象。"②这里"刺穿"作为行动或行为,就是抽象或越界。史蒂文斯在诗论中征引过福西永、梅洛-庞蒂等法国存在主义者,他还在书信中流露出对海德格尔的兴趣,但是他声明没有读过海德格尔,"此刻他还是个神话,就像哲学中的许多事情一样"③。克莫德提出了一种比较合理的看法,即,史蒂文斯通过对荷尔德林的兴趣追踪到海德格尔,暮年诗人对死亡、对诗歌本质的思考与这位存在主义哲学家遥相呼应。④ 一般认为,史蒂文斯更认同欧洲大陆哲学,而对20世纪初兴起的英美分析哲学缺乏兴趣。⑤ 这种观点有失偏颇。前文已谈到史蒂文斯对怀特海哲学观点的接受过程,怀特海是分析哲学的早期奠基者之一,尽管他后来完全偏离了这一方向。史蒂文斯在《作为价值的想象》("Imagination as Value")中把逻辑实证主义者树为假想敌,他引用了阿尔弗雷

---

① CPP:877.

② Brazeau, P. *Parts of a World*:*Wallace Stevens Remembered*. New York:Random House, 1983:213.

③ L:839.

④ Kermode, F. Dwelling Poetically in Connecticut. In Doggett, F. & Buttel, R. (eds.). *Wallace Stevens*:*A Celebration*. Princeton:Princeton University Press, 1980:256-273.

⑤ Cavell, S. Reflections on Wallace Stevens at Mount Holyoke. In Benfey, C. & Remmler, K. (eds.). *Artists*, *Intellectuals*, *and World War II*:*The Pontigny Encounters at Mount Holyoke College*, *1942—1944*. Amherst:University of Massachusetts Press, 2006:67.

德·儒勒·艾尔（Alfred Jules Ayer）的名著《语言、真理、逻辑》（*Language,
Truth, Logic*），试图说明即便是逻辑实证主义者也承认作为形而上学的想象至
少有表面上的价值。① 实际上，分析哲学虽然反对形而上学，却并不缺乏天才的
想象，维特根斯坦就是这一哲学流派中极具原创性的思想家。有一些研究者注意
到了维特根斯坦和史蒂文斯的互相发明之处，例如前文提到的阿尔蒂里，再如佩
洛芙，她提出，悬而不决之感和对不解之神秘的认识使得《逻辑哲学论》（*Tractus
Logico-Philosophicus*）接近于史蒂文斯沉思冥想的诗歌。② 维特根斯坦曾说："哲
学真应该只作为一种诗歌形式来写。"③不过，理性因素或气质占了上风，使他成
为哲学家而不是诗人，这一点与柏拉图颇为相似。维特根斯坦前期和后期哲学思
想有较大的转变，前期致力于用逻辑分析为哲学提供一种终极清晰的话语体系，
后期则放弃了逻辑分析方法而转向日常语言，认为意义在语言中是自然发生的。
维特根斯坦在第一次世界大战战场上写成的《战时笔记》表明他的哲学思考有着
前后连贯的基本思路："我们必须认清，语言是如何照料自身的。"④我们试以《坛
子轶事》（"Anecdote of the Jar"）为例，来说明维特根斯坦的哲学观念如何帮助我
们理解史蒂文斯：

> I placed a jar in Tennessee,
> And round it was, upon a hill.
> It made the slovenly wilderness
> Surround that hill.
>
> The wilderness rose up to it,
> And sprawled around, no longer wild.
> The jar was round upon the ground
> And tall and of a port in air.

101

---

①   *CPP*:727.
②   Perloff, M. *Wittgenstein's Ladder: Poetic Language and the Strangeness of the
　　Ordinary*. Chicago: The University of Chicago Press, 1996:44-45.
③   Perloff, M. *Wittgenstein's Ladder: Poetic Language and the Strangeness of the
　　Ordinary*. Chicago: The University of Chicago Press, 1996:243.
④   维特根斯坦. 战时笔记:1914—1917 年. 韩林合,编译. 北京:商务印书馆,2005:150.

It took dominion everywhere.

The jar was gray and bare.

It did not give of bird or bush,

Like nothing else in Tennessee. [①]

我把一个坛子放在田纳西，

它是圆的，在小山上。

它让凌乱的荒野

簇拥那座小山。

荒野向它升起，

又在四周匍匐，不再杂乱。

坛子在地上是圆的

在空中高大而气派。

它统驭各地。

坛子灰色而光秃。

它没有生出飞鸟或灌木，

不像田纳西的其他任何东西。

　　这首诗就像一个谜语，吸引了众多猜谜者。比较常见的解读认为"坛子"代表一种赋予秩序的力量，它成了中心，象征人类艺术统治自然。[②] 利兹的看法与此相近，不过他认为坛子只是混乱无序的自然界的催化剂，是贫乏甚至造成威胁的物体。[③] 文德勒认为，《坛子轶事》是对济慈《希腊古瓮颂》的评论，以济慈华美典雅的古典世界反衬美国文学的简朴粗陋，呼应詹姆斯对简陋的美国景象的抱怨之声。[④] 伦特里基亚把《坛子轶事》置于史蒂文斯全部诗歌语料的语境中，指出它类

---

① CPP：60-61.

② Cook，E. *A Reader's Guide to Wallace Stevens*. Princeton：Princeton University Press，2007：67.

③ Litz，A. W. *Introspective Voyager：The Poetic Development of Wallace Stevens*. Oxford：Oxford University Press，1972：92.

④ Vendler，H. H. *Wallace Stevens：Words Chosen out of Desire*. Knoxville：The University of Tennessee Press，1984：45-46.

似于一个微观宇宙,而"坛子"和各种人工制品本质相近,如眼镜、碗、诗歌意象、思想本身甚至诗篇,以及他中后期作品中的较大概念,如"英雄""主要的人":一切系统化尝试的不同形式和效果,一切结构、系统、理性的创造。一言以蔽之,一切"抽象"(abstraction)的效果。[①] 麦克劳德则认为,史蒂文斯的坛子和杜尚的《泉》一样,是一件"现成物品"(readymade),把坛子放在田纳西州的一座小山上,和把陶瓷小便池放在展台上一样,是怪异之举,其意义是含混的;同时他提到罗伊·皮尔斯·哈维发现史蒂文斯于 1918 年去田纳西州的时候,当地人使用一种玻璃广口瓶(英文中广口瓶也称为 jar)装水果,其特征符合《坛子轶事》中的描写——灰色的、光秃秃的,上面还有凸起的"统治"(Dominion)字样,更加佐证了所谓"坛子"是一件现成物品艺术品。[②] 巧合的是,维特根斯坦也以一件简陋的日常用品,炉子,来说明他观察与理解世界的方式:

> 作为诸物之中的物,每一个物都同样是不重要的,作为世界则每一个都是同等重要的。
>
> 假定我在静观一个炉子,并且人们告诉我说:但是现在你只是在认识这个炉子。这时我的结果当然是微不足道的。因为在这样的观点下,我好像是在研究作为世界之中众多的物件中的一个炉子。但是,当我在静观这个炉子时,它就是我的世界;与之相比,所有其他的东西都变得苍白了。
>
> 人们恰恰既可以将单纯的当下表象看作处于整个时间性世界之中的一幅不甚重要的瞬间图像,也可以将其看作处于阴影中的那个真实的世界。[③]

两相对照,史蒂文斯的坛子就显出非同凡响的意义。标题中"anecdote"源自古希腊语"ἀνέκδοτα",意为未公开发表的东西;"轶事"一般指"秘密或隐私的尚未公开的叙事"。1918 年至 1920 年间史蒂文斯用"轶事"体裁写了十余首诗,以后就再也没有用过这类题材。拉格认为,"轶事"能引起当时现代诗的主战场,即小杂志的注意,因为它们短小精干,风趣幽默,成为史蒂文斯较为依赖的叙事手段,

---

① Lentricchia, F. *Ariel and the Police*: *Michel Foucault*, *William James*, *Wallace Stevens*. Madison: The University of Wisconsin Press, 1988:12-13.

② MacLeod, G. G. *Wallace Stevens and Modern Art*: *From the Armory Show to Abstract Expressionism*. New Haven: Yale University Press, 1993:21-23.

③ 维特根斯坦. 战时笔记:1914—1917 年. 韩林合,编译. 北京:商务印书馆,2005:239-240.

而对这种即兴写作的价值有所疑虑也是他对出版第一部诗集犹豫再三的原因。①第一行"我把一个坛子放进田纳西"值得注意,说话人"我"是一个奇异的形象,介词"in"使"我"显得异常巨大,似乎是一个俯身在大地之上的神话中的人物。"我"凝神看着一只坛子的时候,实际周围的环境没有任何改变,但是它们在"我"的意识中改变了,就像摄影时焦点清晰之后,焦点之外的景物就变得模糊,并且不再杂乱,看似有向焦点集中的趋势。荒野先向坛子(观看的焦点)升起,然后又在四周匍匐,并不再杂乱,这是对视觉现象生动而准确的模拟。第八行中的"port"意为举止、风度,"of a port"用来形容人的举止庄重、有派头,据诗人罗伯特·哈斯(Robert Hass)回忆,他的祖母就用"being of a port"形容祖父的举止仪态。②"坛子"成了注意力的中心,统治四方,甚至成了大地本身。史蒂文斯通过对坛子的凝神观照,把一件普通物品变成了艺术品,印证了维特根斯坦的观点:"艺术品是在永恒的形式之下(*sub specie eternaitatis*)观察的对象,在永恒的形式之下观察的物就是被连同整个逻辑空间一起观察的物。"③同时也让我们想到史蒂文斯对怀特海的评论:"每个地点都在每个其他地点涉及它自身的一个方面,仿佛这样一个陈述在想象中制造出了一片宇宙之虹,一阵在场的战栗,或者说,差异的复合体。"④

第四节　史蒂文斯的诗人观

史蒂文斯的抽象观念和他的诗人观是分不开的。他是一个有着自觉的责任意识的诗人,习惯用"功用"(function)一词讨论诗人的职责或责任。他曾在《必要的天使》的序言中说:"在任何时代诗人的功用之一都是通过他自己的思想和情感去发现在他看来似乎是那个时代的诗歌。一般而言他将揭示他在自己的诗歌里

①　Ragg，E. *Wallace Stevens and the Aesthetics of Abstraction*. Cambridge，England：Cambridge University Press，2010:32.

②　Cook，E. *A Reader's Guide to Wallace Stevens*. Princeton：Princeton University Press，2007:68.

③　维特根斯坦. 战时笔记:1914—1917 年. 韩林合,编译. 北京:商务印书馆,2005:238-239.

④　*CPP*:858.

通过他的诗歌自身所找到的东西。"①可见,他非常强调"诗歌自身",同时又认为诗歌与时代有关。史蒂文斯的诗人观跟他对诗歌传统、哲学和现代科学的长期思考是分不开的。综合他在诗歌和诗论中的表述,可以看到史蒂文斯的诗人观有三个要点:诗人的功用是审美的而非功利的,正如诗的功用是审美的而非功利的;诗人是社会的精英,"诗人是更强盛的生命"②,他可以帮助读者更正和澄清他们对现实的认识,唤醒和扩展他们的想象力,同时,诗人与读者的关系又经常和信仰问题联系起来,诗人为读者提供一种"最高虚构",起到类似宗教信仰的作用,不过最高虚构并非宗教的替代品,它固然难以言说,却不包含神秘的成分,而是一种对现实与想象的终极抽象;诗人的"功用"只能通过诗歌来实现。总体而言,这是一种精英主义的诗人观,隐约有浪漫主义诗人自命为世界之立法者的遗风,但是更加自觉谨慎地将这一雄心限制在诗歌自身范围之内。在日渐世俗化的时代,精英主义比平民主义更需要勇气。

我们试以《哈瓦那的学术谈话》("Academic Discourse at Havana")为例说明史蒂文斯的诗人观。这首诗发表于 1923 年,收入 1935 年出版的史蒂文斯第二部诗集《秩序观念》。诗人在为《秩序观念》撰写的护封说明里解释了他对诗歌与政治和社会的关系的理解:

> 我们通常认为当今发生的变化是经济变化,包括政治和社会变化。这些变化提出政治和社会秩序的问题。

> 诗人虽势必关心这类问题,本书,尽管反映它们,却主要关心不同性质的秩序观念,例如,当个人的依赖遇到了在秩序的一般意义上的现有秩序的消亡;个别概念创造的秩序观念,例如《基维斯特的秩序观念》中的诗人所持有的;从任何艺术实践中产生的秩序观念,例如《午后航行》中的诗歌。

> 本书本质上是一部纯诗著作。我相信,在任何社会中,诗人都应该成为那个社会的想象力的代表。《秩序观念》试图阐明想象力在生活中的作用,尤其是当下的生活。生活变得越现实,越需要想象的刺激。③

这为我们理解《哈瓦那的学术谈话》提供了背景。史蒂文斯曾经于 1923 年两

---

① *NA*:vii.
② *OP*:194. 原文:The poet is a stronger life.
③ *OP*:222-223.

次出国旅行,第一次是在 2 月间单独到哈瓦那出差,第二次是 8 月间和妻子艾尔西一起乘邮轮游览了哈瓦那、巴拿马运河、特万特佩克湾,这也是史蒂文斯游历美国以外的地方的极少的经历。异国风光刺激了史蒂文斯的想象力,他在第一次旅行时从哈瓦那写信给妻子,告诉她这座城市远比他设想的更有西班牙神韵,这是一个完全新鲜而奇异的地方,但也是他最不愿意居住的地方。① 西班牙对史蒂文斯来说象征着浓烈的色彩、欢乐、活力和异国情调,他对哈瓦那的印象也再现于诗行之中:

Canaries in the morning, orchestras

In the afternoon, balloons at night. That is

A difference, at least, from nightingales,

Jehovah and the great sea-worm. The air

Is not so elemental nor the earth

So near.

　　But the sustenance of the wilderness

Does not sustain us in the metropoles. ②

清晨的金丝雀,午后的

管弦乐队,夜晚的气球。那

是种差异,至少不同于夜莺、

耶和华和大海虫。空气

不那么自然而大地也不那么

近。

　　但是荒野的食物

在大都市里供养不了我们。

　　金丝雀、管弦乐队和气球都是史蒂文斯在哈瓦那四处游逛时所见,他有长距离散步的习惯,用一天时间走遍了全城,还去观看了长跑和传统的西班牙回力球比赛。现实中的景物与夜莺、耶和华、大海虫的对比,是对传统的偏离与反思。夜

① 　L:234-235.

② 　CPP:115.

莺是浪漫主义传统中常见的意象,耶和华和大海虫或海中怪兽(leviathan)则象征着基督教传统。现实与传统的对比之后,结论是简洁的:现代人的生存环境已经离自然越来越远了。第七行与第八行的半行排列(half line)以及第八行开头突兀的转折,强调了诗人对现实的清醒认识:荒野中的食物,传统的精神食粮,对自然的浪漫主义想象以及宗教情怀,都不足以供养现代都市中的人们。

> Life is an old casino in a park.
> The bills of the swans are flat upon the ground.
> A most desolate wind has chilled Rouge-Fatima
> And a grand decadence settles down like cold. [①]

> 生活是公园里的旧赌场。
> 天鹅的喙平摊在地面。
> 一阵最凄凉的寒风袭向红衣法蒂玛
> 而一阵宏大的颓废像寒冷般落定。

旧赌场是这首诗的核心意象,象征现实、生活、环境,或者用布鲁姆的术语:性格(ethos)、命运(fate)。史蒂文斯在书信中提到了哈瓦那的赌场:"今晚我要等马里恩先生,哈特福德火灾保险公司的代表之一,来找我并和我一起吃晚饭,可能会去赌场,这座城市的景点之一。"[②]天鹅和夜莺一样也是逝去的古典传统的象征,例如在《对天鹅的呵斥》("Invective Against Swans")中天鹅只不过是公鹅,在《对立主题之二》("Contrary Thesis II")中"寒冷冻僵了动作舒展的天鹅"。天鹅的喙平摊在地上,显得毫无活力。法蒂玛是民间传说人物蓝胡子的最后一位妻子,也可以是任意一位古典美女。埃尔德·奥尔森(Elder Olson)回忆1951年史蒂文斯在芝加哥大学演讲后,他在餐桌上问过诗人这个困扰他的问题:红衣法蒂玛是谁?诗人回答说他本来想用类似海伦这样的人物,但这个可怜的女孩在诗歌里出现得太频繁了,所以他想到了另一个美女,而让她"红衣"加身也是随意为之,并无特别深意。[③] 因此,法蒂玛原本是希腊神话中的海伦,天鹅和海伦又让人联想到达·

---

① *CPP*:115.

② *L*:235.

③ Brazeau,P. *Parts of a World:Wallace Stevens Remembered*. New York:Random House,1983:210.

芬奇的名画《丽达与天鹅》以及叶芝的同题十四行诗。在古老的神话中,天鹅是宙斯的化身,神的无上权威的象征,现在已失去了往昔的威力和风采。古典世界已经残破不堪,只有"一阵宏大的颓废"徐徐落下,覆盖了一切,而生活依然像公园里的旧赌场一样矗立着。

> The swans ... Before the bills of the swans fell flat
> Upon the ground, and before the chronicle
> Of affected homage foxed so many books,
> They warded the blank waters of the lakes
> And island canopies which were entailed
> To that casino. Long before the rain
> Swept through its boarded windows and the leaves
> Filled its encrusted fountains, they arrayed
> The twilights of the mythy goober khan.
> The centuries of excellence to be
> Rose out of promise and became the sooth
> Of trombones floating in the trees. [①]

> 天鹅……在天鹅的喙平展地落
> 到地面之前,在用假意的致敬写成的
> 编年史蒙骗了这么多书之前,
> 它们曾守护湖泊的空白水域
> 和岛上的树冠,这些曾被指定由
> 那座赌场继承。早在雨水泼洒进它
> 封上木板的窗,落叶塞满它凝结的喷泉
> 之前,它们就排列好了
> 那神话般的花生可汗之黄昏。
> 一个个世纪,属于将要到来的卓越,
> 从诺言中升起并变成

---

① CPP:115.

　　　　在林间飘荡的长号的真相。

　　古典世界令人怀念,第一行中的省略号烘托出了感伤怀旧的氛围。天鹅曾经是湖泊和岛屿的守护者,而在天鹅所象征的古典世界与赌场所象征的现代世界之间,隔着一部用假意的致敬写成的编年史,包括对幻想中的古典世界的虚假赞美。第五行中的"entail"是法律术语,指"限嗣继承",是旧时英国和美洲殖民地实行的一种土地保有和继承形式,即土地只能由土地被授予人或受赠人的特定继承人继承,而非其全部继承人都能继承,这项法律制度到了现代已经废止。天鹅守护的古典世界由赌场限嗣继承,而赌场显然不堪此重任,它也已经衰败破落了,这里的讽刺意味是颇为明显的。限嗣继承的目的是让土地按指定的谱系传承下去,显然这是一种长期安排,所以,古典世界的守护者们早在赌场破败之前就排列好了当下诗人目睹的现实:神话般的花生可汗之黄昏。"花生可汗"(goober khan)是另一个令人迷惑的字眼,它和"赌场"等代表现实的景物同样来自诗人的亲身经历:史蒂文斯在哈瓦那见到了许多华人,他们贩卖糕点和鱼,其中有一个人给他留下了深刻的印象,他肩上扛着一个大箱子,沿街叫卖:"热花生啦!"(Hot Peanuts!)诗人评论道:"那就是生活。"① 拉格指出,史蒂文斯在 1947 年 9 月 2 日的一封信里解释说:"Goober Khan 只是指他们在里面贩卖花生的一幢奇特的小房子。"② 也有评论者指出 Goober Khan 与柯勒律治的名篇《忽必烈汗》(Kubla Khan)字形和读音相似,因此史蒂文斯此处是用典。③ 我们一开始已经指出了《哈瓦那的学术谈话》对浪漫主义传统的有意偏离,因此,柯勒律治的上都离宫(Xanadu)幻象和红衣法蒂玛一样,都处于寒意笼罩的背景之中。花生可汗的黄昏是神话般的,依然受到古老的浪漫幻象支配,显得滑稽可笑,早已失去了古典神话的辉煌和庄严。将要到来的世纪也属于指定的继承人序列,它们从诺言中升起,结果只是变成林间长号的真相或曲意逢迎,"sooth"源于古英语"sóð"(OED),原意为"真实",17 世

---

①　L:235.

②　Ragg, E. *Wallace Stevens and the Aesthetics of Abstraction*. Cambridge, England: Cambridge University Press, 2010:43-44. 原出处为史蒂文斯致基蒙·弗里亚尔(Kimon Friar)的信件,注意此信中 Goober Khan 首字母大写。该信藏于亨廷顿图书馆,编号 WAS,694.

③　Ragg, E. *Wallace Stevens and the Aesthetics of Abstraction*. Cambridge, England: Cambridge University Press, 2010:41-44.

纪前一直在日常语言中使用,此后成为废词,只在文学作品中使用,与冠词连用可以兼有"真相"和"奉承"两种相反的语义,还可以表示"预言",另外,sooth可做形容词,用作诗歌用语时表示光滑、柔软,此处形容长号的声音,也颇为传神。

> The toil
> Of thought evoked a peace eccentric to
> The eye and tinkling to the ear. Gruff drums
> Could beat, yet not alarm the populace.
> The indolent progressions of the swans
> Made earth come right; a peanut parody
> For peanut people. [1]

> 思想的
> 劳作召唤来了看起来古怪
> 听起来叮叮响的和平。低沉的
> 鼓声能击打,但不能警醒民众。
> 天鹅慵懒的队列
> 整饬了大地;一场为花生之民
> 演出的花生滑稽模仿。

"思想的劳作"对抗由"天鹅"安排的虚假幻象,它带来和平,这和平还不能为人所理解。鼓声还不能警醒民众,这些"花生之民"依然陶醉于一场由慵懒的天鹅带来的滑稽模仿表演。

> And serener myth
> Conceiving from its perfect plenitude,
> Lusty as June, more fruitful than the weeks
> Of ripest summer, always lingering
> To touch again the hottest bloom, to strike
> Once more the longest resonance, to cap
> The clearest woman with apt weed, to mount

---

① CPP:115.

The thickest man on thickest stallion-back,

This urgent, competent, serener myth

Passed like a circus. ①

　　　　　　而更加沉静的神话

从它完美的丰饶中沉思，

像六月一样强健，比最成熟的夏季里

那几个星期更加硕果累累，一直迟疑着

要去再次触碰最火热的底部，再次

敲击最悠长的回响，给最明晰的女人

覆盖上合适的野草，让最强壮的男人

骑上最强壮的牡马，

这急迫、有力、更加沉静的神话

像马戏团一样经过。

　　"思想的劳作"逐渐开始发挥威力，清除掉虚假的幻象，制造出更加沉静的神话。这里的"神话"即虚构，类似《星期天的早晨》（"Sunday Morning"）中对抗基督教幻象的原始神话："柔韧而狂暴，男人围成一圈/将纵情地歌唱夏季的月亮/他们对太阳的尽情奉献，/太阳不是作为神，而是应该成为的神，/赤裸的在他们中间，像野蛮的源泉。"②从现实中产生的神话是强健而丰饶的，它面对现实中的男人和女人，是急迫、有力而沉静的。"更加沉静的神话"是"最高虚构"的萌芽。

　　　　　　　Politic man ordained

Imagination as the fateful sin.

Grandmother and her basketful of pears

Must be the crux for our compendia.

That's world enough, and more, if one includes

Her daughters to the peached and ivory wench

For whom the towers are built. The burgher's breast,

------

① 　*CPP*：116.

② 　*CPP*：69-70.

And not a delicate ether star-impaled,

Must be the place for prodigy, unless

Prodigious things are tricks. The world is not

The bauble of the sleepless nor a word

That should import a universal pith

To Cuba. Jot these milky matters down.

They nourish Jupiters. Their casual pap

Will drop like sweetness in the empty nights

When too great rhapsody is left annulled

And liquorish prayer provokes new sweats: so, so:

Life is an old casino in a wood. [1]

政客判定

想象为致命的罪恶。

祖母和她的一篮梨子

一定是我们纲领的症结。

那就足够是世界了,如果再把她的

女儿们算进被背叛了的象牙般的少女,

人们为之建起高塔,就更其如此。市民的

心胸,而非星辰环绕的精巧苍穹,

一定是奇迹存身之地,除非

奇异之物都是骗局。世界不是

无眠者的小摆设,也不是一个

应该把普遍精髓传入古巴的

词语。快些记下这些乳汁似的东西。

它们养育了朱庇特们。它们无心的半流食

将会像空虚的夜里的甜蜜一样滴落,

当过于庞大的狂想被宣布无效弃置一旁

---

[1] CPP:116.

而嗜酒的祈祷者激起新的汗水，于是，于是：

　　生活是林中的旧赌场。

　　诗人继续为"想象"辩护，同时也是为诗人自辩。政客判定想象为罪恶的标准是它不符合道德：祖母和她的一篮梨子，象征诗歌的想象和创造，是不见容于政客的政治纲领的，这已经够让人为难的了，如果再加上这位祖母的女儿们，对政客们来说就更加不可容忍，因为这些女孩可能是被人背叛了的象牙般的少女，人们还要为她们建起高塔。此处"ordain"一词的使用惊人地准确："ordain"在法律意义上指制定法律和法令，在美国宪法序言中，该词曾与"establish"成对使用，用以表明宪法的制定，但该词现已陈旧，通常只具有宗教含义。史蒂文斯对政治、伦理与诗的关系观点十分明确，他在《高贵的骑手与词语的声音》中断言："在我的主题的这个领域里，我可能被期待去谈论诗人的社会责任，亦即社会学与政治责任。他没有这种责任。"[①]又在《格言集》中说："伦理不再是诗歌的一部分，正如它不再是美术的一部分。"[②]这些诗行呼应着惠特曼更加粗犷自信的声音：

　　关于美德与罪恶的这种脱口而出的空谈是怎么回事呢？
　　邪恶推动着我，改正邪恶也推动着我，我是不偏不倚的，
　　我的步伐表明我既不挑剔也不否定什么，
　　我湿润着所有已经成长的根芽。[③]

　　政客的逻辑认为，市民的心胸胜过虚无缥缈的星空。诗歌的意义被彻底否定，被等同于骗局、摆设。嗜酒的祈祷者只是徒劳地招致更多的汗水。此处，祈祷者的形象令人联想起史蒂文斯对自己诗歌的期许："我希望我的诗能像一部弥撒书一样意义丰富而深刻。当我写着看起来没有价值的零碎，我想让这些零碎成为适于沉思的目光的弥撒书：为了理解这世界。"[④]此时第二部分的警句"生活是公园里的旧赌场"以变奏的形式出现："生活是林中的旧赌场。"史蒂文斯是善于使用"重复"手法的大师，细微的变化："公园"变成了"树林"，就创造了全新的场景，生活这座"旧赌场"似乎"更自然也更近了"。

---

① 　*NA*：27.

② 　*CPP*：904.

③ 　惠特曼. 我自己的歌. 赵萝蕤，译. 上海：上海译文出版社，1987：46.

④ 　*L*：790.

Is the function of the poet here mere sound,

Subtler than the ornatest prophecy,

To stuff the ear? It causes him to make

His infinite repetition and alloys

Of pick of ebon, pick of halcyon.

It weights him with nice logic for the prim.

As part of nature he is part of us.

His rarities are ours：may they be fit

And reconcile us to our selves in those

True reconcilings, dark, pacific words,

And the adroiter harmonies of their fall.

Close the cantina. Hood the chandelier. ①

此处诗人的功用是否仅仅是声音，

比辞藻最华丽的预言更精妙，

用来填充耳朵？它让他做出

无尽的重复并融合

乌木的琴拨，翠鸟的琴拨。

它用为古板的人而设的良好逻辑压住他。

作为自然的一部分他也是我们的一部分。

他的珍宝也是我们的：愿它们恰如其分

并让我们与自我和解，在那些

真正的和解，黑暗、和平的词语，

以及它们飘落时更机敏的和谐之中。

关闭酒吧。罩上枝形吊灯。

    视角从诗人转换到了读者，即"我们"，试图从旁观者的角度来定义诗人的角色。这一部分一开始就提出了《哈瓦那的学术谈话》的核心问题：诗人的功能是不是仅仅制造一些精美而空洞的声音？史蒂文斯已经给出了明确的回答："我们永

---

①   *CPP*：116-117.

远不能拥有伟大的诗篇,除非我们相信诗歌服务于伟大的目的。"①诗歌和预言的对比,表明诗与宗教、神话的关系是《哈瓦那的学术谈话》的潜在主题之一。"声音"对诗人的意义至关重要,它让诗人弹奏出无穷无尽的变奏,或者如《带蓝吉他的男子》所说,是"声音"弹奏着诗人这件乐器。乌木的琴拨,翠鸟的琴拨,都让人联想到史蒂文斯诗歌中出现的乐器:吉他、诗琴、齐特琴、班卓琴、索尔特里琴。乐器即诗人自身,诗人与诗篇、音乐与乐器合而为一。"为古板的人所设的逻辑"即理性,理性向诗人施压,即《喜剧家》中所说,"不满使他依然是吹毛求疵的现实主义者",亦即史蒂文斯在《作为价值的想象》中所说:"想象是逻辑的奇迹,它精妙的占卜是超越分析的计算,正如理性的结论是完全在分析之内的计算。"②诗人的珍宝即想象力,也是他的真正价值之所在,史蒂文斯在《高贵的骑手和词语的声音》中解释了诗人与读者的关系:"我认为他的功用就是让他的想象力成为他们的,只有当他看到他的想象力成为他人心灵中的光明,他才能成就自己,他的角色,简言之,就是帮助人们生活。"③想象力是使我们与自己和解的力量。诗人的诗句,"黑暗、和平的词语",像树叶或音符一样飘落,让我们得到心灵的平静与和谐。随后,出现了两个过于简洁的祈使句:"关闭酒吧。罩上枝形吊灯。"这让我们立即回到现实当中,并联想到《冰激凌皇帝》("The Emperor of Ice-Cream")中那一连串不容置疑的祈使句:"打电话给卷大雪茄的家伙,/肌肉发达的那位,让他快点/把厨房的杯子装满凝脂般的乳酪。/让黑女仆们就穿着平常这么/穿惯了的衣服瞎逛,让小子们/把鲜花用上个月的报纸包好带来。/让存在成为表象的终结。/唯一的皇帝是冰激凌皇。"④

> The moonlight is not yellow but a white
>
> That silences the ever-faithful town.
>
> How pale and how possessed a night it is,
>
> How full of exhalations of the sea …
>
> All this is older than its oldest hymn,

---

① *CPP*:877.

② *CPP*:738.

③ *NA*:29.

④ *CP*:64.

Has no more meaning than tomorrow's bread.

But let the poet on his balcony

Speak and the sleepers in their sleep shall move,

Waken, and watch the moonlight on their floors.

This may be benediction, sepulcher,

And epitaph. It may, however, be

An incantation that the moon defines

By mere example opulently clear.

And the old casino likewise may define

An infinite incantation of our selves

In the grand decadence of the perished swans. ①

月光不是黄色而是一种让

永远忠实的城镇沉默的白色。

这是一个多么苍白多么入迷的夜晚，

如此充满大海的呼吸……

所有这一切比它最古老的颂歌更加古老，

并不比明天的面包更有意义。

但是让诗人在他的阳台上

言说而沉睡者在梦乡中移动、

醒来并凝望他们地板上的月光。

这也许是赐福祈祷、陵寝

和墓志铭。然而，它也许是

月亮仅仅用清晰得奢侈的例证

就定义了的咒语。

同样，那座旧赌场也许会

在消亡了的天鹅的宏大颓废之中定义

属于我们的自我的无尽咒语。

---

① *CPP*:117.

漫游结束了，为诗人做的申辩也结束了。我们的目光转向夜空，一轮明月高悬。月亮不是浪漫主义者想象中的金黄色，而是让城镇噤声的白色。清朗的月光下一切都是清晰的，夜晚苍白而入迷，充满了海的气息。这是现实的景色，也是我们所能拥有的一切，比最古老的颂歌还要古老，和象征基督教信仰的面包一样有意义；但是，颂歌已经喑哑，信仰已经干枯。诗人的想象，亦即我们自己的想象，是我们在现实中所能拥有的唯一安慰。让诗人独自吟诵诗篇，沉睡者被吟诵声惊醒，他们看到地板上的月光。阳台、地板，这些都是现代人熟悉的日常场景，人们在午夜时分被诗人的吟诵唤醒，茫然地看着月光，这一幕却有些奇幻。重新看到月光，重新发现想象的场景，预示了《最高虚构笔记》中的第一章第三部分，在那里月亮成了"我房间里的阿拉伯人"。是诗人吟诵的诗篇，还是地板上的月光，或者重新照亮我们心灵的想象，成为我们的归宿？诗篇既可能是象征想象的月亮的咒语，也可能是那座象征无情的现实的旧赌场的咒语。天鹅已经难觅踪影，诗人的任务还没有完成，他还要继续为我们寻找那无穷无尽的咒语。

　　史蒂文斯对《哈瓦那的学术谈话》的态度是矛盾的：不太满意但又不愿割舍。这首诗写于 1923 年，起初标题是"哈瓦那小酒馆里的谈话"（"Discourse in a Cantina at Havana"），曾经投稿给剑桥的一位书商作为一部多人诗歌选集的一部分，那本选集未能出版；史蒂文斯对它进行大幅删减，发表在《金雀花》（*Broom*）1923 年 11 月号，其后又改为现标题发表于《猎犬与号角》（*Hound and Horn*）1929 年秋季号。[①] 利兹发现史蒂文斯曾于 1930 年 10 月 18 日写信给布莱克默，说他把这首诗从 1931 年版的《簧风琴》中删掉了，因为它看上去太"狭窄拥挤"（cramped）。[②] 但是，史蒂文斯又把它收入了 1935 年版的《秩序观念》。1943 年 7 月 6 日，他在写给泰特的信中提到这首诗的西班牙语译文，他说："我的过于多汁的诗没有仅仅因为译成了西班牙语就获得了西班牙雪利酒的干爽。"[③]"干爽"（siccity）指酒中不含甜味或果味，而史蒂文斯在评论他欣赏的现代画家乔治·布拉克（Georges Braque）时用"干爽"一词描述他的色彩。[④] 利兹认为，史蒂文斯对

---

① *L*：335.

② Litz, A. W. *Introspective Voyager：The Poetic Development of Wallace Stevens*. Oxford：Oxford University Press，1972：143.

③ *SPBS*：33.

④ *L*：548.

这首诗的持久兴趣证明这首诗是连接《簧风琴》与 1930 年前后诗篇的重要一环。[①]布鲁姆则认为,这首诗在语气(tone)和情绪(temper)上与《秩序观念》格格不入,但预示着这本诗集中出现的转折;布鲁姆特别指出,第四部分提出的问题"此处诗人的功用是否仅仅是声音,/比辞藻最华丽的预言更精妙,/用来填充耳朵?"发展为 15 年后《沼泽中的男人》("The Man on the Dump")中的一连串问题。[②]

"诗人的功用是什么?"这是史蒂文斯诗歌中的核心问题之一。在某种意义上,他的全部诗篇都可以被看作对这个问题的回答。收入 1954 版《秋天的极光》的《答帕皮尼》("Reply to Papini")对此给出了直接、明确、有力的回答:

> ... The Poet
> Increases the aspects of experience,
> As in an enchantment, analyzed and fixed
>
> And final. This is the centre. The poet is
> The angry day-son clanging at its make:
>
> The satisfaction underneath the sense,
> The conception sparkling in still obstinate thought. [③]

> ……诗人
> 增加经验的诸多方面,
> 犹如中了分析过的、固定的、
>
> 终极的魔法。这就是中心。诗人是
> 愤怒的白昼之子,向它的制作吹响号角:
>
> 感官之下的满足,
> 在依然顽固的思想中闪耀的概念。

诗人专注于他的魔法,但这魔法是经过了分析的,是固定的,是终极的,简言

---

① Walton, L. A. *Introspective Voyager: The Poetic Development of Wallace Stevens*. Oxford: Oxford University Press, 1972:144.

② Bloom, H. *Wallace Stevens: The Poems of Our Climate*. Ithaca: Cornell University Press, 1977:84.

③ *CP*:447-448.

之，是理性、智力和判断的产物，而不是出于幻觉、欺骗或伪造。诗人是白昼之子，即现实之子，他宣扬的是表象之下的满足，领悟所得的概念。诗人的愤怒，是用"内在的暴力"（violence within）对抗"外在的暴力"（violence without）；诗人专注于诗歌，也因此使他的诗篇变得尖锐而激昂。埃克豪特敏锐地看到，史蒂文斯清楚地认识到诗歌的局限，但不想僭越，如果要冒在这个过程中失去诗歌的风险的话。[①] 这让我们联想到迟暮之年的叶芝对诗人发出的呼吁：

> 诗人和雕塑家，请努力，
> 也勿让时髦的画家偏离
> 他的伟大祖先们的业绩；
> 把人类的灵魂引向上帝，
> 让他把摇篮填充得恰当。
>
> 我们的力量始于度量：
> 一位古板的埃及人构思的形式，
> 那温文的菲狄亚斯造就的形式。[②]

史蒂文斯曾感叹："生活在一个悲剧的时代，等于生活在一片悲剧的土地。"[③] 对他来说，最大的现代悲剧莫过于信仰的丧失。在史蒂文斯心目中，诗人的形象永远是阳刚的青年，理性地面对现实，从悲剧的时代汲取信心和力量，向人们传递信心，重新建立起信仰。史蒂文斯对现代科学和哲学的长期探索和他在诗歌领域的探索目标是完全一致的，都是准确、清晰、毫无偏见和成见地认识现实，认识世界。这种认识过程，即史蒂文斯所谓抽象，其首要原则就是准确真实，这是史蒂文斯诗歌的精髓所在。史蒂文斯在诗歌中的一切努力，都指向一个中心，一个最终的"抽象"（abstraction），在其中时代、现实和想象融为一体，人们对理想时代的向往得到满足：

And what heroic nature of what text

---

① Eeckhout，B. *Wallace Stevens and the Limits of Reading and Writing*. Columbia：University of Missouri Press，2002：229.

② 叶芝. 布尔本山下. 傅浩，译//叶芝. 叶芝精选集. 傅浩，编选. 北京：北京燕山出版社，2008：268-269.

③ *CP*：199.

Shall be the celebration in the words

Of that oration, the happiest sense in which

A world agrees, thought's compromise, resolved

At last, the center of resemblance, found

Under the bones of time's philosophers?

The orator will say that we ourselves

Stand at the center of ideal time,

The inhuman making choice of a human self. ①

属于什么文本的什么英雄天性

应该是那篇演说的词语之中的

庆典,最幸福的感觉,在其中

全世界都赞同,思想的妥协,最终

解决,相似之中心,在时代之

哲学家的白骨下被发现?

演说家将会说我们自己

就站在理想时代的中心,

非人之物在做人之自我的选择。

---

① *CPP*:698-699.

第三章　史蒂文斯早期诗歌的抽象风格

How to Go Back to Our Being in the Wind of Suspicion?

October 2018, at Dekalb, Illinois, the U. S.

How to go back to our being in the wind of suspicion?

We pick up and throw away answers along the way.

In winter the snow brings in more and more agitation,

As white question marks smashing the sky and roving astray,

Blurring and delineating your face in the darkness of memory.

When did we invent the memory and dismantle it

To justify our existence by reinventing and retelling stories?

Where is the beginning of our story like a candle lit?

Weary of the questions, weary of the vain vision,

I see life is a guest uninvited to our house,

Who maunders without answering any of our questions.

What if I give back all the borrowed phrases?

I'll hold the abstraction, in snowing night a burning stove,

To light the invisible bare secret of our love.

在怀疑之风中如何返回我们的存在？

2018 年 10 月于美国伊利诺伊州迪卡布

在怀疑之风中如何返回我们的存在？

我们沿途随手拾起又扔掉答案。

冬天白雪带来越来越多的不安，

如白色问号涂抹天空又飘往别处，

在我记忆的幽暗处模糊又勾勒你的面庞。

从何时开始，我们制造记忆，又打破它，

用重制、重讲的故事来证明我们的存在？

如烛光燃起，我们的故事始于何处？

厌倦了问题，厌倦了空洞的幻象，

我看见生命是闯进我们家门的不速之客，

唠叨不停，却从不回答我们的问题。

要是我退还所有借来的辞藻，又会如何？

我将手握象中之象，雪夜里燃烧的火炉，

点亮我们的爱情那不可见的袒露的秘密。

　　史蒂文斯在《格言集》中写道:"除了在诗歌中,我在别处没有生活。如果我的全部生活都能自由投入诗歌,那无疑将会是真的。"[①]这看似互相矛盾的两句话,折射出了诗人在现代社会中进行诗歌创作的艰难历程。史蒂文斯对诗歌怀有严肃热诚的理想,然而他的职业履历和诗歌没有交集;他是个业余诗人,然而他生命的中心是诗歌。史蒂文斯的诗是从他的生命历程中自然生发出来的,对诗歌的思考、探索、实践、阐发贯穿了他的一生。诗歌对史蒂文斯来说是逃避痛苦的避难所,是心灵的疗伤药,是生命的救赎。正如史蒂文斯所说:"我对诗人应该成为什么和做什么的概念是变化的,而且我希望,不停地成长。"[②]想象和现实的矛盾一直是他诗学思考的主线。他的诗歌探索从理想、理念开始,经过对浪漫主义想象的试验和怀疑,在现实生活中的历练,以及现代艺术、哲学思潮的冲击洗礼,逐渐向现实靠拢。而抽象是潜藏在这条主线之下的另一条线索。随着对抽象力量的认识逐步清晰,史蒂文斯找到了解决现实与想象这一对矛盾的道路:借助抽象的力量,现实与想象合而为一,最终形成"最高虚构"这一史蒂文斯诗学理论的核心概念。抽象成为史蒂文斯完成他的诗学理论的最后也是最为重要的一环。

　　史蒂文斯对抽象的认识,可以分为三个阶段:一是抽象的萌发阶段,从 1898 年至 1923 年。史蒂文斯在哈佛大学求学期间开始创作,他的浪漫主义风格习作

---

① *CPP*:913. 原文:I have no life except in poetry. No doubt that would be true if my whole life was free for poetry.

② *L*:289.

表明他对理想、理念的推崇。1923 年《簧风琴》出版,标志着诗人开始了真正意义上的现代诗歌探索,开始关注现实,对"抽象"问题开始有所思考。在这期间诗人的创作伴随着个人生活的动荡不安,包括从 1925 年到 1932 年长达 8 年的沉寂。[①]二是抽象的实验阶段,从 1933 年至 1937 年。在这期间史蒂文斯的生活逐渐安定,职业上的成功为生活提供了保障,他在创作上大胆试验,诗歌风格更加现代,先后于 1935 年出版《秩序观念》,于 1936 年出版《猫头鹰的三叶草》,于 1937 年出版《带蓝吉他的男子》。其中《带蓝吉他的男子》标志着诗人对"抽象"的实验初步成功,找到了将"抽象"运用于现代诗歌的方法。三是抽象的形成阶段,以 1942 年《最高虚构笔记》的出版为标志。此时,诗人成为自己生活和创作的主人,形成了独特的个人风格,他的诗学理论已接近完成,已经卓然自立为现代诗歌一大家。对现实和想象两方面的探索达到极致之后,诗人仿佛登高望远,于一瞥之间眺望到了"最高虚构"的灵光一现,自信地宣称:"它必须抽象。"史蒂文斯的后期作品,如《秋天的极光》《岩石》,都是他的诗歌理论的具体运用和修正,现实与想象、理念与象征的融合更加纯粹自然,更接近于史蒂文斯所谓的"纯诗"。

第一节　哈佛时期的诗歌练习

史蒂文斯坚信:"诗人只能天生而不能造就,恐怕也不能预先决定。"[②]他认为诗歌是诗人气质或个性的揭示,然而又声称诗歌是非个人的。读史蒂文斯的时候,我们常常碰到这样的矛盾。他不像惠特曼那样充满近乎天真的自信,纵声高唱"我自己的歌":"我自相矛盾吗?/那好吧,我是自相矛盾的,/(我辽阔博大,我包罗万象。)"[③]惠特曼对矛盾的解决是近于东方式的,尤其倚重古印度哲学思想,他把所有矛盾兼收并蓄地罗列出来,宣称"我是不偏不倚的",在他眼里,众生平等:"信条和学派暂时不论,/且后退一步,明了当前的情况已足,但也绝不是忘

---

① 这期间史蒂文斯仅发表两首诗:1930 年 4 月 16 日在《新共和国》第 62 期发表《今年三月的太阳》("The Sun This March"),1932 年在《猎犬与号角》第 5 期发表《秋天的叠句》("Autumn Refrain")。

② *OP*:224.

③ 惠特曼. 我自己的歌. 赵萝蕤,译. 上海:上海译文出版社,1987:130.

记，/不论我从善从恶，我允许随意发表意见，/顺乎自然，保持原始的活力。"①史蒂文斯对矛盾则必定要分析清楚，努力去解决、克服、消融矛盾，在这个过程中接近"事物的真相"，得到心灵和理智的双重满足，在这个意义上，鲍桑葵的警句对史蒂文斯颇为适用："没有具体的分析，就不可能有综合。"②简言之，史蒂文斯对待诗歌的态度近于学者对待学术。他在写给威廉斯的信中坦率地批评了威廉斯诗风的轻率多变，并表达了他对诗歌创作的审慎态度：

> 关于(《致需要者!》③中的)这些诗本身，最让我惊讶的特点是它们的轻松随意……就我个人而言，我不欣赏杂烩。这也是我自己不想出书的原因之一。
>
> ……我的想法是，要想把一件事带到(必要的)表达之极致，我们必须对它紧追不舍；……给出一个固定的视角，无论是现实主义的、意象主义的还是你想要的别的什么，每件事情都调整到那个视角；调整的过程就是一个迁流不息的世界，它对诗人来说本该如此。但是，动辄改变视角总是导致新的开端，而不间断的新开端导致贫乏。④

史蒂文斯与威廉斯的分歧一如史蒂文斯和其他现代主义诗人的分歧：休姆、庞德、艾略特等诗人尊奉古典主义、意象主义、客观主义传统，而史蒂文斯则承袭表现主义、浪漫主义、象征主义传统。⑤ 但是他们依然有共同的追求，他们都在满怀热诚地对诗歌进行探索和实验，渴望找到一种能够满意地传达自己声音的全新

---

① 惠特曼. 我自己的歌. 赵萝蕤，译. 上海：上海译文出版社，1987：2.

② 鲍桑葵. 美学史. 张今，译. 北京：商务印书馆，1985：361.

③ 原文"*Al Que Quiere!*"，西班牙语。威廉斯自己对这个标题如此解释："'致需要它的人'，我总是由它联想到一个足球场上的人物，他想要别人把球传给他。我还联想到一个特定的男孩，比我年长，和我一起在瑞士日内瓦附近的兰锡堡上学。……他名叫苏亚雷斯，是西班牙人，我有一半西班牙血统，这样我们就有了关联。……这个短语让我想起了他，站在足球场等着球，也想起我自己。我确信诗歌的世界里没有人需要我，但是如果任何人确实需要它我在那儿就会把球传给他。"见 Williams, W. C. *I Wanted to Write a Poem*：*The Autobiography of the Works of a Poet*. New York：New Directions, 1978：19.

④ Litz, A. W. *Introspective Voyager*：*The Poetic Development of Wallace Stevens*. Oxford：Oxford University Press，1972：3.

⑤ 布雷德伯里，麦克法兰. 现代主义. 胡家峦，高逾，沈弘，等译. 上海：上海外语教育出版社，1992：284.

的诗歌。对于史蒂文斯来说，一个固定的视角是必要的，他不希望自己的注意力分散于纷纭的个别事物，而是专注于事物的本质，专注于事物的普遍性。换言之，他观察世界的视角是从整体、理念、想象出发到个别、特殊、现实，亦即从抽象到具体，他的观察、思考、表达方式是演绎而非归纳。

史蒂文斯思维方式惊人的一贯性甚至从他少年时期就初露端倪。他少年时就像一位湖畔诗人，习惯于在家乡的森林溪谷长距离步行，观察自然，把所见所思写成日记，这些日记又成为诗歌的素材。在中学同学埃德温·德·特克·贝希特尔（Edwin De Turck Bechtel）的眼中，史蒂文斯是"一个想入非非，不可预测的空想家，他嘲弄狄多在洞穴中挂着泪痕的历险，或者给瞪羚写神秘的对句"①。史蒂文斯于 1896 年 7 月 31 日写给母亲的信中说："我已耗尽我现有的资源，必须退回到贫困的地平线并召唤一位超然的缪斯。"②是的，这位超然的缪斯，是史蒂文斯一生的诗神。她教会诗人如何控制狂暴的激情，如何静观默想，赐给诗人清澈的目光，帮助诗人看透事物的表象，看到海浪之中的力量。1897 年 6 月 24 日，在去哈佛求学之前，史蒂文斯在中学的一次演讲发表在当地的《雷丁之鹰》，评论当时回归希腊十六年、政局动荡的色萨利③：

> 像岩石经受刺骨的洪水，希腊也如此经受阴谋家的诡计。这个它历经千年建造起来的城邦，如今一个时辰就把它贬黜为尘土。
>
> 陆地上的山丘被撕扯得崎岖不平，一如从前，海边的溪谷永恒不变。变化的只是人。那么，他们是否，从正是他们的年代，失去所有力量，四分五裂？
>
> 不要让那些额头光洁的蠢货，就像希腊的王公贵胄，领导这场斗争，但愿大地让她高尚而杰出的儿子出来，充满城邦；让他们把顾问参赞们送回大地。尽管希腊将沦陷，尽管她将哀恸并死亡，让横渡居于中心的蔚蓝的每支舰队，让每一艘航行于极远海域的船只，让每条手臂，让每个胸膛，让每个人永远保卫十字架。④

---

① SP:11.

② L:10.

③ Thessaly，希腊中东部历史区域，是奥林波斯山所在地，现为行政区。约公元前 1000 年，希腊在此建立政权。公元 2 世纪后历经罗马人、斯拉夫人、萨拉森人、保加利亚人、诺曼底人等不同势力控制。14 世纪晚期，色萨利成为土耳其的势力范围。1881 年回归希腊。

④ CPP:755.

字里行间充满了拜伦式的浪漫激情，表明青年史蒂文斯对希腊古典世界的殷殷热爱之情和崇仰之心。我们不难从中辨认出"岩石"（rock）、"大海"（sea）、"极远之域"（utmost sphere）、"居于中心的蔚蓝"（central blue）等散布在史蒂文斯诗篇当中的意象或象征，这些象征就像夜空中的明星指引我们在史蒂文斯诗歌的领域探索。自然环境无情而永恒，人却总是变化无常，这一类对"现实的结构"的冷峻观察，预示了史蒂文斯诗歌探索的方向。

正如伦辛所见，也许史蒂文斯在哈佛求学的三年是他一生中真正能够自由地投身于诗歌的唯一时光。[①] 我们已经在第一章讨论过这一阶段史蒂文斯接受的各种哲学思想影响。1899 年 6 月 2 日的一则日记反映了史蒂文斯对"学问"与诗的看法：

> 利文古德（Livingood）说我将会为英国诗人的知识量而惊讶。我根本不会。但是我怀疑他能否解释他们为何获取这些知识。他认为他们把这作为分内之事来做。相反我认为他们把学问用作诗歌的对照物。心灵不能总是生活在"神圣的太空"。云雀不能总是在天堂的大门前歌唱。必须要有一个起跳的地方——从高处的避难所，思想的锚泊地。学问提供这样的锚泊地：学问约束你；正是从这自愿的约束中偶尔有意为之的解脱能让灵魂偶尔感受到抒情诗之自由与努力的优势力量。学问是休憩之所——诗歌是历险。[②]

对史蒂文斯来说，形而上学就是思想的起跳点、锚泊地、避难所。康德在《判断力批判》中指出：人们借助共通感觉（*sensus communis*）避开幻觉，而如果人们要寻找可作为普遍法则的判断，就自然要从魅力（charm）和情绪（emotion）中抽离（abstract）；他提出的人类共同理解力（the common human understanding）的三条原理可以帮助我们理解史蒂文斯的思考方式：第一条原理是为自己思考，对应于理解力（understanding），要求人们在思考时毫无偏见，破除迷信，勇于启蒙；第二条原理是设身处地在其他人的角度思考，对应于判断力（the power of judgment），要求人们思维开阔，采取普遍立场（a universal standpoint），超越判断的主观和私人的限制；第三条原理是一以贯之地自洽思考，对应于理性（reason），

---

① Lensing, G. S. *Wallace Stevens*：*A Poet's Growth*. Baton Rouge：Louisiana University Press，1986：22.

② *L*：27.

这是最为困难的要求,只有将前两条原理结合并运用纯熟才有可能达到。[①] 史蒂文斯用诗人的方式实践这三条原理,尤其是第三条原理,以卓绝的毅力,在诗歌中追求对世界的完整理解和表达。

史蒂文斯在诗歌中最早汲取的营养则是由浪漫主义诗人提供的。根据伦辛的分析,史蒂文斯在哈佛求学期间的日记反映出他对文学理论的兴趣,通过阅读、点评济慈等浪漫主义诗人的作品和佩特、马修·阿诺德(Matthew Arnold)等维多利亚时期作家的著作,史蒂文斯与桑塔亚那和青年画家克里斯托弗·西勒(Christopher Shearer)等人探讨争论,他逐步解决了理想(ideal)与事实(fact)之间的矛盾。[②] 1899 年夏天,史蒂文斯在雷丁城附近伯克利的维里农庄(Wily Farm)过暑假,结识了住在附近的青年画家西勒,7 月 18 日的日记记录了史蒂文斯与西勒的争论和史蒂文斯的思想转变过程:

> 步行到克里斯托弗·西勒家让他给我看他的画。他说自然终究高于艺术! 这个迟来的结论是否和他的信条——即当我们死了,我们就消逝——不相一致? 他确实爱自然,但是从这个视角看他必须热爱多少自然之物? 我说理想高于自然,因为是人创造并给自然增加一些东西的。然而,他坚持认为事实(the facts)最佳,因为它们无穷无尽,而理想(the ideal)却稀少。那么对比他把自然置于艺术之上时的勉为其难,他的物质主义宗教和信条,看起来他难道不是在自然或他自己身上没有意识到任何神圣之物,任何精神之物? 如果是这样,那他的画有没有人性? 难道它们真的仅仅就是画:天空、树、空白的地方,有一两只鸟?
>
> 我差点忘了加上昨天,那忙碌的一天,经历的两三件小事。我正要出发去干草堆的时候看到路上有两只兔子,我停下来看它们,它们支起耳朵听但只听到苹果树高处稀疏的几声钟鸣似的鸟啼,它们的眼睛猛地转过来屏住呼吸地看着我,直到我走开留下它们安然无恙。
>
> 后来,我返回的时候看到一只家燕喂养幼鸟。雏燕斜靠在谷仓屋檐下的

---

① Kant, I. *Critique of Power of Judgment*. Guyer, P. (ed.). Guyer, P. & Mattews, E. (trans.). Cambridge, England: Cambridge University Press, 2000:174-175.

② Lensing, G. S. *Wallace Stevens: A Poet's Growth*. Baton Rouge: Louisiana University Press, 1986:23-26.

燕窝边缘，等着它们的妈妈。她正围绕着谷仓院子盘旋飞掠、寻找昆虫。如果捉住一只，她就会在鸟巢前画一个轻快、试探的圆圈，下一轮就停下来把虫子或不管什么猎物塞进一只没有喂过的幼鸟嘴里。其他幼鸟就会发出痛苦的吵嚷和喟啾，而母鸟飞出去找另一只虫子。

下午我坐在钢琴房读济慈的《恩底弥翁》，听着室外阵阵骤雨洒落叶间。一些蕨树叶子悬在我膝上，我感到慵懒舒适。我偶一抬头，看到一颗硕大、纯净的雨滴沿着一片又一片铁线莲叶子滑落。我想到诗人和其他观察者在他们的笔记本上匆匆记下的正是这样迅疾、意外、普通、特定的事物。能够明确这样一件事当然是极度的快乐。

关于事实的无限性，西勒也许是对的——但是，有多少事实是有意义的，又有多少理想是无意义的？[①]

铁线莲藤蔓的叶丛间一颗硕大的雨滴让史蒂文斯发现了个别事物的意义，兔子、飞燕也都将成为他诗歌中的意象。但是此刻史蒂文斯还不能把自然界中的美丽事物与心目中纯粹的理念调和起来，他无法相信自然高于艺术、事实优于理想，依然"在两种元素之间上下游移"。1899 年 8 月 1 日，他找到了一个折中方案："就像我毫不犹豫地相信任何东西，我相信事实碰撞事实的效力和必要性——以理想为背景。"[②]这个结论显得有些轻率，而且表述不够清晰，也缺乏可操作性，但这毕竟标志着史蒂文斯诗学探索的转折。这颗雨滴令人难忘的清新意象将于1919 年幻化、扩大成为《敏锐的游牧民》（"Nomad Exquisite"）中佛罗里达的无垠露水：

> As the immense dew of Florida
>
> Brings forth
>
> The big-finned palm
>
> And green vine angering for life,
>
> As the immense dew of Florida
>
> Brings forth hymn and hymn

---

① *SP*：45-46.

② *SP*：53-54.

From the beholder,

Beholding all these green sides

And gold sides of green sides,

And blessed mornings,

Meet for the eye of the young alligator,

And lightning colors

So, in me, come flinging

Forms, flames, and the flakes of flames. [①]

当佛罗里达的无垠露水

生出

大鳍的棕榈

和为生命愤怒的绿葡萄藤,

当佛罗里达的无垠露水

生出那来自观看者的

圣歌和圣歌,

他注视所有这些绿色侧面

和绿色侧面的金色侧面,

而有福的清晨,

为了小鳄鱼的眼睛相遇,

于是,电光闪闪的色彩

开始在我体内抛掷

形式,火焰和火花。

桑塔亚那的影响让史蒂文斯关于"抽象"的思考进一步深入和理论化。桑塔亚那的著作《诗与宗教之阐释》(*Interpretations of Poetry and Religion*)出版于1900年,主张诗与宗教一样,其卓越之处在于对经验的理想化,这一点与史蒂文

---

① *CPP*:77.

斯诗学观念的出发点不谋而合。① 桑塔亚那对"抽象"问题有所涉及,他认为诗歌高于历史是因为它从无意义的环境中展现令人难忘的人与事,诗歌的首要材料(substance)和质感(texture)比散文更具哲学意义,因为它更接近直接经验;诗歌打破陈腐的概念;我们命名构想与信仰之物,而不是所见之物,命名事物而不是意象,命名灵魂而不是声音和剪影;这种命名有助于生活;为了走出客体(objects)之迷宫,我们必须对感官经验慎加选择,我们将伴有理想佐证的经验转化为关于世界的固定、有序的概念,桑塔亚那将以上过程称为"感知(perception)与理解(understanding)的劳作",并宣称:"这种感知与理解的劳作,对经验的物质意义的拼写,就供奉在我们的日常语言和理念之中;理念是真正诗意的,因为它们是'制作的'(每个在成年人头脑中的概念都是虚构),理念同时又是散文的,因为它们是以抽象的方式(by abstraction)并为了用于实际而经济地制作而成的。"②桑塔亚那关于理念的论述,例如理念兼具诗与散文的品质,既是制作的、虚构的,又是抽象的、实用的,可以在史蒂文斯的诗学理论中得到印证。

　　这一时期史蒂文斯对"理想"与"事实"的探索只具有理论意义,还没有在诗歌创作中得到充分反映,他的诗多为模仿浪漫主义风格的练习。试以写于 1899 年 3 月的一首十四行诗为例:

> If we are leaves that fall upon the ground
>
> To lose our greenness in the quiet dust
>
> Of forest-depths; if we are flowers that must
>
> Lie torn and creased upon a bitter mound
>
> No touch of sweetness in our ruins found;
>
> If we are weeds whom no one wise can trust
>
> To live an hour before we feel the gust
>
> Of death, and by our side its last keen sound
>
> Then let a tremor through our briefness run,

①　Lensing, G. S. *Wallace Stevens: A Poet's Growth*. Baton Rouge: Louisiana University Press, 1986:28.

②　Santayana, G. *The Essential Santayana: Selected Writings*. Coleman, M. A. (ed.). Bloomington: Indiana University Press, 2009:268.

Wrapping it in with mad, sweet sorcery

Of love; for in the fern I saw the sun

Take fire against the dew; the lily white

Was soft and deep at morn; the rosary

Streamed forth a wild perfume into the light. ①

　　本诗的结构、格律、音韵中规中矩：采用意大利十四行诗形式，全篇是一个因果逻辑句，分别用"如果……那么"引出上、下半阕，语言清晰流畅，不乏头韵等内部花饰；"落叶"让人想起雪莱《西风颂》开篇的名句："哦，狂暴的西风，秋之生命的呼吸！/你无形，但枯死的落叶被你横扫，/有如鬼魅碰上了巫师，纷纷逃避……"②落叶、凋落的花朵和枯萎的野草都暗示"死亡"，但"死之狂风"却没有雪莱诗篇中的狂暴激情，更像是一个形而上学概念；一阵战栗贯穿我们生命之短暂，它是恐惧还是兴奋？随后出现转折——爱的魔法把对死亡的战栗变成一派光明、喜悦的景象：蕨叶上的露珠映出太阳的火光，清晨的百合柔软而色泽浓郁，玫瑰园的狂野香气流泄进光线，"rosary"又是天主教徒念玫瑰经时用的念珠，下半阕的露珠、百合、玫瑰园或念珠与上半阕的落叶、残花、衰草形成对比，但是，这些意象的共同之处在于它们的象征意义远远大于现实意义，用以表达爱与信仰战胜死亡的传统主题。这首诗展现了这一时期史蒂文斯创作的特点：诗艺逐渐成熟，部分诗篇在技术上直追浪漫主义前辈，但缺少情感的强度和思想的深度，不足以动人。原因在于象牙塔中的诗人还没有真正接触到现实，而离开现实的压力，想象就是空想或幻想，虚假而苍白，说理完全诉诸感官、情感、情绪，显得比较牵强，正如史蒂文斯所说，这种浪漫主义是想象的遗迹。无论如何，这些作品是史蒂文斯诗歌创作的起点，它们对理念、理想、象征的倚重是我们理解史蒂文斯的重要线索。

第二节　纽约的艺术家朋友们

　　1900 年 6 月 14 日，史蒂文斯离开哈佛来到纽约，开始了充满艰辛和挫折的

---

① SP:31.

② 雪莱. 雪莱抒情诗选. 查良铮，译. 北京：人民文学出版社，1958:69.

职业生涯。按照预定的计划，他到《纽约论坛报》当记者，很快他就意识到记者职业远非他所想象的那样能够兼顾创作。他不是一个成功的记者，工作的沉闷、生活的孤独加上经济的压力，让他感到绝望。1900 年 11 月 10 日的日记生动地记录了他的思想变化。那段时间对他来说漫长而糟糕，因为他要报道总统竞选。他采写的关于共和党演说家伯克·柯克兰(Bourke Cockran)的匿名报道《证明苏禄群岛苏丹是美国总统的企图》刊登在《纽约论坛报》。史蒂文斯投票给了民主党候选人威廉·詹宁斯·布莱恩(William Jennings Bryan)。接下来他写道："室外非常荒凉。但是我很享受——只要不下雨或起雾。"①"荒凉"(bleak)是史蒂文斯爱用的词，但是用"荒凉"来形容纽约城是不同寻常的。他想要离开纽约，希望如果有钱的话次年春天去巴黎。当然这些只是幻想，他写道："无论何时只要我想到这些事情，我就能看到，真的看到，繁花绿叶中有一只鸟，停歇在耀眼光线里的水花上，倾吐出声音迷人的琶音。"②他抱怨在报社的工作极度无聊，布鲁克林尤其丑陋，但是大都市里能看到的自然景物只有天空："月亮没有因为夜深而昏暗。群星清晰、金黄、呈几何图形或任何别的它们想要成为的样子。我真是喜欢关于几何图形的理念——新奇极了！"③他展开一段狂想，幻想在某种比空气厚重的东西上漫步，但是又感到"折磨人的和谐"席卷周围，他胸中充满"痛苦和狂喜"。这时，狂想戛然而止，和纽约市民主党执行委员会(Tammany Hall)里某个人的谈话把他拉回现实："金钱是我们的目标。"④日记的结尾是一个反高潮：

> 今天我听到另一个人说——
>
> "我已经看够了生活。"
>
> 这个抽象意义上的关于生活的理念很离奇，值得想一想。⑤

"抽象意义上的关于生活的理念"(the idea of life in the abstract)是史蒂文斯

---

① *SP*：90.

② *SP*：90. 琶音指一串和弦音从低到高或从高到低依次连续奏出，可视为分解和弦的一种。通常作为一种专门的技巧训练用于练习曲中，有时作为短小的连接句或经过句出现在乐曲旋律声部中。

③ *SP*：90. "关于几何图形的理念"将会更加清晰完整地呈现于 1922 年发表的《塔拉波萨的群星》("Stars at Tallapoosa")。

④ *SP*：90.

⑤ *SP*：90.

面对生活的反思,是试图理解"生活的结构"的尝试,现实中的经历,逃避现实的幻想,都市的荒凉,等等,都需要得到合乎理性的理解。换言之,史蒂文斯真正感觉到了需要抽象理念的帮助以穿越生活的迷宫,在 1934 年到大约 1940 间写成的《格言集》中,史蒂文斯将这一理念概括为:"生活是关于它的命题的综合。"[①]史蒂文斯对生活的观察与彼埃·蒙德里安(Piet Mondrian)不谋而合,后者在于 1919 年出版的《自然现实与抽象现实之一》(*Natural Reality and Abstract Reality I*)中写道:"当今有教养的人正逐步从自然事物中脱离,他的生活变得越来越抽象。"[②]

1901 年,史蒂文斯听从了父亲的劝告,进入纽约法律学校(New York Law School)。1902 年夏天,他到佩克汉姆的律师事务所兼职。他继续保持远足的习惯,在纽约城附近徒步漫游,有时步行数十英里。8 月 24 日他在日记中记录了一次长滩(Long Beach)之行:

> ……我在海边不自在;我的幻想可以说完全与海无关;当我坐在海岸边倾听海浪,它们仅仅暗示树梢的风。只要一瞥就足以看到一切,规律如此。抽象意义上的大海最可爱,当想象力能从它的理念中得到滋养的时候。这东西本身是肮脏的,摇摇晃晃,湿漉漉的。尽管我刚才所说一如既往的真实,薄暮时分我看到了以前从未见过的天空与大地之间的光线。白色的海滩(布满沙蚤等等)在我身前身后延伸。西沉的太阳把我的影子投到沙上,影子长得惊人。云层开始变得纷乱,消融为一片金色迷雾,大海涌入其中,变成紫色,蓝色,紫罗兰色。太阳落下去照亮地底世界,也为我们这个世界的几朵云镀金。西方充塞着一座雾的蓝色城池。转向东面,我看到一阵暴风雨葡匐而来,然后我突然看见两道彩虹飞落。在低垂的天宇之下行走在沙滩上就像走进一个洞穴。两个女人——一个穿黄色,一个穿紫色,沿着白沙行走——缓和了景色的严峻。[③]

落日、云层、天宇、洞穴、大海、沙滩,这些意象构成了自然环境或者"天气"(weather)、"气候"(climate)的"严峻"(severity),成为美国式崇高的组成部分,而

---

① *OP*:91. 原文:Life is a composite of the propositions about it.
② 转引自:朱青生. 没有人是艺术家,也没有人不是艺术家. 北京:商务印书馆,2000:58.
③ *SP*:107.

沙滩上的两个女人则以鲜明的色彩为环境带来了变化,预示着《基维斯特的秩序观念》中海边的女歌者和《秋天的极光》中沙滩上的行人,这些意象都将反复重现于史蒂文斯的诗篇中。尤为重要的是,史蒂文斯在这篇日记中清晰地记录了关于"抽象"的思考过程:真实的大海肮脏、混乱而危险,抽象的大海最为可爱,想象力从抽象理念得到滋养;对现实的观察修正、充实、改变抽象的理念,直至形成新的、更接近真实的抽象。抽象、想象、现实的互动初露端倪,成为史蒂文斯摆脱浪漫主义陈旧诗风的契机。1921 年 8 月发表于《诗刊》第 19 期的《日内瓦医生》("The Doctor of Geneva")再现了海边的沉思:

> The doctor of Geneva stamped the sand
> That lay impounding the Pacific swell,
> Patted his stove-pipe hat and tugged his shawl.
>
> Lacustrine man had never been assailed
> By such long-rolling opulent cataracts,
> Unless Racine or Bossuet held the like.
>
> He did not quail. A man so used to plumb
> The multifarious heavens felt no awe
> Before these visible, voluble delugings,
>
> Which yet found means to set his simmering mind
> Spinning and hissing with oracular
> Notations of the wild, the ruinous waste,
>
> Until the steeples of his city clanked and sprang
> In an unburgherly apocalypse.
> The doctor used his handkerchief and sighed. [①]
>
> 日内瓦医生脚踩平展开
> 拦蓄住太平洋波涛的沙子,
> 拍拍他的大礼帽,披好披巾。

----

① *CPP*:19.

　　　　　湖边的人从来没有被这么

　　　　　漫长而翻卷的丰沛瀑布袭击，

　　　　　除非拉辛或博苏埃曾这么认为。

　　　　　他没有畏缩。面对这可见的、

　　　　　滔滔不绝的洪波，这如此惯于探测

　　　　　多面天堂的人毫不惊奇，

　　　　　波涛还无法以蛮荒与废墟般荒原的

　　　　　神谕般的音符，让他慢慢沸腾的

　　　　　思绪旋转、嘶鸣，

　　　　　直到他城市的教堂尖顶

　　　　　在非市民的天启中撞击、喷涌。

　　　　　医生用了用手帕，叹息。

　　康德认为，以某种方式对我们的感官想象力施加暴力的知觉可以引起精神上的重新振奋，鲍桑葵指出康德的这种见解很可能受到文克尔曼的一句话的启发：在观看大海时，心灵最初是悒郁的，后来又更有力地振奋起来。[①] 生长在湖边的日内瓦医生初次见到大海洪波涌起，也经历了从悒郁到振奋的心理变化：他起初的反应是防御性的——拍了拍大礼帽，掖好披巾，随后开始对大海做形而上学的思考与探索，从而得到某种心灵的启示，最后，医生心理与生理的振奋被证明只是一个反讽，他也许只是打了一个喷嚏，又叹息一声，回归现实。这次"内省的航行"预示了《喜剧家》那波澜壮阔的航海寓言。海边的"日内瓦医生"与艾略特笔下"将穿上法兰绒裤子，在海滩上漫步"的J.阿尔弗雷德·普鲁弗洛克相映成趣。如果说日内瓦医生是寓言人物，普鲁弗洛克则更具真实感。他是一个秃顶、有教养、怯懦的中年知识分子，生活在一个真实的现代都市环境中，头脑中盘旋的问题时而宏大时而琐屑："我有无勇气打扰这个宇宙？""我有没有勇气吃一个桃子？"在面对大海的时候，他胆怯地幻想着死亡："我们在大海的一间间房间里徘徊/是海娃们

---

① 鲍桑葵. 美学史. 张今，译. 北京：商务印书馆，1985：357.

用红色褐色的海草打扮起来的/直到人声把我们唤醒，于是我们淹死。"①有趣的
是，一些早期批评家不约而同地辨认出法国象征主义诗人儒勒·拉弗格（Jules
Laforgue）对史蒂文斯和艾略特的影响。② 就对象征主义者的欣赏和认同而言，史
蒂文斯和艾略特确有相似之处，但两人的分歧也颇为明显：史蒂文斯的路径偏于
抽象和普遍，艾略特则偏向具体和特殊；史蒂文斯以普遍知识为背景来分辨特殊
事物的意义，而艾略特则试图用事实的片段拼缀起完整的世界。有些评论家认为
史蒂文斯的诗比艾略特的诗"非个人化"倾向更明显，至少从这两首诗看来，这一
看法不无道理。史蒂文斯对艾略特始终保持敬而远之的态度，这种态度体现在他
于 1938 年 12 月发表的《向托·斯·艾略特致敬》：

关于艾略特我不知（还）有什么可说的。他惊人的声望是个大难题。

但是那种东西：对它或多或少的接受，有助于创造出任何诗人的诗歌，同
样有助于毁掉它。

我偶尔拿起艾略特的诗来读，从我的脑海里清除掉关于他的地位的任何
想法。那就像得到一个机会，在一个不同寻常的地方观看一副引起轰动的油
画：例如，它就像在一个叫作早餐之角的地方放了一副乔托。

在教堂长椅上读艾略特，比方说，继续让一个人保持年轻。在一个变得
过于松散而且越来越松散的世界里，他依然是一个正直的苦修者。③

从 1900 年到 1908 年间，史蒂文斯是一个沉寂的诗人：他从未停止关于诗歌
的思考，可是现实的压力却让他发不出声音。1903 年他从法律学校毕业，先后进
出好几个律师事务所，始终没有在律师行业获得预期的成功。1908 年，史蒂文斯
进入美国担保公司（American Bonding Co.）开始从事与保险相关的法律专业工
作，1909 年与艾尔西结婚，1914 年，进入公正担保公司（Equitable Surety
Company）纽约分部任副总经理，从此职业生涯逐渐步入正轨。史蒂文斯与纽约
艺术家圈子的接触是刺激他重拾诗歌创作的重要因素。通过与哈佛旧交皮茨·

139

---

① 艾略特.J. 阿尔弗瑞德·普鲁弗洛克的情歌. 赵萝蕤,译//艾略特. 艾略特诗选. 赵萝蕤,
等译. 济南：山东大学出版社, 1999:10-16.
② Benamou, M. *Wallace Stevens and the Symbolist Imagination*. Princeton：Princeton
University Press, 1972: xix.
③ *CPP*:801.

桑伯恩（Pitts Sanborn）、宾纳、阿伦斯伯格等人的来往，他逐渐融入了纽约诗人、艺术家圈子，这个圈子以阿伦斯伯格为中心，还包括诗人唐纳德·戴维斯（Donald Davis）、米那·罗伊（Mina Loy）、范·维希顿（van Vechten）、威廉斯、克里姆伯格和艺术家马塞尔·杜尚等人，他们定期在阿伦斯伯格的寓所聚会，朗诵诗歌、观赏绘画、演奏音乐、谈诗论文。① 事实上，史蒂文斯算不上是这个圈子的核心成员，他生性严肃拘谨，和这些艺术家有些格格不入，据威廉斯回忆，他"羞于让头发垂下。当我们都邋遢的时候他一丝不苟。很少喝酒。[尽管如此他依然]是我们一伙的"②。史蒂文斯晚年在书信中提到当时他为另一位朋友向阿伦斯伯格说情而导致误会，关系闹僵，1916 年史蒂文斯离开纽约去哈特福德意外与损害赔偿保险公司（Hartford Accident and Indemnity Company），来往渐少，1920 年阿伦斯伯格离开纽约去加利福尼亚，两人就再也没有往来。③ 无论如何，阿伦斯伯格等人对史蒂文斯的诗人生涯起到了重要影响，首先也最重要的是，他们使史蒂文斯重新开始写诗；其次是让他直接感受到了先锋艺术和新思潮的冲击，尽管史蒂文斯当时对先锋艺术还不甚了了，承认自己看了杜尚的作品，例如《走下楼梯的裸体》（*The Nude Descending a Stair-Case*），"所得甚少"④；最后，通过这些朋友直接或间接的帮助，史蒂文斯的诗作得以在《趋势》（*Trend*）、《流浪汉》（*Rogue*）、《他人》（*Others*）和《诗刊》等支持现代诗的小杂志发表。1914 年史蒂文斯在《诗刊》发表组诗《诸相》（"Phases"），次年发表《星期天早晨》（"Sunday Morning"），建立了他作为诗人的声誉。

史蒂文斯这一时期的先锋艺术实验，首先体现在诗剧中。史蒂文斯共创作了三部具有象征主义风格的诗剧，分别是 1916 年的《三个旅行者看日出》（*Three Travelers Watch a Sunrise*）、1917 年的《烛光中的卡洛斯》（*Carlos among the Candles*）和《碗、猫和扫帚》（*Bowl，Cat and Broomstick*）。其中《烛光中的卡洛斯》于 1917 年由威斯康星剧团（Wisconsin Players），《三个旅行者看日出》于 1920

---

① Lensing，G. S. *Wallace Stevens：A Poet's Growth*. Baton Rouge：Louisiana University Press，1986：65.

② Lensing，G. S. *Wallace Stevens：A Poet's Growth*. Baton Rouge：Louisiana University Press，1986：65.

③ *L*：850.

④ *L*：185.

年由普罗温斯顿剧团(Provincetown Players)分别在纽约上演,都只演出一场,观众反应冷淡,史蒂文斯没有到场观看,此后他完全放弃了诗剧创作。建筑家班塞尔·拉·法吉(Bancel La Farge)认为《烛光中的卡洛斯》演出失败的原因在于纽约观众不能欣赏"抽象"(abstraction),他说:"他们能不思考就不思考。"[1]门罗对《三个旅行者看日出》赞赏有加,她为叶芝1920年访问纽约期间没有观看《三个旅行者看日出》的演出而感到遗憾,认为这部作品可能符合叶芝对理想诗剧的要求,展现了诗人想象力的高度勇气,尽管剧中唯一的女性角色有些薄弱,但是瑕不掩瑜,三位中国旅行者用美丽的诗行编织出牢不可破的魔法,这出短剧完整而奇妙,完美如古希腊花瓶。[2] 琼·理查德森则强调《三个旅行者看日出》的东方色彩,认为它更接近东方的瓷瓶,而不是济慈的希腊古瓮;史蒂文斯用相对主义视角取代浪漫主义一成不变的世界观,他想展现一个现实的幻象(a vision of reality),洗尽一切陈旧叙事,或是一张白板,一只闪亮的瓷碗或瓷瓶,它们虽然空白但永远在变化,能够像立体主义绘画那样从不同角度理解。[3]《旅行者》的情节极其简单:三个中国人日出之前路过一座山顶,停下来休息,两个黑人给他们水和食物,日出时他们发现在树上自缢而死的意大利男子和坐在树下吓呆了的情人,剧中只有这个女孩有名字,叫安娜。三个中国人身穿欧洲服饰登场:第一个是伊壁鸠鲁主义者,现实主义者,福斯塔夫式的人物,矮胖,滑稽,他"从瓜果中饮水";第二个是象征理智的老者,中等个头,体型偏瘦,头发灰白,他"从原理中饮水";第三个是唯美主义者,诗人,年轻,专注而超然,他"从瓷器中饮水,尽管它是空的"。第二个中国人的开场白:

> All you need,
>
> To find poetry,
>
> Is to look for it with a lantern. [4]

---

① Richardson, J. *Wallace Stevens: The Early Years, 1879—1923*. New York: Beech Tree Books, 1986:484.

② Doyle, C. (ed.). *Wallace Stevens: The Critical Heritage*. London: Routledge & Kegan Paul, 1985:36-37.

③ Richardson, J. *Wallace Stevens: The Early Years, 1879—1923*. New York: Beech Tree Books, 1986:454.

④ *OP*:149.

> 你需要的一切，
>
> 去寻找诗歌，
>
> 就是要打着灯笼去找。

为整部作品定下了基调："这首诗的主题是诗歌。"他们的讨论就像魏晋名士的清谈，玄妙难解，但都围绕诗歌这个主题进行。第三个中国人提出一个立论：

> There is a seclusion of porcelain
>
> That humanity never invades. ①

> 有一处瓷器的幽居，
>
> 人类从未入侵。

"瓷器的幽居"即诗歌，为美提供隐居之所。第一个中国人对此大加嘲讽，大叫："瓷器!"第三个中国人继续解释：

> It is like the seclusion of sunrise,
>
> Before it shines on any house. ②

> 它就像日出之幽居，
>
> 在它照耀任何房屋之前。

第二个中国人，智慧的长者，接过了话头：

> The candle is the sun；
>
> This bottle is earth：
>
> It is an illustration
>
> Used by generations of hermits.
>
> The point of difference from reality
>
> Is this：
>
> That，in this illustration，
>
> The earth remains of one color—
>
> It remains red，

---

① *OP*：151.

② *OP*：151.

It remains what it is.

But when the sun shines on the earth，

In reality

It does not shine on a thing that remains

What it was yesterday.

The sun rises

On whatever the earth happens to be. ①

蜡烛就是太阳；

瓶子就是大地：

这是世代隐士所用的

例证。

不同于现实之处

在于：

在此例证中，

大地保持一种颜色——

它一直是红色，

它一直是其所是。

但是当太阳照耀大地，

在现实中

它从不照耀一如昨天的

东西。

太阳升起在大地之上，

不论大地碰巧是什么。

　　这段隐语可以为我们理解史蒂文斯作品提供不少线索:蜡烛就是太阳,是诗人借以探索现实的光明;瓶子就是大地,这可以解释《坛子轶事》中坛子幻化为大地的谜题,而大地一直是红色,只不过是因为剧中象征大地的道具瓷瓶正好是红色;现实是变化的,太阳则遵循它自己的规律,它东升西落,照耀大地,只有规律是

① *OP*:151.

143

无可改变的。第三个中国人很赞赏这段话,他继续对它进行发挥:

And there are indeterminate moments

Before it rises,

Like this,

      [with a backward gesture]

Before one can tell

What the bottle is going to be—

Porcelain, Venetian glass,

Egyptian...

Well, there are moments

When the candle, sputtering up,

Finds itself in seclusion,

      [He raises the candle in the air.]

And shines, perhaps, for the beauty of shining.

That is the seclusion of sunrise

Before it shines on any house.

      [replacing the candle]①

在它升起之前,

有一些不确定的时刻,

就像这样,

      [作后退状]

早于我们能分辨

瓶子将要成为什么——

瓷器,威尼斯玻璃,

埃及的……

是啊,有一些时刻

当蜡烛噼啪作响地亮起来,

————————————

① *OP*:152.

在幽居之中找到它自己，

　　[他把蜡烛举到空中。]

并闪耀，也许，为了闪耀之美。

那就是日出的幽居

在它照耀任何房屋之前。

　　[把蜡烛放回远处]

　　史蒂文斯曾经数次在日记、书信中表示自己非常喜爱太阳将升未升的微妙时刻，剧中第二个中国人解释了这种时刻的可贵之处在于它的不确定性：在太阳光照亮一切之前，你不知道瓶子是什么形状、什么质地；烛光，想象力的象征，像太阳一样，是为了闪耀之美而发光，并不是为了照亮其他物体。"日出的幽居"（seclusion of sunrise）即诗歌，它为自身而存在，却能照亮现实，为人提供逃避现实的避难所。这位中国诗人明确表达了唯美主义诗歌观。第一位中国人，现实主义者，立即对此大摇其头，指责道：

As abstract as porcelain. [①]

　　就像瓷器一样抽象。

　　值得特别注意的是，这是史蒂文斯第一次在公开发表的作品中使用"抽象"一词。剧中第一个中国人（现实主义者）承担辩论的反方角色，通过驳斥、质疑，更清晰地突显第三个中国人（诗人）的论点，而第二个中国人（智者）则总结、提炼双方的论点。这种模拟辩论的模式在 1937 年的《带蓝吉他的男子》中得到了充分运用。这位现实主义者指出，所谓"日出的幽居"只是个抽象概念，他用瓷器隐喻来说明这个概念的性质，因为瓷器是易碎的，它不能为人提供可靠的庇护，同时未经描画的瓷器是空白的，没有任何内容。但是，"瓷器"本身是"实在"或"现实"，具有实现"形式"的可能性，并非"虚无"或"非现实"。"像瓷器一样抽象"和史蒂文斯1900 年留意"抽象意义上的关于生活的理念"以及 1902 年倾心于"抽象的大海"是异曲同工的。三个中国人互不相让，继续往复辩论，直到天色渐亮，他们发现了意大利人的尸体和女孩安娜。惊魂未定的安娜对悲剧的叙述只有就事论事的寥寥数语，她最后说："他在我面前自缢。"众人搀扶着女孩离去，舞台上只留下第三个中

---

① 　OP：152.

国人。目睹死亡带来的冲击,他开始反思甚至怀疑"日出的幽居""瓷器的幽居",他感到即将升起的太阳将照亮新的现实,瓷瓶上将描绘新的图案,最后,他认识到:

> Sunrise is multiplied,
>
> Like the earth on which it shines,
>
> By the eyes that open on it,
>
> Even dead eyes,
>
> As red is multiplied by the leaves of trees. ①

> 日出变得丰富,
>
> 就像它照亮的大地,
>
> 因为向它睁开的眼睛,
>
> 即便是死去的眼睛,
>
> 就像红色因为树叶而变得丰富。

　　"日出的幽居""瓷器的幽居"被打破之后,太阳依旧升起,阳光将会照亮新的现实,包括大地和树上悬挂的尸体,仿佛在瓷瓶上描画出新的图案;人眼看到的现实,丰富了日出的含义,因为每个人看到的现实各不相同,正如树叶的缤纷色彩丰富了红色的含义。剧中出现的道具都具有丰富的象征意义:瓷瓶、蜡烛、灯笼、乐器,以及红色、蓝色、绿色的丝绸服装,都将以不同的形成反复出现在史蒂文斯的诗歌中。回顾全剧,三个中国人分别象征现实、理性和想象,尤其是第三个中国人,他体现了史蒂文斯心目中的诗人形象,甚至可以说是他的自画像。他们的辩论过程实际上是对《最高虚构笔记》的预演:对现实的抽象、对想象的抽象以及融合想象与现实的尝试。在《三个旅行者看日出》中史蒂文斯还不具备足够的自信,不足以回答对诗歌这一"瓷器的幽居"的质疑,他最后求助于相对主义,认为"太阳的红色对我来说是一回事,对其他人是另一回事,树的绿色也是一样,没有它一切都变黑色"。② 总之,史蒂文斯将现实推向死亡这一极端形式:诗歌能否容纳完整的现实,甚至包括死亡? 这显示了他的思想勇气,但是,这一矛盾的最终解决,仍需假以时日。

---

① *OP*:161.

② *CPP*:613.

第三节　《簧风琴》的抽象风格

1923 年史蒂文斯 44 岁,他出版了第一部诗集《簧风琴》。这是他第一阶段诗歌实验的总结,标志着个人风格的初步形成。1922 年 10 月 28 日,他写信给门罗,表达了他对自己第一部诗集的矛盾心理:

> 为我的书搜集作品如此令人沮丧,我甚至觉得《诗刊》的友好不可思议。我早先的所有作品看起来就像极其丑陋的茧,后来的未成熟的虫子从中破茧而出。我真希望能把一切杂事放在一边,大张旗鼓地自得其乐一番。一个人在写作或思考或观察中将一无所获,除非他能一次连续长时间投入。我经常在极少提醒我想起它的最无意义的诗篇中不得不放弃天空的纸页中最接近天空的诗句。经常当我兴致勃勃想要酣畅淋漓奋笔疾书时,我必须节制自己。当然我们都必须做同样的事。阿里奥斯托对于他耗费在奥兰多上的漫长岁月也许和我有同感。如果农夫有长如十年的夏天他们将种出什么样的西红柿,如果水手有宇宙般的大海他们将进行什么样的航行。只是,阅读这些过时的、虚弱的诗歌确实让我绝望地希望宁可继续浅尝辄止,尽可能地默默无闻,直到我为自己完善真正的、流畅的话语。[①]

对自己能否实现心目中理想诗歌的焦虑贯穿于史蒂文斯的诗人生涯,直到晚年才逐渐缓和。《簧风琴》是诗人创造活力和诗歌才能的绚丽迸发和语言的纵情狂欢,也是诗人内心疑虑和矛盾的集中体现。路易斯·L. 马茨指出,《簧风琴》的诗歌不是按照创作年代排列的,而是反映出史蒂文斯的某种整体思路,创造出一种在"具体"与"超验"之间来回摆动或上下波动的效果。[②] 史蒂文斯对《簧风琴》书名的考虑也透露出他确实对自己的创作有某种整体规划。他于 1923 年 3 月 12 日写信给出版商科诺普夫,希望用"大诗篇:预备的枝节"("The Grand Poem:

---

① *L*:231.

② Martz, L. L. "From the Journal of Crispin": An Early Version of "The Comedian as the Letter C". In Doggett, F. & Buttel, R. (eds.). *Wallace Stevens*: *A Celebration*. Princeton: Princeton University Press, 1980:20-22.

Preliminary Minutiae")做书名,但随后他放弃了这个想法,同意采用出版商提出的书名。① 《簧风琴》中的作品,是他真正接触现实之后的诗歌实践,反映出现实的压力对他的影响,也反映出他致力于在创作实践中解决"现实"与"想象"的矛盾,是"在两种元素间的起伏波动,/在太阳和月亮间的波动"。

史蒂文斯给门罗的信中反映的创作心理,以模拟史诗的形式集中展现在《喜剧家》中,正如利兹所说,这首诗是史蒂文斯1914年到1922年间诗歌进程的理想化记录。② 这封信不仅在思想观念上接近《喜剧家》,而且有三处措辞直接来自这首长诗:第一,史蒂文斯在信中提到了文艺复兴时期意大利诗人卢多维科·阿里奥斯托(Ludovico Ariosto):"阿里奥斯托对于他耗费在奥兰多上的漫长岁月也许和我有同感。"他在这首诗的原稿《克里斯平航海日志摘录》(*From the Journal of Crispin*,简称《航海日志》)中写道:"作为插曲:克里斯平,如果他能,/将会吟唱,安抚着维吉尔,/用他胸中的辞藻背诵/从阿里奥斯托的赐福落下的韵脚。"③史蒂文斯《诗集》中则没有提及阿里奥斯托。第二,史蒂文斯在信中说他经常不得不放弃许多诗篇以及诗情奔放的时候不得不加以节制,《喜剧家》则写道:

> How many poems he denied himself
>
> In his observant progress, lesser things
>
> Than the relentless contact he desired;
>
> How many sea-masks he ignored; what sounds
>
> He shut out from his tempering ear; what thoughts,
>
> Like jades affecting the sequestered bride;
>
> And what descants, he sent to banishment!④

在他虔敬专注的行进中,

他拒绝了自己多少诗歌,那些比他

---

① L:237-238.

② Litz, A. W. *Introspective Voyager*: *The Poetic Development of Wallace Stevens*. Oxford: Oxford University Press, 1972:127.

③ Stevens, W. "From the Journal of Crispin": An Early Version of "The Comedian as the Letter C". In Doggett, F. & Buttel, R. (eds.). *Wallace Stevens*: *A Celebration*. Princeton: Princeton University Press, 1980:34.

④ *CPP*:27-28.

渴望的无情接触次要的东西；

他忽略了多少海的假面；他把什么样的声音

挡在自己温顺的耳朵之外；什么样的思想，

就像那些怂恿幽禁的新娘的轻浮女人；

以及什么样的多声部音乐，他加以放逐！

　　第三，史蒂文斯在信中使用了一个很不同寻常的词："天空般的"（skyey）。这个词他在 1954 年版《诗集》中只使用过一次，即《喜剧家》第四部分结尾：

Trinket pasticcio, flaunting skyey sheets,

With Crispin as the tiptoe cozener?

No, no: veracious page on page, exact. [①]

廉价珠宝的拼贴，招摇的高耸入云的船帆，

上有蹑手蹑脚的骗子克里斯平？

不，不：一页又一页，忠实，准确。

"skyey"（或 skyie、skiey）最早由莎士比亚使用，表示"和天空有关的"，例如《一报还一报》第三幕第一场："你是一股气息，屈从一切天空的影响。"（A breath thou art, Seruile to all the skyie-influences.）（OED）史蒂文斯在《喜剧家》中也表达了近似的观念："当天空蔚蓝。这蔚蓝感染了意志。"[②]浪漫主义诗人在不同的语境中使用"skyey"一词，分别表示"高远""天空般蔚蓝"等含义，如柯勒律治《秋之诗行》："高涨齐天的洪水，白色闪电闪耀。"（The skiey deluge, and white lightnings glare.）（OED）济慈《恩底弥翁》："没有魔法能抬起恩底弥翁的头，或他见过高大的面具。"（No charm could lift Endymion's head, or he had view'd a skyey mask.）（OED）骚塞《桂冠之歌》："身穿天蓝色服饰的少女。"（A virgin clad in skiey blue.）（OED）可见，"skyey"这个古意盎然的词既表明史蒂文斯在写信给门罗的时候想到了《喜剧家》，又暗示了这首长诗和浪漫主义诗歌之间的联系。

　　一些批评家注意到了《喜剧家》的自传色彩。西蒙斯于 1940 年发表的《〈作为字母 C 的喜剧家〉：含义与意义》作为对这首现代史诗的解读得到了史蒂文斯本人

149

---

① 　*CP*：40.

② 　*CP*：40. 原文：When the sky is blue. The blue infected will.

的首肯。他两次写信给西蒙斯,称其做了"力能胜任的分析"①,并欣然承认"你所说的是对的,不仅是整体而且是细节,不仅正确而且敏锐,随处可见令我艳羡的辞藻,例如,'当代的不假雕饰的灿烂光辉'"②。西蒙斯断言这首诗是一个讽喻(allegory)或寓言(fable),是史蒂文斯的《尤利西斯》;它是作者经历和观念的总结,因此是自传性的;它展现了一个现代诗人如何试图从浪漫主义者变为现实主义者,他又如何让自己适应社会环境。主人公的发展历程归结为七个阶段:青少年浪漫主义的主观主义,没有积极内容的现实主义,异国情调的现实主义,浮夸的客观主义,训练有素的现实主义,结婚生子,不可自拔的宿命论与怀疑主义。这首诗的主题是诗人与他的环境的关系,揭示了贯穿于诗人所有后期作品的怀疑主义和宿命论的源头。③ 西蒙斯使用的关键词几乎都来自这首诗的文本,如"寓言"(fable)、浪漫主义者、现实主义者、宿命论者,他的分析简洁而条理清晰,但也难免有刻板之嫌。无怪乎史蒂文斯对西蒙斯热情称赞之余,也略有微词:"我猜想所有心灵的道路都是从浪漫主义到现实主义,到宿命论再到冷漠,除非这个循环重新开始,从冷漠回到浪漫主义全部重新来过。毫无疑问人们可以证明这件事的历史是循环的历史。"④克莫德也认为克里斯平就是史蒂文斯⑤,《喜剧家》不仅是诗歌与现实的相遇,而且是一个阶段的终点;它是具有模糊的讽喻意图的叙事,严峻,如梦如幻;它的风格是出人意料的辞藻的绵延梦魇,甚至可以被视为令人赞叹的形体表演而不是一首诗。⑥ 文德勒辨认出了《喜剧家》与雪莱的叙事长诗《阿拉斯特》(Alastor)的渊源,认为如果不以《阿拉斯特》为背景,就难以解释史蒂文斯为什么要写这样一首"准叙事诗"(quasi-narrative)⑦;《喜剧家》风格的晶莹光芒和斑斓虹彩与其主题的高度严肃之间存在断层;克里斯平就像史蒂文斯一样,面对自

---

① *L*:345.

② *L*:350.

③ Simons, H. "The Comedian as the Letter C": Its Sense and Its Significance. In Brown A. & Haller, R. S. (eds.). *The Achievement of Wallace Stevens*. Philadelphia: J. B. Lippincott Company, 1962:97-113.

④ *L*:350.

⑤ Kermode, F. *Wallace Stevens*. Edinburgh: Oliver and Boyd, 1960:48.

⑥ Kermode, F. *Wallace Stevens*. Edinburgh: Oliver and Boyd, 1960:48.

⑦ Vendler, H. H. *On Extended Wings*: *Wallace Stevens' Longer Poems*. Cambridge, Massachusetts: Harvard University Press, 1969:54.

然世界时只有两种选择,要么被它排斥,要么对它进行抽象(abstract)和细察(scan),在《喜剧家》中没有中间道路,没有提出真正的诗歌解决办法;尤为重要的是,克里斯平的困境不是普遍的困境,它只属于史蒂文斯本人,他天性排斥自然世界,投入日常生活也不是史蒂文斯典型的方式,他更愿意生活在想象建构起来的世界中,总之:

> 克里斯平的真实故事,是一个关于错误的意图与真正的懊悔的故事,它从智力上寄希望于感觉到的满足,肯定它不能不带着厌恶展示的反讽的善意,拒绝承认它无法掩盖的苦行主义。隐蔽的自传,半反讽的忏悔,这就是史蒂文斯为他的第一首长诗树立的形式,但从未再次采用,无疑是因为叙事程式与史蒂文斯的心灵深为抵触,他的心灵总是在涡流中运动,从不在戏剧的序列中。[①]

利兹认为,《喜剧家》是一部乔装打扮的自传(disguised autobiography),甚至可以视为过去两百年的文化史,重现了浪漫主义及其余绪;《喜剧家》承袭华兹华斯《序曲》(*Prelude*)和卢梭《忏悔录》的传统,描述了一次发现自我的内省的航行。此外,它从"内省传统"的终点出发,更接近于乔伊斯的《艺术家画像》(*Portrait of the Artist*)。《喜剧家》作为一个寓言,情节过于简单,缺少传奇故事中常见的丰富背景,但是语言华美,极富个性,以至于语言本身成了故事的主角。如果把《喜剧家》当作现代小说来读,修辞与叙事情节之间的悬殊就迎刃而解了,这是有意为之的反讽。这首长诗的后半部分没有前半部分成功,因为缺少自传的冲击力,也因为语言和主题之间反讽的互动效果减弱了。[②] 布鲁姆赞同文德勒的看法,即,《喜剧家》承袭的是雪莱的《阿拉斯特》,再加上叶芝的《乌辛漫游记》("The Wanderings of Oisin"),它既是盛期浪漫主义历险诗歌(High Romantic Quest-poem)的顶峰,又通过戏仿毁灭了这一传统。《喜剧家》是真正的危机诗歌。这是一首关于影响的焦虑的诗,史蒂文斯想要抑制的影响不是来自法国象征主义者或时兴的现代主义者,而是英美浪漫主义传统中的中心人物,其中最为关键的是惠

---

① Vendler, H. H. *On Extended Wings: Wallace Stevens' Longer Poems*. Cambridge, Massachusetts: Harvard University Press, 1969:38-54.

② Litz, A. W. *Introspective Voyager: The Poetic Development of Wallace Stevens*. Oxford: Oxford University Press, 1972:120-139.

特曼。《喜剧家》的第五部分和第六部分是败笔,甚至让人以为史蒂文斯是故意写不好,布鲁姆分析了描写紫丁香的段落,认为史蒂文斯面对惠特曼的雄伟诗篇《最近丁香花在前院开放的时候》深感自己姗姗来迟,类似于李白看到崔颢《黄鹤楼》的懊恼:"眼前有景道不得,崔颢题诗在上头。"史蒂文斯感到无望克服这种迟到感,对自己的诗人身份产生了疑虑。《喜剧家》谜语一般的最后一行"愿每个人的关系就这样被剪除",布鲁姆将其解读为"让每个人的故事或诗篇就这样割舍",史蒂文斯放弃了超越惠特曼的意图,就此封笔,这解释了他在《簧风琴》出版之后的长期沉寂。[①] 朗根巴赫不同意布鲁姆等人的观点,他详细叙述了《喜剧家》的时代环境和史蒂文斯的反应,强调政治、历史环境和文学氛围对史蒂文斯的影响,认为《喜剧家》不完全是传统的浪漫主义探险诗,它是对艾略特《荒原》的回应,拒绝以自我的末日作结。克里斯平驶入了卓越的温和,他对末日修辞的自觉拒绝绝非史蒂文斯想象力枯竭的标志。《喜剧家》的最后诗章让克里斯平回归社会属性,回到了正常的世界,在这里史蒂文斯将写出他的最佳诗篇。[②] 朗根巴赫比较满意地解释了《喜剧家》结局向现实的回归,但是他的缺陷在于忽略了文德勒等人指出的情节之薄弱与语言之辉煌之间的落差。

《克里斯平航海日志摘录》的发现为《喜剧家》的解读提供了新的文本证据和研究角度。马茨介绍了《航海日志》手稿的发现经过并对其进行了梳理分析:该部手稿是史蒂文斯于 1921 年 12 月间为参加南卡罗来纳州诗歌协会举办的诗歌竞赛而匆忙赶写的,最终获得了荣誉奖。1974 年康涅狄格州约翰·加里·盖伊牧师(the Reverend John Gary Gay)将其父母收藏的一组史蒂文斯手稿交给耶鲁大学拜内克珍本与手稿图书馆,并说明了手稿来历:盖伊的父母是史蒂文斯的房东,他们从诗人的垃圾箱里捡回了这组手稿,即《航海日志》包括《喜剧家》的前四部分,有 128 行在《簧风琴》中被删除,另外还有数百处较小的修改,比较明显的修改

① Bloom, H. *Wallace Stevens*: *The Poems of Our Climate*. Ithaca: Cornell University Press, 1977:68-82.

② Longenbach, J. *Wallace Stevens*: *The Plain Sense of Things*. Oxford: Oxford University Press, 1991:93.

是将时态由现在时统一改为过去时。①

　　结合《航海日志》及其修改情况，我们可以看到，《喜剧家》试图解决的主要问题，依然是想象与现实的矛盾，某些表层的裂痕，如语言、风格与情节、内容的脱节，都归因于想象与现实的深层断裂。换言之，在想象与现实两极之间的剧烈摇摆，"内在的暴力"与"外在的暴力"之间的抗衡与抵牾，是《喜剧家》语言与情节割裂的根本原因。如果说雪莱在《阿拉斯特》中像通灵者一样试图占卜自己的命运，这首诗的主人公亡命旅途的结局最终被证明是诗人命运的谶语，相形之下，史蒂文斯的《喜剧家》更像是一个富于奇思妙想但又不乏理智和自嘲精神的现实主义/现代主义者对自己的人生进行的模拟推演。《阿拉斯特》展示的是：

　　……一个情感纯真、才华不羁的青年如何认识到优美和高贵的一切，如何放纵热炽的、纯净的想象而耽缅于宇宙的冥想中。他畅饮过智识之泉，但并不因此而满足。大千世界的庄严和美色深深渗入了他的意识界，给他的意识以无穷尽的陶冶。只要有超然的物象来满足他的渴望，他就能快乐、平静、别无他求。可是，后来这种物象不能使他满意了。他的心灵倏然觉醒，竟想要和极限的灵智互通。他力求悟得他所爱的至高的生命。他既经常冥想着最庄严最完美的事物，他所想象的至高生命的形象自然也就包括了诗人、哲学家和恋人所能想及的一切神奇、智慧和瑰丽。在别人身上，智力、想象和感觉只要各行其是就可以了。但本诗所写的诗人却要它们合一起来，并以这一切来冥想一个形象。他找不到符合于他的冥想的原型。失望摧残了他，他年纪轻轻就进了坟墓。

　　这描绘对世人来说是不无教益的。诗人的自我中心的遁世倾向终于惹来了不可抗拒的热情之魔，逼得他迅速身亡。但是，神灵在高贵的心灵中唤醒了对神力的过分敏感后，固然又会很快把它扑灭；平凡的心灵如果完全无视那一灵界，也是注定了要逐渐腐蚀而亡的。后者的命运该是更悲惨而不足取，因为他们的怠惰是更可鄙而有害的。……②

① Martz, L. L. "From the Journal of Crispin": An Early Version of "The Comedian as the Letter C". In Doggett, F. & Buttel, R. (eds.). *Wallace Stevens: A Celebration*. Princeton: Princeton University Press, 1980:3-5.
② 雪莱. 雪莱抒情诗选. 查良铮，译. 北京：人民文学出版社，1958:189-190.

　　《阿拉斯特》的主人公"只是听从高贵心声的指向而游荡",在想象的世界里漫无目地漂泊,所到之处都是雅典、泰尔、巴尔贝克、耶路撒冷或是阿拉伯、波斯、加尔曼沙漠等古老或遥远的地方。他偶然在克拉斯密海边见到一条船边有很多裂缝的小船,被一阵激情驱使,他登上船"去到茫茫的海上去会见死亡"。最后小船驶入高加索山脚的一个洞窟,他走进葱绿的谷中,死于一棵古松之下。文德勒认为克里斯平和他在《阿拉斯特》中的原型一样,极其被动:事情一件件发生在他身上,先是大海,然后是雷暴,然后是家庭。① 《阿拉斯特》的主人公固然被动,在海上随波逐流时他依旧幻想对命运的掌握:

> ……小船
>
> 仍旧被风吹着走,仍旧奔跑着,
>
> 像泡沫被冲下冬季的浅滩,
>
> 一会停在裂开的巨浪的边沿上,
>
> 一会又把碎浪和痉挛的海水
>
> 远远抛在后面;它安全逃去了,
>
> 仿佛船中疲弱而憔悴的人
>
> 就是管辖自然的上帝。②

　　对比《航海日志》和《喜剧家》的文本,我们会发现克里斯平比他的浪漫主义先驱要缜密、理智得多。例如,第一部分《缺乏想象的世界》("The World Without Imagination")中,克里斯平在大海边对自己产生怀疑,他的想象力被大海慑服,自我的神话被涂抹掉之后,他开始了"内省的航行":

> Just so an ancient Crispin was dissolved.
>
> The valet in the tempest was annulled.
>
> Bordeaux to Yucatan, Havana next,
>
> And then to Carolina. Simple jaunt.
>
> Crispin, merest minuscule in the gales,

---

① Vendler, H. H. *On Extended Wings*: *Wallace Stevens' Longer Poems*. Cambridge, Massachusetts: Harvard University Press, 1969:42.

② 雪莱. 雪莱抒情诗选. 查良铮,译. 北京:人民文学出版社,1958:203.

Dejected his manner to the turbulence.

The salt hung on his spirit like a frost,

The dead brine melted in him like a dew

Of winter, until nothing of himself

Remained, except some starker, barer self

In a starker, barer world, in which the sun

Was not the sun because it never shone

With bland complaisance on pale parasols,

Beetled, in chapels, on the chaste bouquets.

Against his pipping sounds a trumpet cried

Celestial sneering boisterously. Crispin

Became an introspective voyager. [1]

就这样古老的克里斯平消融了。

男仆在暴风雨中被抹去了。

从波尔多到尤卡坦,接着是哈瓦那,

然后到卡罗来纳。游玩而已。

克里斯平,狂风中的区区小写字母,

把他的风度降格成了混乱。

悬挂在他精神上的盐就像一层霜,

死去的咸水在他体内像冬天的

一颗露珠般融化了,直到他自己什么

也不剩,除了某种更荒凉、更荒芜的自我

在一个更荒凉、更荒芜的世界,其中太阳

不是太阳,因为它从来没有

用柔滑的殷勤照射苍白的遮阳伞,

在小教堂里高悬在贞洁的花束上。

针对他短促高昂的声音一支小号粗暴地

---

① CPP:23.

　　　　喊出了天空般的嗤笑。克里斯平

　　　　变成了一个内省的航海者。

　　其中,第五、六两行在《航海日志》手稿中为"但是克里斯平,狂风中的区区小写字母,/把他的风度托付给混乱"(Yet Crispin, merest minuscule in the gales, / Appoints his manner to the turbulence)①,近似于《对天鹅的呵斥》("Invectives against Swans")中"把你们的白羽毛遗赠给月亮,把你们流畅的动作托付大气"②。《喜剧家》中把"托付"(appoints)修改为"降格"(dejected),表明克里斯平开始"内省的航海"时经过了深思熟虑,虽迫于环境、时势,但终究是主动的抉择,而且航程已经预先定好:"从波尔多到尤卡坦,接着是哈瓦那,/然后到卡罗来纳。游玩而已。"克里斯平名字的首字母本是大写的"C",这里变成了"狂风中的区区小写字母"(merest minuscule),"merest"与"minuscule"构成头韵,而后者又包括发软腭音[k]的字母"c",形成丰富的声音交响效果。"merest"词义也非常丰富,这个词有两个来源:一是源于古英语"mære",意为著名、杰出、美丽、高贵;二是源于拉丁语"merus"(未稀释的,未混合的,纯的),古义指酒未掺水,引申为纯粹、未掺杂质,用作引申义"在程度、范围、价值、力量或重要性上不高于名称本身的含义;名实相符"时可用比较级与最高级形式,另外还有引申义为"不重要、普通、愚笨、无能"等等(OED)。"区区小写字母"是对克里斯平身份的界定,包含着从高贵到可笑的多重意义。一方面,克里斯平是喜剧中的小丑,一个"快乐的人在快乐的世界里——/滑稽歌手!一场舞会、一出歌剧、一间酒吧"③。另一方面,克里斯平又是个志向远大的小丑,在他自己的世界里,克里斯平有如天神,他是"纣夫般的克里斯平,身披灾难的绉纱"④,"孩子们为他的逗弄而来,矢车菊般的眼睛,/手不用触碰就让人深深触动,/在他如云的膝头,预言般的关节,/不给它更神圣的后辈留一点空间"⑤。"内省的航海"既可能是一位富于内省精神的航海者的航海,

---

①　Stevens, W. "From the Journal of Crispin": An Early Version of "The Comedian as the Letter C". In Doggett, F. & Buttel, R. (eds.). *Wallace Stevens: A Celebration*. Princeton: Princeton University Press, 1980:32.

②　*CP*:4.

③　*CP*:420.

④　*CP*:41.

⑤　*CP*:43.

也可能是在内省、冥想中进行的航海，亦真亦幻，出没于真实的大海的想象的波涛之间。

第二部分《关于尤卡坦的雷暴》("Concerning the Thunderstorms of Yucatan")中，异域风情和自然的瑰奇壮丽让克里斯平恢复了活力，他在经历了一次雷暴之后忽有所悟，仿佛在现实中感受到了胜于想象的雄伟力量：

> ... This was the span
> Of force, the quintessential fact, the note
> Of Vulcan, that a valet seeks to own,
> The thing that makes him envious in phrase.
>
> And while the torrent on the roof still droned
> He felt the Andean breath. His mind was free
> And more than free, elate, intent, profound
> And studious of a self possessing him,
> That was not in him in the crusty town
> From which he sailed. Beyond him, westward, lay
> The mountainous ridges, purple balustrades,
> In which the thunder, lapsing in its clap,
> Let down gigantic quavers of its voice,
> For Crispin to vociferate again. ①

> ……这就是
> 力量的跨度，本质的事实，武尔甘的
> 音符，男仆想要拥有的东西，
> 让他在乐句中艳美的东西。
>
> 激流依旧在屋顶上轰鸣的时候
> 他感觉到安第斯的呼吸。他的心灵自由了
> 而且不仅是自由，更是狂喜，专注，深沉
> 并勤奋钻研一个占有了他的自我，

157

① CPP:26-27.

在他扬帆起航的肮脏结壳的小镇那个自我

不曾在他体内。在他远处,向西,绵延着

山脉般的屋脊,紫色的栏杆,

在其中那雷霆,在它的拍击中渐渐消失,

投下了语声的巨大颤音,

让克里斯平再次惊呼。

第三部分《驶近卡罗莱纳》("Approaching Carolina")中克里斯平继续"在两种元素之间波动",而他的航程不可避免地由大海/想象向陆地/现实靠近,在靠近北美洲大陆的时刻,他成了"诗歌英雄":

He came. The poetic hero without palms

Or jugglery, without regalia.

And as he came he saw that it was spring,

A time abhorrent to the nihilist

Or searcher for the fecund minimum.

The moonlight fiction disappeared. The spring,

Although contending featly in its veils,

Irised in dew and early fragrances,

Was gemmy marionette to him that sought

A sinewy nakedness. A river bore

The vessel inward. Tilting up his nose,

He inhaled the rancid rosin, burly smells

Of dampened lumber, emanations blown

From warehouse doors, the gustiness of ropes,

Decays of sacks, and all the arrant stinks

That helped him round his rude aesthetic out.

He savored rankness like a sensualist.

He marked the marshy ground around the dock,

The crawling railroad spur, the rotten fence,

Curriculum for the marvelous sophomore.

It purified. It made him see how much

Of what he saw he never saw at all.

He gripped more closely the essential prose

As being, in a world so falsified,

The one integrity for him, the one

Discovery still possible to make,

To which all poems were incident, unless

That prose should wear a poem's guise at last. [1]

他来了。这没有棕榈叶或魔术戏法，

没有王室标志的诗歌英雄。

他来的时候看到的是春天，

对虚无主义者或寻找生殖力

最小值的人来说令人憎恶的时节。

月光的虚构消失了。春天，

尽管在它的面纱下仪态万方地争辩，

在露珠和早春芬芳里虹光闪闪，

对他来说只是缀着宝石的提线木偶，

他寻找的是一种强韧的赤裸。一条河把

这条船载向内陆。仰起鼻子，

他吸进刺鼻的松香，浸湿的木材

那绝妙的气味，从仓库门里吹来的

挥发物，绳索的摇摆生风，

麻布袋的腐臭和一切帮助他圆满完成

他质朴的审美观的恶臭。

他像一个感官主义者那样细嗅腐烂气息。

他察看甲板周围的潮湿地面，

蜿蜒的铁轨岔道，腐朽的围栏，

---

① *CPP*：28-29.

这是给神奇的大二学生开的课程。

它净化了。它让他明白他见过的东西里

有多少他根本从未看到。

他更紧地抓住那根本的散文,

当作在遭到如此篡改的世界上

对他来说唯一的正直,

仍有可能实现的唯一发现,

对它们来说所有诗歌只是偶然事件,

除非那种散文最终会披上诗的伪装。

第四部分《关于殖民地的想法》("The Idea of a Colony")中,克里斯平更是显得目标明确、志向远大、魄力非凡,而且他远游海外,并非只为自己,还为了让同伴也获得智力上的解放:

Crispin in one laconic phrase laid bare

His cloudy drift and planned a colony.

Exit the mental moonlight, exit lex,

Rex and principium, exit the whole

Shebang. Exeunt omnes. Here was prose

More exquisite than any tumbling verse:

A still new continent in which to dwell.

What was the purpose of his pilgrimage,

Whatever shape it took in Crispin's mind,

If not, when all is said, to drive away

The shadow of his fellows from the skies,

And, from their stale intelligence released,

To make a new intelligence prevail?[①]

克里斯平用一个简洁的短语就阐明了

他如云的漂流并筹建了一个殖民地。

---

① *CPP*:29-30.

心灵的月光退下,法律、王权和原理

退下,所有这一套

都退下。全体退场。这里是

比所有跌落的韵文更精妙的散文:

一个依然簇新的大陆在其中安顿。

他游历的目的是什么,

无论它在克里斯平的头脑里是什么形状,

当一切已说出,如果不是去驱散

从重重天空和陈腐的智力中释放出来的

同伴的影子,以便让一种新的智力获胜?

《克里斯平航海日志摘录》中有些删除的段落也透露出航海者克里斯平不是在漫无目的地漂泊,而是有明确的航行计划,同时航海者和诗人之间有明确的映射:航海者从旧大陆向西航行到新大陆,诗人从想象行进到现实。例如:

[The poet, seeking the true poem, seeks,

As Crispin seeks, the simplifying fact,

The common truth. Crispin, however, sees]

How many poems he denies himself

In his observant progress...[①]

[诗人,寻找着真正的诗,寻找,

克里斯平寻找的时候,简化的事实,

共同的真理。然而,克里斯平看到]

在他专注的行进中,他自己

拒绝了多少诗篇……

《喜剧家》删除了前三行(方括号中的部分),克里斯平与被拒绝的诗篇之间的

---

① Stevens, W. "From the Journal of Crispin": An Early Version of "The Comedian as the Letter C". In Doggett, F. & Buttel, R. (eds.). *Wallace Stevens: A Celebration*. Princeton: Princeton University Press, 1980:37.

关系变得费解了,原稿中却很清楚:克里斯平即诗人,或"诗人就是喜剧家"[①],他的航行是为了认识世界、寻找真理,因此坚决拒绝那些"月光之书"的纯粹出于想象的诗篇。《航海者》手稿第四部分结尾删除了两个较长的片段:

[His colony may not arrive. The site

Exists. So much is sure. And what is sure

In our abundance is his seignory.

His journal, at the best, concerns himself,

Nudging and noting, wary to divulge

Without digression, so that when he comes

To search himself, in the familiar glass

To which the lordliest traveler returns,

Crispin may take the tableau cheerfully.]

Trinket pasticcio, flaunting skyey sheets,

With Crispin as the tiptoe cozener?

No, no: veracious page on page, exact.

[As Crispin in his attic shapes the book

That will contain him, he requires this end:

The book shall discourse of himself alone,

Of what he was, and why, and of his place,

And of its fitful pomp and parentage.

Thereafter he may stalk in other spheres.][②]

[他的殖民地不会到来。选址

存在。仅此能确定。我们的丰足中

能确定的是他的领地。

他的航海日志,最多与他自己有关,

---

① *L*:361.

② Stevens, W. "From the Journal of Crispin": An Early Version of "The Comedian as the Letter C". In Doggett, F. & Buttle, R. (eds.). *Wallace Stevens*: *A Celebration*. Princeton: Princeton University Press, 1980:44-45.

推敲、记录，小心翼翼地透露

而不跑题，因此，在他开始

探求自己之际，在最高贵的旅行者

返回的普通镜子里，

克里斯平也许会欣然拿起这图画。]

廉价珠宝的拼贴，招摇的高耸入云的船帆，

上有蹑手蹑脚的骗子克里斯平？

不，不：一页又一页，忠实，准确。

[当克里斯平在阁楼上制作

这本将包含他的书，他需要这结局：

这本书只应讲述他自己，

关于他曾是什么及为何存在，他的地点，

关于它断续无常的炫耀和出身门第。

此后他也许会在别的空间潜行。]

　　删除的部分反复强调克里斯平的故事只和他自己有关，这似乎印证了文德勒的判断（文德勒的著作出版于 1969 年，此时《航海日志》手稿尚未被发现），即克里斯平的困境只是史蒂文斯个人的困境。这些被删除的诗行颇有"元诗歌"意味：发话者对作品评头品足，用一些真真假假、似是而非、欲说还休的"内幕消息"透露或遮掩作者的意图，目的不外乎告诉读者：这是虚构的，但是你要相信它，因为它值得相信。克里斯平的殖民地不会到来，但是他为殖民地选择的地址却是真实存在的，他的领地存在于我们的丰足之中，那么，克里斯平的航海究竟有没有发生？无论如何，有一点是明确的，即《航海日志》是"克里斯平/诗人"思想发展历程的记录，这是他为探索自我而绘制的一幅"图画"（tableau），或"日程表"（OED）。它是忠实而准确的，包括所有那些矛盾和断裂之处。在阁楼上奋笔疾书的克里斯平是青年史蒂文斯的写照，是"神奇的大二学生"（marvelous sophomore）、"青年公民"（ephebe）、"作为阳刚诗人的青年"（the youth as virile poet），亦即所有诗人形象的代表。这个被删除的片段重现于《最高虚构笔记》第一章第五部分："但是你，年轻人,从阁楼窗户看出去,/你的顶层房间有架租来的钢琴。……"①在讲述完自己的一切之后,这位诗人将要告别诗歌的想象世界,前往别的空间,也许是现实的世界。"潜行"(stalk)是双关语,既可以表示蹑手蹑脚地偷偷行进,呼应前文的"tiptoe cozener",又可以表示趾高气扬地昂首阔步,反映出克里斯平在一个新世界里试探性的姿态(OED)。他没有像《阿拉斯特》的主人公那样因为对"至高生命"的无望追求而死去,而是隐身人海,蓄势待发。

　　《喜剧家》对《航海日志》最重大的修改是增加了第五部分《舒适荫凉的家》("A Nice Shady Home")和第六部分《秀发卷曲的女儿们》("And Daughters with Curls")。在这两部分中,想象中色泽浓郁的热带雨林,海上的惊涛骇浪、狂飙惊雷渐行渐远,代之以现实主义的怀疑与自省。我们很难同意布鲁姆关于这些新增的诗行是史蒂文斯有意为之的败笔的观点。更为合理的看法是:在找到足以融合想象与现实的力量之前,史蒂文斯只能在两极之间摆动,而现实的、外在的压力,迫使克里斯平的帆船逐渐驶向现实的锚泊地。在第五部分,克里斯平成为纯真而能干的隐士,在陆地上安居,这意味着他告别了象征想象的大海,栖身于象征现实的陆地。他建起了小屋,成为一室之内的主人,得到了棱镜般光彩照人的金发妻子。值得注意的是,此时克里斯平开始思考他的命运的普遍性,尝试通过抽象赋予自己的历险普遍意义:

> Should he lay by the personal and make
>
> Of his own fate an instance of all fate?
>
> What is one man among so many men?
>
> What are so many men in such a world?
>
> Can one man think one thing and think it long?
>
> Can one man be one thing and be it long? ②

> 他是否应该把个性搁置一旁而把
>
> 他自己的命运当作所有命运的一例?
>
> 什么是这么多人中的一人?

---

① CP:384.

② CPP:33.

什么是在这样一个世上的这么多人？

一个人能不能想一件事并想很久？

一个人能不能成为一物而且长久如此？

　　在第六部分，克里斯平有了四个女儿。史蒂文斯对她们的生动描写让人联想到亨利·瓦兹沃斯·朗费罗（Henry Wadsworth Longfellow）的三个女儿，朗费罗在《孩子的时辰》（"The Children's Hour"）中写道："我凭着灯光看到，/她们沿楼梯走下：/艾蕾笑，艾莉端庄，/小艾荻满头金发。"①描绘这首诗中情景的肖像画悬挂在哈佛大学朗费罗旧居。此外，史蒂文斯熟悉朗费罗的作品，朗费罗是艾尔西最钟爱的诗人，史蒂文斯于1955年6月间在艾弗里疗养院（Avery Convalescent Hospital）住院时还给护士们背诵朗费罗的诗句来逗她们开心。②布鲁姆认为四个女儿象征史蒂文斯关于四季循环的诗篇，可能是影射济慈的《人的季节》，这不无道理。③史蒂文斯的女儿霍利·布莱特·史蒂文斯于1924年8月10日出生。他在1925年10月14日写信给威廉斯抱怨女儿出世后自己再也无暇阅读和写作了："过去一两年我极少见文学圈的人。此外，我读得很少而且根本不写了。孩子让我俩忙得不可开交。她不是由我带，而且她乖巧得就像一阵南风，这是真的，但事实是她统治着这座房子，她的需求很大程度上就是我们的需求。我搬到了阁楼上，为了不碍事，在那儿我应该可以抽根烟、偷会儿懒、读或写点儿东西，有时我想要做这一切，但是，到目前为止，我总是决定上床睡觉。"④同样，克里斯平的生活在四个女儿渐次出生之后成为一场溃败，而他从溃败中炮制出的信条，在自信、悲观和疑虑之间徘徊不定：

Crispin concocted doctrine from the rout.

The world, a turnip once so readily plucked,

Sacked up and carried overseas, daubed out

---

① 朗费罗. 朗费罗诗选. 杨德豫，译. 北京：人民文学出版社，1985：93.

② Richardson, J. *Wallace Stevens: The Later Years, 1923—1955*. New York: Beech Tree Books, 1988：426.

③ Bloom, H. *Wallace Stevens: The Poems of Our Climate*. Ithaca: Cornell University Press, 1977：82.

④ *L*：245.

Of its ancient purple, pruned to the fertile main,

And sown again by the stiffest realist,

Came reproduced in purple, family font,

The same insoluble lump. The fatalist

Stepped in and dropped the chuckling down his craw,

Without grace or grumble. Score this anecdote

Invented for its pith, not doctrinal

In form though in design, as Crispin willed,

Disguised pronunciamento, summary,

Autumn's compendium, strident in itself

But muted, mused, and perfectly revolved

In those portentous accents, syllables,

And sounds of music coming to accord

Upon his lap, like their inherent sphere,

Seraphic proclamations of the pure

Delivered with a deluging onwardness.

Or if the music sticks, if the anecdote

Is false, if Crispin is a profitless

Philosopher, beginning with green brag,

Concluding fadedly, if as a man

Prone to distemper he abates in taste,

Fickle and fumbling, variable, obscure,

Glozing his life with after-shining flicks,

Illuminating, from a fancy gorged

By apparition, plain and common things,

Sequestering the fluster from the year,

Making gulped potions from obstreperous drops,

And so distorting, proving what he proves

Is nothing, what can all this matter since

The relation comes, benignly, to its end?

So may the relation of each man be clipped. ①

克里斯平从溃败中炮制出信条。

世界，曾如此欣然拔出的芜菁，

装袋运往海外，涂抹掉

它古老的紫色，为肥沃的大陆修剪，

由最僵化的现实主义者重新种下，

在紫色的家族洗礼盆中繁衍，

同样不可溶解的一团。宿命论者

插足进来并从咽喉掷下咯咯冷笑，

既无风度也不抱怨。记下这则轶事吧，

它为其精髓而编造，形式上不像教义

但设计上则反是，正如克里斯平所愿，

乔装的檄文，概要，

秋天的纲要，本身就尖利刺耳，

但缄默、沉思，并完美地旋转，

在那些充满预兆的重音、音节

和前来在他腿上和谐奏响的乐声中，

就像它们的内在层面，

炽天使般的关于纯洁的宣言，

以潮水般的奔涌向前之势发出。

或者如果音乐停滞，如果这轶事

是假的，如果克里斯平是个毫无成就的

哲学家，凭借青涩的吹嘘起步，

黯然收场，如果作为一个

容易发脾气的人他的品位下降了，

善变而笨拙，多变，模糊，

用事后闪亮的照射掩饰他的生活，

---

① *CPP*：36-37.

> 从被幻影吞噬的幻想照亮
>
> 平凡而普通的事物，
>
> 从岁月中隔离出迷乱，
>
> 从纷乱的水滴中制作鲸吞狂饮的魔法药水，
>
> 并且如此扭曲，证明他所证明的
>
> 只是虚无，这一切还能有什么要紧，
>
> 因为关系将要善意地走向它的终点？
>
> 所以但愿每个人的关系被剪除。

喜剧家克里斯平的结局似乎比航海者克里斯平更为惨淡。和《航海日志》一样，《喜剧家》也以一段近于"元诗歌"的评论作为结束。"世界"，克里斯平探求的关于现实的完整知识，或《阿拉斯特》的主人公探求的"至上的生命"，在克里斯平航程的终点降格为一棵芜菁，从旧大陆移植到新大陆肥沃的土地，但依然是"不可溶解的一团"，亦即在人类理解力之外的物自体（*ding an sich*）。宿命论者也许是一名旁观者，一个负面形象，冷漠而刻薄，他的出现似乎只是试图说明如果从宿命论的角度看，克里斯平的故事将是何等面目。接下来是史蒂文斯惯用的祈使句："记下这轶事吧……"克里斯平的航海故事从寓言（fable）、讽喻（allegory）降格为轶事（anecdote）。但是发话者仍然愿意为这则轶事的寓意辩解：它形式上不是教义，而作者的初衷却是想要对读者有所劝谕，它的本质是诉诸理性的，具有抽象的普遍意义，目的是成为某种信条、信仰、神话，至少是某种具说服力和感染力的虚构，但是外在形式却诉诸感官，以声色动人。随后，和《航海日志》一样，发话者用一连串"如果"引导的条件句试图否定克里斯平的航海：如果"他所证明的一切都是虚无"，这一切就了无意义。最后，全篇的反高潮，脱离了文本主体，如孤零零的一叶，在大海的白色浪花上浮现：

> 所以但愿每个人的关系被剪除。

对比《航海日志》的结句：

> 此后他也许会在别的空间潜行。

同样是语涉双关，《航海日志》颇有跃跃欲试、引而不发之感，《喜剧家》的结局则更为冷峻。"剪除"（clip）是双关语，可以表示"用剪刀等剪掉"，也可以表示"用手臂抱紧,拥抱"或"用夹子夹住"(*OED*)。"诗歌不断地要求新的关系。"①是孤立自我,与世隔绝,还是回归社会,拥抱世界,这既是留给诗人也是留给诗歌的问题。《喜剧家》在艺术上相对于《航海日志》显得更完整,但是裂痕依然无处不在,语言、风格、情节、人物、意义、声音、语气、情绪的冲突如海浪般此起彼伏,诗歌能量的惊人迸发和语言之欢乐的绚丽喷涌时时伴随着怀疑甚至否定自己诗人资格带来的沮丧,直到全篇的最后一行。克里斯平的航海寓言最终没有成为自我的神话,而是沦为一则轶事,它的普遍意义遭到质疑。归根结底,原因在于史蒂文斯此时虽然已经对抽象的作用有所意识,但还没有充分掌握抽象的力量,无法有效调和想象与现实的矛盾,无法将诗歌的理念圆融无碍地表达为诗歌的文本现实,无法将"粗糙的小块"聚合为整体。

　　未能形成"聚集的和谐"也是整部《簧风琴》的特点。在《簧风琴》中,行云流水的篇章和晶莹剔透的段落仿佛明珠美玉随处散落,如《星期天早晨》、《叔叔的单片眼镜》、《雪人》("The Snow Man")、《在胡恩宫殿饮茶》("Tea at the Palaz of Hoon")、《黑色的统治》("Domination of Black")、《葡萄的晴朗季节》("In the Clear Season of Grapes")、《看乌鸫的十三种方式》("Thirteen Ways of Looking at a Blackbird")、《冰激凌皇帝》,但是总体而言在想象和现实之间还没有找到令人满意的平衡点,缺乏足够强有力的抽象的整合,充满"断续无常的炫耀",包括奇异的词汇、多变的节奏,以及世故与天真的杂糅。但"抽象"依然是史蒂文斯诗歌探索的方向。1931 年科诺普夫出版社发行了《簧风琴》修订版,删去了原版中的 3 首诗,增加了 14 首新作。理查德森认为新增的 6 首诗,即《单调的解剖》("Anatomy of Monotony")、《公共广场》("The Public Square")、《安徒生小奏鸣曲》("Sonatina to Hans Christian")、《葡萄的晴朗季节》("In the Clear Season of Grapes")、《两个人在诺福克》("Two at Norfolk")和《印第安河》("Indian River")是史蒂文斯为满足"它必须是抽象的"这一要求而进行的最初的持久尝试。这一组诗之所以抽象,不是因为它们与自然或生活经验之间的关系,而是因为它们与他早先作品之间的关系。换言之,这些新作是对旧作的抽象或概括,如《单调的解剖》是对《星期天早晨》、《雪人》、《咽部不适的男子》("The Man Whose Pharynx Was Bad")、《乏味的旅居》("Banal Sojourn")和《叔叔的单片眼镜》等 5 首作品的

---

① *OP*:202. 原文:Poetry constantly requires a new relation.

抽象(abstraction)。①《簧风琴》的最后一首诗是《致咆哮的风》("To the Roaring Wind"),由一个疑问句和一个简洁的祈使句组成。史蒂文斯希望找到有效的音节,谱写出更强有力的诗篇,这和《荒原》最后一部分("雷霆的话")中的雷声 *Da* 遥相呼应:

> What syllable are you seeking,
>
> Vocalissimus,
>
> In the distances of sleep?
>
> Speak it. ②

> 在睡眠的远方,你在找
>
> 轰然鸣响的
>
> 什么音节?
>
> 说出来。

---

① Richardson, J. *Wallace Stevens: The Later Years, 1923—1955*. New York: Beech Tree Books, 1988:63-64.

② *CPP*:77.

第四章 史蒂文斯中期诗歌的抽象实验

To Light the Invisible Bare Secret of Your Love

November 2018, at Dekalb, Illinois, the U. S.

To light the invisible bare secret of your love

We know it needs the whole spectrum of life,

But what we grasp in hand is like a dove

Perching upon the edge of the desire to dive.

Our being is a gift that we did not ever ask for.

How did it evolve into a self so eager to disobey

And yearn for more candies? The old man roared:

"Keep running and running! It is the end of day!"

My love, you hold the cup enthralling the truth.

I drank it for the fulfillment of my self at your expense.

The words inscribed on stones have been smoothed,

Of which history is a record circular and evanescent.

Out of our loss and repentance we invented heaven,

A promise of sharing a glazed space kept unproven.

点亮你的爱那不可见的袒露的秘密

2018 年 11 月于美国伊利诺伊州迪卡布

为点亮你的爱那不可见的袒露的秘密

我们知道那需要生命的整个光谱，

但是我们握在手中的就像一羽白鸽，

停歇在欲望的边缘随时飞落。

我们的存在是从未索取的礼物。

它如何演化成如此急于逆反的自我？

它总是索要更多糖果。那老人咆哮：

"快跑，快跑！时日将尽！"

我的爱人，你持有那困住真理的杯盏，

我为满足自我而饮，却亏欠了你。

镌刻在石上的字迹已漫漶，

历史只是循环、变幻的记录。

从损失与悔恨中，我们创造了天堂，

无法保证的承诺，分享那琉璃世界。

　　《簧风琴》出版之后，史蒂文斯的诗歌能量似乎暂时耗尽，他再次陷入了长期的沉默。像克里斯平一样，他需要"为恢复元气所必需的欣欣向荣的回归线"，需要"更紧地抓住根本的散文"，需要一个"荫凉舒适的家"①。史蒂文斯于 1937 年 5 月 6 日写信给他部分作品的出版商罗纳德·雷恩·拉蒂莫（Ronald Lane Latimer），回顾了自己这段放弃诗歌写作的时光："对你来说放弃阿尔刻提斯出版社（Alcestis Press）肯定就像对我来说放弃任何写诗的念头一样。然而，许多年前，当我真的曾经是个诗人，因为我充满想象力，等等，我有意放弃了写诗，因为，正如我热爱它，有太多其他事情我不想费工夫去拥有。我想做人们在那个年代想做的每件事：住在法国乡村，摩洛哥的小屋，或基维斯特的钢琴单间。但我不喜欢总是被金钱困扰，我从来不喜欢贫困，所以我像别的任何人一样去工作，并且一干就是许多年。"②相较于这个解释，史蒂文斯在给威廉斯的信中关于女儿占去了他太多时间和精力的抱怨就显得只是个借口。史蒂文斯放弃写诗，是迫于生活和经济的压力，另外，尽管真正的诗人必须充满想象力，然而仅有想象力还不足以支持诗人持续、长久、深刻、有力地写作，这是浪漫主义诗人的经验教训，也是克里斯平寓言的寓意所在。

---

① *CPP*：28，29，32.

② *L*：320.

第一节　诗人与现实

　　史蒂文斯的实干精神让他的"关于殖民地的想法"逐渐获得了成功。1932 年9 月,他搬入临近伊丽莎白公园的西露台 118 号(118 Westerly Terrace),拥有了自己唯一的房产;1934 年 2 月,他出任哈特福德意外与损害赔偿保险公司副总裁,达到了律师职业生涯的顶峰,在大萧条年代享有 17500 美元年薪,按物价指数折算,在 2006 年相当于 264500 美元。① 与此同时,他重新开始了诗歌创作。像"在别的空间潜行"的克里斯平一样,史蒂文斯试图从生活中寻找"根本的散文",而诗歌与其说是这个过程中的偶然收获,不如说是它的必然结果。1935 年 12 月10 日,史蒂文斯给拉蒂莫的信表明他对诗歌的热忱一如既往,他对诗歌的思考从未停滞:

　　　　……我认为诗歌的真正问题在于,诗人对这件事情的重要性缺乏概念。没有诗歌的生活,实际上是不获认可的生活。诗歌不仅仅意味着韵文;某种意义上它意味着绘画,它意味着戏剧以及其他属于它的一切。获赠真正的艺术,人们会大吃一惊地接受它,因为每个人都依赖于它。诗人作为一个角色必须得到定义。世界从来不在极高的水平运行,但总会有少数人在极高的水平运行;这两个水平会不会充分互相接近,以及诗歌会不会重新获得你所说的它的损失,依然有待观察。

　　　　……按照我心目中诗人的意义,诗人没有任何理由不应该在当前存在,尽管当代生活复杂等等。你有没有停下来想过弥尔顿在他的时代以及在那时世界所处环境里的卓越存在? 弥尔顿在今天会和在他自己的时代一样得其所哉,而且也许在今天,他也将忠于事实,而不是在神话中消失。诗歌将一直是可知觉的现象。(Poetry will always be a phenomenal thing.)②

　　史蒂文斯对诗歌新方向的思考是从对他前一时期的终点,即《喜剧家》的反思

---

① 　Serio,J. N. (ed.). *The Cambridge Companion to Wallace Stevens*. Cambridge,England: Cambridge University Press,2007:viii.

② 　*L*:299-300.

开始的。1935 年 10 月 31 日，史蒂文斯写信给拉蒂莫，试图回答两个问题："我是否接受我的诗歌是装饰性的（decorative）这一普遍看法；我的风景是真实的还是想象的"。[①] 史蒂文斯表示他不喜欢被贴上任何标签，并否认他的诗歌是装饰性的；他回忆在写作《簧风琴》的时候他曾经有一段时间喜欢关于"意象""意象本身"或"意象与诗的音乐"的想法，而现在，他相信"纯诗"；尽管他依然喜欢意象，但是他知道自己生活在一个不同的时代，过去他认为文学最重要，而现在他虽然不否认文学的意义，但认为生活是文学的本质成分。至于第二个问题，史蒂文斯认为想象对他来说是最重要的因素，但是他的每一首诗都有真实的背景。[②] 1940 年 1 月 12 日，史蒂文斯重读了《喜剧家》和海·西蒙斯的评论，对西蒙斯的结论提出了异议。上文已提到，在西蒙斯看来，《喜剧家》是一个单向的讽喻：从浪漫主义开始，以宿命论告终。史蒂文斯承认一切心灵的道路莫不是从浪漫主义到现实主义，再到宿命论，然后归于冷漠，但是他认为这个过程是一个循环，它会从冷漠再返回到浪漫主义。他的历史观和叶芝有相似之处，认为事物的历史是循环的历史，但缺少叶芝构建在神话、传说、宗教、秘术之上的复杂体系。他观察到当时世界总体上处于从宿命论转向冷漠的历史阶段，这个阶段的人们的主要感觉是无助感，这为我们理解史蒂文斯诗歌和历史现实的关系提供了线索。但是他又指出事情并非毫无希望，世界比绝大多数个体更有活力，世界所展望的是一种新浪漫主义，一种新信仰。随后，史蒂文斯明确了自己在这个历史运动中的位置：

> 大约在我个人开始到处探寻新浪漫主义的时候，我也许自然就应该期望开始新的循环了。我没有这么做，而是开始感到自己处于边缘。我想要到达中心：我是孤立的，而我想要分享共同的生活。你看上去有足够的兴趣让我有可能说这件事，我说出它是因为它也许有助于你理解一些后来的作品。人们说我生活在我自己的世界：诸如此类。因此我不寻找"无情的接触"（relentless contact），而是属意于那也许可以描述为"抵达平凡、中心"的事物。如此表述，就其与生活的语境的关系而言，这就让这件事完全比例失衡了。当然，我不同意人们说我生活在我自己的世界中；我认为我完全正常，但是我看到有一个中心。例如，一幅许多男人和女人在树林里痛饮啤酒，高唱

---

① *L*:288.

② *L*:288-289.

"嗨—哩，嗨—咯"的照片，让我相信有一种平凡我应该去实现。[①]

史蒂文斯明白自己生活在现实中，他首先要透彻感受平凡的现实，他放弃了"无情的接触"，即纯粹的想象。浪漫主义对绝对精神的绝望追求或是象征主义让诗歌成为音乐的理想，而是采取更加理性折中的策略，选择从现实生活的边缘出发抵达理想的"中心"：想象与现实的汇合点。男人和女人在树林中饮酒高歌的画面将会重现于诗集《驶向夏日》（1947）中的《夏天的证明》（"The Credences of Summer"）第七部分："远在林间他们唱着不真实的歌，/无忧无虑。面对客体歌唱是/困难的。歌者必须抽离他们自己/或抽离客体。深深的在林中/他们在平常的地里歌唱夏日。"[②]现实的欢乐固然令人沉醉，可是歌唱现实中的事物并非易事：歌曲必然是不真实的，因为它们必须是关于事物的歌曲，而歌者必须抽离自己才能在歌曲中呈现如其所是的事物或本来面目的事物，或抽离事物在歌曲中呈现的理念。

《今年三月的阳光》（"The Sun This March"）发表于 1930 年 4 月 16 日，短暂地打破了诗人的沉默，预示了史蒂文斯新的创作阶段的开始：

> The exceeding brightness of this early sun
>
> Makes me conceive how dark I have become,
>
> And re-illumines things that used to turn
>
> To gold in broadest blue, and be a part
>
> Of a turning spirit in an earlier self.
>
> That, too, returns from out the winter's air,
>
> Like a hallucination come to daze
>
> The corner of the eye. Our element,
>
> Cold is our element and winter's air
>
> Brings voices as of lions coming down.
>
> Oh! Rabbi, rabbi, fend my soul for me

---

① *L*：350-352.

② *CPP*：325.

And true savant of this dark nature be.①

这早来的太阳过分的明亮

让我明白我已变得多么黑暗，

重新照亮过去在最辽阔的

蓝色中变成金色的事物，成为

在更早的自我中回旋的精神的一部分。

那同样从冬天的大气之外返回，

就像一阵前来让眼角昏花的

幻觉。我们的元素，

寒冷是我们的元素而冬天的大气

带来仿佛属于降临的狮子的声音。

啊！拉比，拉比，为我保护我的灵魂

并做关于这黑暗天性的真学者。

　　阳光让史蒂文斯看到了自己内心的黑暗，更清楚地认识到"谁能忍受大地/缺少诗篇"②。诗中的发话者以学生自居，向一位导师"拉比"（Rabbi）呼吁，恳求他保护自己的灵魂，研究这黑暗的本质，也许是为这位"大二学生"开设新的课程。"拉比"是对犹太教会领袖或犹太学者的尊称，是史蒂文斯极为钟爱的形象，因为他象征对学术极端投入同时又致力于将学术用于人性目的的人。③"在更早的自我中回旋的精神"既是诗人的想象力，也是对《簧风琴》时期的诗篇的追忆："回旋"让人想到《黑色的统治》中回旋的树叶和树叶的颜色。但是这不期而至的想象力的回归却让诗人难以承受，就像被过于强烈的阳光照得眼花缭乱，感到它像是幻觉。"寒冷造就诗人"是兰波的箴言，因此寒冷是诗人的元素。由冬天的大气带来的"狮子的声音"，是北风的呼啸，是诗人在《簧风琴》结尾想要寻找的有效力的音节，也就是诗歌的力量，将要"锁进石头的狮子"。而诗人的任务，就是捕捉住它，

①　*CPP*：108-109.

②　*CPP*：109.

③　*L*：786.

驯服它,把它变成"诗琴中的狮子",这个艰难的任务要在《带蓝吉他的男人》(1937)中才能初步完成,这项技艺在《最高虚构笔记》(1942)中臻于炉火纯青。从1933 年开始,史蒂文斯逐渐恢复了诗歌创作,并开始向杂志投稿。1935 年 8 月,《秩序观念》限量版由阿尔刻提斯出版社出版。布莱克默对这部诗集给予了好评,让史蒂文斯感到他的评论"友善得体"(decent),再加上穆尔和门罗的鼓励以及1936 年《倒下的人》("The Man That Are Falling")获《民族》(*The Nation*)诗歌奖,这些因素汇合起来,让史蒂文斯重拾信心,走出沉寂,继续追随他的缪斯。①

第二节 《猫头鹰的三叶草》中的抽象

《猫头鹰的三叶草》(简称《三叶草》)于 1936 年由阿尔刻提斯出版社出版单行本,后经删改并收入《带蓝吉他的男人》(简称《蓝吉他》)删改后被收入 1937 年版《带蓝吉他的男子》,最终未被收入 1954 年版《诗集》。从某种意义上看,《三叶草》是《蓝吉他》的前奏。史蒂文斯在《带蓝吉他的男人及其他诗篇》的护封说明中写道:

> 在组诗《猫头鹰的三叶草》中,尽管诗篇反映那时世界上发生着什么,那种反映仅仅是为了抓住并陈述那些在巨大的变化和巨大的混乱中让生活可以理解并值得向往的东西。《猫头鹰的三叶草》的效果是强调如其所是的事物与想象出来的事物之间的对立;简言之,孤立诗歌。

> 因为这有意义,如果说我们正进入一个诗歌对精神来说具有首要重要性的时期,过去的这个冬天,我已经以短诗的形式记录了这个主题。这些短诗,有三十余首,形成了另外一组诗,《带蓝吉他的男人》,这部诗集由此得名。这一组诗处理如其所是的事物与想象出来的事物之间从不间断的联合。尽管蓝吉他是想象的象征,他多数时候只是用来指代诗人的个性,这里诗人指任何有想象力的人。②

---

① Richardson, J. *Wallace Stevens: The Later Years*, *1923—1955*. New York: Beech Tree Books, 1988:140.

② *OP*:233.

　　《三叶草》是史蒂文斯对 20 世纪 30 年代的社会、政治、经济现实的回应,是对诗歌独立于政治的美学价值的辩护,也是他创造神话的最后努力。文德勒认为,《三叶草》释放了史蒂文斯的想象力,成为他趋向平凡事物的新倾向的容器,让他自由地尝试讽刺、社会和神话的结合,也让他看到了自己修辞的局限和这个主题的局限。《三叶草》中的神话组成了众神殿和宇宙:上界之神阿南科(Ananke),下界之神苏伯曼(Subman),天空中的预兆之神(Portent),世界尽头的冥王哈得斯(Hades),一队无能的天使,还有辽阔的最绿大陆(the Greenest Continent),而这些创造出来的众神在《蓝吉他》中全部消失了。[①] 布鲁姆则断言,《猫头鹰的三叶草》是史蒂文斯无可争议的最差表现,这是他对谈论社会问题的缪斯的一次全力召唤,但是他试图把这首诗与现实思潮混合,这是令人绝望的错误。[②]

　　拉格则观察到史蒂文斯不习惯用他自己的那一类诗歌来写当代题材,他对大段难以驾驭的素体诗也不能运用自如。史蒂文斯试图结合市民的与诗歌的虚构,向一种中和二元对立尤其是"想象/现实"区分的美学漂移,但是《三叶草》和《蓝吉他》表明史蒂文斯担心他的诗歌如果回避二元对立,将会变得危险地抽象。他问道:"如果'市民的虚构'的美感是脱离于世界的,它能有什么正当性呢?"[③]拉格引用了《三叶草》中的一个片段来证明他的观点,而为了更完整地理解史蒂文斯的原意,我们需要把这个片段放回上下文中(方括号内的部分为拉格未采用的文本):

[If these were theoretical people, like

Small bees of spring, sniffing the coldest buds

Of a time to come—]A shade of horror turns

The bees to scorpions blackly-barbed, a shade

Of fear changes the scorpions to skins

① Vendler, H. H. *On Extended Wings: Wallace Stevens' Longer Poems*. Cambridge, Massachusetts: Harvard University Press, 1969:118-120.

　　阿南科和哈得斯借自古希腊神话,阿南科是命运女神,哈得斯是冥府之神,而"苏伯曼"等则是史蒂文斯自创的神话人物。

② Harold, B. *Wallace Stevens: The Poems of Our Climate*. Ithaca: Cornell University Press, 1977:117-118.

③ Ragg, E. *Wallace Stevens and the Aesthetics of Abstraction*. Cambridge, England: Cambridge University Press, 2010:56-57.

Cocealed in glittering grass, dank reptile skins.

The civil fiction, the calico idea,

The Johnsonian composition, abstract man,

All are evasions like a repeated phrase,

Which, by its repetition, comes to bears

A meaning without a meaning. [These people have

A meaning within the meaning they convey,

Walking the paths, watching the gilded sun,

To be swept across them when they are revealed,

For a moment, once each century or two.

The future for them is always the deepest dome,

The darkest blue of the dome and the wings around

The giant Phosphor of their earliest prayers.

One each century or two.]①

[如果这些曾是理论上的人,就像

春天的小蜜蜂,嗅着将要到来的时间的

最冰凉的花蕾——]一阵恐惧的暗影

把蜜蜂变成长黑色倒钩的蝎子,一阵

恐惧的暗影把蝎子变成皮,

藏在闪亮的草里,湿湿的爬行动物的皮。

市民的虚构,印花棉布的理念,

约翰逊式的构成,抽象的人,

都是像一个重复的词组般的逃避,

通过它的重复,前来承载

没有意义的意义。[漫步小径,

观看镀金的太阳,这些人拥有

他们传达的意义之内的意义,

① *OP*:95;*CPP*:166.

被穿过他们横扫，每一两个世纪一次，

片刻之间他们被揭示的时候。

未来对他们总是最深邃的穹顶，

穹顶最幽暗的蓝色和围绕着

他们最初的祈祷的巨大晨星的翅膀。

每一两个世纪一次。]

　　"理论上的人"（theoretical people）既是想象出来的人，又是对真实的人的抽象。为克服将要到来的时间带来的恐惧，即对死亡的恐惧，"理论上的人"凭借想象力像蜜蜂一样变成蝎子，蝎子又变成爬行动物褪下的皮，可见，想象终将走到终点，死亡终究不可逃避，正如"神龟虽寿，犹有竟时。腾蛇乘雾，终为土灰"。此外，"市民的虚构""印花棉布的理念""约翰逊式的构成""抽象的人"都是从现实抽象而来的理念，它们像重复的词组一样一次次被重复，承载"没有意义的意义"，然而它们却是无始无终的。"没有意义的意义"虽然并不明确，却可以说是"最初理念"的雏形。如果出现某种划时代的强大思想力量，即"哥白尼、哥伦布、怀特海"等世界的发现者、理论家的理论力量，就能够瞬间揭示出"理论上的人"传达的"意义之内的意义"，即"无意义的意义"，亦即"最初理念"。而这样的时刻罕见而珍贵，每一两个世纪才出现一次。在这个意义上，未来对"理论上的人"而言不再意味着死亡，而是某种庇护，像是深邃的穹顶和护卫他们最初的祈祷的翅膀。"最初的祈祷"暗示宗教信仰，又预示了《最高虚构笔记》第一部分第三章中的"永远早来的率真"（ever-early condor），是人最初的纯真状态。而返璞归真是对生命的更新，是诗歌对人之救赎的承诺。在与《三叶草》同样发表于 1936 年的《回旋的思想》（"A Thought Revolved"）第二部分，史蒂文斯对"抽象"的态度更为明朗：

The poet striding among the cigar stores,

Ryan's lunch, hatters, insurance and medicines,

Denies that abstraction is a vice except

To the fatuous. These are his infernal walls,

A space of stone, of inexplicable base

And peaks outsoaring possible adjectives.

One man, the idea of man, that is the space,

The true abstract in which he promenades. ①

诗人在雪茄店、瑞安午餐店、帽子店、

保险公司和药店之间阔步而行，

拒绝认为抽象是罪恶，除非

对愚昧之人。这些是他的地狱之墙，

由石头、不可解释的基底和

飞跃可能之形容的高峰构成的空间。

唯一的人，人的理念，那就是

他在其中漫步的真正抽象。

至此，拉格的疑问已经得到了回答："市民的虚构"并不脱离现实，"没有意义的意义"，或曰抽象，不是史蒂文斯想要逃避的东西，恰恰相反，"抽象"符合史蒂文斯的诗学理念和探索方向，"抽象的人"或"人的理念"就是史蒂文斯诗歌中的人物胡恩（Hoon）生存于其中的想象世界。如果结合上一章中谈到的史蒂文斯在 1900 年和 1902 年的两则日记以及在《三个旅行者看日出》中对"抽象"的阐述和运用，这一结论将更加明显。

史蒂文斯在 20 世纪 30 年代中期对"抽象"进行了密集的探讨，他这一阶段对"抽象"的态度的变化过程仍需进一步厘清。正如拉格指出的，史蒂文斯于 1935 年曾经说过："我真正的危险不是说教，而是抽象。"②这句话依然需要在它的语境中加以全面理解。史蒂文斯在 1935 年 12 月 19 日写给拉蒂莫的信中谈到对"抽象"的看法：

> 你的问题是：艺术是否或多或少是说教的。这是另一个根本问题。这甚至可以说是任何美学教理问答的入门问题。很多人认为我好说教。我本不愿意这样。关于这个问题我自己的想法是：我真正的危险不是说教，而是抽象，而抽象看起来非常像说教。也许是爱好说教的头脑把世界简化为原则或者使用抽象。美是由激情唤起的抑或激情是由美唤起的，这与以下问题如出

---

① CPP:171.

② Ragg, E. *Wallace Stevens and the Aesthetics of Abstraction*. Cambridge, England: Cambridge University Press, 2010:57.

一辙：一首关于一个自然对象的诗是否由这自然对象唤起，或者，这自然对象是否由诗人给它披挂上诗歌的特征。尽管我对这一类事情置之不理——这并不是因为我不感兴趣，但是我感觉自己很像那个妈妈让他停止打喷嚏的小孩；他回答道："我没有打喷嚏；是喷嚏让我打喷嚏。"

如果一个人能真正做诗人，读尽所有的书，为它投入一生，过诗人应该过的生活，接触一切可能的经验，这一类问题将会成为老生常谈。事实上，它们现在已经是老生常谈了，但是我以我自己的经验来理解它。我认为事情同时来自内部和外部。

意象主义是对说教的温和反叛。然而，你会发现任何对纯诗的持久阅读都非常令人生厌。每件事必须同时进行。必须要有纯诗，同时必须要有一定量的说教诗，或者诗歌里的一定量的说教。诗歌也和任何其他东西一样；它不能突然剥去所有褴褛衣衫，裸体站出来，完全暴露。每件事都是复杂的；如果不是这样，生活和诗歌以及其他任何事情都将令人生厌。①

第二段话极为关键，反映出史蒂文斯诗学理念的核心：理想的诗人应当拥有关于生活和世界的全部经验，对这样的诗人而言，"事情同时来自内部和外部"，抽象与具体，客体与诗，想象与现实，本是一体。当然这只能是一个理想，诗人只有在越界状态下才能创造出最高虚构，此时他已经全知全能，近乎上帝或神明。"抽象"既是史蒂文斯的禀赋，也是长期思维训练的结果。他不能接受意象主义所要求的那种绝对具体的诗。对史蒂文斯而言，"抽象"尽管"危险"，却又情不自禁，就像那个停不下打喷嚏的小孩："我没有打喷嚏；是喷嚏让我打喷嚏。"或者如《蓝吉他》中所说，是小夜曲弹奏着吉他。1936 年 12 月，史蒂文斯在哈佛做了他的首次公开演讲，题为"诗歌中的非理性因素"（"The Irrational Element in Poetry"），再次谈到"抽象"：

所以，一个人写诗，是为了在和谐、有序之物中接近善。或者，简言之，一个人写诗是出于和谐、有序之中的愉悦。最抽象的画家描绘鲱鱼和苹果，如果这是真的，那么以下所说同样是真的：诗人，最迫切地在世界上寻找生命之认可，寻找那让生活如此奇妙、值得去过的东西，也许会在池塘里的一只鸭子

① *L*：302-303.

或冬夜的风中找到答案。可以想见,诗人也许会从这样的视野中升起,以至于他能够把如此之多的事物所依赖的抽象(the abstraction on which so much depends)谱成音乐。①

最抽象的画家也必须借助形象,诗人同样如此。史蒂文斯又指出,诗人的抽象有可能近似于音乐,这正是象征主义者的理想。史蒂文斯在这里表达的观念近似于席勒所说的"诗用形象来游戏,但又用不着骗人,因为它宣布它关心的就只是游戏"②,甚至让人想起黑格尔的箴言:"美是理念的感性显现。"③而史蒂文斯的句法和措辞又让人联想到威廉斯著名的《红独轮车》:"许多都取/决于/一辆红独/轮车。"④这也许是在暗示史蒂文斯在某种程度上认同意象主义对形象的重视,抽象必须显现为形象,但是对他来说,形象始终蕴含理念,"观念在实在中固有。"⑤1937年3月17日,在《蓝吉他》接近完成的时候,史蒂文斯再次写信给拉蒂莫:"冬天里我已经写好了35或40首短诗,其中大约25首看上去是成功的。它们处理想象之物与真实之物之间的关系,如你所知,这对我来说是长期困扰的源泉。我不觉得我已接近这个主题的尽头。事实上,它们不是一些抽象事物(abstractions),即便我刚才说的暗示了这一点。也许,更好的说法是它们实际上处理的是画家关于实现的问题:我试图去看我周围的世界,既如我所见,又如其所是。这意味着像一个有想象力的人那样去看它。"⑥这反映出史蒂文斯对"抽象"的疑虑和敏感,尽管他已经开始有意识地使用抽象手法处理题材,他却不愿意直接承认。有趣的是,史蒂文斯的挚友,贾奇·亚瑟·鲍威尔(Judge Arthur

① *OP*:228.

② 鲍桑葵. 美学史. 张今,译. 北京:商务印书馆,1985:364.

③ 鲍桑葵. 美学史. 张今,译. 北京:商务印书馆,1986:433.

④ 威廉斯. 威廉·卡洛斯·威廉斯诗选. 傅浩,译. 上海:上海译文出版社,2015:119.

⑤ 鲍桑葵. 美学史. 张今,译. 北京:商务印书馆,1986:346.

⑥ *L*:316.

Powell)几乎在同一时期谈到了"抽象"。他直言不讳,与史蒂文斯形成鲜明对比。① 鲍威尔于 1937 年 7 月在亚特兰大文学界的"十人俱乐部"(Ten Club)做了一次演讲:

> 在诗歌、建筑、油画、素描、音乐和其他艺术中,趋势是朝向抽象……或者,像华莱士·史蒂文斯在他的诗中所说:
>
> "音乐还未谱写但将要谱写,
>
> 准备时间很长,需要长期全神贯注
>
> 等待声音变得比我们自己更微妙的时辰。"
>
> ……所以当政府和其他事情里的新鲜事物在我看来显得奇异的时候,也许仅仅意味着我跟不上时代了……我文化修养不够;也许在超现实主义比在现实主义中有更多或更高级的艺术;或者在达达主义中比在希腊雕塑中有更多或更高级的艺术。②

鲍威尔引用的诗句选自史蒂文斯题赠给他的《就像黑人墓地的装饰》第四十八部分。③ 鲍威尔虽然文学品位保守,但悟性颇高,从史蒂文斯的作品中敏锐地感觉到了艺术中"抽象的趋势";此外,也许他的业余身份使得他敢下断言,而史蒂文斯对"诗必须抽象"这一似乎有违常识的判断不得不更加慎重。史蒂文斯写给鲍威尔的信已经散佚,他们有没有讨论过"抽象"问题我们不得而知。④ 但是此后史蒂文斯的思想转变却有迹可循。1948 年 6 月 22 日史蒂文斯在写给芭芭拉·丘奇的信中详细探讨了"抽象"。他写道:"当一个人像思考绘画一样思考诗歌的时候,趋向抽象的动力(the momentum toward abstraction)对诗人施加的力量更甚于

---

① 贾奇·亚瑟·鲍威尔是史蒂文斯所在的哈特福德公司设在佐治亚州亚特兰大市的南方分部的法律顾问。1916 年 4 月 15 日史蒂文斯到亚特兰大出差,结识鲍威尔,此后两人成为挚友,经常结伴在南方各地旅行,他描写南方景物的许多诗篇即以这些旅行为背景。鲍威尔文学修养较高,是业余诗人,也是史蒂文斯的同行中极少数能够欣赏他的诗歌的人。史蒂文斯于 1935 年 2 月发表于《诗刊》第 65 期的长诗《就像黑人墓地的装饰》题赠鲍威尔,除此之外他仅有一首诗题赠友人,即题赠给他的知交亨利·丘奇的《最高虚构笔记》。史蒂文斯和鲍威尔的友谊一直保持到 1951 年鲍威尔去世。

② Brazeau, P. *Parts of a World*: *Wallace Stevens Remembered*. New York: Random House, 1983:106.

③ *CP*:158.

④ *L*:189.

对画家。"①此外,史蒂文斯于 1948 年在笔记本上记录了一则诗歌素材:"心灵的动力全然趋向于抽象。"(The momentum of the mind is all toward abstraction.)②看到这些明确的断语,再回顾史蒂文斯在 1935 年左右的犹豫不决和鲍威尔的大胆判断,我们会有豁然开朗之感。

第三节　《带蓝吉他的男子》中的抽象

《带蓝吉他的男子》是史蒂文斯这一阶段诗歌实验的最终成果,是他的诗歌观念转向"抽象"的关键环节,是理解"抽象"的一把钥匙。1937 年 9 月 16 日,他写信给拉蒂莫,表达了他对这部诗集寄予的厚望:"实际上,我想从我最近两年中完成的作品中保留的一切都包含在这部书里了。"③史蒂文斯本人在创作完成《蓝吉他》之后,对"抽象"的认识已经趋于清晰明确,正如他在《最高虚构笔记》中所说:"停下来去看/一个渐渐明确的定义/和那确定性之中的等待。"④《蓝吉他》付印三年之后,1940 年 8 月 8 日,史蒂文斯写信给海·西蒙斯,解答这部作品中的若干疑问。在分析第十二章的时候,他明确地说:"这首诗由一系列反题(antitheses)组成。正如你已经注意到的,乐队仅仅是一个抽象(abstraction)。它肯定不是指当代诗歌,而是社会。"⑤从第十二章入手读《蓝吉他》,也许会更清晰地看出"抽象"在这组诗歌中的运行方式和重要作用:

> Tom-tom, c'est moi. The blue guitar
> And I are one. The orchestra
>
> Fills the high hall with shuffling men
> High as the hall. The whirling noise
>
> Of a multitude dwindles, all said,

① *L*:601-602.

② *CPP*:921.

③ *L*:326.

④ *CPP*:334.

⑤ *L*:360.

To his breath that lies awake at night.

I know that timid breathing. Where
Do I begin and end? And where,

As I strum the thing, do I pick up
That which momentously declares

Itself not to be I and yet
Must be. It could be nothing else. ①

拨弦咚咚,是我。蓝吉他
和我合而为一。管弦乐队

用跳着曳步舞、高如大厅的男人
填满高高的大厅。一切都已说尽,

人群回旋的噪声减弱成
他的呼吸,在夜里清醒地躺着。

我了解那怯懦的呼吸。我
从何处开始和结束? 从何处,

当我拨弄这东西,我挑出
那庄严宣布它自身

不是我而又必须是的
东西。它不可能是别的什么。

　　这一章是"吉他手/诗人/我"的内心独白。他以一个略显滑稽的谦卑姿态出场:咚咚拍打手鼓,告诉读者,我来了。此时"我"尚未完全摆脱《喜剧家》的自我怀疑,面对世界时依然心怀畏惧,不能完全自信。"管弦乐队"体现了史蒂文斯所谓"抽象"的本质特征:它既是一个抽象,也是一个象征;既取自现实,又出于想象。它象征"我"周围的一切,即非"我"的一切。"五色令人目盲,五音令人耳聋,五味令人口爽",非"我"的一切,对"我"来说终究无益。在《喜剧家》中,克里斯平面对

---

① *CPP*:140.

大海的浩瀚,嗒然若丧,他的自我衰减成一个乐音:

> What word split up in clickering syllables
> And storming under multitudinous tones
> Was name for this short-shanks in all that brunt?
> Crispin was washed away by magnitude.
> The whole of life that still remained in him
> Dwindled to one sound strumming in his ear,
> Ubiquitous concussion, slap and sigh,
> Polyphony beyond his baton's thrust. ①

> 什么词语,它在嗒嗒响的音节中裂开
> 并在繁多的音调之下如风暴般掠过,
> 是所有那阵冲击中这个短腿人的名字?
> 克里斯平被浩瀚冲走。
> 还留存在他体内的全部生命
> 衰减为在他耳朵里弹拨的一个声音,
> 无处不在的震荡、拍打和叹息,
> 远离他的指挥棒挥舞的复调音乐。

克里斯平从此告别欧洲古镇,扬帆远航,开始了寻找自我之旅。而对吉他手/诗人来说,他要保存自我,只有通过音乐/诗篇,除了音乐/诗篇,诗人别无自我。丝竹之乱耳,减弱为诗人的呼吸,暗示诗人试图实现世界与自我的同一,类似于《基维斯特的秩序观念》中的歌者把大海变成她的歌:"她是她在其中歌唱的/世界的唯一创造者。当她歌唱,/大海,无论它有何种自我,都成为/她的歌的自我,因为她是制造者。"②不眠的诗人形象,依然是对纽约时期史蒂文斯在阁楼里阅读写作的追忆,既呼应了《克里斯平的航海日志摘录》中在阁楼上奋笔疾书的克里斯平,又预示着《最高虚构笔记》中在阁楼上无法入眠的青年诗人,"时代的英雄般的孩子"。诗人的诗篇,吉他手的音乐,都宣布自己的独立,而它们又必然是诗人/吉

---

① *CPP*:22—23.

② *CP*:129.

他手的一部分。艺术和艺术家是合而为一的。布鲁姆对这一诗章的解释极为精当："管弦乐队的人群简化为不眠的诗人怯懦的呼吸,他自己又简化为他的艺术。"[①]"简化"(reduce)是史蒂文斯在《蓝吉他》中常用的手法,既用于想象,也用于现实,是他所谓"抽象"的手段之一。从某种程度上说,《蓝吉他》就是对"世界的结构"的简化。其第一诗章就简洁地交代了全部要素:

> The man bent over his guitar,
> A shearsman of sorts. The day was green.
>
> They said, "You have a blue guitar,
> You do not play things as they are."
>
> The man replied, "Things as they are
> Are changed upon the blue guitar."
>
> And they said then, "But play, you must,
> A tune beyond us, yet ourselves,
>
> A tune upon the blue guitar
> Of things exactly as they are."[②]

> 这男人俯身在他的吉他上,
> 有点像个裁缝。白昼是绿色的。
>
> 他们说:"你有把蓝吉他,
> 你没有弹如其所是的事物。"
>
> 男人回答:"如其所是的事物
> 在蓝吉他上已经变了。"
>
> 于是他们说:"但你必须弹支曲子,
> 远离我们,又还是我们自己,

---

① Bloom, H. *Wallace Stevens: The Poems of Our Climate*. Ithaca: Cornell University Press, 1977:126.

② *CP*:165.

　　一支蓝吉他上的曲子

　　恰好是如其所是的事物。"

　　史蒂文斯,1953 年 7 月 12 日写信给雷纳托·波吉奥利,解释《蓝吉他》的创作意图:一是关于现实,二是关于想象,三是它们的相互关系,四是诗人对它们的态度。① 在第一章里,这些要素都已经交代清楚:"如其所是的事物"(things as they are)即现实,一开始的时候它还没有被赋予形象,只是由白昼的"绿色"暗示出来的,和第二十二章中"太阳的绿"一样,是从现实中选取的事物的表象;蓝吉他象征想象,蓝色对史蒂文斯来说就是想象的代名词;吉他上弹奏的乐曲表达现实与想象的关系;吉他手,即诗人,则向质疑者解释他的态度,实际可以理解为史蒂文斯本人戴着面具现身说法,解说他的创作。史蒂文斯选取"吉他"作为乐器,和"簧风琴"一样,取其卑微平凡,用意在于实验,为谱写更宏伟的乐章做准备。诗人似乎对吉他有所偏爱,他会弹吉他,在纽约期间常常通过弹吉他来排遣寂寞。② 吉他对史蒂文斯来说是艺术的力量的象征,他在《诗歌中的非理性因素》中说道:

　　想要在混乱之中沉思善的诗人就像想要在邪恶之中深思上帝的神秘主义者。不可能有关于逃避的想法。诗人和神秘主义者都可能会在鲱鱼和苹果之上树立他们自己。画家可能会在一把吉他、一份《费加罗》和一盘瓜果上建立自己。这些是堡垒之修筑,尽管它们是非理性的。对当代的压力唯一可能的抵抗事关鲱鱼和苹果,或,更宽泛一些,事关当代自身。在诗歌里,就此而言,主题不是当代,因为那仅仅是普通的主题,而是当代诗歌。对无所不在的毁灭性环境压力的抵抗由它在可能的情况下向不同的、可解释的、顺从的环境的转化构成。③

　　吉他又是语言游戏的象征,他于 1953 年 1 月 13 日写给何塞·罗德里格斯·费奥的信中说:"你有没有探访新景点? 一个年轻人在一片新风景里,一个新人在一片年轻的风景里,一个年轻人在一片年轻的风景里——原谅我的吉他。我们这儿吉他已经在阁楼上靠墙放了很久了。"④吉他是诗人用来游戏声音的得心应手

---

① 　L:788.

② 　L:95,110-111.

③ 　OP:230.

④ 　SM:197.

的乐器。另外,布鲁姆指出雪莱曾经于 1822 年,即他逝世的那一年,写过两首与吉他有关的诗,都在史蒂文斯发表于 1936 年的《伯恩肖先生和雕像》("Mr. Burnshaw and the Statue")中得到回应。[①] 雪莱《给珍妮,并赠吉他》("With a Guitar, to Jane")写道:"是阿瑞尔致意米兰达:拿去这音乐的奴隶吧。"[②] 阿瑞尔(Ariel)是莎士比亚戏剧《暴风雨》的精灵,史蒂文斯在晚年作品《桌上的行星》("The Planet on the Table")中自称阿瑞尔:"阿瑞尔很高兴他写下了他的诗篇"。[③] 艾伦·菲尔雷斯观察到"吉他"本身就是一个"抽象",它在整部作品中以多种变化形式出现,分别是使然力(agent)、手段(means)、代表(envoy)、手法(device)、载体(vehicle)、发明物(contrivance)、机械小玩意儿(gizmo)。[④] "裁缝"既模拟吉他手的姿态,也寓意他们都是"制作者"(maker)。

演奏开始前,吉他手和听众先有一番辩论,这形成了以后各章的形式和轮廓:每一章都在第一章提出的基本范围内往复辩论,而各章之间也互相照应,有的互相过渡,有的互相对立,如水流地上、蜿蜒曲折而去。诗人与质疑者辩论,一个不确定身份的权威的声音则从旁加以点评,这种结构模式承袭《三个旅行者》,只是更加灵活多变。听众首先指责吉他手没有按照事物的本来面目表现它们,因此,"你有把蓝吉他"听起来有讽刺的意味,蓝吉他显得有点滑稽可笑,弹奏的乐曲有跑调之嫌。吉他手则坚持认为吉他的弹奏必然会使事物有所改变,正如诗人强调自己在诗歌中的意图只是诗歌,而非事实或意义。听众不肯让步,他们以自己为例,要求乐曲能够真实地表现"我们",虽然他们承认,乐曲总是会远离"我们",但是他们的原则却不可更改:"蓝吉他上的曲子恰好是如其所是的事物。"对此,史蒂文斯解释说,人们要求诗人表达"远离他们自身的人",因为这恰好是他们存在的方式,反映出了人的微妙之处。[⑤] 或许这是说在人身上蕴含着高于人的因素。无论如何,问题已经提出,即想象与现实的关系究竟如何? 以下各章将围绕它展开。

---

① Bloom, H. *Wallace Stevens: The Poems of Our Climate*. Ithaca: Cornell University Press, 1977:120-121.

② 雪莱. 雪莱抒情诗选. 查良铮, 译. 北京:人民文学出版社, 1958:179.

③ *CPP*:450.

④ Filreis, A. *Modernism from Right to Left: Wallace Stevens, the Thirties, and Literary Radicalism*. Cambridge, England: Cambridge University Press, 1994:258.

⑤ *L*:359.

　　第二章是诗人自辩,承接第一章继续论述如何表现如其所是的事物。诗不能完美地表达世界。以表现人为例,诗充其量只能像雕塑一样创造出"英雄的头颅",并"几乎到达人",但这终究还是"非人"。诗总会有错失的东西,而寻找这错失的东西又是诗存在的理由,从这个意义上说,是诗歌决定了诗人。第三章继续发挥这一话题,以一声感叹"啊",把诗歌对人的表现直接而迅速地推向极端:

　　　　Ah, but to play man number one,
　　　　To drive the dagger in his heart,

　　　　To lay his brain upon the board
　　　　And pick the acrid colors out,

　　　　To nail his thought across the door,
　　　　Its wings spread wide to rain and snow,

　　　　To strike his living hi and ho,
　　　　To tick it, tock it, turn it true,

　　　　To bang it from a savage blue,
　　　　Jangling the metal of the strings ... ①

　　　　啊,但是去弹奏第一人,
　　　　把匕首捅进他心脏,

　　　　把他的脑子搁在木板上
　　　　挑出刺鼻的颜色,
　　　　钉牢他的思想,横贯门上,
　　　　它的翅膀向雨和雪张开,

　　　　弹奏出他生气勃勃的嗨和嗬,
　　　　提它,托它,把它变成真,

　　　　从野蛮的蓝色里砰砰撞它,
　　　　让琴弦的金属叮当响……

---

① *CPP*:135-136.

史蒂文斯解释了这一章的背景："在宾夕法尼亚的农庄一只鹰被钉起来,我相信,去吓跑其他的鹰。在新英格兰这儿一只鸟被钉起来更可能仅仅是作为非同寻常的展品,那就是我头脑里所想的。……我确信农夫会把鹰钉起来是因为它是一只鹰。"[1]据波吉奥利记载,史蒂文斯后来又说他头脑中想的是"不会变化的人。C大调的人(Man in C Major)。人之理念的完全实现。处于他的更幸福常态的人。"[2]一只制作为标本用于展示的鹰和"主要的人"之间的共同点无疑在于卓越不凡的风采。"第一人"的"思想"被钉在门上,被赋予了鹰的形象,"它的翅膀向雨和雪张开"。里德尔对史蒂文斯的思路做了精彩的推断:诗人想要创造人的完美抽象,想要了解终极、神圣而非人性的知识的欲望,有如上帝而又虚幻;诗人的希望永远如此,而他也必将失败;因为"弹奏它"就是通过虚构杀死它,最终捕捉住生命的艺术将会杀死它所捕捉的生命;诗章结尾处的省略号表明诗人的失败。[3]简言之,人的抽象即人的毁灭。不过,结尾处的省略号似乎别有意味。最后两行描写诗人为表现"第一人"而付出的巨大努力,"它"承前指"第一人"的思想,诗人凭借想象力对它进行多维度的解剖、发掘、显现,创造出无尽的诗篇,因此,省略号更是暗示"主要的人"是一个无尽的任务。在这个无限接近终极抽象的过程中,解剖甚至杀戮成了诗人的手段。

第四章从"第一人"转向了芸芸众生,尝试在一根琴弦上表现百万之众。诗人用三个疑问句对此表示怀疑,这种表达似乎没有意义,只是秋风中苍蝇的嗡嗡声,而那就是生活。吉他琴弦上的嗡嗡声与上一章中弹奏"第一人"时激越高亢的金属叮当声形成鲜明对比。由这渺小的嗡嗡声引入第五章,主题是"别对我们谈起诗歌的伟大"。关于地狱和天堂的诗歌已经写好,关于大地的诗歌还有待谱写,当代诗歌必须取代天堂的赞美诗,当代诗人必须取代往昔的诗人。第六章由对"天堂、地狱、大地"的讨论集中到诗歌的空间。这一章又是对第一章听众问题的回应:如其所是的事物并没有改变,改变的只是它们所处的空间,亦即关于它们的诗篇。当对上帝的思考日渐淡薄,像露珠一样蒸发,对艺术的思考则臻于终极。第

---

①　L:359. 双翅张开钉在门上的形象也许与基督受难有关。

②　Cook, E. *A Reader's Guide to Wallace Stevens*. Princeton: Princeton University Press, 2007:115.

③　Riddel, J. N. *The Clairvoyant Eye: The Poetry and Poetics of Wallace Stevens*. Baton Rouge: Louisiana Stage University Press, 1965:139.

七章从"诗歌的空间"过渡到"我们的作品",引出太阳和月亮,亦即现实与想象。史蒂文斯对这一章做了改写:

> 我面对月亮和面对大海时一样,有一种孤立感。如果我面对太阳也会得到同样的感受,我会不会像我经常对月亮说话那样对太阳说话,称它为仁慈与善?但是如果我面对太阳能得到同样的感受,我的想象力就会因为想到如此彻底的超然而变得冰冷。我不想脱离我们的作品而存在,想象力不想脱离我们的作品而存在。①

诗人表达了拥抱现实的愿望,因为如果"不成为太阳的一部分",而是远离现实,像对待想象一样对待它,诗歌就会失去热量,"琴弦在蓝吉他是冰冷的"。第八章由太阳、月亮自然过渡到天空。明亮绚丽的天空成为诗歌的"金色的对手",激怒诗歌,而诗人对此无能为力,他的诗篇变得沉闷。第九章是对第八章的反拨。在阴云密布的天气,诗歌面临困难的挑战,诗人凝神屏息,跃跃欲试,他"只是个影子,弓身/在箭一般的、静止的弦上,/尚待制作之物的制作者"。诗人仿佛是个演员,而舞台的天气,就是他自己,正如史蒂文斯所说:"沉闷的世界要么是它的诗人要么什么也不是。"②第十章从演员过渡到一位当代政客,"神一般的哈里·杜鲁门"③诗人向这位"冒牌天神"发出挑战:

> "Here am I, my adversary, that
> Confront you, hoo-ing the slick trombones,
>
> Yet with a petty misery
> At heart, a petty misery,
>
> Ever the prelude to your end,
> The touch that topples men and rock." ④

> "我在这儿,我的对手,
> 与你对峙,呼呼吹响油滑的长号,

---

① *L*:362.

② *L*:363.

③ *L*:789.

④ *CPP*:139.

> 还带着小小的哀伤
>
> 在心里，小小的哀伤，
>
> 永远是你的终点的序曲，
>
> 那推翻人与岩石的触碰。"

　　诗人表达了对冒牌英雄而非真正有想象力之人的厌恶之情，希望诗歌在人们心中唤起的哀伤最终推翻这毫无价值的人。"哀伤"在第十一章化为弥漫的伤感，使之成为《蓝吉他》中最深沉凝重的乐章：

> Slowly the ivy on the stones
>
> Becomes the stones. Women become
>
> The cities, children become the fields
>
> And men in waves become the sea.
>
> It is the chord that falsifies.
>
> The sea returns upon the men,
>
> The fields entrap the children, brick
>
> Is a weed and all the flies are caught,
>
> Wingless and withered, but living alive.
>
> The discord merely magnifies.
>
> Deeper within the belly's dark
>
> Of time, time grows upon the rock. ①

> 慢慢地石头上的常春藤
>
> 变成石头。女人变成
>
> 城市，孩子变成田地
>
> 海浪中的男人变成海。
>
> 说谎的是和弦。
>
> 大海倒卷回男人身上，

---

① *CPP*：139-140.

> 田地诱捕孩子,砖头
>
> 是野草而所有苍蝇都抓住了,
>
> 没有翅膀,干枯,但还活着。
>
> 不谐和音只是放大了。
>
> 在时间之腹的黑暗
>
> 更深处,时间在岩石上生长。

布鲁姆感到这些诗行彻底清空了世界,以至于我们不禁想知道这首诗怎么才能继续写下去。[①] 史蒂文斯本人则更冷峻、理性,他想要表现的是生活的结构,亦即诗歌的结构。和弦融合一切,常春藤和石头,女人和城市,孩子和田地,男人和海浪,因此也毁灭一切。而不谐和音则放大了事物之间的差异,虽然个体因此得以存在,但也因此互相分离。斯特拉文斯基在《音乐诗学》(1948)中为不谐和音辩护:"没有什么要求我们一定只在宁静中寻求满足。一百多年来有越来越多的例子在表明一种风格,在这种风格中不谐和音获得了独立。它成了一种物自体。而这就使得,它既不预备某物,也不预示某物。不谐和音并非无序状态的承载者,正如谐和音也并非确定性的保障。"[②]史蒂文斯则看得更远,他期望谐和音与不谐和音的融合。时间即生命,亦即想象,岩石即世界,亦即现实,诗人期望这两者融合的时代能够到来,即"时间在岩石上生长"。史蒂文斯指出,这一章可以向社会延伸,也可以向哲学延伸,但他本意不是如此。[③] 第十二章已如前述,展现了诗人与社会的关系,以及诗歌在其中的作用:诗歌是诗人借以保存自我的载体,诗歌宣布其独立性,但它又只能与诗人同一。诗歌的独立性扩展为第十三章对"纯粹想象"的显现:

> The pale intrusions into blue
>
> Are corrupting pallors ... ay di mi,

---

① Bloom, H. *Wallace Stevens*: *The Poems of Our Climate*. Ithaca: Cornell University Press, 1977:126.

② 弗里德里希. 现代诗歌的结构:19 世纪中期至 20 世纪中期的抒情诗. 李双志,译. 南京: 译林出版社,2010:3.

③ L:363.

Blue buds or pitchy blooms. Be content—
Expansions, diffusions—content to be

The unspotted imbecile revery,
The heraldic center of the world

Of blue, blue sleek with a hundred chins,
The amorist Adjective aflame ... [1]

对蓝色的苍白的入侵
是腐败的苍白……哎 嘀 咪,

蓝色花蕾或乌黑的花朵。满意吧——
扩张,扩散——满意成为

无瑕的愚蠢梦幻,
蓝色世界的有纹章的

中心,蓝色因上百个下巴而柔滑,
恋人"形容词"熊熊燃烧……

起初史蒂文斯把"恋人'形容词'"(amorist Adjective)解释为"作为词语的蓝色"变形为"作为现实的蓝色"[2];旋即他又否定了这一解释,认为这一章写的是未被与现实的接触修正的想象之强度,即"纯粹想象"[3]。想象力拥有令人迷醉的魔力,然而它本身却是"无瑕的愚蠢梦幻",没有内容,没有形式,是一个"形容词"。让不可见变得可见,是诗人的天职,因此,他点燃"形容词",让它熊熊燃烧。这火中生莲花般的绚丽画面,再加上三个元音字母 a 构成的声效和谐的头韵,越发音节和谐,画面优美,堪称诗中有画,画中有诗。这是诗人沉醉于想象的白热化状态,是想象的极致境界;笔者相信,这同时也是对想象的否定。诗人在此展现的对想象本身的高度自觉已经和早期诗篇中空洞的"想象"有云泥之别。物极必反,纯粹的想象必然导致对现实的渴求。"形容词"的没有火焰的燃烧引出了第十四章

---

① *CPP*:140-141.

② *L*:783.

③ *L*:785.

光线的壮丽奇观：

First one beam, then another, then
A thousand are radiant in the sky.

Each is both star and orb; and day
Is the riches of their atmosphere.

The sea appends its tattery hues.
The shores are banks of muffling mist.

One says a German chandelier—
A candle is enough to light the world.

It makes it clear. Even at noon
It glistens in essential dark.

At night, it lights the fruit and wine,
The book and bread, things as they are,

In a chiaroscuro where
One sits and plays the blue guitar. [①]

先是一道光柱，又是一道，然后
成千道光柱在天空大放光芒。

每束光既是星光又是星球；白昼
是它们大气层的富翁。

大海增添它的褴褛色调。
海滨是迷雾的堤岸。

有人说起德国枝形吊灯——
一支蜡烛就足够照亮世界。

它把它变清晰。甚至在中午

---

① *CPP*:141.

它在根本的黑暗中闪光。

夜里，它照亮水果和酒，

书和面包，如其所是的事物，

在一幅明暗对比素描里，

有人坐在那儿弹奏蓝吉他。

　　这一章是两个反题：理性与想象。在阳光亦即理性之光的照耀下，大海显得褴褛，海滨笼罩在雾中。而理性的烦琐艰深就像德国枝形吊灯。想象如同蜡烛，虽然没有理性的灿烂光辉，却能照亮世界和根本的黑暗，也许是内心的黑暗。烛光里的一幅明暗对比素描，引出了第十五章的毕加索：

Is this picture of Picasso's, this "hoard

Of destructions," a picture of ourselves,

Now, an image of our society?

Do I sit, deformed, a naked egg,

Catching at Good-bye, harvest moon,

Without seeing the harvest or the moon?

Things as they are have been destroyed.

Have I? Am I a man that is dead

At a table on which the food is cold?

Is my thought a memory, not alive?

Is the spot on the floor, there, wine or blood

And whichever it may be, is it mine? [1]

是否这幅毕加索的画，这"破坏之

贮藏"，我们自己的画像，

如今，成了我们社会的形象？

我是否坐着，变了形，一颗赤裸的蛋，

---

① *CPP*：141-142.

伸手去抓再见,收获月①,

而看不见收获或月亮?

如其所是的事物已经被摧毁。

我有没有? 我是不是死去的人

在一张上面的食物已冰凉的桌旁?

我的思想是不是回忆,不是活的?

地板上的斑点,在那儿,是酒还是血

不管是什么,它是不是我的?

在与波吉奥利讨论意大利译本的封面时,史蒂文斯说他头脑里没有任何一幅毕加索的画,即便用毕加索的画做封面可能会提高销量,他也不愿意,而是建议用自己的照片。② 论者多据此认为史蒂文斯否定了这首诗和毕加索的画作《老吉他手》("Old Guitarist")的关系。这类似于史蒂文斯否认其他诗人对他的影响。也许史蒂文斯是在强调诗歌与绘画之间的差异,毕竟,诗与画是两种完全不同的艺术表现形式,它们的相通之处更多是思想上的、形而上的。"破坏之贮藏"来自克里斯蒂安·泽沃斯(Christian Zervos)的《与毕加索对话》:过去,绘画是分阶段完成的,是增添的总和,而对他来说,"一幅画是破坏的总和(a sum of destructions)。我创作一幅画——然后我毁坏它。然而,最终,没有什么是失去的:我从一个地方抹去的红色又在某个别的地方出现。"③史蒂文斯于1951年1月在纽约现代艺术博物馆(the Museum of Modern Art)所作题为《诗歌与绘画的关系》("The Relations Between Poetry and Painting")的诗中再次引证了毕加索这段话:"毕加索所说一幅画就是破坏的群集(a horde of destructions)难道不也是说一首诗是破坏的群集?"④诗人和画家面临共同的问题是如何表现现实。前文已经讨论过面对柏拉图对诗人和画家的指控,即他们都是模仿者,诗人从柏拉图的理念说中找到了反对这一指控的依据,而画家的策略和诗人的如出一辙。克莱门特·格林

---

① "harvest moon"指"收获月",天文学术语,指最接近秋分时见到的满月。

② *L*:786.

③ *CPP*:1000; *L*:783.

④ *CPP*:741.

伯格(Clement Greenberg)依据的是柏拉图学说建立现代抽象艺术的"理念模式":抽象艺术越过或抛弃模仿,直达现实的本质,艺术中的世界直接和理念发生关系,换言之,超越或者脱离了视觉感知束缚的艺术就是抽象艺术。① 朱青生指出,现代艺术的第一个功能是精神显现,即恢复和完善了对理念的表达功能,绘画不再是意义的象征,而是意念的表达。在现代社会中,科学成为对人加以控制与抑制的异化力量,在此前提下,精神的显现是一种难得的安慰,是心灵回复于个体的归程,是人的知识之上的心智的家园。精神显现通过抽象艺术形式昭示了艺术对意念的表达功能,而意念的表达功能一旦恢复,形式是否"抽象"已经无关紧要。② 史蒂文斯对现代绘画的讨论表明他注重吸取其精神,而非其形式与技法,例如他于1952年10月24日在写给托马斯·麦格里维(Thomas McGreevy)的信中说:"喜欢克利和康定斯基很容易。难的是喜欢许多小画家,他们不传达任何赋予他们所做的事情价值的理论,结果,给人的印象就是毫无价值。没有美学根底的非客观艺术(non-objective art)看上去就是一堆极其讨厌的废物。"③

毕加索的立体主义画论认为绘画不再是对一个形象的塑造,而是画面中各个块面形象的自我呈现,这些块面因素拥有独立性,同时形成相互关系和结构,从而使绘画摆脱了对完整形象的依赖。④ 也许这种对传统意义的形象的破坏使诗人产生了怀疑,感到"如其所是的事物已经被摧毁"。第十五乐章是对第三乐章的深化和追问。值得注意的是,发话者一共提出了六个问题,对艺术、自我、现实提出了全面质疑:"破坏的贮藏"或"抽象艺术"是不是"我们社会"的画像?"我"是否在艺术中失去了自我和想象力?甚至,"我"是不是"死去的人"?唯一可以肯定的是:"如其所是的事物已经被摧毁。"哈罗德·布鲁姆认为,这种"破坏"在最后两行中的转喻"斑点"(spot)中达到顶点,"斑点"就是被简化为"人的最初理念"(the First Idea of man)的史蒂文斯本人。⑤ 而联系上一章描绘的面包和酒,自然让人联想到殉难的基督。史蒂文斯对抽象艺术"破坏"特性的反思体现于1941年发表

① 高名潞. 美学叙事与抽象艺术. 成都:四川美术出版社,2007:4.
② 朱青生. 没有人是艺术家,也没有人不是艺术家. 北京:商务印书馆,2000:53-66.
③ L:763.
④ 朱青生. 没有人是艺术家,也没有人不是艺术家. 北京:商务印书馆,1999:12.
⑤ Bloom, H. *Wallace Stevens: The Poems of Our Climate*. Ithaca: Cornell University Press, 1977:126.

的《美好理念学院演讲节选》("Extracts from Addresses to the Academy of Fine Ideas")：

> If they could gather their theses into one,
>
> Collect their thoughts together into one,
>
> Into a single thought, thus: into a queen,
>
> An intercessor by innate rapport,
>
> Or into a dark-blue king, *un roi tonnerre*,
>
> Whose merely being was his valiance,
>
> Panjandrum and central heart and mind of minds—
>
> If they could! Or is it the multitude of thoughts,
>
> Like insects in the depths of the mind, that kill
>
> The single thought? The multitudes of men
>
> That kill the single man, starvation's head,
>
> One man, their bread and their remembered wine? [1]

> 如果他们能把他们的论点聚合为一，
>
> 把他们的思想收集为一，
>
> 成为唯一的思想，因此：成为皇后，
>
> 凭借内在和谐的调解者，
>
> 或者成为暗蓝的国王，闪电之王，
>
> 仅仅他的存在就是他的神威，
>
> 大亨，中心的心脏，心灵中的心灵——
>
> 如果他们能！或，是否群集的思想，
>
> 像心灵深处的虫群，杀死了
>
> 那唯一的思想？人的群集
>
> 杀死了那唯一的人，饥荒的头颅，
>
> 唯一之人，他们的面包和追忆的酒？

在击破表象之后，要求"论点""思想"融合统一，这是对"抽象"的进一步发展，

---

① *CPP*:229.

试图回答史蒂文斯对毕加索的疑问，也是对"唯一的人"之死的反思。回到《蓝吉他》中，"死亡"引出了第十六章对现实的冷静观察。大地不再是神话中的母亲，或大地女神盖亚，而是压迫者，吝于赐给人们生命与死亡。人们"在战争中生活，战斗中生活"。在这样的现实中创造艺术是艰难的，而神话与宗教已经不可能恢复，充其量只能去改善耶路撒冷的下水道或给神像头上的光轮通电。艺术的使命依然高贵，如同把蜂蜜放上祭坛：古人把蜂蜜掺入献给亡者或珀尔塞福涅（Persephone）与冥王哈得斯（Hades）的奠酒中①；或者像雪莱《阿拉斯特》的主人公那样"环行世界，为你找到了稀有的祭品"，亦即诗人可贵的生命。② 由艺术家"内心的凄苦"转入了第十七章对肉体与灵魂的探讨。肉体有形式，而灵魂没有，但是艺术（蓝吉他）能不能赋予灵魂形式？毕竟它拥有强大的力量：它幻化为狮子般的形象，拥有尖牙利爪，曾生活在沙漠。纵然如此，蓝吉他的弹奏不过如同北风的号角，"它的胜利在那上面／是静憩在稻草上的蠕虫"。布鲁姆认为，第十五章到第十七章是整首诗的天底（nadir），第十七章则最终完成了诗人的"神性放弃"（kenosis）。③ 在想象的力量降至最低点之后，诗人在第十八章中求助于"梦"。梦亦非梦，而是近乎冥想或观想，只是"姑且叫作梦"，诗人在"梦"中仍然坚持面对客体，经过长久的训练，他终将对如其所是的事物有新的感触："当晨光降临，／就像悬崖如镜般反射的光线，／从一片往昔之海中升起。"史蒂文斯如此解释"往昔之海"（Sea of Ex）："想象把我们领出（Ex）现实，进入纯粹的非现实（irreality）。那时悬崖从不再真实并因此是"往昔之海"的大海中升起，面对悬崖上的晨光时，人们会有这种非现实之感。只要这一类事情清楚地表达理念或印象，它就是可理解的语言。"④第十九章从梦境联想到"怪物"（monster）：

> That I may reduce the monster to
> Myself, and then may be myself

① Cook, E. *A Reader's Guide to Wallace Stevens*. Princeton: Princeton University Press, 2007:121.
② 雪莱. 雪莱抒情诗选. 查良铮, 译. 北京: 人民文学出版社, 1958:212.
③ Bloom, H. *Wallace Stevens: The Poems of Our Climate*. Ithaca: Cornell University Press, 1977:126-127.
④ L:360.

In face of the monster，be more than part
Of it，more than the monstrous player of

One of its monstrous lutes，not be
Alone，but reduce the monster and be，

Two things，the two together as one，
And play of the monster and of myself，

Or better not of myself at all，
But of that as its intelligence，

Being the lion in the lute
Before the lion locked in stone. ①

我会把那怪物简化成
我自己，然后会成为我自己

面对怪物，成为不只是它的
一部分，不只是它怪物般的

诗琴的怪物般的乐手，不是
孤身一人，但简化那怪物并存在，

两个事物，两者并立如一，
演奏那怪物和我自己，

或者最好根本不是我自己，
却是那作为它的智力的东西，

成为诗琴中的狮子
在狮子锁进石头之前。

　　这一章行文颇为自信，在许多方面预示了《最高虚构笔记》。诗人找到了《喜剧家》所追求的强韧的赤裸（sinewy nakedness），又充满如同《圣经·旧约·创世记》所载雅各与神使摔跤的英雄气概："他夜间起来，带着两个妻子、两个使女，并

① CPP：143.

十一个儿子都过了雅博渡口。先打发他们过河,又打发所有的都过去,只剩下雅各一人。有一个人来和他摔跤,直到黎明。那人见自己胜不过他,就在他的大腿窝摸了一把,雅各的大腿窝正在摔跤的时候就扭了。那人说:'天黎明了,容我去吧!'雅各说:'你不给我祝福,我就不容你去。'那人说:'你名叫什么?'他说:'我名叫雅各。'那人说:'你的名不再叫雅各,要叫以色列,为你与神与人较力,都得了胜。'雅各问他说:'请将你的名告诉我。'那人说:'何必问我的名?'于是在那里给雅各祝福。雅各便给那地方起名叫毗努伊勒,意思说:'我面对面见了神,我的性命仍得保全'"①诗人与"怪物"搏斗时也像雅各一样坚韧和勇敢。在向西蒙斯解说这一章时,史蒂文斯提到了"主人"(master)这一概念:

> 怪物是一个人所面对的一切:锁进石头(生活)中的狮子,一个人想在智力和力量上与之抗衡,(作为诗人)用与它相抗衡的声音说话。关于生活的事情之一就是如果一个人的心灵足够强大,就能够成为世界上的一切生命的主人。在某种程度上,这是个日常现象。任何真正伟大的诗人、音乐家等都这么做。至于这首诗的形式,开始的"that I may"等于"I wish that I might"。②

此时,"怪物"(monster)与"大师"(master)的对举藏而不露,直到它们在《最高虚构笔记》第三部分第九章结尾构成脚韵才显露出全部威力:"人之英雄也许不是罕见的怪物,/而是掌握重复的最上乘师傅。"③《最高虚构笔记》的说话者显然是以"主人"或"大师"自居,向一位"学徒"或"年轻人"(ephebe)面授机宜,而驯服自然中的猛兽也是传授内容之一,只是表达得更加绘声绘色,神采飞扬。1945年11月20日史蒂文斯在写给亨利·丘奇的信中说:"当今生活中极度缺乏的是发展良好的个人,生活的主人(the master of life),或者仅凭他的出现就让你感到对生活的掌握是可能的人。"④这一章的另一个关键词是"简化"(reduce)。布鲁姆常用这个词表示史蒂文斯的抽象过程,这一过程通常是把某个客体简化为关于这个客体的"最初理念"。而对史蒂文斯自己来说,简化意味着"掌握"(master)、"征

---

① 《旧约·创世记》32:22(联合圣经公会《新标点和合本》)。

② *L*:360.

③ *CPP*:350. 原文:The man-hero is not the exceptional monster,/But he that of repetition is most master.

④ *L*:518.

服"(subjugate)、"获得完全控制"并"自由为我所用"[1]。诗人运用想象力,将自然/现实/世界简化为自我的一部分,而与此同时,自我也成为现实的一部分,从而成为现实的主人:"人是他的土壤的智力。"最终"自我"与现实在诗歌中合而为一。"诗琴"(lute)是吉他的变形,这个词的使用也许只是出于音韵的考虑("lion""lute""locked"构成头韵)。对"自然"的"简化"必然得到"理念",亦即第二十章的主题:

> What is there in life except one's ideas,
> Good air, good friend, what is there in life?
>
> Is it ideas that I believe?
> Good air, my only friend, believe,
>
> Believe would be a brother full
> Of love, believe would be a friend,
>
> Friendlier than my only friend,
> Good air. Poor pale, poor pale guitar ... [2]

> 除了理念生活里还有什么?
> 好空气,好朋友,生活里有什么?
>
> 我相信的是不是理念?
> 好空气,我唯一的朋友,相信吧,
>
> 相信会成为充满爱的
> 兄弟,相信会成为朋友,
>
> 比我唯一的朋友更友好,
> 好空气。苍白的破的,苍白的破吉他……

这是个轻松的诗章,仿佛与猛兽搏斗之后短暂休息,又如苦思冥想之后隐几而卧。诗人已经打消了对"抽象"的疑虑,放弃了在第三章和第十五章中不惜"破

---

① *L*:790.

② *CPP*:144.

坏""毁灭"的极端做法。"理念"成为生活中不可或缺之物,像空气一样自然,像朋友一样友善。柏拉图在《哲人篇》中称欧几里得学派为"形之友人"①,诗人此时悠然与"理念"同游,俨然有古哲人遗风了。不过,也许因为"理念"使诗歌变得"抽象"而显得有些失色,成了"苍白的破吉他"。第二十一章专注于"自我"。战胜"怪物"之后的自我,有如希腊英雄赫拉克勒斯,上升为神,甚至成为"众神的替代者"。"自我"成为大地的主人,同时又要面对众神消失之后的严酷现实:"没有阴影,没有壮观,/肉体,白骨,尘土,石头。"②随后,由"自我"转向第二十二章"诗的主题",也是《蓝吉他》中最著名的一章:

> Poetry is the subject of the poem,
> From this the poem issues and
>
> To this returns. Between the two,
> Between issue and return, there is
>
> An absence in reality,
> Things as they are. Or so we say.
>
> But are these separate? Is it
> An absence for the poem, which acquires
>
> Its true appearances there, sun's green,
> Cloud's red, earth feeling, sky that thinks?
>
> From these it takes. Perhaps it gives,
> In the universal intercourse. ③

> 诗歌是诗作的主题,
> 诗由此生发并
>
> 向此回归。二者之间,
> 在生发和回归之间,有

---

① 汪子嵩,王太庆. 陈康:论希腊哲学. 北京:商务印书馆,1990:1.

② *CPP*:144.

③ *CPP*:144-145.

现实中的缺席，

如其所是的事物。或我们这样说。

但这些是分离的吗？它是不是

为了诗的缺席，诗在那获得

它的真实表象，太阳的绿，

云的红，感受的大地，思考的天空？

它从这些当中拿取。也许它给予，

在普遍的交流中。

这一章是对诗歌的本质及其创作过程的抽象。诗作（the poem）发源于诗歌（poetry），又向诗歌回归，这似乎是一个流畅的环路。这种诗歌观起源于主张"为艺术而艺术"的唯美主义运动，也可以泛指一切文学只从文学中产生的主张。但是，在这个似乎完美的环路中没有现实的位置。诗必须从现实中获得它的真实表象，如"太阳的绿""云的红"，否则它将无法获得形象，只能是不可见的理论、理念等等。但是诗从现实获取形象的同时，也悄然改变现实："感受的大地""思考的天空"。想象从现实获取形象，得以显现，而染上了想象色彩的现实，依然是真实的现实，这就是普遍的交流。史蒂文斯对这一章的解释非常警策：

> 诗歌（poetry）是灵魂（the spirit），正如诗作（poem）是躯体（the body）。大致来说，诗歌就是想象。但此处诗歌用作"诗意的"，不带最轻微的贬义。我头脑中想的是纯诗（pure poetry）。写诗的目的是得到纯诗。诗人作为拥有他被赋予的威望的人物，其价值完全就在于他给生活添加的东西，无此生活将无法继续，或不值得去过，或毫无滋味，或，无论如何，将会变得和现在不同。诗歌是激情，而非习惯。这激情靠现实滋养。想象除了在现实中没有来源，一旦脱离现实它就不再有任何价值。以下是关于想象的根本原则：没有任何事物是仅仅由于想象而存在的，或不以某种形式存在于现实之中。因此，现实＝想象，而想象＝现实。想象给予，但在关系中给予。①

想象与现实通过诗歌并在诗歌中实现了融合。第二十三章进一步提出了诗

---

① L:363-364.

歌的"几个终极解决方案"："想象的与真实的,思想与真理,诗与真,一切困惑解决
了。"文德勒称这一章为"史蒂文斯对二重奏精彩绝伦的模仿",而文德勒的句法分
析在对这曲二重奏的评论中也得到了绝佳的发挥:她展示了两组分别表现"想象"
与"现实"的同位语的对立,清晰地揭示了史蒂文斯的意图。① 第二十四章聚焦于
"一首诗",或"一页",直至"一个短语",揭示出诗歌的本质是"为沉思的目光写的
弥撒书"。"对那部书最为饥渴的学者"引出了第二十五章中对诗人与世界关系的
描绘:"他把世界举在鼻端。"第二十六章中,世界在想象之海中被冲刷;第二十七
章大海变形为飞雪、寒冰;直至第二十八章诗人成为"这个世界的土著",此时诗人
与世界和解,他仿佛是大地女神盖亚之子安泰:"在这里我吸进更深刻的力量。"第
二十九章承续前一章"Gesu"②,进入一座大教堂:

> In the cathedral, I sat there, and read,
> Alone, a lean Review and said,
>
> "These degustations in the vaults
> Oppose the past and the festival,
>
> What is beyond the cathedral, outside,
> Balances with nuptial song.
>
> So it is to sit and to balance things
> To and to and to the point of still,
>
> To say of one mask it is like,
> To say of another it is like,
>
> To know that the balance does not quite rest,

---

① Vendler, H. H. *On Extended Wings*: *Wallace Stevens' Longer Poems*. Cambridge,
Massachusetts: Harvard University Press, 1969:135.

② Gesu 所指未详,也许与 Jesus 有关。Gesù 是坐落于罗马的耶稣会母教堂(mother church),
始建于 1568 年。史蒂文斯本人对"Gesu"一词的解释为:"Gesu 是一个好得完美的英文词,
它就那么立在那儿。我记得曾经查过它,因为它正好是我想要的那种特别的拼写形式。
那个特别的拼写形式,当然,已经废弃了。"另外,从他对第二十九章的解释,即用圣方济各
会士(a Franciscan)与耶稣会士(a Jesuit)对比,可以推测 Gesu 或许与耶稣会有关。(*L*:
784)

That the mask is strange, however like."

The shapes are wrong and the sounds are false.
The bells are the bellowing of bulls.

Yet Franciscan don was never more
Himself than in this fertile glass. ①

大教堂里,我坐在那儿,独自
读着一本薄薄的评论,说道,

"这些穹顶中的品鉴
对立于往昔和节日。

远离大教堂的,外面的一切,
用婚礼歌声来平衡。

所以那就是去坐着并平衡事物
直到直到直到那静止的一点,

是去谈论它相像的一个面具,
是去谈论它相像的另一个面具,

是去了解平衡没有全然停止,
面具是奇异的,不论有多相像。"

形状是错的而声音是假的。
钟声是公牛的吼叫。

圣方济各会的大人还从来不曾
比在这富丽的镜中更是他自己。

　　这一章可以称为"平衡之乐章",含义隽永,颇堪玩味。大教堂(cathedral)源于中世纪拉丁语"*cathedrālis*",意为"属于或与(主教的)座位有关"(*OED*)。"在大教堂里,我坐在那儿",仿佛拥有主教的权威,或像田纳西的坛子一样统驭各处。"穹顶中的品鉴"呼应第五章"光点之上穹顶的结构",象征基督教信仰。宗教意味

---

① *CPP*:148.

着对现实的逃避；而外面的一切，意味着与现实的结合。对史蒂文斯来说，宗教属于想象的范围，上帝是想象的产物，或者上帝和想象是合而为一的。宗教与世俗，这两者之间的平衡是古老的话题，争论还将一直延续。诗人试图将平衡深入进行到那静止的一点，然而又意识到平衡不会全然停止，就像不同的面具之间的比较。形状或许指面具，声音指婚礼歌声，它们都是虚假的。教堂的钟声只不过是公牛的吼叫；"公牛"（bull）是双关语，既指现实中的公牛，又指教皇诏书（papal bull）。①对最后两行，史蒂文斯解释说他之所以选择圣方济各会士是因为他们与耶稣会士相反，拥有慷慨开明、积极入世（being part of the world）的品格；不过，诗人的主要考虑是找一个恰当的心理意象（the mental image）。②圣方济各会的大人在镜中成为他自己，象征平衡的实现。这一章可以与艾略特同样出版于 1937 年的《四首四重奏》第一部分"烧毁的诺顿"并读，有些诗行可以互相发明：

> 可能发生过的事是抽象的
> 永远是一种可能性，
> 只存在于思索的世界里。
>
> ……
>
> 在旋转的世界的静点。既无众生也无非众生；
> 既无来也无去；在静点上，那里是舞蹈，
> 不停止也不移动。别称它是固定，
> 过去和将来在这里相聚。……
>
> ……
>
> 过去的时间和未来的时间
> 给予人的不过是一点点醒悟。
> 醒悟不在时间之中
> 但只有在时间里，玫瑰园里的时刻，
> 雨中花亭里的时刻，

①　Cook，E. *A Reader's Guide to Wallace Stevens*. Princeton：Princeton University Press，2007：127.

②　*L*：784.

雾霭笼罩的大教堂里的时刻，

才能被记起；才能与过去和未来相联系。

只有通过时间，时间才被征服。①

　　艾略特和史蒂文斯都用"静止的一点"作为终极状态的象征，都把醒悟的时刻置于大教堂里。艾略特的"静点"是时间的汇聚，明确提出了"可能发生的事是抽象的"；而史蒂文斯所谓"静止的一点"则是"想象"与"现实"的动态平衡，"想象"和"现实"以不停变幻的面具出现。至此，《簧风琴》中所缺少的"想象"与"现实"的平衡已经在"静止的一点"找到了实现的可能性。第三十章中诗人试图从"面具"以及"圣方济各会的大人""演化出人"。这个"人"出场的时候就像《喜剧家》中的克里斯平，是一个滑稽演员，诗人，被"研究了几个世纪之后"，变得抽象。② 我们仿佛在观看一个默片时代的电影片段，镜头始终在摇晃，人物做着滑稽的动作，面目不甚清楚，一旦镜头清晰，我们发现他原来是一个奥克西迪亚电灯电力公司的雇员："他的眼睛/歪斜在电线杆的横档上。"奥克西迪亚坐落在贫困的郊区，锈迹斑斑，烟囱林立，火光闪闪，浓烟滚滚。但是，"奥克西迪亚就是奥林匹亚"（Oxidia is Olympia），正如现实是神话/想象的唯一来源；此处铿锵的音韵成了加强论断说服力的重要因素，这是诗歌中的非理性因素之一。第三十一章延续雇主和雇员的斗争。雄鸡的鸣叫把诗歌引向诗人身边的现实：史蒂文斯偶尔会把他的街区里的事物写进诗歌，例如，这些雄鸡就生活在哈特福德郊区，冬天躲藏起来，春天开始刺耳地鸣叫。③ 蓝吉他的弹奏再次出现，只是作为背景音乐："它必须是这狂想曲或什么也不是，/如其所是的事物的狂想曲。"第三十二章即"如其所是的事物的狂想曲"：

　　　　Throw away the lights, the definitions,

　　　　And say of what you see in the dark

　　　　That it is this or that it is that,

　　　　But do not use the rotted names.

---

① 艾略特. 四首四重奏. 张子清，译//艾略特. 艾略特诗选. 赵萝蕤，等译. 济南：山东大学
　　出版社，1999：136-140.

② L：791.

③ L：362.

How should you walk in that space and know
Nothing of the madness of space，

Nothing of its jocular procreations?
Throw the lights away．Nothing must stand

Between you and the shapes you take
When the crust of shape has been destroyed．

You as you are? You are yourself．
The blue guitar surprises you．　①

扔掉灯和定义，
说出你在黑暗中所见，

说它是这个或它是那个，
但是别用腐烂的名字。

你怎么会行走在那个空间
而对空间的疯狂，

对它好笑的产物一无所知？
扔掉灯。没有什么必须站在

你和你采取的形状之间
当形状的外壳已经打破。

你如你所是？你是你自己。
蓝吉他让你惊奇。

　　这一诗章几乎可以被视为《最高虚构笔记》的"抽象"，或者说后者是从这一诗章敷衍铺陈而来。无怪乎布鲁姆惊叹："这是巅峰的史蒂文斯。"②说话者用自负的祈使语气给出简洁的指示：扔掉灯和定义。值得注意的是，史蒂文斯已经开始

---

① *CPP*：150.
② Bloom，H. *Wallace Stevens：The Poems of Our Climate*. Ithaca：Cornell University Press，1977：134.

从"隐喻"转向"越界"。所提的问题也是近乎责备的设问：你怎么会一无所知？抛弃陈词滥调，剥去一切成见，打破一切壁垒，恢复本来面目，返璞归真，示其本相："你是你自己。"此时的史蒂文斯竟有几分禅宗大师的风采：当头棒喝，一语道破。"蓝吉他让你惊奇"，既是一语惊醒梦中人的幡然醒悟，也是"道理原来这么简单"的惊讶与释然。史蒂文斯对"你是你自己"有一番解释，不可不录：

> ……如果你理解了成为如此这般的某人自己，不是作为原原本本的那个人，而是作为黑暗与空间的可笑产物。这首诗的关键在于，不是说这真能做到，但是一旦做到了，它就是诗歌的钥匙，关闭的花园的钥匙——如果我可以对此狂想一番——青春、生命和重生之泉的花园。这首诗极为倚重暗示。[①]

或者说这首诗极为倚重读者的领悟。"关闭的花园"是诗歌的象征，花园里有青春、生命和重生之泉，是《圣经·旧约·雅歌》所歌唱的"我妹子，我新妇，/乃是关锁的园，/禁闭的井，封闭的泉源"[②]。诗人曾在《基维斯特的秩序观念》中窥见过它"昏暗地点缀着星光的芬芳之门"[③]，也曾在《作为价值的想象》里眺望过"文学之门，也就是说，想象之门，作为平凡之爱与平凡之美的场景，它自身就是伟大想象力的成果。它是一个人看到的远景，坐在他家乡的公共花园里，靠近某个在平凡的世界里被颂扬的人物的石刻肖像，此时，他考虑到任何艺术家或任何人的主要问题都是平凡事物的问题，为解决它们，他需要想象必须给出的一切"[④]。第三十三章收束所有线索，曲终奏雅：

> That generation's dream, aviled
>
> In the mud, in Monday's dirty light,
>
> That's it, the only dream they knew,
>
> Time in its final block, not time
>
> To come, a wrangling of two dreams.
>
> Here is the bread of time to come,

---

① *L*:364.

② 《圣经·旧约·雅歌》4:12。

③ *CPP*:106.

④ *CPP*:739.

Here is its actual stone. The bread
Will be our bread, the stone will be

Our bed and we shall sleep by night.
We shall forget by day, except

The moments when we choose to play
The imagined pine, the imagined jay. ①

那一代人的梦,贬斥
在泥里,在星期一的肮脏光线里,

那就是它,他们所知的唯一的梦,
时代在它最终的障碍里,不是

将要到来的时代,两个梦的争吵。
这是将要到来的时代的面包,

这是它真实的石头。面包
将是我们的面包,石头将是

我们的床而我们将在夜里安睡。
我们将在白天遗忘,除了

那些时刻,当我们选择弹奏
想象的松树,想象的松鸦。

　　至此,第一章里分别为想象、现实代言的几个不同的声音融合为一个声音,说话人变成了"我们"。诗人个人的困境成为一代人的困境,诗人的诗篇成为同时代人的救赎。这一章共有四个句子,时态从第一句的过去时,过渡到第二句的现在时,再到第三句和第四句的将来时,表明诗的跨度横越过去、现在、未来。史蒂文斯在《作为想象的价值》里曾说:"一代人之前我们会说想象是人与自然之冲突的一个侧面。今天我们更可能会说它是人与有组织的社会之冲突的一个侧面。它是我们的安全的一部分。它让我们过我们的生活。我们拥有它,因为没有它我们

---

① *CPP*:150-151.

就有所不足。"①"那一代人的梦"可能指"一代人之前"的"梦",即"表现人与自然之冲突"的"想象",亦即神话、宗教、浪漫主义诗歌。此外,"那一代人的梦"又可能是任何一代人的梦,也就是人对想象与现实的变幻不定的臆测,如梦幻泡影,如露亦如电。它被贬斥在泥泞中,被星期一的光线照亮,这意味着想象的终结以及现实的贫乏;星期一(Monday)是"月亮之日",紧接着"太阳之日"(Sunday),同时又是传统上工作日的开始。"时代"即囿于该时代之内的人,人们总是困于"时代的最终障碍"之内,看不到"即将到来的时代",看不到"时间在岩石上生长"。"两个梦的争吵"即第二十九章"面具"之间的平衡。"即将到来的时代的面包"即《哈瓦那的学术谈话》中的"明天的面包",象征信仰与想象,而"真实的石头"无疑就是现实。在抛弃虚幻的梦之后,诗人教我们分辨出想象/信仰(面包)与现实(石头)。我们将坦然依靠、信赖信仰与想象,而安然接受现实:靠面包滋养,以石为床。如果真能如此,我们就会回到黄金时代,复归为无怀、葛天之民,无忧无虑,陶然忘机;但是,"不完美就是我们的天堂",我们毕竟不能学圣人忘情,万事不关心,总有些时刻,我们需要诗歌/音乐/艺术来抚平心事或者发不平之鸣。库克指出,"松树"(pine)是双关语。② "pine"一方面源于古英语 pîn,来自拉丁语"pœna",意为"惩罚"(punishment),引申为痛苦、折磨等;另一方面源于古英语"pín",来自拉丁语"pīnus",意为松树(*OED*)。"想象的松树"最接近于《秋天的极光》第一章里的"在大海之上、沿岸和海边的松树"③,既是现实中的松树,又象征绵延的痛苦思绪。"松鸦"与鹰、隼、绿色的巨嘴鸟、悬钩子唐纳雀等一样,是美洲大陆的飞禽,而不像夜莺属于旧大陆。"想象的松树"和"想象的松鸦"象征痛苦与欲望,同时也是艺术的象征。在这最后的乐章中,"蓝吉他"隐去了,只有象征"想象"的一抹蓝色闪现在松鸦羽毛的光泽上。④ 也许诗人已经得鱼忘筌,用什么乐器"弹奏"已经不重要,也许这预示着诗人在酝酿更激越高亢的乐曲,吉他已经不敷使用了。

---

① *CPP*:735.

② Cook,E. *A Reader's Guide to Wallace Stevens*. Princeton:Princeton University Press,2007:129.

③ *CP*:411. 原文:And the pines above and along and beside the sea.

④ 在史蒂文斯居住的地区,松鸦是蓝色的。见:Cook,E. *A Reader's Guide to Wallace Stevens*. Princeton:Princeton University Press,2007:129.

　　史蒂文斯曾说："一切诗歌都是实验诗歌。"[①]无疑，《蓝吉他》是对他极为重要的一次实验，也是一次非同寻常的创作经历："显然，只有那些我费了许多功夫的才得以最后成功。这和我通常的经历恰好相反，我总是让一首诗充满我全身，然后以最轻率随意的方式把它表达出来。"[②]文德勒认为这是《蓝吉他》的缺憾：诗人显得有些束手束脚，史蒂文斯的老读者在这首诗里找不到《最高虚构笔记》的从容(leisure)与舒展(elbow room)；如果说简洁是其优点，单薄就是其瑕疵，而流于琐碎(fragmentation)就是它要冒的风险。[③]布鲁姆则要求读者对《蓝吉他》加以宽容，因为它在史蒂文斯经典当中的独特重要性在于它是通向诗人全盛时期的门槛；《蓝吉他》标志着真正的史蒂文斯模式的到来，即采取一个主题的变奏形式的长诗或组诗。[④]《蓝吉他》对史蒂文斯最重要的意义在于让他第一次明确认识到了抽象的作用：他通过抽象发现了平衡现实与想象的可能性并对具体技法进行了颇具规模的实验。

　　想象始终是史蒂文斯诗歌与诗学的出发点："人即想象，或想象即人。"[⑤]对他来说，诗的源头始终是想象/感性，也就是他在《诗歌中的非理性因素》中所描述的诗歌的前文本(pretexts)，例如诗人雪夜里醒来，听到猫在窗下雪地行走时几乎听不见的脚步声时所得到的印象，即一种微弱(faintness)与奇异(strangeness)之感，一种难以言传的东西，它之所以发而为诗，是因为诗人天赋如此。[⑥]尽管"纯粹的想象"是"无瑕的愚蠢梦幻"(第十三章)，它却是诗人创造力的源泉。史蒂文斯又清楚地看到想象本身是没有内容的，它不创造任何东西，它必须依靠现实才能获得生命，甚至它的表象也必须取自现实："现实是精神真正的中心。"[⑦]因此，他在《蓝吉他》里的主要实验是驯服"现实"之雄狮、怪物，让它化为诗歌的力量。史蒂文斯分别试用变形(第二章)、解剖(第三章)、概括(第四章)、定位(第六章)、

---

①　*CPP*：918.

②　*L*：316.

③　Vendler，H. H. *On Extended Wings*：*Wallace Stevens' Longer Poems*. Cambridge，Massachusetts：Harvard University Press，1969：141.

④　Bloom，H. *Wallace Stevens*：*The Poems of Our Climate*. Ithaca：Cornell University Press，1977：104.

⑤　*OP*：201.

⑥　*OP*：224.

⑦　*OP*：201. 原文：Reality is the spirit's true centre.

对比(第十四章)、毁灭(第十五章)、冥想(第十八章)、简化(第十九章、第三十二章)等方法对现实进行抽象。这些抽象方法可以归纳为三类:一是破坏,把事物的外壳打破;二是观察,多角度、长时间地对客体进行审视,包括在思维中观想;三是还原,把事物恢复到其最初状态。抽象的结果为"理念",而"纯粹的理念"像空气一样无形无相,是苍白的(第二十章),甚至"现实即真空"。① 此外,抽象同时作用于想象,其结果为象征。例如,第十二章"管弦乐队"象征"社会",第十三章"燃烧的'形容词'"象征"纯粹想象",第三十章"旧木偶"象征"人",等等。至此,想象与现实的融合就成了主要问题。当"想象"与"现实"到达"静止的一点",即臻于理想的平衡状态,"想象"即"象征",现实即"理念","象征"与"理念"合而为一,亦即想象与现实合而为一,可称之为最终的"抽象"(abstraction)。这种理想的平衡状态并非易事,需要兼具活跃的想象力和敏锐的感知力,还需要经过长期艰苦的训练,用史蒂文斯自己的话说就是:"也许存在一种程度的感知,真实之物与想象之物在此合而为一:一种神通观察(clairvoyant observation)的状态,对诗人或说最敏锐的诗人来说可以进入。"②

当然,以上只是对史蒂文斯诗歌中的抽象实验进行归纳的一次尝试。批评家总是尝试捕捉诗歌中的狮子,但诗人从不会为自己画地为牢,正如史蒂文斯在《格言集》所说:"诗歌必须几乎成功地抗拒智力。"③史蒂文斯最令人敬佩的品格是坚韧,这是他理性和现实的一面,而他最令人惊讶的特点是他总能在看似难以为继之处别开生面,把看似已经道破说尽的话题层层推进,这是他富于想象力的一面。《蓝吉他》是这两种特质结合的成果。史蒂文斯完成这次实验时已经五十八岁,这时他才有了成为"生活的主人"或"诗歌的主人"的自信。

---

① *CPP*:907. 原文:Reality is a vacuum.

② *OP*:192.

③ *CPP*:910. 原文:Poetry must resist the intelligence almost successfully.

第五章　《最高虚构笔记》与
抽象诗学的形成

A Promise of Sharing a
Glazed Space Kept Unproven

November 2018, at Dekalb, Illinois, the U. S.

A promise of sharing a glazed space kept unproven

Begets a huge book of theories and exegeses as compensation.

I struggle with words as annotations piecemeal and loosen.

Lucky you pour out inner motion with brush, brass or percussion.

If I knew what to sing for I would open my mouth.

For a long time I've been muted to resist the songs

Of hidden agenda which seems a thief in my house.

I am lonely when I am drifting with the throng.

"Do you want to exchange your words for a painting or melody?"

When I travel alone the words are all of my luggage.

Without the words my mind is like a land without greenery.

Wading between the lines is my doomed and dedicated pilgrimage.

Along the lines I walk into a tangible map of reality,

Each word a road sign pointing at a city of visibility.

共享琉璃世界，这不加担保的承诺

2018 年 11 月于美国伊利诺伊州迪卡布

共享琉璃世界，这不加担保的承诺

衍生出一部理论与阐释的大书，作为补偿。

我与词语搏斗，零碎、散漫的注解。

幸运儿用画笔、铜管、铙钹倾注冲动。

如果我知道为何歌唱我可能会开口。

长久以来我沉默以对那些歌曲

隐秘的意图，像是屋里的窃贼。

当我随波逐流的时候我何其孤独。

"你是否愿意用一幅画或者旋律交换词语？"

当我独自旅行，词语是我唯一的行李。

没有词语我的心灵像是毫无绿意的土地。

在字里行间跋涉是我注定倾情的旅程。

沿着字行我走进现实的可感知的地图，

每一个词都是指向可见之城的路标。

　　《最高虚构笔记》(简称《笔记》)于 1942 年出版,标志着史蒂文斯抽象诗学的
建立。史蒂文斯的诗歌创作进入全盛时期,是《簧风琴》之后又一次诗歌能量的迸
发,仿佛面壁十年,一朝破壁,又如秋水时至,百川灌河,东流而下,在入海口形成
一片浪花奔腾的壮丽风景。经过《蓝吉他》的实验,史蒂文斯于 1942 年 9 月出版
了《世界的组成》(*Parts of a World*),随后于是年 10 月出版了《笔记》的单行本。
此时,诗人在思想上和技术上都臻于成熟,具备了大师的从容与自信。《笔记》既
有形而上的玄思,在思维中观察现实的结构,世界运转的规律以及人之命运,人之
欲望,人之困苦,人之创造,人之幸福,又有灵光一现的瞬间感悟,领悟并吸收日月
星辰、天空大地、平湖大海、晨昏午夜、天气物候、草木虫鱼、飞鸟猛兽等自然万象
蕴含的生命与力量。《笔记》在形式上也达到了史蒂文斯的最佳状态,从心所欲,
纯以神行,如行云流水,自然舒展,又笔致精绝,准确周密。《笔记》是史蒂文斯诗
学理论与诗歌创作结合的理想范例,是对诗歌表现力之极致的一次英勇探险,力
图证明:诗既是想象,又是现实,而理想的诗,是想象的极致,亦即想象的终极抽
象,亦即象征,又是现实的极致,亦即现实的终极抽象,亦即最初理念。现实是变
化的,最初理念必须随之变化,想象也随之变化,诗的象征也必须随之变化。想象
与现实在抽象中实现统一的瞬间,即象征与最初理念的融合,是智力与情感的终
极满足、终极快乐,亦即所谓最高虚构,它取代"现实-想象复合体"成为史蒂文斯
诗学理论的核心概念,标志着史蒂文斯诗学的完成。这就是《笔记》提出的"最高
虚构"的三个属性:它必须是抽象的,它必须变化,它必须产生快乐。值得注意的
是,这三个属性是同时发生、彼此联系、浑然一体、不可分割的,正如史蒂文斯所

说,"诗歌即诗歌属性的总和"①。"抽象"对"最高虚构"至为关键,它是一种活跃的创造行为,既作用于现实,又作用于想象,前者较为明显,而后者往往被研究者忽视或误解。另外,值得注意的是,《笔记》并不是对"最高虚构"的最终解释或定义,而只是陈述它的几个特点。② 对于史蒂文斯来说,"最高虚构"是想象的产物,始终处于诗歌所能达到的范围之外,而诗歌则始终朝向"最高虚构",如向日葵朝向太阳,河流流向大海。

第一节 最初理念

《笔记》的形式与《蓝吉他》相似,即对一个主题进行连续变奏,由若干短篇组成长诗。史蒂文斯曾说这首诗的诗章之间的连接方式和哲学著作章节段落之间的连接方式不同,他起初曾设想按照一个总体规划来写,并为第一诗章拟了标题:"改写"("Refacimento"),被他的朋友哲学家让·沃尔(Jean Whal)否定了;史蒂文斯自己也感到,如果严格按照预定模式展开,他就会失去他真正想表达的东西,就会写出没有任何意义的东西,甚至不能称其为诗。③ 尽管如此,《笔记》依然有可以辨认出来的结构。史蒂文斯将《笔记》的总体思路解释为:"我对最高虚构将采取什么形式毫无概念。《笔记》以它将不会采取任何形式这一理念开篇:它将会是抽象的。当然,长期看来,诗歌将会是最高虚构;诗歌的本质是变化而变化的本质是它产生快乐。"④布莱克默发表于 1943 年的评论《华莱士·史蒂文斯:血气充盈的抽象》认为,史蒂文斯在笔记中展现了两个概念通过发展为第三种东西而结合,三分结构形成三位一体(trinity),而三位一体对某种诗歌想象来说是唯一可接受的整体。⑤ 约瑟夫·N. 里德尔则认为,《笔记》的三分结构是一种模拟逻辑论证(mock dialectic),赋予史蒂文斯的理念以权威性,但仍然允许他对这些理念

① *CPP*:906.

② *L*:435.

③ *L*:431.

④ *L*:430.

⑤ Blackmur, R. P. *Language as Gesture: Essays in Poetry*. London: George Allen and Unwin, 1954:250.

自由发挥。① 库克认为,这组诗有完整的球形结构,有清晰的开始和终结之感:第一诗章隐然指向基督教《圣经·旧约·创世记》的开篇,而最后的诗章则指向《新约·启示录》的终结。② 此外,《笔记》序言中的"和平"与后记中的"战争"也首尾呼应。同时,我们也应看到,《笔记》的开篇和结尾都是开放的,它的结构可以被认为是无始无终的:以连词"and"开篇,以史蒂文斯惯用的句式"如果他必须"引出"生与死"两种可能的不同结局。这首诗的标题、献词、序言和第一诗章构成一个完整的开篇,也可以被视为全篇的缩影:

Notes toward a Supreme Fiction

To Henry Church

And for what, except for you, do I feel love?
Do I press the extremest book of the wisest man
Close to me, hidden in me day and night?
In the uncertain light of single, certain truth,
Equal in living changingness to the light
In which I meet you, in which we sit at rest,
For a moment in the central of our being,
The vivid transparence that you bring is peace.

It Must Be Abstract

I

Begin, ephebe, by perceiving the idea
Of this invention, this invented world,
The inconceivable idea of the sun.

You must become an ignorant man again

---

① Riddel, J. N. Wallace Stevens' "Notes toward a Supreme Fiction". *Wisconsin Studies in Contemporary Literature*, 1961, 2(2):23.

② Cook, E. *A Reader's Guide to Wallace Stevens*. Princeton: Princeton University Press, 2007:20.

And see the sun again with an ignorant eye
And see it clearly in the idea of it.

Never suppose an inventing mind as source
Of this idea nor for that mind compose
A voluminous master folded in his fire.

How clean the sun when seen in its idea,
Washed in the remotest cleanliness of a heaven
That has expelled us and our images ...

The death of one god is the death of all.
Let purple Phoebus lie in umber harvest,
Let Phoebus slumber and die in autumn umber,

Phoebus is dead, ephebe. But Phoebus was
A name for something that never could be named.
There was a project for the sun and is.

There is a project for the sun. The sun
Must bear no name, gold flourisher, but be
In the difficulty of what it is to be. ①

最高虚构笔记

赠亨利·丘奇

而为了什么，除了你，我感觉到爱？
我是否把最富智慧之人的最终的书
紧贴着我，日夜藏在我体内？
在唯一、确定的真理不确定的光里，
其活跃的变化等同于那束光，
在其中我遇到你，在其中我们坐下休息

---

① *CPP*:329-330.

片刻,在我们之存在的中心,
你带来的鲜明的澄明就是和平。

它必须抽象

一

开始吧,年轻人,通过感知关于
这发明的理念,这创造而成的世界,
关于太阳的不可思议的理念。

你必须再次变成无知的人
并再次用无知的眼睛看太阳
并在它的理念中清楚地看它。

永远不要假想一个创造的心灵
做这理念的源头,也不要为那心灵
制造笼罩在他的火里的渊博的大师。

太阳多干净,在它的理念中看的时候,
在驱逐了我们和我们的意象的天堂
最遥远的洁净中清洗的时候……

一个神的死亡就是众神的死亡。
让紫色福玻斯躺在棕土色的收获里。
让福玻斯在秋之棕土色里沉睡并死去,

福玻斯死了,年轻人。但是福玻斯曾是
某个从来不能命名之物的名字。
曾经有对太阳的计划,现在也有。

有一个对太阳的计划。太阳
必须无名,黄金繁荣者,但存在
于它将要成为之物的艰深中。

史蒂文斯在《喜剧家》里已经采用过"笔记"形式:"记录:人是他的土壤的智力,/至尊的幽灵";"现在,当这古怪的/发现者走过了海港的条条街道,/查看市政厅,大教堂的正面,做着笔记……记录:他的土壤是人的智力。"在《最高虚构笔记》的标题中,"笔记"(notes)是复数,表明笔记有数个条目,甚至数个版本,也许非一时一地一人所记;"笔记"是由"导师"或"大师"传授,由听课者记录的文本,这就使诗人同时拥有两个视角、双重身份,既是大师,又是听课者,对读者而言,则比较容易采取听课者的视角(不排除其他可能的视角),从而暗示了诗人与读者的关系。"笔记"标明"toward"而非"of",表示《笔记》只是"接近"或"朝向"而非"属于"或"关于""最高虚构"。1922 年 7 月发表的《高调的老女基督徒》("A High-toned Old Christian Woman")中写道:"诗是最高虚构。"(Poetry is the supreme fiction.)①那时史蒂文斯以先锋诗人/艺术家的姿态嘲讽"道德律"和"闹鬼的天堂",要用"对立的法则"在道德的教堂周围建起柱廊。而在《笔记》中,"最高虚构"前由定冠词(the supreme fiction)变为不定冠词(a supreme fiction),表明此处"最高虚构"的含义变得更广,它不是绝对的、唯一的、不变的,它可能指诗歌,也可能指哲学或曾经的神话、宗教成其他艺术形式,更可能是某种更为广大、高远、超越人或现实的东西,但是对于诗人来说,它的最佳表现形式依然是诗。1942 年 12 月 8 日,史蒂文斯写信给亨利·丘奇,解释了他关于"最高虚构"的想法:

> 有天晚上,大约一个星期前,有个三一学院(Trinity College)的学生来到我的办公室并和我一起步行回家。我们谈论了这本书。我说我认为我们已经到达这样一个时刻,即我们不再能真正相信任何东西,除非我们认识到它是虚构。这学生说那不可能,不存在这样的事情,即相信人们明知道不是真的某个东西。然而,很显然我们一向这么做。有这样一些事情,对于它们我们自愿终止怀疑。如果在我们心中有信仰意志的本能,或者如果有信仰意志,不论它是不是本能,对我来说似乎我们都能对虚构终止怀疑,就像对其他任何事情终止怀疑一样。存在那些是现实的延伸的虚构。有许多人相信天堂,就像你的新英格兰祖先或我的荷兰祖先相信它一样确信不疑。但天堂是现实的延伸。②

"最高虚构"既是现实的延伸,又是非现实(unreal);它诉诸人们的信仰意志,

---

① *CP*:59.

② *L*:430.

并满足人们的信仰意志。1954年《美国视角》(*Perspectives USA*)杂志编辑埃莉诺·彼得斯(Eleanor Peters)女士向史蒂文斯约稿,请他撰写一份传记并陈述自己作品中的主要理念,与《秋天的极光》(非首发)一并发表在该刊当年夏季号上。史蒂文斯于1954年2月15日给彼得斯女士回信,称:"笔者的作品表明最高虚构的可能性,它被认作虚构,人们在其中为他们自己提出一种满足。在任何此类虚构的创造中,诗歌拥有至关重要的意义。有许多诗作与现实和想象的互动有关,相对于中心主题来说这些应被视为边缘。"①"最高虚构"在史蒂文斯诗学中的中心地位最终确定,"想象与现实"退至边缘。《笔记》的序言部分用连词"and"开始全篇,表明这篇笔记或许还有上文。"我们之存在的中心"是史蒂文斯的"最高虚构"之一,是存在的终极状态,然而这种圆满的幸福只能保持片刻,它必须变化。

"年轻人"(ephebe)是指十八岁至二十岁刚成为公民的古希腊男青年,其主要职责是在军营服役(OED)。这个年纪的史蒂文斯正在哈佛求学,也许他用这个词暗示对求学时代及授业恩师的追忆。诗人于1935年发表了一篇评论《玛莎·钱皮恩》("Martha Champion"),不留情面地批评了这位青年女诗人,指出她纠结于用小写字母代替大写字母等形式的细枝末节,而不关心所写的内容,他说:"青年艺术家总是为赋新词强说愁。很可能这仅仅是他们因缺乏定义而感到沮丧的症状。他们没有明确的概念,既对他们自己,也对那些折磨他们的抽象(abstraction)。"②此时,史蒂文斯已经开始以成名诗人身份对后辈耳提面命了,他对诗写什么比对诗怎么写要更重视,也由此可见一斑。

史蒂文斯曾说:"诗在很大程度上是感知艺术"③;而"一个人有感受力范围,超过这个范围对他而言没有什么东西真的存在。而这因人而异"④。诗人具有更大感受力范围,他的功用之一就是帮助人们扩大感受能力,用史蒂文斯的话来说,诗人是"有一支蜡烛的学者",他的烛光为人们照亮黑暗的世界。这一章的核心是"太阳的理念"。"大师"以"太阳的理念"为例,教导年轻艺术家迈出实现"最高虚构"的第一步,就是要学会如何"感知"。他所说的一切都指向这一人类的本能行为,亦即"抽象"的最基本方式。"理念"(idea),源于古希腊语"ιδ εα",意为"看,相

---

① *L*:820.

② *CPP*:772.

③ *CPP*:858.

④ *CPP*:902.

像,形式"等等,其词根"ἰδ-"来自动词"ἰδεῖν",意为"看"(to see)。"感知"
(perceive)源于拉丁语"percipĕre",意为"占有,抓住,获得"等等;"发明"(invent)
源于拉丁语"invenīre",意为"遇到,发现,找出"等等;"不可思议"(inconceivable)
源于拉丁语"concipĕre",包含前缀"con-",意为"一起",加上词根"capĕre",意为
"拿,取"。由此可见,这一组词语的词源都与"感知"行为密切相关。在史蒂文斯
的象征体系中,太阳和月亮是最重要的两个象征,他一般用太阳象征"世界/现
实",正如他所说:"世界简化为一件事物。"①太阳是人类视觉所见的最显著意象,
也是人类最早使用的象征之一。如果莫斯的记载无误,史蒂文斯用功读过理雅各
翻译的中国古代典籍,那么他也许会熟悉这些《易经·系辞》中的表述:

> 悬象莫大乎日月。
>
> 日月之道,贞明者也。
>
> 日月相推,而明生焉。
>
> 阴阳之义配日月。②

Of things suspended (in the sky) with their figures displayed clear and
bright, there are none greater than the sun and moon.

The sun and moon continually emit their light.

The sun and moon thus take the place each of the other, and their
shining is the result.

In its mention of the bright or active, and the dark or inactive
operation, it corresponds to the sun and moon. ③

此外,"太阳的理念"与柏拉图学说的渊源更为明显。在柏拉图学说中,太阳
是"善"的理念的象征,"善的儿子,那个看上去很像善的东西"。他在《理想国》第
六卷通过苏格拉底与格劳孔的一段对话以"日喻的象征"来说明人如何认识看不

---

① OP:196. 原文:The World Reduced to One Thing.

② 朱熹. 周易本义. 廖名春,点校. 北京:中华书局,2009:240,245,249,230.

③ Legge, J. (trans.). *The I Ching*. New York: Dover Publications, Inc., 1963:373,380,
389,359.

见的"善的理念":

　　苏:那么,我们是用我们的什么来看可以看见的东西的呢?

　　格:用视觉。

　　苏:……人的灵魂就好像眼睛一样。当他注视被真理与实在所照耀的对象时,它便能知道它们了解它们,显然是有了理智。但是,当它转而去看那暗淡的生灭世界时,它便只有意见了,模糊起来了,只有变动不定的意见了,又显得好像是没有理智了。……

　　格:如果善是知识和真理的源泉,又在美方面超过这二者,那么你所说的是一种多么美不可言的东西啊! 你当然不可能是想说它是快乐吧![①]

　　在可见的世界里,太阳是"眼睛"能看清可见事物的原因;在不可见的世界,即抽象的、思维的世界里,善的理念是"灵魂"能够认识知识和真理的原因。爱默生曾论及诗人的"眼睛":"就如阿尔戈英雄林凯乌斯(Lyncaeus)(的眼睛)据说可以看透地层一样,诗人也将整个世界翻卷到镜子之前,向我们展示一切事物的正确顺序和行列。因为通过一种超越常人的感觉,他也比常人离万物的距离更近一步。他看到了事物的流动和变形,并且察觉到思想是多重的;在每一种生物的形式里,都孕育着一种驱使他提升到一种更高形式的力量;他用自己的眼睛追踪着生活,并使用表达那种生活的形式,这样,他的言论就与自然之流一起流动了。"[②]惠特曼《最近紫丁香在前院开放的时候》也曾写道:"这时被蒙蔽而失去了视觉的眼睛又重新睁开,/面对着一幅幅图景构成的长条画卷。"[③]史蒂文斯《笔记》的开篇具有柏拉图上述引文的全部要素:太阳、理念、眼睛、光线,甚至"大师"(苏格拉底)和"听讲者"(格劳孔)。不同的是,柏拉图侧重于理念的世界和思维,而史蒂文斯侧重于可见的世界和感知,因此《笔记》出现了一个柏拉图没有提及的因素,即要求太阳理念的观看者"必须再次成为一个无知的人",这或许源于苏格拉底的名言"我知道自己的无知"。"无知"是史蒂文斯诗学中的重要概念,他在《格言集》中反复提起,例如,"诗只对无知的人显露自己"(The poem reveals itself only to the ignorant man),"无知是诗歌的来源之一"(Ignorance is one of the sources of

233

---

①　柏拉图. 理想国. 郭斌和, 张竹明, 译. 北京:商务印书馆, 1986:264-267.

②　爱默生. 爱默生演讲录. 孙宜学, 译. 北京:中国人民大学出版社, 2004:27.

③　惠特曼. 草叶集. 赵萝蕤, 译. 上海:上海译文出版社, 1991:582.

poetry)，"人的无知是人的主要长处"(One's ignorance is one's chief asset)。① 对中国读者来说，这种"返本复初"的思想并不陌生，例如，收入《东方圣书》中国部分第五卷和第六卷的老子《道德经》反复申说："绝智弃辩，民利百倍；绝伪弃诈，民复孝慈；绝巧弃利，盗贼无有。此三者以为文，不足。故令有所属：见素抱朴，少私寡欲"；"知其雄，守其雌，为先下谿。为天下谿，常德不离，复归于婴儿。知其白，守其黑，为天下式，常德不忒，复归于无极。知其荣，守其辱，为天下谷。为天下谷，常德乃足，复归于朴"；"道常无为而无不为。侯王若能守之，万物将自化。化而欲作，吾将镇之以无名之朴。无名之朴，夫亦将不欲。不欲以静，天下将自正"。② 史蒂文斯写于1950年的《思想之发现》("A Discovery of Thought")也表达了"复归于婴儿"的观念：

> At the antipodes of poetry, dark winter,
> When the trees glitter with that which despoils them,
> Daylight evaporates, like a sound one hears in sickness.
>
> One is a child again. The gold beards of waterfalls
> Are dissolved as in an infancy of blue snow.
> It is an arbor against the wind, a pit in the mist,
>
> A trinkling in the parentage of the north,
> The cricket of summer forming itself out of ice. ③

> 在诗歌的对跖地，黑暗的冬天，
> 当树木因它们的洗劫者而闪光，
> 日光消散，像人在病中听到的声音。
>
> 人又成了孩子。瀑布的金胡须
> 消融了，就像在蓝色的雪的婴儿期。
> 这是迎风的棚架，薄雾中的水洼，
>
> 在北方之门第中的滴淌，

---

① OP:187,198,202.
② 陈鼓应,注译. 老子今注今译. 北京:商务印书馆,2003:147,183,212.
③ OP:122.

夏日的蟪蛄,从寒冰中自我成形。

老年诗人看到萧瑟的冬天景象:日光变得朦胧微弱,仿佛变成了"病中听到的声音"。此时,诗人"又成了孩子",看到了新英格兰的第一缕阳光和第一个词语的抵达,"宣布它和我们的新生命"①。更有趣的是,史蒂文斯还通过自己外孙的眼睛观察太阳,来说明人如何重新变得无知。《问题就是评论》("Questions Are Remarks")发表于 1949 年,这一年他的外孙彼得·里德·汉查克(Peter Reed Hanchak)两岁②,这个两岁的"通灵者"是史蒂文斯诗歌中罕见的真实人物:

> In the weed of summer comes this green sprout why.
> The sun aches and ails and then returns halloo
> Upon the horizon amid adult enfantillages.
>
> Its fire fails to pierce the vision that beholds it,
> Fails to destroy the antique acceptances,
> Except that the grandson sees it as it is,
>
> Peter the voyant, who says "Mother, what is that"—
> The object that rises with so much rhetoric,
> But not for him. His question is complete. ③

这棵新芽"为什么"在夏季野草间萌发。
太阳又疼又不舒服于是回答一声"嗬",
在地平线上,在成年的稚气之间。

它的火没能刺穿注视它的视觉,
没能毁灭古老的接受,
除了小外孙看它如其所是,

通灵者彼得,他说"妈妈,那是什么"——
那带着这么多修辞升起的物体,

---

① *OP*:123.

② Cook, E. *A Reader's Guide to Wallace Stevens*. Princeton: Princeton University Press, 2007:258.

③ *CPP*:394-395.

不过不是为他。他的问题是完整的。

人们对太阳提出的问题随夏季野草萌生，他们囿于陈见和幻觉，总是问"为什么"。太阳倦于这成年的稚气，不耐烦地用一声"嗨"敷衍了事。只有孩子，"通灵者彼得"，才能明白地看到太阳的本来面目。何塞·罗德里格斯·费奥于 1948 年 12 月 3 日写给史蒂文斯的信中称诗人为"通灵者"①；我们还会想起史蒂文斯在《诗歌中的非理性因素》一文中引用了另一位著名"通灵者"兰波的箴言："有必要成为通灵者，把自己变成通灵者。诗人通过感官的长期、大规模和有意为之的离经叛道来把自己变成通灵者……他获得未知。"②彼得看不到太阳带着的许多修辞，他看到的是本来面目的太阳，他问道："妈妈，那是什么？"问题本身就说明了一切：只有在这个两岁的孩子眼中，太阳才是完整、清晰的，只有孩子才能在太阳的理念中看它。老年人虽然看上去如同婴儿，却喜欢怀旧，只会问："妈妈，我的妈妈，你是谁？"

复归于"无知"之后，诗人开始着手清除宗教和神话加在"太阳"之上的修辞和幻觉。这个抛弃成见的过程在《蓝吉他》第三十二章已有所预示："扔掉灯和定义，/谈论你在黑暗中看到的，/说它是这个或那个，/但是别用腐烂的名字。"惠特曼《我自己的歌》是史蒂文斯的先声："凡是已知的我就把它剥下丢掉，/我带着所有的男人和女人们和我一起步入'未知'的世界。"③《笔记》是对惠特曼诗句的进一步提炼和深化，它以太阳为例，指出太阳的理念不是发源于一个创造的心灵，也没有一位"大师"拥有这种创造理念的神力，由此宣告"一个神的死亡就是众神的死亡"，包括希腊神话的太阳神福玻斯，也包括基督教的上帝。史蒂文斯曾于 1951 年 4 月在曼荷莲女子学院（Mount Holyoke College）发表的演讲"两三个想法"（"Two or Three Idea"）中描述了"众神的死亡"：

目睹众神在空中被驱散并像云一样消融，这是伟大的人类经验之一。他们不是仿佛从地平线之上离去消失一会儿，也不是仿佛被别的威力更大、知识更深刻的神战胜。他们只是化为乌有。因为我们一直与他们分享一切，一直拥有他们的一部分力量，当然还有他们的所有知识，我们也同样分享这毁

---

① *SM*：145.

② *OP*：231.

③ 惠特曼. 我自己的歌. 赵萝蕤，译. 上海：上海译文出版社，1987：111.

灭的经验。这是他们的毁灭,不是我们的,但依然让我们感到在很大程度上我们也被毁灭了。这让我们感到无依无靠,孤苦伶仃,就像没有父母的孩子,在一个看起来被抛弃了的家里,友善的房屋和厅堂笼罩着严酷和空虚。最不同寻常的是他们身后没有留下任何纪念物,没有王座,没有魔戒,没有关于土地或灵魂的文字。好像他们从没在地球存在过。没有召唤他们回归的呼喊。①

笼罩在火里的大师被排除、众神死亡之后,太阳被剥除了一切陈旧的形象,它归于无形,成为太阳的理念。虽然众神化为乌有,但是人对太阳的"计划"依然存在。"计划"(project)源于拉丁语"*prōject-um*",意为"被投出之物",除了"计划",还可以表示"心理概念""理念""猜想""投射"等等(*OED*)。"对太阳的计划"即人理解太阳的内在需要。1943 年 4 月 9 日,史蒂文斯写信给让·沃尔,谈到关于诗歌他想讨论两个主题:一是"诗歌的哲学",二是"作为终极价值的现实"。他给第二个主题拟了一个标题:"对诗歌的计划"(*Project for Poetry*)。后来在沃尔的建议下,他放弃了这个题目,改为《作为阳刚诗人的青年形象》。② "对太阳的计划"必须依靠人自己来实现,必须依靠人的想象力。神是由人创造出来的,人用同一种能力创造出诗歌,这就是想象力。太阳重新归于"无名""无形"之后,为了让它存在于人的知识和理解之中,人需要为它重新命名,这个任务也应由诗歌来承担。诗人尝试将太阳命名为"黄金繁荣者",通过想象为太阳赋予新形象,亦即将太阳制作为一个全新的象征,但是诗人并不认为它是绝对的、永恒的,于是立即申明,"太阳的理念"只存在于将来,而且这种未来的存在是难以为现在的人理解的:"人最深刻的目光是那些远至空虚的,它们远离一切而汇聚。"③

正如《没有地点的描写》一诗中所说:"太阳是个例子。"④"太阳的理念",是史蒂文斯为"最初理念"提出(propound)的第一个象征,亦即制作"最高虚构"的第一次尝试,其过程归纳如下:一是对现实的抽象,分为感知、简化、归纳、内化四种行

---

① *OP*:260.

② *L*:447.

③ *CPP*:883. 原文:Man's deepest glances are those what go out to the void. They converge beyond the All.

④ *CP*:339.

为。感知即不带成见和偏见地观察事物的本来面目,简化即清除现存的虚构,如史蒂文斯所说,"通往最高虚构的第一步就是清除所有现存的虚构",以太阳为例,首先要清除关于太阳的神话与宗教,感知太阳的"理念";归纳即将繁多纳入单一,例如将现实和世界归纳为太阳的理念;内化即形成关于太阳的最初理念,将"非我"的太阳转变为自我的一部分。二是对想象的抽象,即通过对现实中纷纭意象的寻找、发现、选择、变形、融合、制作、创造等行为,为"太阳的理念"赋予可以感知的形象,例如,诗人提出的"黄金繁荣者"。回到序言部分,如果我们再次成为"无知的人",回归"最初理念",我们就能在"我们的存在的中心"感知"鲜明的澄明",甚至"唯一、确定的真理"。但是这种令人神往的快乐只能存在片刻,因为现实不是固定不变的,"现实是个固体并不在/前提之中。它可能是穿越尘土的/一道阴影,穿越阴影的一股力量"。①

史蒂文斯所说的"最初理念"类似《老子·十四章》描述的"道":

> 视之不见,名曰"夷";听之不闻,名曰"希";搏之不得,名曰"微"。此三者不可致诘,故混而为一。其上不皦,其下不昧,绳绳兮不可名,复归于无物。是谓无状之状,无物之象,是谓惚恍。迎之不见其首;随之不见其后。②

所谓"无状之状,无物之象",王弼注释说:"欲言'无'邪!而物由以成;欲言'有'邪!而不见其形。故曰:'无状之状,无物之象'也。"③史蒂文斯所说的"最初理念"也正是"无状之状,无物之象",既是"虚无",又是"实有"。为"最初理念"赋予形象就是《笔记》第一部分第二至六章的主要内容。第二章里"最初理念"化为诗人"隐喻中的隐士",避开牧师和哲学家的欲望。第三章阐释史蒂文斯长期专注的主题之一:诗歌在失去信仰的时代提供信仰的满足,"诗更新生活以便我们分享最初理念,在纯洁无瑕的开端满足信仰";想象与现实退至边缘,想象化为夜里"在我房间"的阿拉伯人,即月亮,现实化为布满刺眼虹彩的大海。第四章处理最初理念与现实的关系,最初理念不是我们的,但可以为诗人所接近,它远在人类出现在大地之前就已存在,是"庞大的抽象"(a huge abstraction)④。第五章处理最初理

---

① *CP*:489.

② 陈鼓应,注译. 老子今注今译. 北京:商务印书馆,2003:126.

③ 陈鼓应,注译. 老子今注今译. 北京:商务印书馆,2003:359.

④ *L*:444.

念与想象的关系,诗人,"时代针对最初理念养育的英雄般的孩子",驯服狮子、大象、棕熊这些象征自然力量的猛兽,把自然力量化为诗歌的力量。第六章处理最初理念的实现,人必须凭借想象力来接近最初理念,尝试把不可见变为可见,犹如"充满血液的抽象,就像人充满思想"。从第七章开始,诗人向最初理念告别,摆脱"最初理念的思想者",开始向"人"回归。这一章似乎是诗人的亲身经历:在环湖散步中领略到"自发的平衡",如同"男女邂近一见钟情"般美妙。史蒂文斯的住所邻近伊丽莎白公园(Elizabeth Park),这座公园风景怡人,是哈特福德名胜,有美国第一座玫瑰园,一个大池塘,树林,等等,诗人经常到公园散步,"像在家乡一样吸入密林深处的凉意"。①

第八章从作为现实之抽象的最初理念转向想象与人,提出了史蒂文斯长期沉思的另一个重要"抽象",即"主要的人":

Can we compose a castle-fortress-home,

Even with the help of Viollet-le-Duc,

And set the MacCullough there as major man?

The first idea is an imagined thing.

The pensive giant prone in violet space

May be the MacCullough, an expedient,

Logos and logic, crystal hypothesis,

Incipit and a form to speak the word

And every latent double in the word,

Beau linguist. But the MacCullough is MacCullough.

It does not follow that major man is man.

If MacCullough himself lay lounging by the sea,

Drowned in its washes, reading in the sound,

About the thinker of the first idea,

He might take habit, whether from wave or phrase,

① L:197,564.

Or power of the wave, or deepened speech,

Or a leaner being, moving in on him,

Of greater aptitude and apprehension,

As if the waves at last were never broken,

As if the language suddenly, with ease,

Said things it had laboriously spoken.①

我们能不能建造城堡－堡垒－家园，

甚至凭借维奥莱－勒－杜克的帮助②，

把麦卡洛安置在那儿当作主要的人？

最初理念是想象出来的东西。

俯卧在紫色空间上沉思冥想的巨人

可能是麦卡洛，一个权宜之计，

逻各斯和逻辑，水晶般的假说，

开端和一种言说道的形式，

道之中每个潜在的双重意义，

美好的语言大师。但麦卡洛就是麦卡洛。

不能接着说主要的人就是人。

如果麦卡洛自己懒散地躺在海边，

淹没在它的冲刷里，在涛声中阅读，

关于最初理念的思想者，

他也许会养成习惯，无论从海浪或词语，

或海浪的力量，或加深的话语，

或更精干的存在，在他之上行进，

---

① CP：386-387.

② 维奥莱－勒－杜克(Viollet-le-Duc，1814—1879)，法国仿哥特式建筑家和作家，负责韦兹莱的教堂修复工程(1840)，协助修复圣徒小教堂(1840)和巴黎圣母院(1845)，并主管许多中世纪建筑的修复事宜，包括亚眠大教堂(1849)和卡尔卡松堡的加固(1852)。在他后期的修复中，往往添加自己设计的部分，为此，在20世纪遭受批评。

有更大的天才和更高的悟性。

仿佛海浪最终不曾破碎，

仿佛语言突然，轻松自如，

说出它曾艰难地言说的事物。

《笔记》中出现了许多建筑结构，例如，第二章"公寓"，第三章"房间"，第五章"阁楼"和"折线型顶层间"，第六章"房屋"，第七章"如同雾中结构般的学院"，而"城堡-堡垒-家园"是最后出现的一组建筑结构。[①]"城堡"和"堡垒"都让人联想到中世纪，后者更回响着《家乡的路德老钟》中的路德赞歌："我们的上帝是强大的堡垒。"维奥莱-勒-杜克因为在修复古建筑时添加自己的设计而遭到批评，"甚至在维奥莱-勒-杜克的帮助下"，也许暗示对"传统"的改造或"虚构"：改造古老建筑或重新建造新的建筑作为"主要的人"安身之地。史蒂文斯向西蒙斯强调"这首诗的关键在于麦卡洛就是麦卡洛；麦卡洛是任何名字，任何人。人文主义的困难在于作为上帝的人依然是人，但是在虚构之中有人的延伸，更精干的生物，也许胜于人的人，复合的人。认出他的行为就是这更精干的生物在我们之上移动的行为。"[②] 不过他在写给亨利·丘奇的信中又说："你所说的'最高法院大法官'就是《笔记》里的麦卡洛。"[③]埃莉诺·库克指出，在姓氏前加定冠词表示某人是苏格兰宗族的族长。[④] 史蒂文斯在为瓦雷里《欧帕利诺斯》（*Eupalinos*）的英文版撰写的序言中引用了瓦雷里对欧帕利诺斯这个虚构人物的说明："我赋予他我的理念，正如我对苏格拉底和斐德若所做的那样。"[⑤]同理，史蒂文斯也将自己的理念赋予麦卡洛。无论如何，这位"麦卡洛头领"具有三个特征：他胜于普通人，他是普通人的综合，他是虚构的。

实际上，这一章真正的关键在于："最初理念是想象出来的东西。"史蒂文斯在《作为价值的想象》中通过反对逻辑实证主义、浪漫主义和弗洛伊德心理学来为想

① Cook，E. *A Reader's Guide to Wallace Stevens*. Princeton：Princeton University Press，2007：219.

② L：434.

③ L：448.

④ Cook，E. *A Reader's Guide to Wallace Stevens*. Princeton：Princeton University Press，2007：219.

⑤ *CPP*：881.

象正名,他提出要把浪漫主义从想象中清除出去,并首次明确阐述了想象与抽象的关系:

> 我们感到,对此不需要特别聪明,作为形而上学的想象将毫发无损地活得比逻辑实证主义长久。同时,我们以尽可能敏锐的智力感到,想象如果等同于浪漫主义,它就不值得继续存在下去。想象是人最伟大的力量之一。浪漫主义贬低了它。想象是心灵的自由。浪漫主义是利用这自由的失败。浪漫主义对想象而言相当于滥情对情感而言。它是想象的失败,恰如滥情是情感的失败。想象是唯一的神灵。它勇猛而热切,它的成就的极致在于抽象(abstraction)。相反,浪漫主义的成就在于次要的愿望实现,它没有能力抽象。无论如何,不必继续比较这两者,人们想要引出一种感觉,即想象是某种有生命的东西。在此意义上,人们必须把它作为形而上学看待。①

如果"最初理念是想象出来的东西",并且"想象的成就的极致是抽象",那么,最初理念就是通过想象得到的抽象。最初理念既是终极的,又是变化的,既是实有,又是不可见的,几乎无法为人所知,说似一物皆不是;象征与理念的契合产生情感和理智的双重快乐。布鲁姆提出的模式,即,"抽象"把现实简化为最初理念,然后想象对最初理念进行"再想象"以产生各种新的形象,需要进一步修正。一方面,如前文所述,抽象对现实的作用,不仅是简化,还应包括感知、概括尤其是内化等认知行为;另一方面,抽象在史蒂文斯所谓想象中也是重要因素,想象的极致即抽象,亦即象征。我们应看到,"最初理念是想象出来的"与"最初理念是现实简化而来的"并不矛盾,换言之,最高虚构既是现实的抽象,又是想象的抽象,正如"主要的人"是想象的产物,同时他又"紧裹在无敌的金属箔中,来自理性"。② 抽象在想象中的作用方式主要是创造象征,例如以"太阳"象征现实。如前文所述,在向西蒙斯解释《蓝吉他》第二十二章的时候,史蒂文斯给出了他关于想象的根本原则:"没有任何事物是仅仅由于想象而存在的,或不以某种形式存在于现实之中。因此,现实=想象,而想象=现实。想象给予,但在关系中给予。"③ 在《哲学收藏》

---

① *CPP*:728.

② *CP*:388—389.

③ *L*:364.

中，史蒂文斯指出诗人的自然思考方式是通过形象（figure）。[1] 想象从现实中获取形象的诗歌行为即象征。象征是诗人凭借想象力制作的，但它取自现实。中国古代圣人"立象以尽意"的行为与诗人创造象征的行为类似："古者包牺氏之王天下也，仰则观象于天，俯则观法于地，观鸟兽之文，与地之宜，近取诸身，远取诸物，于是始作八卦，以通神明之德，以类万物之情。"[2] 爱默生认为象征是诗人最重要的能力之一："我发现迷醉就在象征之中"，"我们就是象征，我们就生活在象征之中。工人、工作、工具、词语和万事万物，这一切都是象征；但我们与象征是息息相通的，而且迷醉于事物的经济用途，我们不知道它们是思想。诗人凭借着自己内在思想的感觉，赋予它们一种力量，使人们忘掉它们过去的用途，使每一个沉默和无生命的物体有了眼睛和舌头"。他既强调"象征是偶然的，转瞬即逝的"，又要求"让我们懂一点代数学，而不是这种陈腐的修辞学——让我们拥有普遍的象征，而不是这些具体村庄的象征"。[3] 就象征的普遍意义而言，肯尼斯·伯克对象征的定义接近于史蒂文斯："象征是对经验模式的语言对应物"，或者"象征可以称为艺术家发明的词语，用以特指某个特定的经验的群体或模式或强调——象征在其中出现的艺术作品可以称为这个词语的定义"，因此"象征是一个公式"。[4] 怀特海对诗人与象征的分析有助于读者理解诗人运用象征的方式：

> ……我们为什么说词语"树"——口语或书面语——对我们而言是树木的象征？词语本身和树木本身平等地进入我们的经验；抽象地看待这个问题，树木象征词语"树"与这个词语象征树木同样合理。
>
> 这当然是真的，人类天性有时就是如此运作。例如，如果你是个诗人，想写一首关于树木的抒情诗，你会走进森林，树木也许会暗示恰当的词语。因此，对处于写作的狂喜抑或暴怒之中的诗人而言，树木是象征而词语是意义。他全神贯注于树木以抓住词语。
>
> 但我们大多数人不是诗人，尽管我们怀着恰如其分的敬意阅读他们的抒

---

[1] *CPP*：852.

[2] 朱熹. 周易本义. 廖名春，点校. 北京：中华书局，2009：246.

[3] 爱默生. 爱默生演讲录. 孙宜学，译. 北京：中国人民大学出版社，2004：24，27，36.

[4] Burke, K. *On Symbols and Society*. Gusfield, J. R. (ed.). Chicago：The University of Chicago Press，1989：109-110.

情诗。对我来说,词语是象征,让我能够抓住森林中的诗人的狂喜。诗人是这样一种人,对他而言视觉景象、声音以及情绪经验象征性地指向词语。诗人的读者是这样一种人,对他而言诗人的词语象征性地指向他想唤起的视觉景象、声音以及情绪经验。因此,在语言的使用中有一种双重象征指涉:对于说话人来说从事物转向词语,对于听众来说从词语回到事物。①

对于理想读者而言,诗人的想象世界与诗的词语在象征中合而为一,例如:"主要的人"所蕴含的一切与"麦卡洛"合而为一。

"主要的人"可以说是"人的理念"(但不能说"主要的人"就是人),而麦卡洛就是诗人创造的"人的理念"的象征,是关于人的总体象征,是一个公式。他有姓氏名号,有形象,是"俯卧在紫色空间上的沉思冥想的巨人",他在句子中的同位语是"权宜之计""逻各斯和逻辑""水晶般的假说""开端和一种言说道的形式""道之中每个潜在的双重意义"和"美好的语言大师"。史蒂文斯在这里使用了惯用的句法来暗示试探的语气,例如:情态动词"may"的使用;把"主要的人"的各种属性作为"麦卡洛"的同位语,暗示但不明确它们之间的关系,尤为明显的是,"麦卡洛"的第一个同位语是"权宜之计"。这一切都为取消"主要的人"埋下了伏笔。这一章从第十二行开始时态由现在时变为过去时,也许诗人想把麦卡洛推回到过去,把他变成一个传说、一则轶事。"麦卡洛"在海边阅读,把海浪的力量化为自己的习惯,这是《基维斯特的秩序观念》的延伸,"主要的人"完全吸收了大海的力量,或者与大海融为一体。这个海边场景的描写极为出色地运用了头韵、元音韵等声音效果,展现了词语的声音在诗歌中如何表达"高贵"。最后,麦卡洛仿佛从海浪之中得到启示,仿佛语言突然轻松自如地说出它曾艰难地言说的事物。"主要的人"的功用近似于神祇,他仿佛是人类的代言人,为人类寻找一种充分的表达,正如爱默生所说:"尽管人人都需要表达,而充分的表达是很少见的。"②也许麦卡洛得到的启示就是"最高虚构",但这个启示终究没有说出来,也许它根本就无法言说。海浪终究会破碎,启示也将随海浪消失。第九章里麦卡洛的命运和"太阳的理念"一样,归于无形、无名,成为一个"抽象",只留下"他的热在心中最为纯粹"。由此,第

---

① Whitehead, A. N. *Symbolism: Its Meaning and Effect*. New York: Capricorn Books, 1927:11-12.

② 爱默生.爱默生演讲录.孙宜学,译.北京:中国人民大学出版社 2004:18.

一部分进入最后的诗章：

> The major abstraction is the idea of man
>
> And major man is its exponent, abler
>
> In the abstract than in his singular,
>
> More fecund as principle than particle,
>
> Happy fecundity, flor-abundant force,
>
> In being more than an exception, part,
>
> Though an heroic part, of the commonal.
>
> The major abstraction is the commonal,
>
> The inanimate, difficult visage. Who is it?
>
> What rabbi, grown furious with human wish,
>
> What chieftain, walking by himself, crying
>
> Most miserable, most victorious,
>
> Does not see these separate figures one by one,
>
> And yet see only one, in his old coat,
>
> His slouching pantaloons, beyond the town,
>
> Looking for what was, where it used to be?
>
> Cloudless the morning. It is he. The man
>
> In that old coat, those sagging pantaloons,
>
> It is of him, ephebe, to make, to confect
>
> The final elegance, not to console
>
> Nor sanctify, but plainly to propound. ①

主要的抽象是人的理念

而主要的人是其代表，

在抽象中比在他个人中更有力，

---

① *CPP*：388-389.

作为原则比作为微粒更多产，

幸福的生殖力，富含酵母的力量，

在成为不只是人群的特例或部分

之中，尽管是英雄的部分。

主要的抽象是人群，

没有生命的，艰深的面容。它是谁？

什么拉比，对人类愿望逐渐变得狂怒，

什么酋长，独自行走，呼喊着，

最悲惨，最胜利，

不是逐一看这些分离的形象，

并依然看见唯一的一个，身穿旧外套

和下垂的马裤，远离城镇，

寻找曾存在之物和它过去的处所？

清晨无云。那就是他。身穿

那件旧外套，那条下垂的马裤的人，

年轻人，最终的优雅是用他

来创造、制造的，不是安慰

也不是净化，而是直白地提出。

　　《蓝吉他》第三章里的"第一人"在抽象过程中被杀死，而在《笔记》中史蒂文斯更强调"人通过抽象来创造"（Man... fabricates by abstraction）。[①] "正如理性破坏，诗人必须创造。"[②] 人最重要的创造是"人的理念"，而"主要的人"是其代表。"主要的人"是人的群体的一部分，作为抽象比作为个体更有意义。个体的人是渺小的，而且必然死亡。贺拉斯用草木枯荣与人的世代更替来比喻文字的变迁："（每个时代）创造出标志着本时代特点的字，自古已然，将来也永远如此。每当岁晚，林中的树叶发生变化，最老的树叶落到地上；文字也如此，老一辈的消逝了，新

---

① *CPP*：883.

② *CPP*：904. 原文：As the reason destroys, the poet must create.

生的字就像青年一样将会开花、茂盛。我们和我们所有的（一切）都注定要死亡的。"①相比个人命运的升降沉浮，史蒂文斯更重视人的整体，人的普遍性，人的理念，这让他的诗显得超然、冷峻、无情，但是也因此获得了令人无法抗拒的力量。傅浩先生曾结合自己的作品《人生》讨论了抽象在诗歌中的作用，指出：

> 这些感触并非因一事一情一得一失而发，而是得自对长期积累的人生经验的总结抽象，故而具有普遍意义。……有时用抽象、概括的语言来写，会给读者留有更大的空间。它不一定契合你的每一个细节，让你对号入座，却可能给你发生感触的余地。有几位读者读了之后，就深有感触，甚至感动得流泪。但具体为什么感动，他个人的经验、隐私怎么样，我不知道。所以说，一般的概括也能激动相通的人心。我没有写具体的经验、具体的形象，只是用一种抽象、概括的语言（当然也有一点比喻）写出普遍性的东西——一种道理。所以说，诗不光写情。真正的好诗都是情理交融的。②

可见，抽象无情而又并非无情。从另一个角度看，抽象可以涵盖更丰富的人生经验，从而让人认识命运，给人掌握命运的力量和信心。史蒂文斯的诗较少诉诸情感，而是启发领悟，让人超越个人的眼界，看到凭借人的力量创造出信仰与希望的可能性。对史蒂文斯来说，"主要的抽象"不是"主要的人"，而是"人群"（the commonal）。"人群"即人的共性、整体的抽象，此刻，它还是一个无生命的、难以辨认的面孔，它需要一个形象："它是谁？""拉比"象征人对知识的追求，"酋长"象征人对现实的行动，他们逐一观察人的形象，他们为"人群"选择象征，即那"唯一的一个""身穿旧外套/和下垂的马裤，远离城镇，/寻找曾存在之物和它过去的处所"。这是史蒂文斯的读者熟悉的形象，也是诗人笔下所有喜剧角色的综合：克里斯平、诗人、喜剧家、内省的航海者、《蓝吉他》第三十章中的旧木偶等等。"最终的优雅"是以他来制作、"炮制"的，这是对《喜剧家》的变奏："克里斯平从溃败中炮制出信条。""最终的优雅"，是"最高虚构"的诸多名称之一，也是诸多"最高虚构"之一，它由这位象征"人群"的克里斯平式的人物直白地提出。史蒂文斯对"提出"（propound）一词的用法值得注意。"propound"可以表示：提出（建议、考虑、问题

---

① 贺拉斯. 诗艺. 杨周翰，译//伍蠡甫，蒋孔阳. 西方文论选（上卷）. 上海：上海译文出版社，1979：101.

② 傅浩. 秘密：我怎样作诗. 桂林：广西师范大学出版社，2011：49.

等)供考虑(或讨论);在教会法中指提交(答辩状,allegation);提议;提名;提供(作为例证、奖品等);建议(做某事);打算;(以形象或描写)表现或展示;想象;用作法律术语,表示提请检验遗嘱,指遗嘱执行人等为取得严格遗嘱检验证书而提起诉讼(OED)。史蒂文斯有时在非常关键的位置使用这个词,例如《喜剧家》:"根据这些前提的提出(propounding),他/规划了一个殖民地,它要延伸到/南方之下一个呼啸的南方的黄昏,/一个无所不包的岛屿半球。"《蓝吉他》第十七章:"蓝吉他——/它的爪子在其上提议(propound),它的尖牙/清晰地讲述它荒漠中的日子。"《渺小死亡的市民》("Burghers of Petty Death")的结尾:"一个破落的形象,用一件乐器,/呈示(propound)苍白的最终音乐。"①《笔记》中的用法尤为醒目,"propound"用作不及物动词,是第一部分的最后一个词:

> ……不是安慰
>
> 也不是净化,而是直白地提出。②

只有惠特曼的声音才能回应这"主要的抽象"发出的提议:

> 我听见了合唱队,这是一出大型歌剧,
>
> 啊,这才是音乐——这正合我的心意。
>
> 一个和宇宙一样宽广而清新的男高音将我灌注满了,
>
> 他那圆圆的口腔还在倾注着,而且把我灌得满满的。③

《笔记》至此已经无限接近最高虚构了,我们甚至可以隐约听到它的声音,远远眺望到它在光束的活跃变化里鲜明的澄明,可是《笔记》第一部分在这里戛然而止,它只是直白地提出:寻找最高虚构的任务属于每一个读者,属于每一个时代,属于我们。

《笔记》的结构既是完整的,又是开放的。它由许多单元组成,每一个具有完整意义的单元都同时具备《笔记》归纳的三个属性,即抽象、变化和快乐。较小的单元扩大为更大的单元,而每一层次的单元都同样既是自身完整的,又对更大的单元或下一个单元开放。例如:我们通过抛弃过去感知到了太阳的理念,并为它

---

① CP:362.

② CPP:336.

③ 惠特曼. 我自己的歌. 赵萝蕤,译. 上海:上海译文出版社,1987:58.

赋予全新的形象。但是我们立刻发现,它只存在于它将要成为之物的艰深中,而"太阳的理念"是"最初理念"的一个例子;"公寓的天国之厌倦"把我们送回最初理念,而我们很快就问道:"会不会有对最初理念的厌倦?"离开最初理念的思想家,我们暂时达到自发的平衡,又想要为"主要的人"建造家园,还创造了一个虚构的形象,"麦卡洛",希望由他来理解最初理念的思想者,并用语言表达难以表达的东西。随后,"主要的人"又融合进"人群",亦即"主要的抽象",并用喜剧家形象作为其象征,希望由他来创造最终的优雅,提出《笔记》的最终目标,亦即最高虚构。然而,最高虚构还未到来,就离去了:它必须变化。

第二节　变化与隐喻

"变化"是从最初理念发源并不断衍生的,其形式是隐喻的。《笔记》第二部分第四章里,史蒂文斯对"变化"的描述与理雅各翻译的中国经典《易经》有许多相似之处,我们可以对比其中的两个片段:

> Two things of opposite natures seem to depend
>
> On one another, as a man depends
>
> On a woman, day on night, the imagined
>
> On the real. This is the origin of change.
>
> Winter and spring, cold copulars, embrace
>
> And forth the particulars of rapture come. ①

> 两种性质相反的事物仿佛互相
>
> 依赖,如同男人依赖
>
> 女人,昼依赖夜,想象的
>
> 依赖真实的。这是变化的起源。
>
> 冬与春,寒冷的联结,拥抱,
>
> 狂喜之万殊涌现。

---

① CP:392.

是故刚柔相摩，八卦相荡。①

After this fashion a strong and a weak line were manipulated together (till there were the eight trigrams), and those eight trigrams were added, each to itself and to all the others, (till the sixty-four hexagrams were formed).②

刚柔相推，而生变化。③

The strong and the weak (lines) displace each other, and produce the changes and transformations (in the figures).④

变化者，进退之象也；刚柔者，昼夜之象也。⑤

The changes and transformations (of the lines) are the emblems of the advance and retrogression (of the vital force in nature). Thus what we call the strong and the weak (lines) become the emblems of day and night.⑥

生生之谓易。⑦

Production and reproduction is what is called (the process of) change.⑧

天地絪缊，万物化醇。男女构精，万物化生。⑨

There is an intermingling of the genial influences of heaven and earth, and transformation in its various forms abundantly proceeds. There is an intercommunication of seed between male and female, and transformation in its living types proceeds.⑩

① 朱熹. 周易本义. 廖名春，点校. 北京：中华书局，2009：222.
② James, L. (trans.). The I Ching. New York：Dover Publications, Inc., 1963：348.
③ 朱熹. 周易本义. 廖名春，点校. 北京：中华书局，2009：224.
④ James, L. (trans.). The I Ching. New York：Dover Publications, Inc., 1963：350.
⑤ 朱熹. 周易本义. 廖名春，点校. 北京：中华书局，2009：224.
⑥ James, L. (trans.). The I Ching. New York：Dover Publications, Inc., 1963：351.
⑦ 朱熹. 周易本义. 廖名春，点校. 北京：中华书局，2009：229.
⑧ James, L. (trans.). The I Ching. New York：Dover Publications, Inc., 1963：356.
⑨ 朱熹. 周易本义. 廖名春，点校. 北京：中华书局，2009：252.
⑩ James, L. (trans.). The I Ching. New York：Dover Publications, Inc., 1963：393.

在探讨隐喻原理与可能性的同时，史蒂文斯通过致敬雪莱《西风颂》，表达对隐喻替代、变化终有穷尽的忧虑，隐喻虽然变化繁多，最终不过是"隐喻中的漂泊者"(a vagabond in metaphor)①，是我们自身对新鲜感的需要之映射，暗示隐喻向越界的过渡。

> Bethou me, said sparrow, to the crackled blade,
>
> And you, and you, bethou me as you blow,
>
> When in my coppice you behold me be. ②

> 变成我吧，麻雀对干裂的草叶说，
>
> 而你，而你，吹拂之时变成我吧，
>
> 当你在我的矮林里看到我真面目。

以戏谑的口吻，借麻雀之口，戏仿《西风颂》第五诗章对西风的吁求："……狂怒的精灵，你变作/我的灵魂吧！你变成我吧，迅烈者！"③随后，史蒂文斯将自己的个人体验与雪莱的先知预言相融合：

> The west wind was the music, the motion, the force
>
> To which the swans curveted, a will to change,
>
> A will to make iris fretting on the blank. ④

> 西风曾是音乐、移动、力量
>
> 天鹅群向其腾跃，变化的意志，
>
> 在空白上留下鸢尾痕迹的意志。

想象与现实的互动是变化的源头，这是史蒂文斯诗学理论的重要内容，在《笔记》中它们成为最高虚构形成的基础。想象与现实最终形成"聚集的和谐"，融合成为最高虚构。

---

① *CPP*：344.

② *CPP*：340.

③ Shelley, P. B. *Shelley's Poetry and Prose*. Reiman, D. H. & Fraistat, N. (eds.). New York：W. W. Norton & Company, 2002：300. 原文：...Be thou, Spirit fierce, /My spirit! Be thou me, impetuous one!

④ *CPP*：343.

251

第三节　越界与通往乐土之路

通过越界修辞，实现想象与现实的融合，在诗歌中接近神明，创造出人间乐土，或者地上天堂，或者"最高虚构"，此即《笔记》第三部分的主题。

从第一部分借拉比之口宣示最高虚构的第一条原理，经过第二部分对隐喻的展示与疑虑，到第三部分抒情"自我"的登场，完成了隐喻到越界的转变。其分界出现在第三部分第七诗章与第八诗章之间：

The fiction of an absolute—Angel,

Be silent in your luminous cloud and hear

The luminous melody of proper sound.

VIII

What am I to believe? If the angel in his cloud,

Serenely gazing at the violet abyss,

Plucks on his strings to pluck abysmal glory,

……

There is a month, a year, there is time

In which majesty is a mirror of the self：

I have not but I am and as I am, I am. [①]

一个绝对的虚构——天使，

在你明亮的云中沉默并倾听

适宜声音的明亮旋律。

八

我要相信什么？如果天使在他的云里，

沉静地凝视着紫罗兰深渊，

---

① CPP：349－350.

弹拨他的琴弦以弹拨深渊般的荣耀,

…………

有一个月份,一年,有段时间

在其中庄严是自我的镜子,

我不拥有但是我存在如我在,我在。

在最后诗章中,《笔记》试图完整地表现最高虚构的三个属性:

Fat girl, terrestrial, my summer, my night,

How is it I find you in difference, see you there

In a moving contour, a change not quite completed?

You are familiar yet an aberration.

Civil, madam, I am, but underneath

A tree, this unprovoked sensation requires

That I should name you flatly, waste no words,

Check your evasions, hold you to yourself.

Even so when I think of you as strong or tired,

Bent over work, anxious, content, alone,

You remain the more than natural figure. You

Become the soft-footed phantom, the irrational

Distortion, however fragrant, however dear.

That's it: the more than rational distortion,

The fiction that results from feeling. Yes, that.

They will get it straight one day at the Sorbonne.

We shall return at twilight from the lecture

Pleased that the irrational is rational,

Until flicked by feeling, in a gildered street,

I call you by name, my green, my fluent mundo.

You will have stopped revolving except in crystal. ①

胖女孩，地球，我的夏天，我的夜晚，

我如何在分歧中发现你，在移动的轮廓、

还没全然完成的变化里看见你在那儿？

你是平凡的却又是一种异常。

文明，夫人，我是的，但是在

树下，这无缘无故的感觉要求

我直接为你命名，不浪费一个词，

阻止你的逃避，让你坚持做你自己。

即使这样，当我想到你，强壮或疲劳，

埋头工作，焦虑，满足，孤身一人，

你依然胜于自然形象。你

成了步履轻柔的幽灵，非理性的

曲解，然而芬芳，然而亲切。

就是这样：胜于理性的曲解，

来自感觉的虚构。是的，就这样。

有一天他们会在索邦让真相大白。

黄昏时分我们将听完讲座返回，

很高兴非理性就是理性，

直到被感觉轻轻触动，在镀金的街上，

我叫你的名字，我的绿色、流畅的世界。

你将停止回旋，除非在水晶里。

　　"思想者变成了创造者"②，这是对这一章的最佳概括，也是对史蒂文斯抽象观的最佳总结。对史蒂文斯而言，抽象是一种融合现实与想象的创造行为，它既是一种通过思想来实现的创造行为，又是蕴含着创造的思想行为。史蒂文斯在

---

①　*CP*：406-407.

②　*CPP*：888. 原文：The thinker had become the creator.

《欧帕利诺斯》英文版序言中引用了瓦雷里对"行为"(act)的阐释：

> 那么，如果说宇宙是某种行为(act)的结果，那种行为自身，是一种存在的结果，又是从属于那种存在的需要、思想、知识和力量的结果，那么，只有通过行为你才能重返那宏伟的构思，并开始从事对那创造万物者的模仿。而那就将以最自然的方式把某人自己放在恰好是上帝的位置。

> 这样，一切行为中最完整的是建造行为。

> 但是我现在推出的建造者……以神离去之处作为他行为的出发点……我存在于此，建造者说，我即行为。①

同样，史蒂文斯也为"抒情自我"(lyrical I)登场准备好了舞台②，众神已经离去，诗人已经宣告"我不拥有但我存在，因为我存在，我存在"③。诗人在孤独的存在中成为上帝，既是他自己创造的世界的上帝，又是创造行为本身。"抒情的我"，诗歌世界的造物主，创造的第一个物体就是"地球"。史蒂文斯在 1942 年 10 月 28 日写给亨利·丘奇的信中解释说"胖女孩"就是地球(the earth)，即政客们所谓的"环球"(the globe)，在他们的思想中旋转起来就像在一个特别的蓝色区域里的巨大物体。④ 诗人用命名的方式创造了一个世界，并赋予这个世界女性形象，而这个"胖女孩"让人联想到毕加索超现实主义时期的作品《海边奔跑的女人》，她是诗人借助抽象创造出来的现实与想象的融合，存在于分歧之中，既熟悉又奇异，既存在于思想中又具有真实可感的形象，既是非理性又是理性，简言之，"是源自感觉的虚构"。这是诗人的创造中最接近最终形式的虚构。不过，史蒂文斯再一次推迟了最高虚构的实现：最后两个诗节的时态变为将来时，表明最高虚构亦即"我的流畅的世界"(my fluent mundo)将会在未来的某个时刻到来，一个诗歌完全实现自身的时刻："发出穿透/突然的正确性的声音，完整地/包含心灵，它不能降到这声音之下，/它不愿上升到这声音之外。"⑤"流畅的世界"在史蒂文斯诗歌中仅出

---

① *CPP*：883.
② Vendler, H. H. *On Extended Wings*：*Wallace Stevens' Longer Poems*. Cambridge, Massachusetts：Harvard University，1969：197.
③ *CP*：405.
④ *L*：426.
⑤ *CP*：240.

现一次，却足以成为他的全部创作，包括只存在于想象中的创作的最强有力的象征。至此，《笔记》完成了一次眺望、一次历险、一次顿悟、一次通灵，所见美景稍纵即逝，而观看者的心灵、情感和思想都已经深刻地改变了。

《笔记》之后，史蒂文斯进入了创作的全盛期。在 1943 年 3 月 12 日写给吉尔伯特·蒙塔格（Gilbert Montague）的信中，史蒂文斯称《笔记》是他的最佳作品，暗示这次写作极大地释放了他的创造能量。[1] 而抽象作为融合现实与想象的创造行为，贯穿于他的后期作品之中，这些由抽象创造的杰作是诗人对"最高虚构"的不同版本的"笔记"：《恶之审美》（1944）、《夏天的证明》（1946）、《石棺中的猫头鹰》（1947）、《秋天的极光》（1947）、《纽黑文的普通一夜》（1949）和《岩石》（1950）。史蒂文斯诗歌形成了一个完整而开放的"流畅的世界"，邀请读者的心灵和想象前去寻找栖息之地。

---

[1] Cook, E. *A Reader's Guide to Wallace Stevens*. Princeton：Princeton University Press, 2007：214.

第六章　越界奇观：
《秋天的极光》

Every Word Is a Road Sign Pointing
at a City of Visibility

December 2018, at Dekalb, Illinois, the U. S.

Every word is a road sign pointing at a city of visibility,

Which undulates as mirage above the waves of a river.

I am not delicate enough to understand life's delicacy

And will forget all that I saw in a dimming mirror,

Which I desperately held to my chest as the only gift

Derived from my consciousness, the fruit of time,

Where I began my journey as a nebulous drift.

My trace of living is folded in time's abysmal chime.

Life is an untold story whose end is a truth ugly.

One example is that you can never see time's footsteps

As those of a thief while you grope for its being vaguely.

Another is that you are not the last victim of the forceps.

Without words we are but waxwings wingless.

Singing a wordless song as the dark space ripples.

每个词都是路标指向可见之城垣

2018 年 12 月于美国伊利诺伊州迪卡布

每个词都是路标指向可见之城垣
如同在河流波浪上起伏之蜃楼。
我远不够灵敏,不解生命之变幻,
我将遗忘在渐暗镜中窥见之所有,
我将此镜当作一件至宝紧抱怀中,
它源自我之知觉,时间所结果实,
从此处我开启旅程如星云之飘荡。
我于时间之涛声折叠生命之痕迹。
生命是结局丑陋无人讲述的故事。
例证之一:你从未见时间之步痕
如窃贼之所至,唯隐约知其所在。
另一例证:尔非钳之最后受害人。
若无词语我们如腊缘鸟失其羽翼
咏唱无词之歌如幽暗空间之涟漪。

　　《秋天的极光》(简称《极光》)堪称文字的奇观:凝神观照之下,但见白色的纸页上一簇簇文字仿佛幻化成变化无穷、缥缈恍惚的北极光。文字与物、人与世界的界限在诗歌里被跨越,作为语言的诗歌,无限接近于描述的对象,甚至在心灵的空间里成为对象本身。在史蒂文斯的长诗中,《秋天的极光》处于一个独特而微妙的位置。它于 1948 年冬发表于《肯庸评论》,并收入 1950 年出版的同名诗集,这是史蒂文斯在 1954 年的《诗选》之前出版的最后一部单行本诗集。布鲁姆认为,《极光》与《最高虚构笔记》《纽黑文的普通一夜》并列为史蒂文斯最精妙的三首长诗,他敏锐地看到《极光》强烈的个人色彩,认为它是史蒂文斯作品中最为戏剧化的作品。① 文德勒认为,《极光》在史蒂文斯诗歌中的独特之处在于它把抒情主人公置于此时此地,而不是像其他作品那样保持时空的距离。② 我们应注意到,无论布鲁姆所说的"个人化""戏剧化",还是文德勒所见的直面当下时空的抒情主人公,在《极光》中多数时候都是以第一人称复数"我们"出现的。《极光》是史蒂文斯诗歌中最典型、最充分运用"越界"修辞的作品,他通过不断打破界限,实现了诗歌(语言、文字、艺术)对世界的充分表达,达到了自由的境界。这一时期的史蒂文斯,处于其诗歌生涯的独特阶段,经过长期的探索,尤其是创作完成《最高虚构笔记》之后,诗人进入了"不惑"状态。此时他的诗学探索已经完成,克服了"抽象"

---

① Bloom,H. *Wallace Stevens*:*The Poems of Our Climate*. Ithaca:Cornell University Press,1977:254

② Vendler,H. H. *On Extended Wings*:*Wallace Stevens' Longer Poems*. Cambridge,Massachusetts:Harvard University Press,1969:231.

"浪漫""感伤""享乐"等等评论者对史蒂文斯带有负面含义的评价,他在等待一个充分发挥的机会,可谓引发不发,跃如也。《极光》对于史蒂文斯,有一种机缘巧合、适逢其会的意味:既不像《最高虚构笔记》那样专注于诗歌理论的建构,尽管无时无刻不在关注诗歌理论问题,也不像《纽黑文的普通一夜》那样冲淡清虚,而是色彩强烈、感情深沉。《极光》在感性与理性、文字与事物、情感的内敛克制与奔放不羁之间取得了最佳平衡。史蒂文斯的诗才、诗思、诗风在《极光》里发挥得酣畅淋漓。

《极光》在史蒂文斯诗歌中,独具结构上的平衡、完整、紧凑之感,仿佛一件古典时代的杰作,又因其结构上的开放性而颇具现代感。连绵出现在诗篇中的意象似乎在不断呼应着上空微光闪烁的北极光:大蛇、海边小屋、母亲、父亲、剧场、创造者、纯真时代、丹麦人、空间的幽灵。最后又返回到天空中的极光,仿佛常山之蛇,首尾相衔,循环不息。这些联翩而至的意象,集中凝练地概括了时空中蕴含的纷纭万象,是史蒂文斯诗歌中典型的"抽象之象"(abstraction),而北极光是统摄全篇的意象,它变化不居的形态、特性和意蕴,为其他诸多意象所分有,可称为"象中之象"。《极光》的结构模式在史蒂文斯长诗中也显得较为清晰紧凑,从风景(北极光、大地、海洋),到人和物(海边木屋、母亲、父亲),到超现实体验(想象力、领悟),最后归结到一位洞悉一切的精灵(the never-failing genius),其中隐伏的线索仿佛可见:通过不断越界(metalepsis),不断从时代、环境、命运(ethos)跨越到激情、力量、自由(pathos),不断打破界限,不断破除怀疑、犹豫和困惑,最终形成圆满的领悟,人、诗歌、世界交融、合一。

如果将《极光》置于更广阔的背景之下,可以看到它面对的是人的基本问题:人与世界、自然、宇宙的关系。布鲁姆列举了《极光》可能的"来源",从华兹华斯的《序曲》(Prelude)、爱默生的散文《诗人》、狄金森的抒情诗《论青铜——与烈火》(Of Bronze—and Blaze),到雪莱的《西风颂》(Ode to the West Wind)、《勃朗峰》(Mont Blanc),并极富洞见地指出《极光》充满了对史蒂文斯自己作品的指涉。[①]诗人、艺术家甚至哲学家之间的共鸣,不止于"互文"。或许《文心雕龙》中提出的"秘响傍通"更符合诗人之间互相呼应、互相发明的真实情况:

---

① Bloom, H. *Wallace Stevens: The Poems of Our Climate*. Ithaca: Cornell University Press, 1977: 254.

夫心术之动远矣，文情之变深矣，源奥而派生，根盛而颖峻，是以文之英蕤，有秀有隐。隐也者，文外之重旨者也；秀也者，篇中之独拔者也。隐以复意为工，秀以卓绝为巧，斯乃旧章之懿绩，才情之嘉会也。夫隐之为体，义主文外，秘响傍通，伏采潜发，譬爻象之变互体，川渎之韫珠玉也。故互体变爻，而化成四象；珠玉潜水，而澜表方圆。始正而末奇，内明而外润，使玩之者无穷，味之者不厌矣。①

可见，《极光》中所体现的求索精神，其回声与响应回荡在文学艺术的世界里，经久不息。试举一例，在布莱克的《弥尔顿》（*Milton*）中，就已经预示一位诗人冒险者形象：

Daughter of Beulah! Muses who inspire the Poet's Song

Record the journey of immortal Milton thro' your Realms

Of terror & mild moony lustre, in soft sexual delusions

Of varied beauty, to delight the wanderer and repose

His burning thirst & freezing hunger! Come into my hand

By your mild power; descending down the Nerves of my right arm

From out the Portals of my Brain, where by your ministry

The Eternal Great Humanity Divine planted his Paradise,

And in it caus'd the Spectres of the Dead to take sweet forms

In likeness of himself. Tell also of the False Tongue! vegetated

Beneath your land of shadows: of its sacrifices, and

Its offerings: even till Jesus, the image of the Invisible God

Became its prey; a curse, an offering, and an atonement,

For Death Eternal in the heavens of Albion, & before the Gates

Of Jerusalem his Emanation, in the heavens beneath Beulah. ②

柏拉的女儿！激发诗人之歌的缪斯

---

① 刘勰. 增订文心雕龙校注. 黄叔琳，注. 李详，补注. 杨明照，校注拾遗. 北京：中华书局，2012：491.

② Blake, W. *Blake's Poetry and Designs*. Johnson, M. L. & Grant, J. E. (eds.). New York：W. W. Norton & Company, 2008：148.

记载了不朽的弥尔顿穿越

充满恐怖与如月般柔和光辉之地的旅程，

以变化多端的柔美妄想，取悦这漫游者

安抚他燃烧的焦渴与冰冷的饥饿！

以你温柔的力量来到我手中；从我头脑的

传送门沿着右臂的神经降落，在此头脑中

凭借你的辛劳，永恒伟大人性之神

开辟出他的天堂，在其中照着自己的模样

赋予死者的幽灵美好的形象。也请讲述

那虚假的语言！在你的暗影之地下盘根错节：

讲述它的牺牲以及奉献；直至耶稣，

不可见的上帝之象亦成为它的猎物；

诅咒，奉献，赎罪，为阿尔比安天堂里的

永恒之死，以及耶路撒冷门前他的解放，

在柏拉之下的重重天堂。

　　布莱克描绘的诗人弥尔顿的危险旅程、死者的幽灵乃至上帝之象，都在《极光》中得到呼应。诗人是冒险者，为沟通天地人神不惜走上危险的旅程，在时空中留下越界者的背影。

第一节　风景与时代

　　《秋天的极光》从荒凉而壮丽的风景开始，人置身于天、海之间，天空中是神奇莫测的北极光。然后抒情主人公的目光聚焦到近处的景物，海边的一座小木屋，让他睹物思人，感慨万千。人的孤独，面对大自然的雄伟而产生的渺小之感，是诗篇第一、二章的主题，而这样的情绪，弥漫全篇。不过，诗人对北极光的描绘，从个人化的观察开始，也许，从一开始，诗篇就更关注人的内心世界：

The Auroras of Autumn

I

This is where the serpent lives, the bodiless.
His head is air. Beneath his tip at night
Eyes open and fix on us in every sky.

Or is this another wriggling out of the egg,
Another image at the end of the cave,
Another bodiless for the body's slough?

This is where the serpent lives. This is his nest,
These fields, these hills, these tinted distances,
And the pines above and along and beside the sea.

This is form gulping after formlessness,
Skin flashing to wished-for disappearances
And the serpent body flashing without the skin.

This is the height emerging and its base
These lights may finally attain a pole
In the midmost midnight and find the serpent there,

In another nest, the master of the maze
Of body and air and forms and images,
Relentlessly in possession of happiness.

This is his poison: that we should disbelieve
Even that. His meditations in the ferns,
When he moved so slightly to make sure of sun,

Made us no less as sure. We saw in his head,
Black beaded on the rock, the flecked animal,

The moving grass, the Indian in his glade. ①

秋天的极光

一

这是大蛇的居所,那无形者。
他的头是空气。夜里,在他的尖端之下
每片天空里许多眼睛睁开盯着我们。

或者这是又一次扭动产卵,
洞穴尽头另一个意象,
蛇蜕的另一种无形?

这是大蛇的居所。这是他的巢穴,
这些田地,这些山丘,这些色泽淡淡的远方,
还有海上、沿海、海边的松林。

这是形在无形无相之后的吞咽,
皮肤闪烁进入所向往的消失
没有蛇皮的大蛇躯体闪烁。

这是浮现的高度及其底端
这些光终将在午夜的最中间
抵达一极并在那里发现大蛇,

在另一个巢穴,躯体以及
空气、形和意象迷宫的主人,
毅然掌握着幸福。

这是他的毒药:我们甚至会
连那主人也不信。当他如此轻轻移动
以确证太阳,他在蕨类植物中的冥想,

---

① CPP:355.

让我们不只是确信。他的覆满黑色串珠的头

枕着岩石，我们在其中看到，斑点的动物，

移动的草，在他自己林地里的印第安人。

　　《秋天的极光》开篇第一章即开始从"隐喻"向"越界"过渡，即从"大蛇"到我们在大蛇头部所见"林地里的印第安人"。诗题既是总领全篇的意象，又可以被看作开篇的第一行诗句，唯有如此，读者才能迅速领悟"大蛇"即北极光。理解"大蛇"这一隐喻，可以从两个方面着眼：一是大蛇隐喻在语境中的指涉；二是史蒂文斯对隐喻的态度。隐喻是向外指涉、替代，总是不断为喻体注入新的意义。在第一行中，北极光直接被大蛇替代，大蛇的特质成为我们观察、理解北极光的线索。大蛇所居之处，即我们所处的环境。"洞穴"意象来自柏拉图《理想国》中的"洞穴之喻"。① 大蛇的巢穴，田野、山丘、地平线、海岸、松林，即人居住的大地。大蛇不断蜕变的特性，或许与史蒂文斯对诗歌形式的考虑有关，他曾说在诗歌中他只想得到诗歌，任何适合这一目的的形式他都不会拒绝：《极光》采用了史蒂文斯惯用的三行体，由于这种形式恰巧与"大蛇"意象契合，产生了奇妙的化学反应，成了史蒂文斯长诗中运用三行体形式最成功的作品。隐喻的辗转替代似乎是无穷无尽的。但是，史蒂文斯对永远向外寻找的隐喻方式态度是有所保留的，尽管他在《最高虚构笔记》第二部分"它必须变化"中探讨了这种向外探求方式的原理，但是在许多作品中，他也表达隐喻方式对理解事物的局限性，例如《隐喻的动机》（"The Motive of Metaphor"）："隐喻的动机，从最初的正午的/分量退缩……"② 又如《不是物的观念而是物自身》（"Not the Idea about the Things but the Thing Itself"）：

The sun was rising at six,

No longer a battered panache above snow ...

It would have been outside.

It was not from the vast ventriloquism

Of sleep's faded papier-mâché ...

①　柏拉图. 理想国. 郭斌和，张竹明，译. 北京：商务印书馆，1986：272-277.

②　*CPP*：257.

The sun was coming from outside. ①

太阳六点升起，

不再是雪上打烂的羽毛……

它应该是在外面。

它不是来自睡眠褪色的

纸浆那宽阔的腹语……

太阳正从外面来。

正是对隐喻的担忧，让史蒂文斯转而向别的方向去寻找更确切的证明。隐喻逐渐退出，越界之旅开启。追随大蛇最终抵达一极之后，在时间与空间的深处，"午夜最中间之处"见到了大蛇的所在，此时，大蛇已幻化为"身体之迷宫的主人"。潜藏在宇宙时空最深处的北极光/大蛇的巢穴，亦潜藏在身体的迷宫深处，掌管着人的幸福。我们对此的怀疑，就是对这"迷宫之主"而言的毒药。大蛇之毒，怀疑之毒，这两者之间的契合，揭示人在自然、生存、命运面前的惶惑无据，这是现代人因失去信仰而独有的困境。"我们"开始窥视大蛇的内部，试图在那里找到答案，见到了"在自己林地中的印第安人"。林地中的印第安人显然预示了第九章中"整天待在丹麦的丹麦人"，不过，如果设想《极光》的抒情主人公为北美洲白人（如史蒂文斯），那么"印第安人"是一个他者，一个陌生人。"我们"与"他者"之间关系，正如《庄子·齐物论》所说："非彼无我；非我无所取。"②与他者的相遇，是理解自我的开始。

第二章继续从外向内过渡，目光从旷远的天空大地转向身边的景物，从空间的跨越转向时间的追溯，从对自然的惊愕转向对内心情感的审视。

II

Farewell to an idea ... A cabin stands,

Deserted，on a beach. It is white，

As by a custom or according to

① CPP：451-452.

② 王叔岷. 庄子校诠. 北京：中华书局，2007：52.

An ancestral theme or as a consequence

Of an infinite course. The flowers against the wall

Are white, a little dried, a kind of mark

Reminding, trying to remind, of a white

That was different, something else, last year

Or before, not the white of an aging afternoon,

Whether fresher or duller, whether of winter cloud

Or of winter sky, from horizon to horizon.

The wind is blowing the sand across the floor.

Here, being visible is being white,

Is being of the solid of white, the accomplishment

Of an extremist in an exercise ...

The season changes. A cold wind chills the beach.

The long lines of it grow longer, emptier,

A darkness gathers though it does not fall

And the whiteness grows less vivid on the wall.

The man who is walking turns blankly on the sand.

He observes how the north is always enlarging the change,

With its frigid brilliances, its blue-red sweeps

And gusts of great enkindlings, its polar green,

The color of ice and fire and solitude. ①

二

向一个理念道别……一幢小木屋矗立，

废弃在海滩。白色小木屋，

犹如出自风俗或是根据

---

① *CPP*：356.

祖先的主题或是无限原因的

后果。贴墙而生的花朵

是白色的,略微干枯,某种印记

提醒,试图提醒,一种不同的

白,某种别的东西,去年

或之前,不是老去的下午那种白。

是更鲜活还是更迟钝,是冬天的云

还是冬天的天空,从地平线到地平线。

风把沙子吹过地板。

这里,成为可见就是成为白色,

就是具有白色的坚实,在锻炼中

极端分子的完成……

季节变化。冷风吹得海滩冰凉。

悠长的线条越拉越长,越来越空,

黑暗聚集尽管并不降落

墙上白色变得没有那么活跃了。

行走的男人在沙上茫然转身。

他察觉到北方如何一直扩大那变化,

用它冷清的辉煌,蓝红相间的扫荡

大火的阵阵迸发,极地的绿,

冰火与孤寂的颜色。

　　海边木屋孤独地立在一处海滩(on a beach),处在虚实之间。木屋既是空间中的构造,又是时间中的观念。木屋的起源总可以追溯到建筑师的心灵活动,同时也承载着居住者的记忆。史蒂文斯为法国象征主义大诗人瓦雷里的散文作品《对话录》撰写了序言,该书于1956年出版。在这部对话录中,瓦雷里仿照柏拉图《对话录》的体例,记录了苏格拉底、斐德若以及建筑师欧拉利诺斯围绕建筑而进行的对话。在这篇序言中,史蒂文斯对瓦雷里的诗学思想推崇备至,摘录、阐释了瓦雷里关于艺术中诸多问题的议论,其中"抽象"是核心问题之一。瓦雷里的警句或可作为史蒂文斯诗学思想的概括:"人通过抽象……来创造。"(Man... fabricates by abstraction.)①建筑是这种通过抽象创造的范例。在建筑中蕴含的观念、情感常常隐藏在外表和形式之中,难以辨认,却往往能在不经意间打动观看者,带来莫名的感动或愉悦之情。欧帕利诺斯对斐德若的一番谈话深刻地揭示了建筑艺术的表达方式:

> 听着,斐德若……那座我为赫尔墨斯建造的小小神庙,距此处几步之遥,但愿你能理解它对我意味着什么! ——路人在那里只不过看到一座优雅的小教堂——一件琐碎之物:四根柱子,非常简单的风格——我在那里供奉着我生命中最光明岁月的记忆。啊甜美的变形! 无人知晓,这精致的庙宇是一位科林斯女郎的数学形象,我曾快乐地爱过她。神庙忠实地复制了她特有的身材比例。它为我活着! 我赋予它的,它回赠给我。……②

在史蒂文斯看来,木屋是"理念"的变形。"理念"当然是对《最高虚构笔记》的回应,它不是一个哲学概念,也不是宗教概念,而是一个纯粹的诗学概念,指那产生别的心灵活动而不为别的心灵活动所产生的原初性、原创性。对于欧帕利诺斯来说,他是建筑设计者和建造者,神庙建筑是从他内心中而来,他只需追溯他内心对世界的记忆即能完整地理解这座建筑。而这记忆对他来说是如此鲜明! 对史蒂文斯来说,追溯蕴含在海边木屋中的最初理念,则要困难得多。他最先跨越的障碍就是时间,只有追溯流逝的时间,才能寻找到记忆、思想、情感、心灵的源头。暗色调墙壁背景上的白花,此时变得鲜明,花朵的白色,记录了时间的变化与流逝,白色,成为弥漫在时空中的颜色,唯一可见之物。在这白色的天地间,出现一个人,他变得茫然、苍白,仿佛逐渐淡出。如果我们设想第二诗章的视角仍然保持第一人称复数,那么这个出现在海滩上的人,就是第三者。但是,在很多情况下,将这个人看作诗人从旁观看自己,也是合情合理的。在他的眼中,在白色背景上,北极光的碧绿变得凄清、孤寂。一切都在流逝,而向理念的告别,并不意味放弃、诀别,而是无限珍惜与遗憾。在苍茫的风景中,废弃的木屋显得分外孤独,而它却是记忆的唯一载体。

---

① *CPP*:883.
② *CPP*:885.

271

第二节　命运与激情

从第二章开始,《极光》就逐渐从风景转向人,从隐喻转向越界。接下来的三个诗章,诗人转向审视人与他人的关系,毫不意外,从母亲与父亲开始:

III

Farewell to an idea … The mother's face,

The purpose of the poem, fills the room.

They are together, here, and it is warm,

With none of the prescience of oncoming dreams,

It is evening. The house is evening, half dissolved.

Only the half they can never possess remains,

Still-starred. It is the mother they possess,

Who gives transparence to their present peace.

She makes that gentler that can gentle be.

And yet she too is dissolved, she is destroyed.

She gives transparence. But she has grown old.

The necklace is a carving not a kiss.

The soft hands are a motion not a touch.

The house will crumble and the books will burn.

They are at ease in a shelter of the mind

And the house is of the mind and they and time,

Together, all together. Boreal night

Will look like frost as it approaches them

And to the mother as she falls asleep

And as they say good-night, good-night. Upstairs

The windows will be lighted, not the rooms.

A wind will spread its windy grandeurs round
And knock like a rifle-butt against the door.
The wind will command them with invincible sound.　①

三

向一个理念道别……母亲的脸，
诗的目的，充满房间。
他们在一起，在这里，屋里很暖和。

没有任何对纷至沓来的梦的预知。
傍晚时分。这幢房子就是傍晚，半已消融。
只有他们从不能拥有的一半还留着，

星辰寂静。正是他们拥有的母亲，
把透明赐给他们现有的和平。
她让能够变柔和的更加柔和。

不过她也消融了，她被毁灭了。
她赐予透明。但是她已经老去。
项链是雕琢而不是亲吻。

柔软的手是移动而不是触摸。
房屋会崩塌书籍将焚毁。
它们在心灵的书架上轻松自如，

这幢房子属于心灵与它们与时间，
一起，全在一起。北方的夜晚
将看似寒霜，当夜晚接近它们

并在她睡着的时候接近母亲
在他们说晚安、晚安的时候。楼上

---

① *CPP*：356-357.

窗户将被照亮，而不是房间。

风将四处散播如风一般的辉煌

并像来复枪托一样撞击房门。

风将用不可战胜的声音命令它们。

人在经历最深刻的悲伤与失落时，最容易想起母亲。废弃的木屋，消失的记忆，流逝的时间，不可挽回的生活。此情此景，充满了凄凉悲怆之感。真有"念天地之悠悠，独怆然而涕下"之慨。而此时浮现在心灵中的，是母亲的面孔，"诗歌的目的"。这无疑是对诗歌的目的最为感人的表达之一。诗人用最迅速直接的方式，抵达心灵深处。人在悲伤的心境中敞开心灵，从而形成某种顿悟，这样的例子在《庄子·大宗师》中可以找到：

子舆与子桑友。而霖雨十日，子舆曰："子桑殆病矣！"裹饭往食之。

至子桑之门，则若歌若哭，鼓琴。曰："父邪！母邪！天乎！人乎！"有不任其声而趋举其诗焉。

子舆入，曰："子之歌诗，何故若是？"

曰："吾思夫使我至此极者，而弗得也！父母岂欲吾贫哉？天无私覆，地无私载。天地岂私贫我哉？求其为之者而不得也。然而至此极者，命也夫！"①

子桑从自己的悲苦处境中领悟到了命运，而在诗歌中找到了救赎。庄子因此把他列入大宗师。在史蒂文斯诗歌中，人所面临的处境更加孤独，并没有一位像子舆这样的知己来关心、分担这悲苦的命运，人只有独自承担。正如布鲁姆所见，这是属于激情（pathos）的语言。② 最初的理念、母亲的慈爱、真实生活中的一切都已经消逝，我们纵然奋力追寻，也只能找到一些记忆的碎片，一些冰冷的纪念品。记忆永远只能是真实的替代。而人不甘于这种逐渐失去温度的替代，而是竭尽全力要跨越时间的阻隔，这种最为无望的越界，只能在诗歌中出现。如同子桑，不任其声而趋举其诗。在这情感、记忆、时间的追溯中，隐喻极具诱惑力，然而却是无

---

① 王叔岷. 庄子校诠. 北京：中华书局，2007：269-270.

② Bloom，H. *Wallace Stevens：The Poems of Our Climate*. Ithaca：Cornell University Press，1977：266.

效的,只能带来更多的替代品。越界虽然困难,其寻求最初的真实的努力可能徒劳,然而却是为沉入时间幽暗深渊的往昔的真实生活寻求确证的唯一方式。外部世界在这情感世界周围始终是以威胁的面目出现的,"风像来复枪托一样撞击房门",这是多么惊心动魄的意象!

IV

Farewell to an idea ... The cancellings,

The negations are never final. The father sits

In space, wherever he sits, of bleak regard,

As one that is strong in the bushes of his eyes.

He says no to no and yes to yes. He says yes

To no; and in saying yes he says farewell.

He measures the velocities of change.

He leaps from heaven to heaven more rapidly

Than bad angels leap from heaven to hell in flames.

But now he sits in quiet and green-a-day.

He assumes the great speeds of space and flutters them

From cloud to cloudless, cloudless to keen clear

In flights of eye and ear, the highest eye

And the lowest ear, the deep ear that discerns,

At evening, things that attend it until it hears

The supernatural preludes of its own,

At the moment when the angelic eye defines

Its actors approaching, in company, in their masks.

Master O master seated by the fire

And yet in space and motionless and yet

Of motion the ever-brightening origin,

Profound, and yet the king and yet the crown,

Look at this present throne. What company,
In masks, can choir it with the naked wind? [①]

四

向一个理念道别……取消,
否定,从不是最终的。父亲坐在
冷言冷语的空间,无论坐在何处,

如同在他双眼的灌木中的强壮者。
他向不说不并向是说是。他向是
说不,说是的时候他说永别。

他度量变化的速度。
他从天堂跃向天堂,比坏天使
身披烈焰从天堂跃向地狱更加迅速。

但是现在他静静坐着,绿意盎然的一天。
他承担起空间的极大速度,并挥舞它们
从云到无云,无云到敏锐的清晰

在眼和耳的飞行中,最高的眼睛
和最低的耳朵,傍晚,深深的耳朵
分辨注意它的事物,直到听见

它自己的超自然序曲,
在那一时刻,天使般的眼睛界定
逐渐靠近的它的演员,结伴,戴着面具。

主人啊主人落座在火旁边,
还是在空间里并且不动,
还是属于一直照亮原初的运动,

深刻,还是国王还是王冠,

---

① *CPP*:357-358.

看看这眼前的王座。什么样的陪伴，

戴着面具，能够与裸露的风一起为它合唱？

对父亲形象的描述从否定开始，一直持续到下一章，又以否定结束：

V

The mother invites humanity to her house

And table. The father fetches tellers of tales

And musicians who mute much, muse much, on the tales.

The father fetches negresses to dance,

Among the children, like curious ripenesses

Of pattern in the dance's ripening.

For these the musicians make insidious tones,

Clawing the sing-song of their instruments.

The children laugh and jangle a tinny time.

The father fetches pageants out of air,

Scenes of the theatre, vistas and blocks of woods

And curtains like a naive pretence of sleep.

Among these the musicians strike the instinctive poem.

The father fetches his unherded herds,

Of barbarous tongue, slavered and panting halves

Of breath, obedient to his trumpet's touch.

This then is Chatillon or as you please.

We stand in the tumult of a festival.

What festival? This loud, disordered mooch?

These hospitaliers? These brute-like guests?

These musicians dubbing at a tragedy,

A-dub, a-dub, which is made up of this:

That there are no lines to speak? There is no play.

Or, the persons act one merely by being here. ①

五

母亲邀请人性到她的房屋

和桌旁。父亲寻来讲故事的人

和音乐家,他们对故事沉默、沉思了许多。

父亲寻来黑女人跳舞,

在孩子中间,像在舞蹈的成熟中

花纹好奇的成熟。

为了这些,音乐家奏出隐伏的音调,

抓住乐器的抑扬顿挫。

孩子们大笑,叮当作响了一小会儿。

父亲从空气中寻来盛装游行,

剧院布景,景观、片片树林

和重重帘幕,像睡眠的无知造作。

在这些中间,音乐家弹拨本能的诗。

父亲寻来他未经畜放牧的牧群,

属于野蛮的舌头,被蓄养为奴并半张着嘴

喘气,驯服于他小号的触摸。

于是这就是沙蒂雍或者随你高兴。

我们站在节日的混乱当中。

什么节日? 这响亮,无序的闲逛?

这些就医者? 这些野兽般的客人?

这些音乐家对着一出悲剧打着节拍,

轻敲、轻点,由如下构成:

没有诗行可以言说? 没有戏剧。

---

① *CPP*:358-359.

或者，人物仅以存在于此来演出一幕剧。

父亲是作为母亲形象的对立面出现的。如果说母亲代表情感能力（pathos），父亲则代表应对现实的能力（ethos）。在第五章中，父亲似乎是一个哲学家或是理性的人，他所关注的是空间，空间的运动，事物的差异，对事物的明确定义。他树立了一个成竹在胸的王者形象。我们可以联想起海子对父亲与母亲形象的区分："父亲迷恋于创造和纪念碑、行动雕刻和教堂神殿造型的壮丽人格。王子是旷野无边的孩子。母性和母体迷恋于战争舞蹈、性爱舞蹈与抽象舞蹈的深渊和心情，环绕人母和深渊之母（在泰西文明是圣母）"。① 但是，他也与自然、与世界、与他人分隔，变成最为孤独之人。第六章中，母亲与父亲的形象形成直接对比。但是母亲在简短的介绍之后退场了，虽然她还将在后续诗章出现，并成为《极光》中最令人印象深刻的形象。这位父亲独占了舞台中心。此时他像是一个从现实借取各种题材的艺术家，不过他自己没有故事、音乐，也没有诗歌，他只是到处拼凑。他虽然能制造出欢腾热闹的节日气氛，但终究不过是一场嘈杂混乱的杂耍。这位艺术家父亲，最终成为没有一行台词可以念的戏剧家。或许这位父亲就是雪莱所说的心灵活动的"理性原则"的体现者。在雪莱看来，"理性原则"只考虑事物之间的关系，而不创造新事物；理性相对于想象来说，只是影子相对于实质。②

第三节　想象力与卡巴拉

第六诗章似乎回到了开篇的隐喻模式，但是"剧院"隐喻和"大蛇"隐喻不同，它不断地崩塌：

VI

It is a theatre floating through the clouds,

Itself a cloud, although of misted rock

---

① 海子. 海子诗全集. 北京：作家出版社，2009：1042.

② Shelley, P. B. *Shelley's Poetry and Prose*. Reiman, D. H. & Fraistat, N. (eds.). New York：W. W. Norton & Company, 2002：511.

And mountains running like water, wave on wave,

Through waves of light. It is of cloud transformed
To cloud transformed again, idly, the way
A season changes color to no end,

Except the lavishing of itself in change,
As light changes yellow into gold and gold
To its opal elements and fire's delight,

Splashed wide-wise because it likes magnificence
And the solemn pleasures of magnificent space.
The cloud drifts idly through half-thought-of forms.

The theatre is filled with flying birds,
Wild wedges, as of a volcano's smoke, palm-eyed
And vanishing, a web in a corridor

Or massive portico. A capitol,
It may be, is emerging or has just
Collapsed. The denouement has to be postponed ...

This is nothing until in a single man contained,
Nothing until this named thing nameless is
And is destroyed. He opens the door of his house

On flames. The scholar of one candle sees
An Arctic effulgence flaring on the frame
Of everything he is. And he feels afraid. ①

它是一座漂浮穿过云层的剧院，
它自身就是云，虽然由雾气缭绕的岩石
与流动如水的山脉形成，波浪层叠着波浪。

① CPP：359.

穿过光的波浪。它由变形为云

复又变形的云构成，闲散，同样

季节变换颜色漫无目的，

除了慷慨地把变化赋予自身，

如同光变化黄色成为金色而金色

变成它的蛋白石元素与火之愉悦。

被洒向宽广处因它为喜爱壮丽

与壮丽空间的庄严愉悦。

云闲散地漂流穿过不经意间想起的形式。

剧院充满了飞翔的鸟，

狂野的楔形，仿佛来自火山的烟，眼如棕榈

并在消逝，走廊或者巨大柱廊里的

一张蛛网。它仿佛是

一幢大厦，正在浮现或者刚刚

倒塌。结局不得不推迟……

这什么也不是直到容纳于一个单身男子，

什么也不是直到这未命名之物成为无名

并被摧毁。他打开自己烈焰之上

房屋的门。秉烛的学者看着

北极的璀璨闪耀在他所是的

一切的框架之上。他感到害怕。

　　"剧院"本身就是一个人工构建。"剧院"隐喻虽然起初似乎宏伟壮观，但是不断崩坍，最后，隐喻被摧毁，纳入个人的心灵。"剧院"的观看者也有别于"大蛇"，不再是第一人称复数，而是一位"秉烛的学者"，他被极光壮丽的景象所震慑，还无力理解和接受它，对他而言，极光是来自外部世界的威胁，因此，"他感到害怕"。

VII

Is there an imagination that sits enthroned

As grim as it is benevolent, the just

And the unjust, which in the midst of summer stops

To imagine winter? When the leaves are dead,

Does it take its place in the north and enfold itself,

Goat-leaper, crystalled and luminous, sitting

In highest night? And do these heavens adorn

And proclaim it, the white creator of black, jetted

By extinguishings, even of planets as may be,

Even of earth, even of sight, in snow,

Except as needed by way of majesty,

In the sky, as crown and diamond cabala?

It leaps through us, through all our heavens leaps,

Extinguishing our planets, one by one,

Leaving, of where we were and looked, of where

We knew each other and of each other thought,

A shivering residue, chilled and foregone,

Except for that crown and mystical cabala.

But it dare not leap by chance in its own dark.

It must change from destiny to slight caprice.

And thus its jetted tragedy, its stele

And shape and mournful making move to find

What must unmake it and, at last, what can,

Say, a flippant communication under the moon. ①

七

是否有一想象端坐于王座

---

① *CPP*:360.

既严厉又仁慈,公正者

与不公者,在夏天中间停止

想象冬天? 当树叶死去,

它是否在北方安身并围裹自己,

山羊跳跃者,结晶并发光,坐在

最高的夜晚? 这重重天堂是否装点

并宣告它,黑色的白色创造者,由熄灭

喷射而出,甚至属于仿佛存在的星球,

甚至属于地球,甚至属于视觉,在雪中,

除了以庄严的方式被需要,

在天空中,如同王冠和钻石的卡巴拉?

它跳跃穿过我们,穿过我们的所有天堂跳跃,

熄灭我们的星球,一个接一个,

从我们曾经存在并观看之处,从我们

互相了解并互相思念之处,留下,

闪烁的残余物,冰冷,过时,

除了那王冠和神秘的卡巴拉。

但是它不敢在自己的黑暗中随意跳跃。

它必须从命运变成轻快的突发奇想。

由此它的喷射而出的悲剧,它的中柱

和形状和哀悼的制造,移动着去寻找

那必须毁灭它的,最终,那能毁灭它的,

这么说吧,月光下一次轻率的交流。

在经历了"剧院"隐喻壮观的崩塌之后,天空似乎变得清晰,想象力登场了。北极光的实质被追溯到想象力,这已经不再是隐喻的方式了。史蒂文斯在《极光》中的越界修辞,在第七诗章才充分显露,以古老宗教奥义的形式,登上了天空的宝座。史蒂文斯给想象力命名的方式,显然是对《最高虚构笔记》第一诗章的呼应,

太阳被命名为"黄金繁盛者"(gold flourisher),而想象力被命名为"山羊跳跃者""黑色的白色创造者"。他还在试探性、不确定性的介词"as"之后,把想象力与"王冠与钻石的卡巴拉"联系起来。亚里士多德在《气象学》(Meteorologia)中把某些形式的极光称为"跳跃的山羊"("dancing goats"或者"jumping goats"),而星座摩羯座(Capricorn)意为"山羊角"("goat-horn")。① "卡巴拉"(Kabbalah)源于古希伯来语,意为传统,是古老的宗教信仰传统,源于犹太教的秘密派别,某种意义上,可以被看作新柏拉图主义与诺斯替教义的综合。② 史蒂文斯采用了较不常用的拼写"cabala",也许是有意将其宗教教义区别开。在《最高虚构笔记》当中,原创、新颖的命名,是宣示"最初理念"的方式。在《极光》中亦然,不过,"王冠与钻石的卡巴拉"虽然是奇异、全新的命名,史蒂文斯还是把它置于越界修辞的极限之外,保留它的神秘性。"大蛇""剧院"作为隐喻失效后,唯有越界修辞能抵达真实、明澈之境。在此境界中,一切似乎都变得轻快、自由、活跃。值得注意的是,在本章中人称又恢复为第一人称复数,"我们互相认识并了解对方的思想",但是这思想已经是时间的陈迹、毫无活力的残渣,唯一的希望系于那来自奇异天象的神秘启示,"王冠与神秘的卡巴拉"。完整的极光顶点处有黑暗的冠冕形状,这与卡巴拉的神秘启示相契合。不过,这种神启并不直接向人显现,而是要从命运变成任性嬉戏,如庄子所说"以天下为沉浊,不可以与庄语"③,或者狄金森所说"讲述真实不过要倾斜着说"。神秘的卡巴拉最终通过消解,成为人所能理解的东西,"月光下率性的交流"。至此,越界修辞完成了一个完整的过程,人与自然的交流最终变为可能。《极光》也完成了从命运(ethos)到激情(pathos),从隐喻(metaphor)到越界(metalepsis)的转向。

第四节　越界:人与世界的和解

从第八诗章起,《极光》从外界环境转向人,从神秘的自然现象转向人的理解

---

① Cook, E. *A Reader's Guide to Wallace Stevens*. Princeton: Princeton University Press, 2007:241.

② Bloom, H. *Kabbalah and Criticism*. New York: Continuum, 2005:7.

③ 王叔岷. 庄子校诠. 北京:中华书局,2007:1342.

和想象,从现实与命运转向人的生存、欲望与自由。布鲁姆认为,第八诗章中的
"天真的时光"是《极光》中转向越界修辞的开始,是对新奇的想象力可能性的越界
修辞或者"牵强的转义"("far-fetched" trope)。[1] 布鲁姆对越界现象的观察是敏
锐的。不过,正如我们所见,《极光》是一个首尾相衔的循环文本,第八诗章并未与
之前的文本断裂开来,而且,想象力的越界从第一诗章就已开始,到第七诗章出现
"王冠与钻石的卡巴拉",实际就已完成。第八诗章之后的诗篇更加关注人的内心
世界与生存状态,不过,这一切依然笼罩在变幻不定的极光之下。

VIII

There may be always a time of innocence.

There is never a place. Or if there is no time,

If it is not a thing of time, nor of place,

Existing in the idea of it, alone,

In the sense against calamity, it is not

Less real. For the oldest and coldest philosopher,

There is or may be a time of innocence

As pure principle. Its nature is its end,

That it should be, and yet not be, a thing

That pinches the pity of the pitiful man,

Like a book at evening beautiful but untrue,

Like a book on rising beautiful and true.

It is like a thing of ether that exists

Almost as predicate. But it exists,

It exists, it is visible, it is, it is.

So, then, these lights are not a spell of light,

A saying out of a cloud, but innocence.

---

[1] Bloom, H. *Wallace Stevens: The Poems of Our Climate*. Ithaca: Cornell University Press, 1977:276.

An innocence of the earth and no false sign

Or symbol of malice. That we partake thereof,
Lie down like children in this holiness,
As if, awake, we lay in the quiet of sleep,

As if the innocent mother sang in the dark
Of the room and on an accordion, half-heard,
Created the time and place in which we breathed ...[①]

八

总是会有天真的时光。
从没有一个地点。或者如果没有时间，
如果没有一物属于时间，也不属于地点，

存在于它的理念之中，独自，
在反对灾难的感觉中，它并非
更不真实。对最年老和最冰冷的哲学家，

有或者会有纯真的时间
作为纯粹的原则。它的本性是它的目的，
它所应成为的，而尚未成为的，一物

钳制可怜男子的可怜，
就像美丽而不真实夜晚的一本书，
就像上升中的一本书，美丽而真实。

它就像以太构成之物，几乎作为
谓词而存在。但是它存在，
它存在，它不可见，它在，它在。

所以，于是，这些光不是光的咒语，
出自一朵云的言说，而是纯真。

---

① CPP：360-361.

大地的纯真而非虚假符号

或者恶意的象征。我们从中分享的，

在这神圣性中像孩子一样躺下，

仿佛，醒着，我们在睡眠的安静中躺着，

仿佛纯真的母亲在房间的黑暗

和手风琴上歌唱，依稀可闻，

创造出我们在其中呼吸的时间和地点……

"天真的时光"是人与自然和解的状态，或许是人们心目中的黄金时代，虽然从无历史确证存在过这样一个时代。史蒂文斯心目中的理想时代，或许近于庄子所说的至德之世："其行填填，其视颠颠。当是时也，山无蹊隧，泽无舟梁；万物群生，连属其乡；禽兽成群，草木遂长。是故禽兽可系羁而游，乌鹊之巢可攀援而窥。"①这样的时代，只可能存在于想象、情感、欲望、记忆之中，如果可能，也只能存在于时间之中，而不会变成现实落入空间。诗歌通过想象，实现了天真时代的存在：它出现在明喻中，像一本美丽的书，无论真实与否；或者像是以太般的东西，近乎无形。无论如何，诗歌宣布了天真时代的存在：语法从情态动词表达的猜测、欲望、不确定，变成一般现在时的肯定。上空的极光也转变为对纯真或者天真状态的证明。这是越界修辞的典型特点：以创造者的权威语气宣布某物被创造、某物存在、某物为真。虚假的符号、恶意的象征被清除。关于象征的"恶意"，或误导，或欺骗，怀特海有过明确论断："象征极易出错，因为它可能引向真实世界中不存在其例证而象征却引导我们去设想的行动、情感、情绪与信仰。"②"Metalepsis"的希腊语源即含有"分有、分享"之意。我们分享这天真时光中的纯真生存状态，"像"孩子一样无忧无虑地生活。时态自然地转入过去时，对母亲的回忆让天真时光多了一重证据，母亲为我们创造除了这样的时空，它只存在于过去或者记忆之中。"纯真的母亲"是《极光》中最动人的意象，闪耀着生命柔情的光辉。第八诗章到第九诗章之间，有全篇唯一跨越章节的跨行（enjambement）：

---

① 王叔岷. 庄子校诠. 北京：中华书局，2007：333.

② Whitehead, A. N. *Symbolism*：*Its Meaning and Effect*. New York：Capricorn Books，1927：6

IX

And of each other thought—in the idiom

Of the work, in the idiom of an innocent earth,

Not of the enigma of the guilty dream.

We were as Danes in Denmark all day long

And knew each other well, hale-hearted landsmen,

For whom the outlandish was another day

Of the week, queerer than Sunday. We thought alike

And that made brothers of us in a home

In which we fed on being brothers, fed

And fattened as on a decorous honeycomb.

This drama that we live—We lay sticky with sleep.

This sense of the activity of fate—

The rendezvous, when she came alone,

By her coming became a freedom of the two,

An isolation which only the two could share.

Shall we be found hanging in the trees next spring?

Of what disaster is this the imminence:

Bare limbs, bare trees and a wind as sharp as salt?

The stars are putting on their glittering belts.

They throw around their shoulders cloaks that flash

Like a great shadow's last embellishment.

It may come tomorrow in the simplest word,

Almost as part of innocence, almost,

Almost as the tenderest and the truest part. ①

---

① *CPP*：361-362.

九

互相思念——在作品的

习语中,在纯真地球的习语中,

而非负罪之梦的奥秘。

我们就像成天待在丹麦的丹麦人

互相熟知,心脏强健的同胞,

对他们来说特立独行是一星期里的

另一天,比星期天更怪异。我们想法相似

这让我们成为一家的兄弟

在这个家里我们以成为兄弟为资粮,喂养

并长胖,如同在端庄的蜂巢上。

我们演出的这场戏——我们和睡眠如胶似漆。

这种对命运之活动的感觉——

当她孤身前来,由她的

到来,这场约会成为两人的自由,

只有这两人能够分享的孤立。

下个春天我们是否应该被发现悬在树上?

在这当中属于何种灾难的迫切感:

裸露的四肢,裸露的树以及锋利如盐的树?

群星系上了闪闪发光的腰带。

它们把披风披在肩上,披风

像巨大阴影的最后装饰一样闪现。

明天它将在最简单的词语中到来,

几乎是纯真的一部分,几乎,

几乎是最柔和最真实的部分。

在纯真的年代、天真的地球,人与人之间变得单纯,亲如兄弟。"成天待在丹麦的丹麦人"呼应第一诗章"在他自己林地里的印第安人"。如果说在大蛇头部窥见的印第安人还是一个他者形象，既看不真切，又难以理解和沟通，那么，"待在丹麦的丹麦人"对诗篇的言说者来说就是一个熟悉的形象，"我们"的一员。与女子的约会是对"命运活动的感觉"的隐喻，同时也具备独立的含义。女子同时也是命运的化身。人与命运达成了和解，就像理想的恋爱关系，保持自由，又互相分享。第九诗章中，北极光的形象淡化了，几乎消失，只是群星的像影子一般闪烁的披风。

X

An unhappy people in a happy world—
Read, rabbi, the phases of this difference.
An unhappy people in an unhappy world—

Here are too many mirrors for misery.
A happy people in an unhappy world—
It cannot be. There's nothing there to roll

On the expressive tongue, the finding fang.
A happy people in a happy world—
Buffo! A ball, an opera, a bar.

Turn back to where we were when we began:
An unhappy people in a happy world.
Now, solemnize the secretive syllables.

Read to the congregation, for today
And for tomorrow, this extremity,
This contrivance of the spectre of the spheres,

Contriving balance to contrive a whole,
The vital, the never-failing genius,
Fulfilling his meditations, great and small.

In these unhappy he meditates a whole,
The full of fortune and the full of fate,

As if he lived all lives, that he might know,

In hall harridan, not hushful paradise,
To a haggling of wind and weather, by these lights
Like a blaze of summer straw, in winter's nick. ①

十

不幸福的人在幸福的世界——
拉比，请阅读这一差异的诸相。
不幸福的人在不幸福的世界——

这里有太多为痛苦而设的镜子。
幸福的人在不幸福的世界——
这不可能存在。那里没有什么

在富于表现力的舌尖和搜寻的毒牙上滚动，
幸福的人在幸福的世界——
滑稽歌手！舞会、歌剧、酒吧。

转回我们起初所在之处：
不幸福的人在幸福的世界。
现在，让秘密音节变得庄严。

为了今天也为了明天
对着教众宣读，这个极限，
这一诸天幽灵的造物，

发明出平衡以发明出全体，
至关重要者，从不失败的精灵，
满足他的冥想，伟大和渺小。

在这些不幸中他冥想一个整体，
好运的圆满，命运的圆满，

---

① *CPP*：362-363.

> 仿佛他活过所有生活，他所应知道的，
>
> 在悍妇厅堂，而非悄无声息的天堂，
>
> 向一场风与天气的争论，经由这些
>
> 像夏日秸秆焚烧的光，在冬天的刻痕里。

《极光》的终章将视野扩大，从高空俯视的角度观察人与世界，从一位拉比的视角，对人的生存状况逐一检视，最终在拉比的宣言中，创造出一位空间的幽灵、从不失败的精灵，在此精灵的冥想中，设想出一个乐土或是地上天堂，而北极光如同夏日焚烧秸秆的烈火，在上空闪耀。终篇与第一诗章衔接，形成首尾相连的循环结构。拉比，犹太教的宗教领袖或者学者、教师，与第七诗章的"卡巴拉"呼应，寓意古老神秘知识的传承者，或者智慧的象征。拉比也是史蒂文斯惯用的形象，作为来自古老东方文明的智者形象，颇有寓言色彩，而淡化其宗教或者哲学意味，也有意与基督教传统拉开距离。史蒂文斯借寓言人物之口，来宣示诗歌的发明、发现或是断言，印证他关于"哲学是对世界的官方解释，而诗歌是对世界非官方解释"的观点。《最高虚构笔记》第一部分《它必须抽象》的第十诗章，也是由一位拉比来做诗歌的宣言：

> 什么拉比，对人类愿望逐渐变得狂怒，
> 什么酋长，独自行走，呼喊着，
> 最悲惨，最胜利，
>
> 不是逐一看这些分离的形象，
> 并依然看见唯一的一个，身穿旧外套
> 和下垂的马裤，远离城镇，
>
> 寻找曾存在之物和它过去的处所？
> 清晨无云。那就是他。身穿
> 那件旧外套，那条下垂的马裤的人，
>
> 年轻人，最终的优雅是由他
> 来创造、制造的，不是安慰

也不是净化，而是直白地提出。[①]

　　与此类似，《极光》中的拉比观察了四种人类基本生存状况：不幸的人们在幸福的世界，这样的世界极接近现实世界，人们经历着差异的不同阶段，是为历史；不幸的人们在不幸的世界，这里有许多照着不幸的镜子，或许镜子寓意为清晰的理性，在其照射下一切无所遁形，因而痛苦；幸福的人们在不幸的世界，这不可能，因为在此状况下，充满表达欲的舌头将无话可说，这是一个压抑的世界、谎言的世界，或是无言的世界；幸福的人们在幸福的世界，这是一场无休无止的狂欢。而拉比选择回到了起点：不幸的人们在幸福的世界。这里的人们经历悲欢离合，所谓有情世界、娑婆世界，也是真实世界。在这里拉比揭示秘密，对教众宣读了宣言：一位神奇的精灵，在哀哀众生中通过冥想创造出一个整体，命运的圆满。这个冥想中创造出来的境界，颇具异教色彩，"悍妇厅堂"（hall harridan）是对北欧神话传说的戏仿，也与极光照耀的北方地理环境契合，又与悄无声息的天堂（hushful paradise）形成对比。而后者是对早期作品《礼拜天早晨》（"Sunday Morning"）的回应。至此，诗歌似乎在这冥想境界中达到了某种圆满或完整性。而这冥想境界又是不定的，建立在假设之上，如果这精灵能够经历所有的生活，他将会领悟，而他借以照明的光线，只不过是冬日缝隙里的一束火光（火光为北极光的隐喻，不过此时，隐喻的呈现已经若有若无了）。这火熊熊燃烧，人们在其中看到了大蛇的居所。

293

---

① *CPP*，336.

结　语

Singing a Wordless Song
as the Dark Space Ripples

February 2019, at St Louis, Missouri, the U. S.

Singing a wordless song as the dark space ripples,

I roved in the labyrinth of time holding a candle.

A thousand cities were lighted up with neon whirlpools.

My only thread is a promise revolving around a spindle.

You are my Ariadne, you are the only one

Who is true to me, to my desperate quest.

I stood in the invisibility, meditating on the sun,

I saw your face showing the way out of the nest.

Our hope was derived from the first inventor,

Our passion is the living proof of the grace.

Music arises from my being as never withered flower,

Which preserves the memory of your young face.

The promise is that we would be set free together,

High above time's nest, in light's amphitheater.

咏唱无词之歌如幽暗空间之涟漪

2019 年 2 月于美国密苏里州圣路易斯

唱着无词之歌,如同幽暗空间的涟漪,
我秉烛漫游在时间的迷宫。
一千座城池被霓虹漩涡点亮。
我唯一的线索是缠绕着纺锤的诺言。
你是我的阿里阿德涅,你是唯一
真心对我的人,也对我绝望的旅程。
我站在不可见之中,默想太阳,
我看到你的面庞指示破网而出的路。
我们的希望源于第一位造物者,
我们的激情是恩典的活的证明。
音乐从我的存在升起,如不凋之花,
保存着对你年轻面容的记忆。
这是诺言:我们将同获自由,高翔
在时间的巢穴之上,光明的圆形剧场中。

　　史蒂文斯将关于诗歌理念的阐释称为诗歌理论(the theory of poetry)，认为诗歌理论是诗歌的生命，而关于诗歌的理论就是关于生命的理论。[①] 他的独特风格与他对诗歌理论的重视密不可分。

　　如果说史蒂文斯的诗歌是一个"流畅的世界"，那么他的诗歌理论就是我们借以探索这个世界的地图。地图是对真实世界的抽象。对史蒂文斯而言，地图可以扩大他的想象空间，他曾说："看西班牙地图会发现它突然变得和康涅狄格地图一样含义丰富。"[②]史蒂文斯曾经表达过系统研究诗歌理论的愿望。阿奇博尔德·麦克利什(Archibald MacLeish)曾邀请他担任 1955 年至 1956 年哈佛大学查尔斯·艾略特·诺顿讲席教授(Charles Eliot Norton professor)，他出于个人原因拒绝了这一邀请，但不无遗憾地表示，如有机会，他很想探索是否有可能系统阐述诗歌理论，让诗歌成为重要人文学科和规范而充满活力的研究领域。[③] 史蒂文斯对诗歌理论的阐述虽然不够系统，但自成一格，内涵丰富，不仅融入他的诗歌创作，还散见于他的散文、书信和日记。史蒂文斯诗歌理论的根本原则是诗人在诗歌中寻求的只是诗歌本身，诗歌是独立存在的事物(the thing itself)，亦即他所谓的"纯诗"。"纯诗"源于法国象征主义，是一个富于争议的概念。对史蒂文斯来说，"纯诗"即"理念之诗"，其理想形式或恰当形式为"最终的诗"(the ultimate

---

① 　*CPP*：415. 原文：This endlessly elaborating poem/Displays the theory of Poetry,/As the life of Poetry.

② 　*L*：827.

③ 　*L*：853.

poem）。"最终的诗"指向史蒂文斯诗歌理论的核心概念："最高虚构"（a supreme fiction）。"最高虚构"不是指诗歌本身，而是一个要宽泛得多的概念：它既是现实的延伸，又是想象出来的；既是虚构的，又是真实的；既是现实的，又是超验的；既是物理的，又是心理的；既可见，又不可见；既是无形的，又具有形象；既存在于当前，又存在于未来。简言之，"最高虚构"即史蒂文斯寻求的"超越当前认识的生命，/比当前的辉煌更明亮的生命"①。对诗人而言，"最高虚构"的表现形式必然是诗歌，它是诗人在宗教时代结束之后为人类提出或创造的信仰，即人们明知其为虚构却依然乐于相信的东西。"最高虚构"与宗教的最大区别在于，它不是神秘的：史蒂文斯曾明确表示"我憎恶任何神秘的东西"②。"最高虚构"早在1922年就已提出，直到1942年才在《最高虚构笔记》中得到充分阐述，于1954年，即史蒂文斯逝世前一年，由诗人确认为其诗歌理论和创作的核心。"最高虚构"是两个早期重要概念"想象"和"现实"的发展、变形和融合。"想象"即自我的感知力和创造力，近似于布鲁姆所谓"激情"（pathos），亦即"力量"（power）、"潜能"（potential）、"意志"（will）、"活力"（vitality）、"上帝"（God）、"伟大"（greatness）、"拯救"（salvation）、"生命力"（vital force）、"胜利"（victory）、"灵感"（inspiration）、"掌握"（mastery）以及"狂喜"（ecstasy）；"现实"即"非我"的一切，近似于布鲁姆所谓"性格"（ethos），亦即"命运"（fate）、"宿命"（destiny）、"必然"（necessity）、"时运"（fortune）、"种族"（race）、"无力"（powerlessness）、"经验"（experience）、"局限"（limitation）以及"自然"（nature）。③"越界"是诗歌中融合"想象"与"现实"的创造行为，是形成"最高虚构"的关键因素。一方面，"越界"作用于现实，包括感知、简化、还原、概括、内化等一系列过程，通过观看（see）、剥离（strip）、清除（get rid of）、抽离（withdraw）、杀戮（kill）、毁灭（destroy）、消灭（undo）等行为，最终实现对现实的内化，即理念的形成，其终极形式是"最初理念"（the first idea）。另一方面，"越界"作用于想象，不断打破障碍和限制，尽力追溯本源，通过寻找（find）、发现（discover）、变形（metamorphose）、融合（merge）、制作（make）、创造（create）以及"反创造"等一系列行为，形成诗歌中具有高度概括力的象征。而现实与想象的

---

① *OP*：128.

② *L*：428.

③ Bloom，H. *Wallace Stevens：The Poems of Our Climate*. Ithaca：Cornell University Press，1977：5.

融合,即最初理念与象征的契合,在澄明的瞬间实现诗歌的理想,给人以顿悟之感,即终极的满足和愉悦,亦即"最高虚构"。

由此可见,"越界"作为一种创造行为,是融合现实与想象、形成"最高虚构"的关键因素。史蒂文斯诗歌理论的核心内容可简要概括如下:诗歌以"越界"行为对现实和想象进行抽象,达到最初理念和象征的契合,形成最高虚构。因此,"它必须抽象"是《最高虚构笔记》强调的诗歌的第一个属性;而现实是不断变化的,因此"它必须变化";"最初理念"必须与想象创造出的象征契合,给人感性和理性的双重满足,因此"它必须产生快乐"。当然,这是一幅抽象、简化的"地图",不应被视为刻板、僵化的教条。史蒂文斯曾说:"精确的文字的精确性是对应于现实的结构的精确性。"①如果我们能够想象出一幅随着现实中的地理结构随时变化的地图,我们就能想象出一种更接近史蒂文斯理想的诗歌理论:随着诗歌创作的现实随时变化的理论。

史蒂文斯的抽象诗学是"表现说"的延伸和现代变形。"表现说"和"模仿说"是文学理论的两大传统,分别发源于柏拉图和亚里士多德。将史蒂文斯的诗歌理论和创作置于"表现说"和"模仿说"的分野中,而不是归入浪漫主义传统或现代主义阵营,有助于我们更清晰地观察其诗歌理论的本质。史蒂文斯对诗歌传统的认识比艾略特更加抽象。他认为"我们是传统的一部分",我们可以通过赋予它形式辨认出它的真实面貌,但是传统不会轻易屈就形式,它不是一套法律,不是固定的形象,它要远远大于记忆;传统是"最终形式",其他所有形式都向其回归;它有一个清晰、单一、坚固的形式,有如背负着安喀赛斯(Anchises)逃出特洛伊城的埃涅阿斯(Aeneas):

> 父亲继续活在儿子体内,父亲的
> 世界继续活在儿子的
> 世界之中。这些出自于时空的幸存者
> 每天向我们走来。而他们依旧只是
> 心灵的总体虚构的许多部分:
> 我们已经爱上的善的幸存者,

---

① 　NA:71.

在反射发光的貌似如此中变得显著。①

传统既然是心灵的总体虚构,必然和"最高虚构"发生联系。史蒂文斯对柏拉图、康德、华兹华斯、柯勒律治、雪莱、济慈、爱默生、惠特曼、兰波、马拉美、瓦雷里、叶芝等前辈哲学家、诗人的评论,尤其是对"理念""理想""抽象""象征"等重要问题的回应和批评,是我们理解其诗歌理论的重要线索。进一步细致辨析史蒂文斯与"表现论"文学传统的互动关系,将有助于厘清他的"抽象"观念的起源和演变过程。

说史蒂文斯是现代主义诗人,并非因为他的诗歌活动与某个现代诗歌流派发生关系,而是因为他与时代的互动。史蒂文斯的诗歌活动与19世纪末20世纪初科学技术迅猛发展、宗教日益衰微以及哲学转向的时代背景密切相关。他曾经概括了诗歌与科学、宗教、哲学的关系:

> 世界上主要的诗歌理念是而且一直是上帝的理念。现代想象力可见的运动之一就是离开上帝的理念的运动。创造了上帝的理念的诗歌将会使它适应我们的不同智力,或者为它创造一个替代物,或者把它变得不必要。这些选择也许意味着同一件事,但是其意图不是促成迷信。诗歌知识是哲学的一部分,也是科学的一部分;诗歌的重要性就是精神的重要性。本质的诗人的形象应该是精神形象。②

史蒂文斯观察世界的方式受到了现代科学的深刻影响,尤其体现在《秋天的极光》《没有地点的描写》《纽黑文的普通一夜》等作品中。他对宗教的眷恋与反思是形成"最高虚构"的重要动因。史蒂文斯对哲学的长期思考更是深刻地影响了他诗歌的面貌,柏拉图、康德、尼采、柏格森、爱默生、詹姆斯、桑塔亚那等人的学说构成了他哲学思想的基础;而海德格尔、福西永、梅洛-庞蒂等存在主义者的影响则更新了他的哲学知识结构;另外,史蒂文斯对逻辑实证主义哲学家也有所了解,尤其关注怀特海,在散文诗论中多次提及。史蒂文斯与维特根斯坦在某些观念上的不谋而合也引起了研究者的注意;对《坛子轶事》的分析表明,面对相同的时代现实是诗人和哲学家产生共鸣的基础。面对兵连祸结、动荡不安的世界,史蒂文

---

① *CPP*:595-596.

② *L*:378.

斯坚持精英主义的诗人观,坚持认为诗人没有政治、伦理、社会责任,诗人的功用在于唤醒和扩展人们的想象力,以内在的暴力抵抗外在的暴力,从而帮助人们生活。史蒂文斯认为自己是一个乐观主义者,最高追求是在大地上追求幸福,而"诗歌有时候处于对幸福的追求的顶峰。它本身就是对幸福的追求"①。

　　史蒂文斯的抽象观念经历了萌发、实验和形成的历程。在这个过程中,他找到了作为诗人的自我,他的诗歌经验和生命融为一体。史蒂文斯早年的创作就体现了偏重理念、想象、普遍的倾向。他在哈佛求学时期通过桑塔亚那了解到抽象与诗歌理念的关系,并试图调和理念与事实的矛盾,但是这些理论探索的成果并没有体现在他的早期诗歌创作中。他在哈佛时期的作品至多是对浪漫主义诗歌的成功模仿。走出校园后,在现实生活的磨砺中,史蒂文斯逐渐体会到了抽象的真实意义。他在纽约期间分别写于 1900 年 11 月 10 日和 1901 年 8 月 24 日的两则日记,明确表明了对抽象的兴趣和认识。1916 年发表的诗剧《三个旅行者看日出》是史蒂文斯在公开发表的作品中首次使用"抽象"(abstract)一词,而且这部作品依靠不同观点之间的辩论来结构诗篇的方式也在后期作品中得到了进一步运用。1923 年出版的《簧风琴》是史蒂文斯对想象与现实进行探索的总结,而想象与现实的矛盾集中体现于《喜剧家》。《喜剧家》的突出特征是语言的绚丽奔放与情节的简单贫乏之间的矛盾,而其深层原因则是想象与现实的割裂。《喜剧家》未尝没有抽象的因素,例如诗人试图用克里斯平这一人物体现人的共同命运,但是由于对抽象的力量认识不足,以及缺乏有效的运用方式,抽象的因素最终被否定了。史蒂文斯于 20 世纪 30 年代中期开始对抽象进行了自觉的、大规模的实验,《带蓝吉他的男子》是这次实验的最终成果。通过这部作品,史蒂文斯明确了抽象在诗歌中的作用,打破了想象与现实之间的隔阂,从技术上掌握了"抽象"的运用方法,通过"越界"修辞突破现实与想象之间的壁垒,驯服"现实"这一怪兽,成了"诗歌的主人"。1942 年《最高虚构笔记》的发表,则标志着史蒂文斯诗歌理论的形成:"最高虚构""最初理念""抽象"成为诗人独有的诗学术语和诗歌创造。通过以上梳理我们可以看到,"越界"作为一种诗歌创造行为,是贯穿史蒂文斯整个创作生涯的,其本质是前后一致的,前后期对比只有潜藏与显现、自觉与不自觉、生疏与熟练、粗糙与精纯的区别。

---

① *OP*:197.

在史蒂文斯的诗论中有一个特别突出的现象，即诗人对其他诗人影响的自觉抵制。史蒂文斯分别于 1954 年 1 月 15 日和 20 日两次写给诗人理查德·艾伯哈特(Richard Eberhart)的信中对此做了解释：

> 我理解你对我的影响的拒绝。这种事一直困扰我，因为，拿我自己来说，我没有意识到受了任何人的影响，而且故意避免阅读那些极为做作的人，例如艾略特和庞德，以至于我不会吸收任何东西，哪怕是无意识地。但是，有一种批评家，花费时间剖析他所读的东西，寻找回声、模仿、影响，好像从没有人仅仅是他自己，而总是许多其他人的复合。至于 W. 布莱克，我想这是威尔海姆·布莱克(Wilhelm Blake)。
>
> ············
>
> 诗人为什么特别厌恶给他们摊派其他诗人的影响？对这个问题约定俗成的答案是这会让他们显得像是第二流的。这也许对我而言是真正的答案的一个方面。在我看来真正的答案是，对真诗人来说诗歌就是他的生命攸关的自我(vital self)。别的任何人都不可能接触到它。①

埃克豪特与莉莎·戈德法勃(Lisa Goldfarb)也注意到了史蒂文斯的"敌意"，他们认为，这提示我们，文学批评中的影响研究最好是保持试探、猜想，有时甚至是试验性质。② 史蒂文斯的抱怨给批评家提出了更高的要求：真正的批评家应该努力寻找诗人的真正自我，而不是满足于辨别回声、影响和模仿的痕迹。尽管雪莱、济慈、惠特曼、瓦雷里、叶芝的作品是阅读史蒂文斯的极佳参考，尽管威廉斯和艾略特时常与史蒂文斯不谋而合、互相发明甚至殊途同归，所有这些历时和共时的外部参照都不足以使我们捕捉到史蒂文斯的生命攸关的自我。从某种意义上说，对抽象的研究是努力寻找史蒂文斯的真正自我的一次尝试。他的诗歌总能敏捷地逃脱阐释的牢笼，而又总能产生出新的意义。阿尔蒂里认为，史蒂文斯展现了心

---

① L:813, 815.史蒂文斯故意用错误的德语拼写来指称威廉·布莱克，表明自己与前辈浪漫主义诗人的距离，翻译模拟之。

② Eeckhout, B. & Goldfarb, L. (eds.). *Poetry and Poetics after Wallace Stevens*. New York: Bloomsbury Academic, 2017:2.

灵的力量，以及在当代未曾梦见或不可梦见的人性满足。^① 史蒂文斯是属于未来的诗人，寻找他的不可接触的真正自我是诗人留给我们的无法回避而且似乎不可能完成的任务，也是对未来的批评家的挑战和鞭策。维特根斯坦的警句或许是对史蒂文斯研究者的最好鼓励：“如果某个人只是超前于他的时代，时代总有一天会赶上他。”^②

　　史蒂文斯的诗歌创作与诗学思想不仅是批评家和文论家的研究对象，更对后世诗人的创作产生了持久、深刻而且日渐明显的影响；他倾尽全部心力于诗歌的决心、持之以恒的毅力和越界探索的勇气，鼓舞着向往、热爱诗歌的人们，也召唤着与他有相似禀赋的诗歌越界者。劳伦斯·斐林格蒂（Lawrence Ferlinghetti，1919—　　）把史蒂文斯诗学思想融入了自己的诗歌创作中，提出“诗歌是写在黑之上的白，写在白之上的黑”，并呼吁诗人们继续完成“诗歌，最高虚构”。^③ 2001 年“华莱士·史蒂文斯诗歌奖”得主约翰·阿什伯利（John Ashbery，1927—2017）是史蒂文斯忠实的追随者，曾于 1989 年 10 月在华莱士·史蒂文斯入驻纽约圣约翰大教堂（St. John's the Divine Cathedral）“诗人之角”的晚祷仪式上朗诵史蒂文斯诗歌《纽黑文的普通一夜》中的诗章。^④ 哈罗德·布鲁姆用阿什伯利的长诗《凸镜中的自画像》（*Self-Portrait in a Convex Mirror*）作为例证来阐释他的六个修正比，其中第六修正比“死者回归”（ratio of *apophrades*），亦即从隐喻（metaphor）向越界（metalepsis）的转向，最初出现在以下诗句中：

> A breeze like the turning of a page
>
> Brings back your face: the moment
>
> Takes such a big bite out of the haze

① Altieri, C. One Reason the Poetry of Wallace Stevens Matters Today. In Bartczak, K. & Mácha, J. (eds.). *Wallace Stevens: Poetry, Philosophy, and Figurative Language*. Berlin: Peter Lang, 2018:23.

② Wittgenstein, L. *Culture and Value*. Winch, P. (trans.). Chicago: The Universyity of Chicago Press, 1980:8e.

③ Ferlinghetti, L. *Poetry as Insurgent Art*. New York: New Directions Books, 2007:38-39.

④ Filreis, A. John Ashbery Performs Wallace Stevens(2011-02-02)[2020-05-10]. https://jacket2.org/commentary/john-ashbery-performs-wallace-stevens.

Of pleasant intuition it comes after. ①

一阵微风像书页的翻动

带回你的脸庞：那一瞬间

在它追随而来的愉悦直觉的

薄雾上咬了一大口。

布鲁姆认为，这些诗行表达了获得诗人身份的意外感觉。② 《凸镜中的自画像》中如下诗行更清晰地表明从外向探求转向内向自省的越界之路："不过我知道/别人的品位不会有/任何帮助，同样也会被忽视。"③2017 年"华莱士·史蒂文斯诗歌奖"得主乔莉·格雷厄姆（Jorie Graham，1951— ）明显继承了史蒂文斯的抽象风格，她早年求学法国索邦大学的经历仿佛是对史蒂文斯《最高虚构笔记》的回应："他们总有一天会在索邦让真相大白。"④格雷厄姆的诗歌把沉思、内省、抽象的风格发展到极致，例如《作为得墨忒耳和珀尔塞福涅的自画像》：

Where does the air end? Where does the sky begin?

She saw the made grieving above her like a mother or winter

the great gap grieving all form and shadow

heard the god of the place lean down and describe the grief；

and he shall be to thee in stead of a mouth and thou shalt be to him

in stead of God⑤

空气终止于何处？天空开始于何处？

她看见造物在上方悲痛，像母亲或冬季

① Ashbery, J. *John Ashbery*：*Collected Poems 1956—1987*. Ford, M. (ed.). New York：Literary Classics of the United States, Inc. , 2008：481-482.

② Bloom, H. The Breaking of Form. In Bloom, H. , et al. （eds.）. *Deconstruction and Criticism*. New York：Continuum, 2004：28.

③ Ashbery, J. *John Ashbery*：*Collected Poems 1956—1987*. Ford, M. (ed.). New York：Literary Classics of the United States, Inc. , 2008：486. 原文：Yet I Know/That no one else's taste is going to be/Any help, and might as well be ignored.

④ *CPP*：351.

⑤ Graham, J. *From the New World*：*Poems 1976—2014*. New York：HarperCollins Publishers，2015：96.

鸿沟为一切形式与阴影感到悲痛

听到土地神俯身描述这悲痛：

而他将为你而来，代替嘴，汝应为他而来

代替上帝

　　在史蒂文斯诗歌创作和诗学理论中，"越界"是连接并最终融合现实与想象、真实与虚构、存在与理念、理性与非理性等对立命题的创造行为，是形成"最高虚构"的重要因素，标志着其"抽象诗学"理论的最终完成。史蒂文斯的抽象观念在其创作生涯中是一以贯之的，其本质没有变化，只有自觉或非自觉、潜藏或显现以及比重、程度的差异。抽象既是诗人的自觉选择，又是时代影响的产物；它同时作用于现实与想象两个方面，主要方式是"越界"，亦即史蒂文斯所说"接近神明之境的道路"，既是对现实的观察、理解、把握和显现，也是想象的自由运行、象征的创造。对史蒂文斯来说，隐喻与越界的界线在现实与想象的互动之间，越界意味着对现实的把握与超越。诗歌在心神飞跃的瞬间实现感性与理性的完美融合，臻于自我与世界同一的理想境界，亦即"最高虚构"。

参考文献

华莱士·史蒂文斯著作

The Necessary Angel：*Essays on Reality and Imagination*. New York：Vintage Books，1951.

The Collected Poems of Wallace Stevens. New York：Alfred A. Knopf，1954.

Wallace Stevens Reads. New York：Caedmon，1956，audiotape.

Letters of Wallace Stevens. Stevens, H.（ed.）. New York：Alfred A. Knopf，1966.

The Palm at the End of the Mind：*Selected Poems and a Play*. Stevens, H.（ed.）. New York：Alfred A. Knopf，1971.

Souvenirs and Prophecies：*The Young Wallace Stevens*. Stevens，H.（ed.）. New York：Alfred A. Knopf，1977.

Secretaries of the Moon：*The Letters of Wallace Stevens & José Rodríguez Feo*. Coyle，B. &. Filreis，A.（eds.）. Durham：Duke University Press，1986.

Sur Plusieurs Beaux Sujects：*Wallace Stevens' Commonplace Book*. Bates，M. J.（ed.）. Stanford：Stanford University Press，1989.

Opus Posthumous：*Poems*，*Plays*，*Prose*. Bates，M. J.（ed.）. New York：Vintage Books，1990.

Wallace Stevens：*Collected Poetry & Prose*. Kermode F. &. Richardson J.

(eds.). New York: Library of America, 1997.

The Contemplated Spouse: The Letters of Wallace Stevens to Elsie. Blount, J. D. (ed.). Columbia: University of South Carolina Press, 2006.

英文文献

Abrams, M. H. *The Mirror and the Lamp: Romantic Theory and Critical Tradition*. Oxford: Oxford University Press, 1980.

Altieri, C. Why Stevens Must Be Abstract, or What a Poet Can Learn from Painting. In Gelpi, A. (ed.). *Wallace Stevens: The Poetics of Modernism*. Cambridge, England: Cambridge University Press, 1985: 86-118.

Altieri, C. One Reason the Poetry of Wallace Stevens Matters Today. In Bartczak, K. & Mácha, J. (eds.). *Wallace Stevens: Poetry, Philosophy, and Figurative Language*. Berlin: Peter Lang, 2018:23-32.

Ashbery, J. *John Ashbery: Collected Poems 1956—1987*. Ford, M. (ed.). New York: Literary Classics of the United States, Inc. , 2008.

Axelrod, S. G. Frost/Stevens: Whose Era Was It Anyway? *Wallace Stevens Journal*, 2017, 41(1):4-9.

Benamou, M. Wallace Stevens: Some Relations Between Poetry and Painting. *Comparative Literature*, 1959, 11(1):47-60.

Benamou, M. *Wallace Stevens and the Symbolist Imagination*. Princeton: Princeton University Press, 1972.

Blackmur, R. P. *Language as Gesture: Essays in Poetry*. London: George Allen and Unwin, 1954.

Bloom, H. *Wallace Stevens: The Poems of Our Climate*. Ithaca: Cornell University Press, 1977.

Bloom, H. *The Best Poems of the English Language: From Chaucer Through Robert Frost*. New York: HarperCollins Publishers, 2004.

Bloom, H. *Kabbalah and Criticism*. New York: Continuum, 2005.

Borroff, M. (ed.). *Wallace Stevens: A Collection of Critical Essays*. Eaglewood Cliffs: Prentice-Hall, 1963.

Brazeau, P. *Parts of a World: Wallace Stevens Remembered*. New York: Random House, 1983.

Brogan, J. V. Sister of the Minotaur. In Schaum, M. (ed.). *Wallace Stevens and the Feminine*. Tuscaloosa: The University of Alabama Press, 1993: 3-22.

Burke, K. *On Symbols and Society*. Gusfield, J. R. (ed.). Chicago: The University of Chicago Press, 1989.

Bush, R. Review of *Wallace Stevens and the Actual World*. *Wallace Stevens Journal*, 1991, 15(2):234.

Cavell, S. Reflections on Wallace Stevens at Mount Holyoke. In Benfey, C. & Remmler, K. (eds.). *Artists, Intellectuals, and World War II: The Pontigny Encounters at Mount Holyoke College, 1942—1944*. Amherst: University of Massachusetts Press, 2006:63-88.

Cook, E. Riddle, Charms, and Fictions. In Bloom, H. (ed.). *Wallace Stevens (Bloom's Poets)*. New York: Chelsea House, 1985:151-164.

Cook, E. *A Reader's Guide to Wallace Stevens*. Princeton: Princeton University Press, 2007.

Costello, B. Effect of an Analogy: Wallace Stevens and Painting. In Gelpi, A. (ed.). *Wallace Stevens: The Poetics of Modernism*. Cambridge, England: Cambridge University Press, 1985:65-85.

Doggett, F. Abstraction and Wallace Stevens. *Criticism*, 1960, 2 (Winter): 23-37.

Doggett, F. *Stevens' Poetry of Thought*. Baltimore: The Johns Hopkins University Press, 1966.

Donoghue, D. Stevens and the Abstract. *Studies: An Irish Quarterly Review*, 1960, 49 (Winter):389-406.

Doyle, C. (ed.). *Wallace Stevens: The Critical Heritage*. London: Routledge & Kegan Paul, 1985.

Eeckhout, B. *Wallace Stevens and the Limits of Reading and Writing*. Columbia: University of Missouri Press, 2002.

Eeckhout, B. Stevens and Philosophy. In Serio, J. N. (ed.). *The Cambridge Companion to Wallace Stevens*. Cambridge, England: Cambridge University Press, 2007:103-108.

Eeckhout, B. & Goldfarb, L. *Poetry and Poetics after Wallace Stevens*. New York: Bloomsbury Academic, 2017.

Eeckhout, B. & Ragg, E. (eds.). *Wallace Stevens across the Atlantic*. Houndmills: Palgrave Macmillan, 2008.

Filreis, A. *Wallace Stevens and the Actual World*. Princeton: Princeton University Press, 1991.

Filreis, A. "Beyond the Rhetorician's Touch": Stevens' Painterly Abstractions. *American Literary History*, 1992, 4(2):230-263.

Filreis, A. *Modernism from Right to Left: Wallace Stevens, the Thirties, and Literary Radicalism*. Cambridge, England: Cambridge University Press, 1994.

Fisher, B. M. *Wallace Stevens: The Intensest Rendezvous*. Charlottesville: University Press of Virginia, 1990.

Frankenberg, L. *Pleasure Dome: On Reading Modern Poetry*. Boston: Houghton Mifflin, 1949.

Frye, N. *Spititus Mundi: Essays on Literature, Myth, and Society*. Bloomington: Indiana University Press, 1976.

Genette, G. *Narrative Discourse: An Essay in Method*. Lewin, J. E. (trans.). Ithaca: Cornell University Press, 1980.

Graham, J. *From the New World: Poems 1976—2014*. New York: HarperCollins Publishers, 2015.

Hanebeck, J. *Understanding Metalepsis: The Hermeneutics of Narrative Transgression*. Berlin: De Gruyter, 2017.

Hines, T. J. *The Later Poetry of Wallace Stevens: Phenomenological Parallels with Husserl and Heidegger*. Lewisburg: Bucknell University

Press, 1976.

Huang, X. Y. *Supreme Fiction: The Poetics of Wallace Stevens*. Changsha: Hunan People's Publishing House, 2007.

Ingosby, W. The Wallace Stevens Manuscript Collection at the Huntington Library. *Wallace Stevens Journal*, 1977,1(1):41-48.

Jarrell, R. *Poetry and the Age*. Landon: Faber & Faber, 1955.

Jarrell, R. *The Third Book of Criticism*. Gainesville: University Press of Florida, 1969.

Kant, I. *Critique of Power of Judgment*. Guyer, P. (ed.). Guyer, P. & Matthews, E. (trans.). Cambridge, England: Cambridge University Press, 2000.

Kennedy, G. *The Art of Persuasion in Greece*. Princeton: Princeton University Press, 1963.

Kermode, F. *Wallace Stevens*. Edinburgh: Oliver and Boyd, 1960.

Kermode, F. Dwelling Poetically in Connecticut. In Doggett, F. & Buttel, R. (eds.). *Wallace Stevens: A Celebration*. Princeton: Princeton University Press, 1980:256-273.

Kinereth, M. The "Lion in the Lute" and the "Lion Locked in Stone": Statement and Image in the Poetry of Wallace Stevens. *Modern Language Studies*, 1984, 14(4):54-63.

Kuiken, K. The Metaleptic Imagination in Shelley's *Defence of Poetry*. *Keats-Shelley Journal*, 2011,60:95-111.

Legge, J. (trans.). *The I Ching*. New York: Dover Publications, Inc., 1963.

Leggett, B. J. *Wallace Stevens and Poetic Theory: Conceiving the Supreme Fiction*. Chapel Hill: University of North Carolina Press, 1987.

Leggett, B. J. *Early Stevens: The Nietzschean Intertext*. Durham: Duke University Press, 1992.

Leggett, B. J. *Late Stevens: The Final Fiction*. Baton Rouge: Louisiana State University Press, 2005.

Leggett, B. J. Stevens' Late Poetry. In Serio, J. N. (ed.). *The Cambridge*

Companion to Wallace Stevens. Cambridge, England: Cambridge University Press, 2007:62-75.

Lensing, G. S. *Wallace Stevens: A Poet's Growth*. Baton Rouge: Louisiana University Press, 1986.

Lensing, G. S. *Making the Poem: Stevens' Approaches*. Baton Rouge: Louisiana State University Press, 2018.

Lentricchia, F. *The Gaiety of Language: An Essay on the Radical Poetics of W. B. Yeats and Wallace Stevens*. Berkeley: University of California Press, 1968.

Lentricchia, F. *Ariel and the Police: Michel Foucault, William James, Wallace Stevens*. Madison: The University of Wisconsin Press, 1988.

Lentricchia, F. *Modernist Quartets*. Cambridge, England: Cambridge University Press, 1994.

Litz, A. W. *Introspective Voyager: The Poetic Development of Wallace Stevens*. Oxford: Oxford University Press, 1972.

Longenbach, J. *Wallace Stevens: The Plain Sense of Things*. Oxford: Oxford University Press, 1991.

Lowell, R. John Ransom's Conversation. *The Sewanee Review*, 1948, 56(3): 374-377.

MacLeod, G. G. *Wallace Stevens and Modern Art: From the Armory Show to Abstract Expressionism*. New Haven: Yale University Press, 1993.

Martz, L. L. "From the Journal of Crispin": An Early Version of "The Comedian as the Letter C". In Doggett, F. & Buttel, R. (eds.). *Wallace Stevens: A Celebration*. Princeton: Princeton University Press, 1980:3-29.

Martz, L. L. Wallace Stevens: The World as Meditation. In Brown, A. & Heller, R. S. (eds.). *The Achievement of Wallace Stevens*. Philadelphia: J. B. Lippincott Company, 1962:211-231.

Miller, J. H. *Poets of Reality: Six Twentieth-Century Writers*. Cambridge, Massachusetts: The Belknap Press of Harvard University Press, 1965.

Miller, J. H. Stevens' Rock and Criticism as Cure. In Bloom, H. (ed.).

Wallace Stevens. New York: Chelsea House, 1985:27-48.

Miller, J. H. *The Linguistic Moment: From Wordsworth to Stevens*. Princeton: Princeton University Press, 1985.

Morris, A. K. *Wallace Stevens: Imagination and Faith*. Princeton: Princeton University Press, 1974.

Morse, S. F. *Wallace Stevens: Life as Poetry*. Pegasus, 1970.

Moynihan, R. Checklist: Second Purchase, Wallace Stevens Collection, Huntington Library. *Wallace Stevens Journal*, 1996 (Spring):76-103.

Munson, G. B. The Dandyism of Wallace Stevens. In Brown, A. & Haller, R. S. (eds.). *The Achievement of Wallace Stevens*. Philadelphia: J. B. Lippincott Company, 1962:41-45.

Pack, R. *Wallace Stevens: An Approach to His Poetry and Thought*. New Brunswick: Rutgers University Press, 1958.

Pater, W. *Plato and Platonism: A Series of Lectures*. London: Cambridge Scholars Press, 2002.

Pearce, R. H. Wallace Stevens: The Life of the Imagination. *PMLA*, 1951, 66 (5):561-582.

Perkins, D. *A History of Modern Poetry: Modernism and after*. Cambridge, Massachusetts: The Belknap Press of Harvard University Press, 1987.

Perloff, M. Pound/Stevens: Whose Era? *New Literary History*, 1982, 13(3): 485-515.

Perloff, M. Revolving in Crystal: The Supreme Fiction and the Impasse of Modernist Lyric. In Gelpi, A. (ed.). *Wallace Stevens: The Poetics of Modernism*. Cambridge, England: Cambridge University Press, 1985: 41-64.

Perloff, M. *Wittgenstein's Ladder: Poetic Language and the Strangeness of the Ordinary*. Chicago: The University of Chicago Press, 1996.

Peterson, M. *Wallace Stevens and the Idealist Tradition*. Ann Arbor: UMI Research Press, 1983.

Plato. *The Dialogues of Plato*. Jowett, B. (trans.). Oxford: Oxford

University Press, 1891.

Plato. *Symposium*. Dover, Ke. (ed.). Cambridge, England: Cambridge University Press, 1980.

Plato. *Plato's Parmenides: Text, Translation & Introductory Essay*. Herman, A. & Chrysakopoulou, S. (trans.). Las Vegas: Parmenides Publishing, 2010.

Poud, E. *The Cantos of Ezra Pound*. New York: New Directions Book, 1996.

Qian, Z. M. *The Modernist Response to Chinese Art: Pound, Moore, Stevens*. Charlottesville: University of Virginia Press, 2003.

Ragg, E. *Wallace Stevens and the Aesthetics of Abstraction*. Cambridge, England: Cambridge University Press, 2010.

Richardson, J. *Wallace Stevens: The Early Years, 1879—1923*. New York: Beech Tree Books, 1986.

Richardson, J. *Wallace Stevens: The Later Years, 1923—1955*. New York: Beech Tree Books, 1988.

Richardson, J. *A Natural History of Pragmatism: The Fact of Feeling from Jonathan Edwards to Gertrude Stein*. Cambridge, England: Cambridge University Press, 2007.

Riddel, J. N. Interpreting Stevens: An Essay on Poetry and Thinking. *Boundary*, 1972, 2(1):79-97.

Riddel, J. N. Wallace Stevens' "Notes toward a Supreme Fiction." *Wisconsin Studies in Contemporary Literature*, 1961, 2(2):20-42.

Riddel, J. N. *The Clairvoyant Eye: The Poetry and Poetics of Wallace Stevens*. Baton Rouge: Louisiana State University Press, 1965.

Riddel, J. N. The Contours of Stevens Criticism. In Pearce, R. H. & Miller, J. H. (eds.). *The Act of the Mind: Essays on the Poetry of Wallace Stevens*. Baltimore: The Johns Hopkins University Press, 1965:243-276.

Rothko, M. *The Artist's Reality: Philosophies of Art*. New Haven: Yale University Press, 2004.

Santayana, G. *The Essential Santayana: Selected Writings*. Coleman, M. A.

(ed.). Bloomington: Indiana University Press, 2009.

Schaum, M. *Wallace Stevens and the Critical Schools*. Tuscaloosa and London: University of Alabama Press, 1988.

Serio, J. N. (ed.). *Wallace Stevens: An Annotated Secondary Bibliography*. Pittsburgh: University of Pittsburgh Press, 1994.

Serio, J. N. (ed.). *The Cambridge Companion to Wallace Stevens*. Cambridge, England: Cambridge University Press, 2007.

Shakespeare, W. *The Complete Pelican Shakespeare*. Orgel, S. & Braunmuller. A. R. (eds.). Harmondsworth: Penguin Books, 2003.

Shelley, P. B. *Shelley's Poetry and Prose*. Reiman, D. H. & Fraistat, N. (eds.). New York: W. W. Norton & Company, 2002.

Shelley, P. B. A Defence of Poetry. In Harmon, W. (ed.). *Classic Writings on Poetry*. New York: Columbia University Press, 2003.

Simons, H. The Genre of Wallace Stevens. *The Sewanee Review*, 1945, 53 (4):566-579.

Simons, H. "The Comedian as the Letter C": Its Sense and Its Significance. In Brown, A. & Haller, R. S. (eds.). *The Achievement of Wallace Stevens*. Philadelphia: J. B. Lippincott Company, 1962:97-113.

Stevens, W. From the Journal of Crispin. In Doggett, F. & Buttel, R. (eds.). *Wallace Stevens: A Celebration*. Princeton: Princeton University Press, 1980:30-45.

Symons, A. *The Symbolist Movement in Literature*. New York: E. P. Dutton & Company, 1919.

Tompkins, D. P. "To Abstract reality": Abstract Language and the Intrusion of Consciousness in Wallace Stevens. *American Literature*, 1973, 45(1): 84-99.

Vendler, H. H. *On Extended Wings: Wallace Stevens' Longer Poems*. Cambridge, Massachusetts: Harvard University Press, 1969.

Vendler, H. H. *Wallace Stevens: Words Chose out of Desire*. Knoxville: The University of Tennessee Press, 1984.

Whitehead，A. N. *Symbolism*：*Its Meaning and Effect*. New York：Capricorn Books，1927.

Williams，W. C. *I Wanted to Write a Poem*：*The Autobiography of the Works of a Poet*. New York：New Directions，1978.

Wimsatt，W. K. Jr. & Brooks，C. *Literary Criticism*：*A Short History*. New York：Alfred A. Knopf，1957.

Wittgenstein，L. *Culture and Value*. Winch，P.（trans.）. Chicago：The University of Chicago Press，1980.

Wordsworth，W. Observations Prefixed to Lyrical Ballads. In Harmon，W.（ed.）. *Classic Writings on Poetry*. New York：Columbia University Press，2003.

317

中文文献

艾略特. 艾略特诗选. 赵萝蕤，等译. 济南：山东大学出版社，1999.

爱默森. 爱默森文选. 张爱玲，译. 北京：生活·读书·新知三联出版社，1986.

爱默生. 爱默生演讲录. 孙宜学，译. 北京：中国人民大学出版社，2004.

鲍桑葵. 美学史. 张今，译. 北京：商务印书馆，1985.

波特莱尔. 一首诗的缘起. 郭宏安，译//象征主义·意象派. 黄晋凯，张秉真，杨恒达. 北京：中国人民大学出版社，1989：25-26.

波特莱尔. 恶之花. 郭宏安，译. 北京：国际文化出版有限公司，2005.

柏拉图. 理想国. 郭斌和，张竹明，译. 北京：商务印书馆，1986.

布雷德伯里，麦克法兰. 现代主义. 胡家峦，高逾，沈弘，等译. 上海：上海外语教育出版社，1992.

布鲁姆，等. 读诗的艺术. 王敖，译. 南京：南京大学出版社，2010.

陈鼓应，注译. 老子今注今译. 北京：商务印书馆，2003.

陈荣捷. 王阳明传习录详注集评. 台北：台湾学生书局，1983.

陈中梅. 柏拉图诗学和艺术思想研究. 北京：商务印书馆，1999.

弗里德里希. 现代诗歌的结构：19世纪中期至20世纪中期的抒情诗. 李双志，译. 南京：译林出版社，2010.

高名潞. 美学叙事与抽象艺术. 成都：四川美术出版社，2007.

傅浩. 秘密：我怎样作诗. 桂林：广西师范大学出版社，2011.

贺拉斯. 诗艺. 杨周翰，译//伍蠡甫，蒋孔阳. 西方文论选（上卷）. 上海：上海译文出版社，1979：98-119.

海子. 海子诗全集. 北京：作家出版社，2009.

惠特曼. 我自己的歌. 赵萝蕤，译. 上海：上海译文出版社，1987.

惠特曼. 草叶集. 赵萝蕤，译. 上海：上海译文出版社，1991.

康德. 判断力批判//康德著作全集（第5卷）. 李秋零，译. 北京：中国人民大学出版社，2006：175-508.

柯勒律治. 文学传记. 林同济，译//伍蠡甫，蒋孔阳，秘燕生. 西方文论选（下卷）. 上海：上海译文出版社，1979：32-35.

朗费罗. 朗费罗诗选. 杨德豫，译. 北京：人民文学出版社，1985.

李达三，谈德义. 史蒂文斯的诗. 香港：今日世界出版社，1977.

刘勰. 增订文心雕龙校注. 黄叔琳，注. 李详，补注. 杨明照，补注拾遗. 北京：中华书局，2012.

刘岩. 中国文化对美国文学的影响. 石家庄：河北人民出版社，1999.

罗素. 西方的智慧. 马家驹，贺霖，译. 北京：世界知识出版社，1992.

罗素. 西方哲学史（上卷）. 何兆武，李约瑟，译. 北京：商务印书馆，2015.

马拉美. 谈文学运动. 闻家驷，译//象征主义·意象派. 黄晋凯，张秉真，杨恒达. 北京：中国人民大学出版社，1989：39-43.

穆旦. 穆旦诗全集. 北京：中国文学出版社，1996.

钱锺书. 作者五人//于涛. 钱锺书作品精选. 长春：时代文艺出版社，2000：92-100.

莎士比亚. 莎士比亚十四行诗集. 屠岸，译. 上海：上海译文出版社，1988.

莎士比亚. 莎士比亚十四行诗. 梁宗岱，译. 刘志侠，校注. 上海：华东师范大学出版社，2016.

汪子嵩，王太庆. 陈康：论希腊哲学. 北京：商务印书馆，1990.

王叔岷. 庄子校诠. 北京：中华书局，2007.

威尔逊. 阿克瑟尔的城堡：1870年至1930年的想象文学研究. 黄念欣，译. 南京：江苏教育出版社，2006.

威廉斯. 威廉·卡洛斯·威廉斯诗选. 傅浩, 译. 上海: 上海译文出版社, 2015: 119.

维特根斯坦. 战时笔记: 1914—1917 年. 韩林合, 编译. 北京: 商务印书馆. 2005.

吴康茹. 热奈特诗学研究中转喻术语内涵的变异与扩展. 首都师范大学学报(社会科学版), 2012(4): 80-87.

吴于廑, 齐世荣. 世界史. 现代史编(上卷). 北京: 高等教育出版社, 2007.

锡德尼. 为诗一辩//西方文论选(上卷). 上海: 上海译文出版社, 1979: 227-246.

希罗多德. 历史: 希腊波斯战争史. 王以铸, 译. 北京: 商务印书馆, 1997.

雪莱. 雪莱抒情诗选. 查良铮, 译. 北京: 人民文学出版社, 1958.

亚里士多德. 诗学. 陈中梅, 译注. 北京: 商务印书馆, 2011.

杨伯峻. 孟子译注. 北京: 中华书局, 2012.

叶芝. 诗歌的象征主义. 赵澧, 译//黄晋凯, 张秉真, 杨恒达. 象征主义·意象派. 北京: 中国人民大学出版社, 1989: 85-95.

叶芝. 叶芝精选集. 傅浩, 编选. 北京: 北京燕山出版社, 2008.

叶芝. 叶芝诗集. 傅浩, 译. 上海: 上海译文出版社, 2018.

于方方. 悖论和元指: 越界叙述的美学论析. 郑州大学学报(哲学社会科学版), 2018(6): 97-102.

宇文所安. 中国文论: 英译与评论. 上海: 上海社会科学院出版社, 2003.

张世英. 美在自由——中欧美学思想比较研究. 北京: 人民出版社, 2012.

张子清. 沃莱士·史蒂文斯//吴富恒, 王誉公. 美国作家论. 济南: 山东教育出版社, 1999: 935-954.

赵毅衡. 分层, 跨层, 回旋跨层: 一个广义叙述学问题. 社会科学家. 2012(12): 143-150.

朱青生. 没有人是艺术家, 也没有人不是艺术家. 北京: 商务印书馆, 2000.

朱熹. 周易本义. 廖名春, 点校. 北京: 中华书局, 2009.

附录一 《序言两篇》①

长期渴望的光荣，理念
(*Gloire du long Désir，Idéies*)

德尼斯·索拉特(Denis Saurat)将瓦雷里的《欧帕利诺斯》(*Eupalinos*)称为"散文杰作"，然而，其用意不过是表明该文是瓦雷里的若干散文杰作之一，更不用说他的诗歌名篇。他引述了一两个简短的段落，然后声称："要找到同等的散文作品，必须回溯到博苏埃。"如果用心阅读《欧帕利诺斯》中更富有修辞性的段落，读者会乐于相信德尼斯对这部作品的判断。例如，文中有这样一段话，苏格拉底谈到他曾有机会把玩一个对象，这成为他观照建筑与认知之间差异的来源。斐德若前来请求他帮助看清这个对象，对此苏格拉底回答：

> 那么好吧，斐德若，它是如此这般。我曾在海的边缘行走。我沿着无穷无尽的海岸……我讲给你听的不是梦。我不知走向何处，跟随着生命而泛滥流溢，几乎沉醉于我的青春。空气粗糙而纯粹，令人神清气爽，扑面而来，让我裹足不前。风是无法触及的英雄，我必须战而胜之，才能继续前进。我逆风而行的顽强抵抗，总是受挫，每一步都是想象的英雄，战胜狂风，精力充沛，不断新生，与那看不见的对手势均力敌……这就是青春。我在狂风肆虐的海滩上健步而行，受海浪拍击而愈加坚强。环绕我的一切都简单、纯粹：天空、沙、水。

---

① *CPP*：879-894. "Two Prefaces".

仅仅是品味这些文字中的平衡感和形象性，就能感受到其所描述的经验本身的意气风发。此后，以同样的方式，在这部作品将近结束的时候，苏格拉底就各位参与讨论的说话人被引向的结论做总结陈词，他将口头的兴致代替为从心灵过程中来的兴致。只有充分引用这段真正的呼语才能领略其况味。苏格拉底对斐德若说：

> 啊和我在死亡中一起长存吧，毫无过错的朋友，诚挚的钻石，那么听好了：

> 我担心寻找这上帝是毫无目的，我穷尽毕生想要发现他，孤身一人穿越思想领域去追寻他；向他索要最变化多端最无知的正义与非正义之感；敦促他屈服于最精微的辩证之诱导。如此找到的上帝只不过是从词语中诞生一个词，并且返回到词。因我们对自己做的答复肯定从来不过是问题本身；而任何由心灵向心灵提出的问题也只是，也只能是，一种简化。不过，与此相反，只有在行动中，或者行动的组合中，我们才能找到神灵在场的直接感受，以及我们的力量中对生存来说并非必需的那一部分的最佳用途，那部分力量似乎留作求索永远在超越我们的无法定义的对象之用。

瓦雷里本人评论过这部作品。在 1923 年写给保罗·桑戴(Paul Sounday)的信中，他说道：

> 有人请我为建筑画册《建筑师》撰写一篇文字，这是一部镌刻和建筑设计图集。因为这篇文章要以对开本的形式巨幅印刷，并且要严格对应这部画册的装饰和页码，要求我将文章长度限制在 115800 个字母……115800 个字母！这是真的，这些字母将会是华丽饱满的。

> 我接受了。起初，我撰写的对话录过于冗长。我进行了删减；然后又太短了。我又加长它。我发现这苛刻的要求非常有趣，尽管文章本身可能受了一点负面影响。

> 毕竟，雕刻家从不会抱怨，他们必须按要求把他们的奥林匹斯诸神群像安放在山墙的钝角三角形之内！……

同样，还有一封信于 1934 年写给法兰西学院监察官唐顿维耶(Dontenville)。给保罗·桑戴的信写于《欧帕利诺斯》完稿之后数月。写给唐顿维耶的信则时隔十年之久。瓦雷里再次提到了 115800 个字母的要求，他说：

这种严苛，起初令人震惊和反感，尽管是要求一位诗人，他早已惯于具有固定形式诗歌的严格，最初，仍然让此人惊讶。但是，随后他发现这一奇特条件可以用颇具弹性的对话形式轻易满足。（一句无足轻重的答话，引入或删除，在几次尝试之后就让我游刃有余，从容应对尺度的固定要求。）实际上，调整可以轻松在校样中完成。

我收到的巨大校样给我奇特的印象，我捧在手里的是 16 世纪的作品，已经死去 400 年。

欧帕利诺斯这个名字是我查找建筑师名字时从《贝特洛百科全书》(*Encyclopédie Berthelot*)"建筑"词条中找到的。我从博学的希腊学学者根特的彼得斯(Bidez of Ghent)那里了解到，欧帕利诺斯与其说是建筑师，不如说是工程师，他挖掘许多运河，却很少建造庙宇。我把自己的想法赋予他，就像赋予苏格拉底与斐德若一样。更有甚者，我从未去过希腊。就希腊而言，很不幸我一直属于最不关心的学者之列，在柏拉图的原文中迷失，在译文中，我发现他极其冗长，而且常常枯燥不堪……

由于瓦雷里说欧帕利诺斯是梅加拉(Megara)人，而欧几里得学派正是在梅加拉发扬光大，这两者之间的联系自然引人遐想，瓦雷里把欧帕利诺斯的名字归因于《贝特洛百科全书》，就打消了这两者之间有任何联系的念头。最后，回到致保罗·桑戴的信，关于"这些对话"，瓦雷里写道：

他们是为秩序而创作的作品，在其中我尚未掌握或了解如何在对其最有利的光线中建立一种真正的思想。我应已尝试表明，纯粹的思想与在其自身中对真理的追寻，只能激发对某种形式的发现或者构建。

那么，瓦雷里选择了什么观念让苏格拉底的重重阴影与他的朋友斐德若讨论？他们相遇在我们的时代，在他们伊利苏斯河岸"幽暗的居所"。他们是孤独的，并将保持孤独。欧帕利诺斯没有出现也没有参与讨论，除了如同谈到他时所说的，他的一个影像路过，就像阴影的阴影。谈话持续很久，在其过程中，参与者相继发表观点。如果我们试图将发表的部分观点分组，可能会得到类似如下结果：

在执行中无细节。

没有什么美丽之物能同生命分离，而生命意味着死亡。

我们现在必须知道什么是真正美的，什么是丑的；什么适合于人；什么能让他充满惊奇而不会让他不知所措，占有他而不令其震惊错愕……那是轻而易举把他放置于他的本性之上的。

根据建造……我真心相信我构建出了我自己……构建自我，认识自我——这两者是判然有别的行为，或者不是？

对我来说重要性胜过其他一切的，是从那将要行成之中获取，它将以其新颖性的全部活力，满足那曾经存在之物的合理要求。

啊，我的躯体……保持专注于我的工作……让我与你结盟，去寻找对真实之物的感觉；脾气性格，力量，并且确认我的思想。

没有无词的几何学。

那些能迷惑我们、吸引我们的……由我们从浩瀚万物中选取的，造成我们灵魂骚动的，无不从某种意义上在我们的存在中预先存在，或者被我们本性秘密等待。

艺术家值得一千个世纪。

人……通过抽象来制造。

人能行动仅仅是因为他能忽略。

那制造者与被制造者，不可分割。

最大的自由诞生于最大的严格。

人最深沉的瞥视投向虚空。它们在一切之外汇聚。

那么，如果宇宙是某次行为的效果；那行为自身，又是一个存在物的效果，或者一种需求，或者一种思想，或者一种知识，或者属于那存在物的权力。于是，你只能通过行动，才能重新参加这宏伟的设计，并且承担对那已经制作了万物的造物主的模仿，这就是让自己以最自然的方式占据上帝的位置。

当今，一切行为中最完整的是关于建筑的。

> 但是我现在带到前景中的建造者……把上帝离去之处当作他行动的起点……我在此处，建造者说，我是行动。

> 我是否必须沉默，斐德若？——于是你将永远不会知道我以纯粹的苏格拉底方式设想出了怎样的庙宇，怎样的剧场！……对我的心灵加以越来越严格的控制，在最高点我应已经认识到变形的操作，将采石场与森林变成大厦、变成辉煌的平衡！……

> 于是从原材料中我将要聚集我的结构，完全为了玫瑰色脸庞人们的生活与欢乐而定……但是，你没什么可以学的了。你只能想想老苏格拉底，还有你顽固的阴影……

这就是苏格拉底与斐德若对话的内容，或者，至少，这些取自他们对话的话语，暗示出他们在谈论什么。实际上他们在谈论什么？为什么瓦雷里得到了证实？在结束语中，苏格拉底说："我们说过的一切，既是这些下界区域之沉默的自然运动，又同样是彼岸世界某位修辞家的幻想，他把我们当作木偶！"我们是在听人说话还是木偶？这些问题是如下基本问题的一部分：人的阴影应该谈论什么？或者在任何情况下，可能会明白无误地期待他们在极乐世界的田野谈些什么？苏格拉底以如下方式回答了这个问题：

> 不要想我们现在应该运用这死亡留给我们的无边无际的悠闲，来不知疲惫地判断并重新判断我们自己，修改、纠正，对发生的事件奢求别的答案，在细微处，针对非存在，试图以幻想来为我们辩护，正如活着的人针对他们的存在。

这段苏格拉底式问答看起来空洞。极乐世界的田野会是最微不足道的流放地，如果在那里的存在不是预期中的永恒，如果在那里，我们幻灭后的阴影取决于某种新鲜的幻想，在那透明的领域，由他们自己为他们自己产生。不能随意说瓦雷里自己没有成功地展现出曾经参与这样一场谈话的苏格拉底与斐德若，因为，当谈话进入尾声，从中浮现出一位反苏格拉底，一位反斐德若倾听着他，仿佛他们的谈话已经成为就他们过去的所作所为进行判断与再判断的过程，以抵达等同于幻想的心灵国度为对象。对话并没有造成这样的印象。当我们阅读的时候，对我们来说似乎不是这样：我们关心苏格拉底与斐德若的自我的运气，尽管那可以是一个伟大的关切。

我们大可期望死后的存在，以容纳关于生命之真理的启示，不论这启示是瞬息即逝、完整、令人目眩，或者它是不是一个唾手可得的发现的连续体。因此，当苏格拉底与斐德若死后的对话发生时，我们或多或少期望它包含我们最严肃的哲学或者宗教难题，或者至少包括其中一部分。然而，目前的对话是一场美学讨论，甚至可以说这是美学的巅峰。这根本不是我们心目中的鬼魂应该谈论的话题。这让对话发生的场景更像是法国的外省，而非考古学或诗学的来生世界。考虑到瓦雷里提到"非常令人仰慕的斯特凡"，很明显这里的场景是当今时代的来生世界，因为马拉美死于 1898 年。问题是，我们对来生世界里应该讨论些什么的感觉，来源于已经弃之不用的标本。对其观点的分析将会无关紧要。似乎这样想就足够了，存在于生者心灵中的逝者，他们讨论的就是生者讨论的无论什么东西，尽管不能说他们会以大体相同的方式，因为，斐德若告诉苏格拉底，如果苏格拉底当了建筑师，他将会如何超越"我们最伟大的建造者"，欧帕利诺斯也包括在内。苏格拉底回答说："斐德若，我求你了！……我们现在一手造成的微妙主题不允许我们发笑。我感觉应该笑，但是我不能。……所以忍住！"

这种抬高美学的做法是典型的瓦雷里思维。它本身就是建造行为。而不是归因于他的诗人天性造成的失衡。就他而言，这是经理性思考后坚信不疑的结果。他对建筑学的偏好是本能的，在其青年时期的作品《达·芬奇方法导论》中就表露无遗。这不是为了取悦约稿《欧帕利诺斯》的建筑师团体而曲意逢迎。这似乎自然而然，作为思想家的瓦雷里将人的艺术中如此众多的成分追溯到人的身体，他也会把人的艺术本身扩展到上帝的位置，并以此方式，将人的身体连接到上帝，以《欧帕利诺斯》所采取的方式。苏格拉底说："我不能设想存在着超过一位至高无上的善。"

于是斐德若谈到欧帕利诺斯关于形式和外观的言论。他重述了欧帕利诺斯的话：

> 听着，斐德若……那座我为赫尔墨斯建造的小小神庙，距此处几步之遥，但愿你能理解它对我意味着什么！——路人在那里只不过看到一座优雅的小教堂——一件琐碎之物：四根柱子，非常简单的风格——我在那里供奉着我生命中最光明岁月的记忆。啊甜美的变形！无人知晓，这精致的庙宇是一

位科林斯女郎的数学形象，我曾快乐地爱过她。神庙忠实地复制了她特有的身材比例。它为我活着！我赋予它的，它回赠给我。……

于是，欧帕利诺斯谈到了有些建筑是缄默的，有些是说话的，有些是歌唱的，并一一说明了原因。

苏格拉底打断了斐德若，谈及他的监狱，他称其为"就自身而言乏味、冷漠的地方"。但是他补充说，"事实上，除了我的身体之外我从未有过一座监狱"。

欧帕利诺斯继续对斐德若谈论港口的所在对精神的影响："……纯净的地平线的呈现，船帆的盈亏，与大地分隔随之而来的离愁别绪，危险的开端，未知陆地星火闪烁的门槛。"他没有宣称能够把分析与狂喜连接起来。他说：

> 我感到对美的需求，对应于我未知的种种资源，单单从它自身产生出令其满意的形式。我以我的全部存在渴望……众多力量聚集。灵魂的力量，如你所知，从夜晚奇异地升起……借助幻想之力，它们前进到实在世界的边境。我召唤它们，我以我的沉默祈求它们……

欧帕利诺斯以向他身体的祷告作为结束，此结束，听完斐德若复述之后，苏格拉底称之为"空前绝妙的祷辞"。对话临近尾声之时，苏格拉底向斐德若的呼语开头就说："啊和我一起在死亡中长存。"正是苏格拉底本人说，人以其行动将自己置于上帝的位置，这话的意思不是说人变成了上帝，二是他把自己放在了上帝的位置：*la place même du Dieu*。

由此可知，对欧帕利诺斯及其同道中人而言，他们的所作所为是他们通往神性的道路，对他们技艺的真正理解，以及他们所感受到的力求达到对这技艺的真正理解和精确实践的全部需要，这才是世界上无可估量的头等大事，借此世界本身也抵达神圣之境。阅读眼前这本著作时必须将此铭记在心。任何有关重要事情的严格智力戒律，同样也是对每件重要事情的戒律。瓦雷里自己的戒律出现在对话的每一页。理解寻常事物并展现对寻常事物的理解，这种需要不断表露出来。将玫瑰花束插花定型，即其一例。海岸上发现的事物，一件自然之物，与人造之物对比，又是一例。关于腓尼基人的寓言以及他如何四处奔波造一条船，是为第三例。这是关于艺术家的寓言。腓尼基人的船勾起了苏格拉底的回忆："……黑帆散漫地飘拂，这条船满载祭司，从德洛斯返回，船桨拖拽着它。……"

对此，斐德若大声说道："你对重新过一遍美丽的人生似乎毫无在乎！"

于是苏格拉底问道："有什么是比一位智者的影子更虚无的吗？"

斐德若说："智者本人。"行动的人的形象，让思想的人的阴影后悔他的人生。以某种方式，这是建造者的胜利者形象，当它面对思想者的形象。也许是站在他自己的立场，瓦雷里，因为毕生的研读，充满了大海，看着腓尼基人的宝船正在进行处女航行："她绯红的面颊接受了航程中跳起来迎接她的所有亲吻；挺拔、饱满的帆充分展开，把她的船舷后部按进波涛。……"

现代世界中最富洞察力的文本之一，尽管并非卷帙浩繁，也不变化多端，而且几乎不包含人的生活与本性，难道不可能依然是一部杰作？在这部作品的限制之内，当它以前所未有的兴趣去思考艺术的种种问题时，瓦雷里表达了与他时代的思想有关的想法。在对话中，苏格拉底谈论这些详解，仿佛带着它们的琐碎性的微妙之处。当他继续探索的时候，他的兴趣提升到如此程度，以至于他失去自己传统的角色形象；正因如此，他成了新时代的一部分，在其中他的阴影靠近我们。琐碎性的微妙变化在他开始庄重的演说时消失了，"啊，在死亡中与我一起长存"，此时他以准备好要说：

> 大匠造物主（Demiurge）在追寻他自己的设计，这设计不考虑他的造物。与此相反的必须消逝。他不在乎那些注定从分离中产生出来的麻烦，他以制作来转移注意力或让自己厌烦。他已经给了你生命的意义，甚至享受许多事物的意义，但总的说来不是你特别想要的那些意义。

> 但是我追随他。我就是他，把你渴望的东西看作一件琐事，比你自己的看法要准确。……

> 我有时候会犯错，而且我们会拥有一些废墟；但是，人们打开一本失败的书，它带我们向最美之物走近了一步，这总是开卷有益的。

最后，苏格拉底变成了建造者，如果他做到了，瓦雷里也做到了。思想者变成了造物者。让·沃尔（Jean Wahl）可能会将此贬低为一种防御机制。或许这就是阿兰（Alain）所说的艺术家不可模仿的面容的惊鸿一瞥。如果要在引述阿兰时更精确一点，应该说造物者已经明确了它是思想者的父母之辈，因为阿兰说过思想是诗歌的女儿。他的这篇文章特别适合瓦雷里。阿兰曾说，一切思想的指示者中，诗人最为敏锐，首先因为他们甘于冒险，略微超过逻辑允许的限度；也因为他们接纳的法则永远带领他们离开他们所希望的更远一点。马拉美和瓦雷里宣布新的思想气候。他们想要清晰的神秘之物，那些能够发展的，也就是数学的神秘符号。阿兰说：

> 如果这是真的，像我相信的那样，思想，诗歌的女儿，与其母亲相像，我们就会到处看到细节的清晰，一种由征服赢得的清晰，在我们模糊的向往之地；年轻一代将会让我们看到另一种方式的相信——那将会是对相信的拒绝。

《欧帕利诺斯》是一部具备这种"细节的清晰"的著作。这是对它的精确描述。在其中瓦雷里让语言自身成了建造者，直到苏格拉底发问：

> 什么是比清晰更神秘的？……还有什么比光与影在时辰与人之上分布的方式更加任性的么？……我们借助词语，像奥菲士（Orpheus）一样建造智慧与科学的神庙，那将令所有理性生物满意。这伟大的艺术要求我们使用令人钦佩的精确语言。

里尔克翻译了如此众多的瓦雷里作品，包括《欧帕利诺斯》。据说，作为一名诗人，他对这部作品的语言有强烈兴趣。关于音乐的一页——"这海神与大地之间的前线"；关于太初的一页："太初……有其所有：山脉森林……"——这些是真正的诗。不过让他印象深刻的是他所说瓦雷里语言的从容与圆满。里尔克在《欧帕利诺斯》最初刊登于《法兰西新评论》时就读过，而他对这本书的翻译是他死前的最后作品。

在对话的流动中，有时候讨论似乎变得随意、率性，或者说，苏格拉底式。但是，一场苏格拉底的心灵凌驾其上的讨论，其活力大多来源于苏格拉底的这个特点，因此，谈话结束时，我们有一种延展的、高贵的统一之感，一种广大而经过长期思考的形式感。

光明、生有羽翼、神圣之物

(*Chose légère, ailére, sacrée*)

1930 年，路易·赛尚（Louis Séchan）出版了《古希腊舞蹈》，其中一章论瓦雷里的《舞蹈与灵魂》。赛尚先生是蒙彼利埃大学的希腊语言文学教授。他寄送了一本给瓦雷里，瓦雷里写了一封信致谢，似乎值得大段抄录，如下：

> 我非常感谢您有心邮寄给我您关于希腊舞蹈的佳作。从中我学习到许

多从前忽略了的东西——甚至忽略了我自己。您关于我的短小对话的章节赋予我所从未拥有过的博学。无论卡利马科斯，或是卢西安，或是色诺芬，或是帕提尼亚，我都一无所知。而且无论在什么情况下对我用处都不大。文献总体上说阻碍而非帮助我。它们对我来说导致了困难，其后果就是特别的解决办法，在所有那些历史必须起到作用的作品中都是如此。

事实上，我克制自己，只是在图书馆里对艾曼纽尔（Emmanuel）浅尝辄止，我把马瑞（Marey）的书摊开放在桌子上，我拥有这本书已经三十年了。那些跳跃、行走的轮廓线，一些对芭蕾的记忆是我主要的素材来源。吹笛手确实来自王座。紧凑如锥形松树的头颅来自一位在世的舞蹈家。

关于对话的持续思考是生理性的——从序曲开始部分的消化不良直到终曲的晕厥。人是同情心与肺胃神经的奴隶。克制铺张的感官知觉，奢华的姿态，壮丽的思想，这些仅仅因为我们无性繁殖生命的暴君大发善心才得以存在。舞蹈是逃离的方式。

至于总体的形式，我曾试图让对话自身成为某种芭蕾，其中意象和观念轮番担任领舞。抽象与可感知轮流引领，并在最后的眩晕中联合起来。

总而言之，我丝毫没有追求历史或技巧的严格（而且理由充分）。我自由引入我为了维持芭蕾所需要的东西，并变换其形象。这延伸到观念自身。此处它们是*手段*。① 这一观念（亦即观念是手段）对我来说熟稔于心，也许还触手可及，这确实是真的。更有甚者，它导向对哲学的恶意想法（参阅我去年出版的《列奥纳多与哲学家们》）。

我本来从未计划去写舞蹈，对之我从未认真思考过。况且，我认为——现在依然如此——马拉美早已穷尽了这个主题，就舞蹈作为文学题材而言。这一想法让我起初拒绝了《音乐评论》的约稿。别的原因又让我最终决定接受。于是马拉美铺张扬厉的作品成为我写作的特殊条件。我必须做到既不忽略他，又不能与其思想过于般配。我采取了引入的线索，在三个人物对舞蹈所做的各种不同阐释中，其中有一个人物通过风格行成形式与无可比拟的展现，这部分可以从《游离》（*Divagations*）中找到。

我已经用可观的篇幅解释了自己。但是我将之归功于此人，这位批评家

① 斜体为原文如此。

如此关注，甚至对我的《对话录》如此热情洋溢。你已经完美地展现了它的精神，事实上，既非此，亦非彼——既不追随柏拉图，也非依傍尼采，而只是一次变形的行动。

赛尚著作的性质可以从瓦雷里对它的评论中总结得出。赛尚先生认为瓦雷里对《舞蹈与灵魂》的态度是某种随意率性的东西，这是典型瓦雷里式的想法。赛尚讨论了《游离》中瓦雷里关于舞蹈是身体的书写或者象形文字的言论，他流连于舞蹈与凝神屏息瞬间所做的冥想之间的相似性。他提到了保罗·桑戴在其关于瓦雷里的著作中对《舞蹈与灵魂》的分析，并特别指出，参与这场谈话的人物中互相对立的概念，由此：厄律克西马库斯（即柏拉图《会饮篇》中的人物 Eryximachus）的概念，即舞蹈是纯粹感官性的；斐德若的概念（《欧帕利诺斯》中的人物 Phaedrus），即舞蹈在心理上是激发性的；苏格拉底的概念，综合和前述两人的观点，即舞蹈是秘密与物理性的秩序之阐释。最后，赛尚先生谈到这一事实，即叔本华和尼采在瓦雷里心智成长臻于成熟的每个阶段都是有影响的力量。但是他认为《舞蹈与灵魂》是日神艺术，而非酒神艺术，因为作为日神艺术它更契合希腊天性。事实上，如果瓦雷里同时出版《欧帕利诺斯》和《舞蹈与灵魂》，这两者看起来是不可分离的伴侣，有可能瓦雷里有种感觉，《欧帕利诺斯》是日神艺术，而《舞蹈与灵魂》是酒神艺术。此外，可以肯定瓦雷里本人的天赋是日神的，酒神精神与之并不相符，因此，这一话题可以放弃。

《舞蹈与灵魂》相比《欧帕利诺斯》是较不重要的著作，因为它没有《欧帕利诺斯》所特有的观念的酣畅淋漓。苏格拉底无论何时何地都是酣畅淋漓。不过，在这部对话录中，他将自己的酣畅淋漓限制在单一的观念中。他反复问同一个问题："啊，我的朋友们，到底什么是舞蹈？"再一次："但什么是舞蹈？舞步又能说什么？"再一次，"啊，我的朋友们，我只是问你们什么是舞蹈……"

这些问题问过之后，一段舞蹈正在进行，一段芭蕾正在表演。场景是一处宴饮之地，一场宴会正在进行。仆役们在传菜，美酒川流不息。人物有苏格拉底、斐德若和厄律克西马库斯，许多面带微笑身穿五颜六色服装的人物，在迷狂的队列中旋转、消融，阿蒂克忒（Athikte），首席舞者，正在开场，许多音乐家，其中一位，珊瑚玫瑰色，正吹响一支硕大的海螺，另一位高个吹笛手，用她的脚趾打着拍子。苏格拉底对涌向他的观念洞若观火，他看着阿蒂克忒的舞姿，观察她庄严的举动。

厄律克西马库斯大声说："亲爱的苏格拉底,她教会我们做什么,向我们的灵魂显示我们的身体晦涩地完成的事情?"

斐德若补充道:"在这一点上,按照你的说法,这位舞者有某种苏格拉底式的东西,在行走这件事情上,教会我们更好地认识自己。"

这些谈话不断描画出舞者的图景,让对话录的读者如同亲眼看到。他听到说话者的声音,看到舞者的动作,与此同时,毫无一丝困惑,如同他在现实中所为。随着讨论接近结论,他的兴趣越来越浓厚,随着他对谈话的理解增长,他越来越深地沉浸在这壮观的景象中,由于推向最后高潮的动力,他第一次认识到,意义同时在思想与行动中展露时带来的激动之情。

这部作品是生成性的。赛尚先生引用了柏拉图的词语来描述瓦雷里:光明、生有羽翼、神圣之物。这些词语同时适用于瓦雷里的文本。此处我们再次得到在《欧帕利诺斯》中获得的东西,身体是来源,而行动与身体相关联。苏格拉底如是对厄律克西马库斯说:

> 那么,难道你没有看到,厄律克西马库斯,在所有令人沉醉的事物中,那最高贵的,对庞大的单调沉闷最具敌意的,就是由行动引发的沉醉?我们的行动,特别是那些让我们的身体运动起来的行动,会把我带向奇异而令人美慕的状态……

还是对厄律克西马库斯说话,苏格拉底做了一个手势指向:

> ……那热情洋溢的阿蒂克忒,她把自己分开又聚拢,升起又落下,如此敏捷地打开又闭合,看上去属于有别于我们的星座——似乎如鱼得水地生活在可以与火相比的元素中——在最精妙的音乐与运动之精华中,在那里她呼吸着无边无际的能量,此时她以自身全部的存在参与极乐之境的纯粹、直接的暴力。

在他继续的时候,他归纳了他的论点并概括全篇:

> 如果我们将自己那阴郁、沉重的状态与那火花闪烁的蝾螈相比,难道对你来说看起来不是这样:我们那些由连续不断的需求催生的寻常行动,以及我们的姿势和偶发的动作,就像是粗糙的材料,就像延续状态的不纯成分——而那种神采飞扬、那种生命的震荡,那张力的极致,那向人所能达到的

最高度敏捷的输送,有着火焰的品德和潜力;羞耻、愚昧、生存的单调食物,在其中焚烧殆尽,让存在于一位凡间女子的神性在我们眼前大放光明?

在这篇对话的结束部分有一系列苏格拉底的谈话,充满高贵的真理之修辞。但是它们依然是修辞,而正是这真理之修辞让这部作品成为生成性的。"在响亮的世界,共鸣与回弹,这呈现于我们灵魂的激越的身体之节日,提供了光明和欢乐……一切都更加庄严,一切都更加光明,一切都更加鲜活,一切都更加强壮;一切都可能有另一种方式;一切都能无限重新开始……",这样说是修辞。"我听到了所有生命之武器的撞击!……铙钹在我们耳中碾碎一切关于神秘思想的言说。它们像来自青铜嘴唇的亲吻一样回响……",这样说也是修辞。然而,正是这修辞,对无疑正确之事的雄辩表达,才赋予了所表达的思想一种不可抗拒的强制力,正如苏格拉底如此言说之时:"身体,以其简单的力,及其行动,就足够强大,能够更深刻地改变事物的性质,超过心灵在猜测和梦幻中所能做到的!"

苏格拉底滔滔不绝地说着精妙、庄严的词语,我们的目光却牢牢盯着阿蒂克忒,不过,她试图让我们看到的正是苏格拉底设法想告诉我们的。她从珠宝中间穿过,做出像火光闪烁般的动作,顺手从大自然窃取不可思议的神态,以至于厄律克西马库斯开口说道:"瞬间产生形式,形式让瞬间可见。"她继续跳舞直至倒下。当她跌倒躺在地上,苍白,她对自己说了些什么,最简单的可能之事。斐德若问她说了什么,厄律克西马库斯回答:"她说的是:我感觉多么美妙!"——这句话和苏格拉底自己片刻之前说的每件事情一起显得硕大无朋。她也用一种修辞来说话,这修辞几乎无言地达到了可悲的本质。显然,这种激动不安的程度已经通过作品的形式达到了,毕竟这是一部注解性的作品。瓦雷里简练、富有节奏的法语为原文增添了活力。以这样简短的形式呈现这部作品似乎就足够了。安德烈·列文森(André Levinson)谈及《舞蹈与灵魂》时说:"解释一件事物就是拆散它;思考就是替代对于不可知的真理而言本是任意的东西。"《舞蹈与灵魂》所要求的不是如此烦冗的解释。瓦雷里称赛尚先生为专注而热情的批评家,这样的批评家,或者说读者,乐意体验变形,那变形由对自身的无知促成,如同由奇迹,或者说艺术,引发。

人有许多方式通达神性。欧帕利诺斯的方式,阿蒂忒克的方式,保罗·瓦雷里的多种不同方式,只不过是其中几例。

附录二　史蒂文斯诗歌选译

纽黑文的普通一夜 [①]

一

眼睛的普通变形是分裂之物，
经验的平凡。对此，
寥寥数语，可是，可是，可是——

这是永无止境冥想的一部分，
问题之一部分，问题自身是个巨人：
这幢房子如果不是用太阳又是用什么建成的，

这些房子，这些困难的对象，
什么表象的破败不堪的表象，
词语，诗行，不是意义，不是交流，

黑暗之物，没什么与之类似，毕竟，
除非第二个巨人杀了第一个——
对现实的最近一次想象，

非常像太阳的新相似点，
倾泻而下，喷涌而上，不可阻挡，

[①]　CPP：397. *An Ordinary Evening in New Haven.*

为更多观众而写的更大的诗，

仿佛粗糙的小块聚集为一体，

神话形式，节日范围，

巨大的胸部，胡须和存在，与年纪共生。

二

假定这些房子是由我们自身构成，

于是它们变成不可触及的城镇，充满

不可触及的钟，声音的通透，

在自我的透明居所中发声，

不可触摸的聚落，看似在

心灵颜色的运动中移动，

远火流淌，锥体尖端晦暗的钟，

在我们悬置于其中的感觉里一起到来，

无关乎时间或我们在何处，

在长久的参照里，长久的

冥想之对象，持久、幻象般的

爱之要点，

隐晦，在属于太阳或心灵的

颜色里，在最清晰的钟里不确定，

精神的话语，界定不明者，

迷惑的照明与响亮，

在如此程度上是我们自己，我们

不能分辨理念和背负理念的存在。

三

幻象和欲望的要点是同样的。

我们是向午夜英雄祈祷

在石山上从中造出美好山。

如果是悲惨遭遇激怒我们的爱，

如果是夜的黑立在美好山上精光四射,那么,

最古老的圣徒以最古老的真理熊熊燃烧,

说紧邻神圣的是对神圣的欲望

紧邻爱的是对爱的欲望,

在心中对它天堂般的自如的渴望,

没有什么能阻碍,那最安心的,

不像拥有那曾经要被占有

和将被占有之物的爱。但是这不能

占有。这是欲望,深陷在眼中,

在所有真实的观看之后,在真实场景中,

在街上,在房间里,在地毯或墙壁上,

总是在将被填满的虚空里,

在不能容纳其血的拒绝里,

一件瓷器,还在从其中而来的蝙蝠里。

四

平凡事物的平凡性是野蛮,

如:一个人最后的平凡性,他已经

与幻想战斗过,用力碾磨

低吼的牙齿,在夜里倒下,被睡眠

臃肿的鸦片剂掐灭。平凡城镇的凡人

对他们需要的安抚并不清楚。

他们只知道,野蛮的缓和用野蛮的

嗓音大喊;在那喊叫中他们听到

自己移位变形,沉默,舒适,

在野蛮、微妙、简单的和谐里,

受惊的协议匹配与交合,

对更神圣的对立面的回应。

所以淫荡的春天来自冬天的贞洁。
所以，夏天之后，在秋天的空气里，
遗忘的幽灵冰冷的音量来了，

但是令人宽慰，用的是悦耳的乐器，
所以这冰冷，孩子们的冰之传说，
看上去像是一片浪漫化的热之光泽。

五

无法逃避的罗曼斯，无法逃避的
对梦的选择，作为最后幻想的幻灭，
作为心灵所见之物的现实，

不是那存在的，而是那被理解的，
一面镜子，房间里一片反射之湖，
铺展在门前的玻璃海洋，

悬垂在阴影里的一座大城镇，
快乐存在于一种风格中的庞大民族，
在不敏锐的眼里，每件事物都不真实，

正如真实可能所是。那么，为什么询问
谁分裂了世界，什么样的企业家？
没人。自我，所有人的蛹

在蓝色日子的悠闲中分裂，
更多，在时日之后的分枝里。一部分
顽强地地坚持，在共同的大地，

一部分从中心的地球到中心的天空，
在心灵中它们被月光照亮的外延
向外搜寻如此的庄严，如同它所能找到的。

六

现实是开端而不是结束。

赤裸的阿尔法，而不是祭司长欧米茄，

参加拥挤的授职仪式，带着发光的封臣。

它是婴儿 A 用婴儿的腿站着，

而不是扭曲、弯腰、博学的 Z，

他在空间的边缘远远地跪着

在对它的远方的苍白感知里。

阿尔法害怕人或者说欧米茄的人

或者他的人类的延伸物。

这些人物在场景中围绕着我们。

对一个来说它足够了；对一个来说它不够；

对任一来说它都不是深刻的缺席，

因为两者同样都为它们自己指定了选项

场景之荣光的监护人，

对生活的毫无瑕疵的阐释。

但是那是差异：在终点和通往

中点的路上。阿尔法不断开始。

欧米茄在每个终点被更新。

七

在这样的小教堂和这样的学校面前，

赤贫的建筑师似乎变得

更加富有得多，更加多产、爱运动、有生气。

对象刺痛，观者随着对象

移动。但是这观者也随着

更微小的事物移动，随着由刻板的现实主义者

外化而来的事物移动。仿佛

人变成了物，如喜剧，

站着，身穿古老的象征，展示

关于他们自己的真相,已经失去了,如事物,

他们作为人曾经拥有的掩盖的力量,

不仅仅关于深度还关于高度

不仅仅关于平凡之事,

而且关于它们的奇迹,

全新世界的全新早晨之概念,

公鸡鸣叫的尖端苍白地显出粉红色,

如那曾经难以置信之物在薄雾笼罩的

轮廓里重新变成可信的白昼。

八

我们把自己抛掷到这形式之上,始终渴望着。

我们下降到街道并呼吸空气的健康

吸进我们陵墓般的空洞。对真实的爱

是柔软的,在这来自五六角的叶子的

三四角的芬芳里,和绿,情人的

信号,和蓝,如同属于一个秘密地点

在宇宙的匿名的颜色里。

我们的呼吸就像绝望的元素,

我们必须让这元素平静,母语的源头

用来向她说话,在异域性中间的

有能力者,认知的

音节,声明,充满激情的喊叫,

这喊叫在其自身中包含着它的反面,

在其中观看和感觉混合,是作为修正

一个问题的快速回答的部分。

不完全是在一场对话中所说,

对话是在它们的交谈中化为无形的

两个形体之间，对任何言说都太脆弱、太直接。

九

我们一直坚持返回又返回

到真实：回到旅馆而不是来自风中

降落到旅馆上的赞美诗。我们寻找

纯粹现实的诗，未经

转义或者偏离的触碰，直指词语，

直指具穿透性的对象，指向那对象

在它是其自身的最准确的点，

纯粹成为它所是之物，从而穿透

纽黑文的景观，通过特定的眼睛，

清除了不确定性的眼睛，以单纯去看的

眼光，没有反射。我们不寻求

任何超越现实的东西。在其之内，

所有事物，精神的炼金术

包括在内，迂回运动还有穿越的

精神也包括在内，不仅仅是可见的

坚实的，而是可移动之物，这一瞬间，

宴会的进行与圣徒的习惯，

天堂的图案与高高的夜晚的空气。

十

在月亮里是致命的，那里空无一物。

但是，在这，请吧。每件美丽的

神秘之物的神秘莫测之美

在总体的双重之物中汇聚起来。

我们不知道什么是真实什么不是。

我们说起月亮，铜做的人出没其中，

他的心灵是建构而成,因此,他已死。

我们不是铜做的人,我们没死。

他的精神囚禁在持久的变化里。

但是我们的精神没有被囚禁。它居住在

由非永恒构成的永恒里,

在反对月光的忠实里,

因此清晨与黄昏就像信守的承诺,

因此靠近的太阳和它的到来,

它的黄昏宴会与随之而来的节日,

这现实的忠实,这模式,

这照顾与可敬的内在把握

把表面的幻觉变成欢乐。

十　一

在形而下城镇的形而上街道上

我们记起了犹大的狮子,我们省下了

这一说辞……说起精神的每一头狮子

它是光滑透明的猫

以夜晚的闪光独自熠熠闪光。

这大猫一定孔武有力地站在太阳里。

这说辞变得虚弱。事实接过了说辞的

力量。它制造出同一的召唤

而犹大变成了纽黑文或者说必须。

在形而上的街道上,最深刻的形式

与微妙地在那里行走着的步行者同行。

他用一阵阵唤醒毁灭了这些,

从庄严中解放出来,而又需要

庄严,属于不可战胜的要点,

在心灵中造物的微缩形式。

对最诚实的人的核实，

四季和十二个月的提出，

地球中心的光辉。

十 二

诗是它的时机的呼喊，

事物自身的部分，而不是关于事物。

诗人说出诗歌如其所是。

而不是如其曾经所是：如其所是的

起风夜晚的回响，当大理石雕像

就像被风吹拂的报纸。他以如其所是的

视觉和洞察来言说。对他而言

没有明天。风将已吹过，

雕像将已回归为关系之物。

在存在与曾在之间的区域

移动与不动的星星点点是树叶，

在秋天抛光的树上抛光的树叶

和排水沟里旋转中的树叶，旋转

转圈、飘走，类似思想的呈现，

类似思想的呈现，仿佛，

最终，在整个心理当中，自我，

城镇，天气，随意的丢弃，

一起，说过世界的词语是世界的生命。

十 三

青年男子在行走中是孤独的。

他跳过主题的新闻性，找出

神圣性的特权,在虚弱的

邻居中间享受强大的心灵,并且是

没有严肃性的严肃之人,

在他单一的尊敬中消极不动。

在低垂的夜幕下他既非牧师也非监考官

在鸟群之下,在危险的猫头鹰中间,

在回归的原始性的巨大 X 之内。

他所界定的是新鲜的精神性,

在长久、过于恒定的温暖之中的冷,

在房屋一侧之一物,而不在深深的云层,

我们所预见到的困难,

可见之物的困难,

到清晰的不可见之民族,

实际的风景及其实际的号角

面包师、屠夫在吹,仿佛是去听,

努力地听,达到必不可少的完整。

十 四

干燥的尤加利树在雨云里寻找神。

纽黑文的尤加利教授在纽黑文

用不看对象之外的眼睛

寻找他。教授坐在他的房间,靠着

窗,靠近摇摇欲坠的檐口,在其中

雨在摇摇欲坠的声音中落下。他在

对象自身中寻找上帝,没有太多选择。

这是为他所见选择宽敞的形容词,

最终成了这样:

那让它具神性的描写,静止的发言

当它触碰到回响的瞬间——不是严酷的
现实而是被严酷看待的现实，

并且以新的天堂话语言说
并且在任何情况下从不严酷，人类的严酷
眼之冷漠的一部分

对其所见之冷漠。檐口里
雨的叮咚不是替代之物。
它是尚未充分感知的本质。

十　五

他对抗恼人的雨保存了自己
以向往无雨之地的本能，他的
自我的自我，来到羽翼的宽广探索之上。

向往天堂的本能有其对应物：
向往大地的本能，向往纽黑文，他的房间，
快乐的旋转世界如同单一世界

在其中他存在、如在与存在同为一体。
因为其对应之物是某种对位
激怒了海龙卷风湿润的放纵。

雨一直响亮地落在树间
和地上。冬之黑暗悬在
白桃花心木里，裸露的岩石的阴影，

成为秋天的岩石，水光闪闪，
对每个不可思议之物的可思议的来源，
我们用梦的手指举起的重量，

我们用轻轻的意愿点燃的重量，
用欲望之手，微弱，敏感，柔软的
触摸以及真实之手的触摸之困扰。

十六

在时间的诸意象中，没有一个
属于这眼前的，在重重荒废之上的
荒废的可敬面具。

最老最新的白天只单独是最新的。
最老最新的夜没有嘎吱作响地经过，
提着灯，就像天堂的古老。

它默默地从大海堆起青春的睡眠——
俄克拉荷马的——意大利的蓝
远离地平线，以其男子气概。

它们的眼睛紧闭着，在青春废话的嘴唇里。
不过风还是衰老地啜泣着老年
在西方的夜里。可敬的面具，

在这完美中，偶尔说话，
关于死亡之贫困的某些事物能听到。
这应该是悲剧最令人感动的面孔。

这是电灯里的一枝
屋檐下的呼气，如此微小
难以指示整体的树叶落尽。

十七

这颜色几乎是喜剧的颜色，
不完全是。它直指要点，停在要点，
它失败了。居于中心的力量是严肃的。

也许并未失败，它拒绝，
正如严肃的力量拒绝大头针的懒散。
一片空白为装置的实验打下基础，

统治的空白，不可接近者。

这是高度严肃的镜子：
蓝色变绿成为锦缎的高尚象征，

黄金的释放与盎司度量，丝线的进退
缎带的突起，普通石头的光，
就像从受到祝福的灌木出来的受到祝福的光柱

或者夜之废弃物的废弃了的
纹饰，时间与想象，
得救并被看到，身披光线的长袍。

这些断断续续的说法也是关于悲剧的：
严肃的反思既不是由喜剧
也不是由悲剧，而是由平凡事物构成。

十八

是窗户让这些变得困难，
对过去说再见、生活并存在于
事物当前的状态，如同，比如，在绘画的

当前状态下作画，而不是三十年前的
状态。它是向窗外张望
在街上行走并观看，

仿佛眼睛就是当前或是其一部分，
仿佛耳朵听到了任何令人震惊的声音，
仿佛生与死都是有形的。

这木匠的生与死取决于
罐中的一朵倒挂金钟——以及从来
不会成真的花瓣的虹彩，

他通过真所感知到的尚不真实的事物，
或者认为他感知到了，当他感知当前，
或者认为他感知到了，木匠的虹彩，

木质的,星之学徒的模型,

一座城丰盛起来如同一箱工具,

钟表谈论这座城古怪的外表。

十九

月亮在心灵中升起,那里的每样东西

在夜里拾起它放射状的一面,

匍匐在它意志的单一性之下。

那公共绿色之物变成了私有的灰色。

在另一个时间,放射状的一面来自

不同的来源。但是总有这一个:

一个世纪,在其中每件事物都是

那个世纪及其侧面的一部分,一个人物,

一名男子,是他所处时代的轴心,

一个产生了其幼儿的意象,

想象之极,其智力

流淌在混乱亦即它们的客套之上。

什么是此地的放射状侧面,

当前的这一殖民地,属于诸殖民地中的

殖民地,在关于事物的不断变化的

感官中的感官?如同传道书作者的形象,

参差且发光,黑暗中的吟唱

一篇文本就是一个回答,尽管晦涩。

二十

富于想象力的抄本就像云,

今天;感觉的抄本,无法

分辨。这城镇是一残留物,

在绝对中散布形状的中性体。

不过当它是蓝色时的抄本保留下来；

它在感觉中采取的形状，它所变成的

人，无名者，飞掠的人物——

这些演员仍在黄昏絮语的字里行间行走。

可能他们混合了，云和人，在空中

或街上或围绕一名男子的角角落落，

他坐在房间的角落里思考。

在这室内纯粹领域逃脱了不纯粹的，

因为思考着自己逃脱了。不过，

摆脱了云和人给他留下

赤裸的存在，带着赤裸的意志，

每件东西都有待创造。他甚至可能

摆脱自己的意志，在他的赤裸状态中

栖居着那一领域的催眠。

二十一

但是他不会。他不会摆脱他的意志，

或者其他人的意志；他不能摆脱

必要的意志，意志中的意志——

出自黑色牧羊人岛屿的浪漫曲，

就像海水无休无止的声音

存在于牧羊人的倾听和他黑色的形式中；

出自这岛屿，但不是任意一座岛屿。

靠近感官存在着另一座岛屿

在那里感官给出而无物获取，

爱神岛的对立面，位于中心的

孤立，欲望的对象，这个地点，

周围的事物——代替的浪漫曲

出自表面,窗户,墙,

在时间的贫困中砖块变脆,

清晰之物。天空的模式至高无上,

只要存在于雨中轻扫的树枝间:

这两部浪漫曲,远的和近的,

在风的呼啸中是单一的声音。

二十二

尤加利教授说过:"对现实的

寻找与对上帝的寻找一样

重大。"这是哲学家的寻找

寻找变成外部的内部

与诗人对同样的变成内部的

外部的寻找:无呼吸之物沉思着深呼吸

原初之冷的吸气

以及原初的早。不过

对冷和早的感觉是日常感觉,

而不是明亮的起源的谓语。

创造不是由孤单的浪游者之

意象更新的。去重新创造,去运用

冷和早和明亮的起源

就是去寻找。同理,说黄昏星,

最古老的天空里最古老的光,

它完全是内部的光,它从真实之物的

昏昏欲睡的胸部闪耀,重新创造,

为它的可能性寻找可能。

二十三

太阳是一半世界,每件事物的一半,

无形的一半。总是有这无形的一半，

这光明，这提升，这未来，

或者说，那很晚离去的过去的颜色，

女人气的绿色，身穿黑色开司米的女人。

如果，那么，纽黑文是一半太阳，黄昏时分，

天黑后，剩下的是另一半，

被空间点亮，大大地悬在那睡眠之上，

属于夜晚唯一的未来，唯一的睡眠，

有如属于悠长的、不可避免的声音，

某种欺骗、劝诱的声音，

躺在母亲般的声音里的好处，

被白昼几个单独的自我解除束缚，

成为每件事物聚集如一体的部分。

在这同一之中，形体之解散

依然持续发生。那存在之物，不确定，

欲望延长它的历险以创造

告别的形式，隐约在绿色的蕨类之间。

二十四

空间的安慰是无名之物。

那是在冬天的神经衰弱之后。那是在

夏天的天才之中他们在

嗡嗡响的云里吹起了纣夫的雕像。

花了一整天让天空安静

然后又把它的空虚填满，

所以在下午的边缘，没有结束，

在黄昏之思发生之前

或者到来之物的声响安静下来之前，

有一种清晰，对第一批钟声的期待，
对倾泻的打开，手举起来了：
有一种尚未完成的乐意，

一种了解，知道某种确定之物已被提议，
没有雕像，它将是新的，
逃离重复，一次发生

在空间与自我之内，同时接触到两者
并以同样的方式，天空或大地的一点，
或者悬置于地平线低处的一座城镇。

二十五

生活用它专注的眼睛定住了他，
他在玻璃楼梯上流浪。他站着的时候，
在阳台上，向外感知距离，

有注视从空虚的空气中出来抓住了他。
这就是一直看着我的生活……这就是
为了不忠实的思想一直看着他的人。

此物站在他的床边，带着它的吉他，
防止他遗忘，一言不发，
没有一两个音符揭示它是谁。

关于他没有什么保持同样，
除了这个西班牙绅士及其眼睛和曲调，
搭在一边肩膀上的披肩和帽子。

平常事物变成了纹章的皱褶。
曾经真实的变得最不真实，
光秃的乞丐树，低垂着为了结果的红

在孤零零的时刻——孤立
是错误。西班牙绅士是永恒的，抽象的

一道影线凝视着并要求回应的注视。

<h2 style="text-align:center">二十六</h2>

紫色斑点多么轻易地落在
人行道上，紫和蓝，红和金，
花朵开出、光束放出、成卷抛出色彩。

离开它们，海角，沿着下午的海湾，
在天青石的光线里甩开它们黑暗的海。
海在超越的变化里颤动，升起

如雨并嗡嗡作响、微光隐现、风声呼啸，
扫过天空中绿之湿润的平淡如水。
山脉出现，比它们的云

更雄辩。这些轮廓线是大地，
被看作挚爱的女人，有使人爱恋的名声
增添又增添，出自一颗满是名誉的心……

但在这里，这情人，没有距离
因此失去了，赤裸或者衣衫褴褛，
在被封闭的贫困中退缩，

触碰，如同一只手触碰另一只手，
或是一个声音，没有形式地言说着，
咬着耳朵，耳语着人性的休息。

<h2 style="text-align:center">二十七</h2>

一位学者，在他的片段里，留了便条，
如下，"现实的统治者，
如果比纽黑文更不真实，不是

真正的统治者，只是统治着非真实的。"
此外，他还有草稿，因此：
"他是事实皇后的亲王。

日出是他外套的下摆，日落是她的。
他是生命的理论家，而不是死亡，
它的总体之书的全部卓越之处。"

再次，"辞藻的嗞嗞声是他的
或者部分是他的。他的声音听得到，
正如音乐中的前部意义"。再次，

"此人通过做他自己消灭了
那不是我们自己的：盛装华服，
归于名下之物，羽毛与头盔——曜。"

再次，"他已经想出来了，他想出来了，
如他曾经存在，存在，和事实
皇后一起，轻松自如地躺在海边。"

二十八

如果那应该是真的，现实存在
于头脑中；锡盘，盘中的面包，
长刃刀，一点喝的。她的

慈悲女神，接下来就是
真与非真合而为一：纽黑文
在一个人到来之前或之后，比如说，

明信片上的贝尔加莫，天黑后的罗马，
描写的瑞典，眼睛暗影重重的萨尔茨堡
或者在咖啡馆交谈里的巴黎。

这首无穷无尽穷形尽相的描述诗
展现诗歌的理论，
作为诗歌的生命。更严肃，

更折磨人的大师将会即兴展示
更精妙、更紧迫的证据，亦即，

诗歌的理论就是生命的理论，

如其所是，在"如"的繁复逃避中，

在看见的与未见的事物中，从无中创造出来，

天堂，地狱，世界，渴望的土地。

二十九

在柠檬树的土地上，黄色与黄色是

黄蓝、黄绿，因香橼汁液而辛辣刺鼻，

悬垂着，缀着闪光片，嘲鸫的密克马克语。

在榆树的土地上，流浪的海员

看着大女人，她们红润成熟的形象

环绕着环绕着秋天的圆花环。

她们翻滚着她们的 r 音，在香橼的土地上。

在大海员的土地上，她们说过的词语

仅仅是棕色的土块，言谈的有感染力的草。

终于，当海员们来到柠檬树的土地，

在那金发的氛围里，他们被赋予坚硬青铜的外貌，

他们说："我们再一次回到榆树的土地，

但是被折叠起来，打发回去。"这是一样的，

除了形容词，词语的

替换也就是本性的改变，更甚于

一座城镇上方的云制造的差异。

同乡都被改变了但是每一个都是恒久之物。

他们的暗色词语已经重新描述了香橼。

三十

最后一片将要落下的叶子已经落下。

知更鸟在那里，松鼠，在树洞里，

在松鼠的知识里挤在一起。

风已经把夏天的寂静吹走了。

它在地平线之外或在地底蜂鸣:

在池塘下的泥里,天空曾倒影在池面。

显露的荒凉是一种揭露。

它不是不在场之物的一部分,为了道别的

停顿,为了回忆的淹留。

它是出场和出现。

曾是扇子的松树和芬芳浮现,

在与岩石如同阵风般的缠斗中坚实挺立。

这杯空气变成一种元素——

它是已经被冲刷走的想象之物。

一种清晰已经回归。它元气恢复站起来了。

它不是空虚的清晰,无底的视线。

它是思想的可见,

在其中成百的眼睛,在一个心灵里,同时观看。

三十一

声音的较难辨认的意义,没有经常认出的

细微的红色,在话语的沉重鼓声里的

更轻的词语,外部盾牌后面的

内在的人,滚滚惊雷里的

片片音乐,白昼来临时窗边死去的

蜡烛,大海之运动中的火沫,

从挑剔向精微挑剔的一次次飞掠

以及从君士坦丁胸像到已故总统,

空白先生照片的普遍烦躁不安,

这些就是最终形式的饰边和细部,

陈述公式的蜂拥而至的活动,

直接或间接地抵达，

就像黄昏召唤紫色的光谱，

一位哲学家在钢琴上练习音阶，

一个女人写一张便条又把它撕了。

现实是固体，这不在前提中。

现实可能是一道阴影穿过

尘埃，一股力量穿过阴影。

岩石①

一

七十年后

这是个错觉，我们曾经活过，

生活在母亲的房子里，用我们自己

在空气的自由中的运动安排自己。

凝视七十年前的自由。

这自由再也不是空气。房子还站着，

尽管它们在僵硬的空虚里显得僵硬。

甚至我们的影子，它们的影子，再也不在。

这些存在于心灵里的生活已在终点。

它们未曾……吉他的声音

不曾存在，现在也不在。愚蠢。说出的词语

不曾存在，现在也不在。这不可相信。

正午在田地边缘的相会看似

一个发明，异想天开的知觉中一种绝望的冷

与另一种冷之间的拥抱，

---

① CPP:445. *The Rock.*

在对人性的怪异的肯定中：

在两者之间提出的定理——
在太阳的一种性质中的两个形象，
在太阳对其自身幸福的设计中，

仿佛空无中包含着一种工作，
性命攸关的假定，一种无常
在其恒常的冷中，错觉如此被渴望

以至于绿叶来了，覆盖高高的岩石，
丁香花来了，花朵盛开，像被清除的目盲，
宣布明亮的视觉，如其被满足，

在视觉的诞生中。花朵盛开与麝香
是成为生物，无尽的生物，
存在之一殊相，那总体的宇宙。

二

作为图像的诗

以叶覆盖岩石是不够的。
我们必须从这岩石被治愈，以大地的治疗
或者我们自己的治疗，那等同于大地的

治疗，远在遗忘之外的治疗。
不过树叶，如果它们发芽，
如果它们开花，如果它们结果，

如果我们吃下它们新鲜剔除的
早期颜色可能是大地的治疗。
叶的虚构是诗歌的

图像，祝福的形象化，
而图像即人。珍珠装饰的春之花环，
夏之大花环，时间的秋之发网，

它的太阳复制品，这些覆盖着岩石。
这些树叶是诗歌，图像和人。
这些事大地和我们自己的治疗，

在那没有任何其他东西的谓语中。
它们发芽、开花、结果，一成不变。
它们不仅是覆盖光秃岩石的叶。

它们萌发出最白的眼睛，最苍白的新叶，
在感觉之诞生中的新感觉，
想要处于距离之末端的欲望，

加速生长的身体，根里的心灵。它们
像恋爱的男子一样开花，当他生活在爱里。
它们结果，因此年份为人所知，

如果其理解是棕色皮肤，
蜜在其果浆里，最终的发现，
年岁与世界的丰饶。

在这丰饶里，诗歌赋予岩石意义，
拥有如此混杂的运用与如此的意象
以致岩石的荒芜变成了千百种事物

所以不再存在。这就是
叶、大地、我们自己的治疗。
他的词语既是图像也是人。

三

夜之颂歌里的岩石之诸形式

岩石是人之生活的灰色殊相，
他从中升起的石头，上——而——嚯，
通向他后代的更凄凉的深处……

岩石是大气的严峻殊相，

行星的镜子，一面又一面，但是
通过人的眼睛，它们沉默的史诗朗读者，

绿松石岩石，在可憎的黄昏，
黄昏因牢牢附于邪恶之梦的红而明亮；
半已升起的白昼之困难的正义。

岩石是总体的居所，
它的力量与尺度，是接近的，A 点
在重新开始于 B 点的

视角中：杜果瓤的起源。
岩石就是那平静必须引证其
平静自我的处所，事物的主体，心灵，

人的起点与终点，
那里包含着空间本身，通往
围地的大门，白昼，被白昼照亮的

事物，夜晚以及那夜晚所照亮的，
夜晚与它的午夜——铸造的芬芳，
夜晚对岩石的颂歌，如同在活跃的睡眠里。

尤利西斯的航行[①]

在他船帆的形状之下，尤利西斯，   此诗的地点。
追寻者的象征，乘夜穿过   其主题。
巨大的海，阅读他自己的心灵。
他说，"如我所知，我存在并拥有
存在的权利"。引导他的船
在中天的群星之下，他说：

---

① *CPP：462. The Sail of Ulysses.*

I

如果知识和已知物是同一   知即存在。
那么了解某人就是成为
那人，了解某地就是成为
那地方，这似乎顺理成章；
如果了解一人就了解所有人
对单独一点的感知
就是对宇宙之所知，
于是知识就是唯一的生命，
唯一白昼的唯一太阳，
通向真如的唯一路径，
世界与命运的深度舒适。

II

有人类的孤独；   知即存在之力。
空间与孤寂之部分，
其中知识不可拒绝，
其中属于知识的毫无差错，
发光的同伴，手，
强化武器，深刻的
反应，彻底的回应之声，
那胜于其他任何事物的，
在我们之内与环绕我们的权利，
联合起来，胜利的活力，感受到，
我们所依赖的内在方向，
那保持我们所是的微小之物的，
将来的伟大之援助以及力量。

III

这是真正的创造者，摇摆不定者   真正的创造者。
挥舞着染紫的魔杖，思想者

在金色的心灵中思考黄金的思想，

高高地叮当作响，光芒四射，

从混乱中拧出的寓于设计中的

意义之欢乐……宁静的灯

因为这创造者是一盏灯

像一束夜间光线不断扩大

它矗立其中的空间，黑暗的

闪光，从无中创造

如此黑色构造，如此公共之形

与昏暗的砖石建筑，人们惊奇

于那将此扫在一边的手指

除了尺寸在每一方面都巨大。

IV

未知领域之未命名的创造者，　　　　　　自我的中心

依然未知，不可知，

不确定之确定性，原住民中

想象出的阿波罗

以及在莫宁赛德构想出的伊甸园，

自我的中心，自我

属于未来，未来之人

与未来之地，当这些都已知，

自由终于出自神秘，

终极秩序的开端，

人按其本来面目生存之权利的

开端，其视野之纪律

视为一种绝对，他自己。

V

更悠长、更深沉的呼吸维持着　　　　　　除了非逻辑的接受。

权利的雄辩，既然知与存在

是同一：知的权利与

存在的权利也是同一。我们

走向生命的同时也走向知识。

不过总是有另一生命，

远在这眼前所知之外的生命，

轻于这眼前辉煌的生命，

更明亮，渐臻完美并远离，

遥不可及，但是可知，

不是意志的成就，而是

某种不合逻辑地接受下来的东西，

一个预言，一次从高处

放下，在目眩神迷的发现中

令人目眩地释放的疑虑。

天堂没有地图。

"太一"降临我们之上

犹如自由种族。我们知道它，

一个接一个，在一切的权利中。

每个人都是通往警觉的路径

其中散落的真理变成

整体，计数最后一颗星的

那一天，诸神与人的

谱系被摧毁，知的权利

确立为存在的权利。

彼时古老的象征都将虚化。

我们将尾随象征走向

它们所象征之物，离开

话语汗牛充栋的穹顶之谣言，

走向唠叨，彼时是真正的传奇，

就像光辉升入火。

VI

世界的主人，他自己的主人，
他凭借知识来到此处或将要
来到。他的心灵呈现世界
在他的心灵中世界旋转着。
革命穿过昼与夜，
穿过其他太阳与月亮的荒野空间，
浑圆的夏与棱角的冬与风，
与其他革命相颉颃
在其中世界运转不停
在心灵的水晶氛围之中，
光之喜剧，暗之悲剧，
就像气候制造出来的东西，世界
在心灵的气候中运转
戴着意象的繁花。

呈现一位知识的外在主人。

心灵更新世界，在一首诗里，
一段音乐里，一位正确
哲学家的一段话里：更新
并拥有，以我们对所知的
真挚洞察，犹如约翰生雅各，
穿过空间的飞行，变化的习俗。

在思想的世代中，人之子
与继承者是心灵的力量，
他唯一的遗嘱与遗产。
他除了真理身后别无长物。
因为知即自由
所以心灵怎会不如自由？

VII

在世的人在当前地点，

作为命运的真理。

一直,特殊的思想

在金雀花王朝的抽象中,

一直一直,困难的一英寸,

空间的拱门在其上

休憩,一直,不可信的系统

从可信的思想中涌出,

微小的限制很快就释放了

星之浩大——这些

是法则的宣言,这法则

把特殊折弯成抽象,

将其做成巨人背上的包袱,

威严的母亲的麇集的沉思,

仿佛那些抽象自身

就是相对崇高之殊相。

这不是诗人心灵的放松。

而是寓于真理的命运。

我们屈从于我们结局的戏弄。

VIII

西比尔是什么形状? 略作变化,　　　　　　　真理之女预言家的形状。

不是熠熠生辉的女人,安坐于

和谐的色彩中,像缀满露珠般

涂上了色彩,绝美的象征安坐在

圣地的座位上,装饰着彩虹,

穿透表象刺穿精神,

最高生命与它们的引路

权杖的总结,王冠

与最终的璀璨及探索的表演。

这是自我的西比尔,

作为西比尔的自我,其钻石,

其对所有财富的主要拥抱

是贫困，其发现于

地球正中央的珠宝

是需要。为此，西比尔的形状

是盲目之物，摸索着它的形式，

跛足的形式，手，后背，

太可怜的梦，太荒凉

而无法记住，古老的形状

磨损，消瘦成虚无，

一个女人望着公路，

一个孩子在自己的生命中睡着。

由于这些皆有所待，所以它们必须运用。

它们衡量运用的权利。需要制造出

运用的权利。需要在其呼吸之上

命名荒凉的需求之名目，

仅仅为之命名，就是创造

一种帮助，帮助的权利，了解

何物有帮助的权利，以及何物凭借

知的权利以获得另一平面。

熠熠生辉的女人现在

可见于孤立中，与

人性中的人分离。

非人的更多东西之一部分，

依然非人的更多东西，还是

我们的特性的非人性，已知

并未知，片刻之间非人性，

非人性，更微小、更少的时间。

在这独白的呼吸之间，

尤利西斯的伟大航行仿佛
随着谜语的飞掠有了生命……
仿佛另一航程正在进行
笔直向前穿过另一个夜晚
聚集的群星一路上悬垂着。

索　引